iCourse · 教材 | 中国大学 MOOC 教材

"十三五"江苏省高等学校重点教材

2020-2-186

中国现当代通俗小说与网络小说

汤哲声 主编

中国教育出版传媒集团
高等教育出版社·北京

内容简介

本书论述了中国现当代通俗小说与网络小说的基本概念和美学特点，分析了通俗小说与网络小说中社会小说、言情小说、武侠小说与玄幻小说、侦探—公安小说与悬疑—盗墓小说、历史小说、科幻小说等小说类型的发展历程和主要作家作品。本书编写科学系统、逻辑清晰，语言浅近通俗，学科基础性强，内容可读性强，可作为大学本科中文专业选修课教材，也可供相关专业研究者及通俗小说与网络小说写作者或爱好者参考阅读。

图书在版编目（CIP）数据

中国现当代通俗小说与网络小说 / 汤哲声主编. -- 北京：高等教育出版社，2022.8
ISBN 978-7-04-058880-4

Ⅰ. ①中… Ⅱ. ①汤… Ⅲ. ①通俗小说-小说研究-中国-现代②通俗小说-小说研究-中国-当代③网络文学-小说研究-中国 Ⅳ. ①I207.42

中国版本图书馆 CIP 数据核字（2022）第 106581 号

中国现当代通俗小说与网络小说
Zhongguo Xiandangdai Tongsu Xiaoshuo yu Wangluo Xiaoshuo

策划编辑 胡蔓妮　责任编辑 胡蔓妮　封面设计 张 楠
版式设计 王艳红　责任校对 刘俊艳 刘丽娴　责任印制 赵 振

出版发行	高等教育出版社	网　　址	http://www.hep.edu.cn
社　　址	北京市西城区德外大街 4 号		http://www.hep.com.cn
邮政编码	100120	网上订购	http://www.hepmall.com.cn
印　　刷	天津鑫丰华印务有限公司		http://www.hepmall.com
开　　本	787mm × 960mm　1/16		http://www.hepmall.cn
印　　张	16.25	版　　次	2022 年 8 月第 1 版
字　　数	300 千字	印　　次	2022 年 8 月第 1 次印刷
购书热线	010-58581118	定　　价	32.70 元
咨询电话	400-810-0598		

本书如有缺页、倒页、脱页等质量问题，请到所购图书销售部门联系调换

物 料 号　58880-00

目 录

导论　中国现当代通俗小说与网络小说的特征与批评标准

文学批评的有效性建立在批评标准的科学性上，而批评标准的科学性首先要求明确批评对象具有什么特征。概念和内涵的辨析既是为了对通俗小说的特征有清晰的认识，更是为通俗小说批评标准建立科学的维度。“中国现当代通俗小说与网络小说”的概念和内涵是在中国小说发展的历史中形成，也由中国现当代新小说或精英小说（姑且称之）的出现而构建。它在文化观念和美学观念上，体现了中国特色。在时代发展中，它融入了很多大众文化、媒介文化以及市场运作等众多现代元素，形成了现当代中国小说的一种形态。对中国现当代通俗小说与网络小说展开有效的批评，对其概念和内涵作清晰认识是出发点。

中国现当代通俗小说与网络小说不是民间文学，也不是新文学所提倡的平民文学或大众文学，它有自我的文化传统和美学特色，在中国现当代小说发展历程中，它自成系列。中国现当代通俗小说与网络小说经历了多个发展阶段，网络小说只是中国现当代通俗小说在当代中国的发展。

第一节　中国现当代通俗小说与网络小说是中国传统小说的传承与发展

中国现当代通俗小说与网络小说是中国传统小说的延续，它的源头是中国宋元时期的“说话”。最早用“通俗”命名于小说的作品是罗贯中在元末明初作的《三国志通俗演义》。庸愚子在《三国志通俗演义序》中对此作出这样的解释，之所以冠之“通俗演义”，是要在“理微义奥”的史家秉笔之法和“言辞鄙谬”的野史评话之间创造一个新的文体：“文不甚深，言不甚俗，事纪其实，亦庶几乎史，盖欲读诵者，人人得而知之，若《诗》所谓里巷歌谣之义也。”[①]既有“事纪其实”的内涵和“文不甚深，言不甚俗”的文风，又能达到“人人得而知之”的目的，《三国志通俗演义》实际上为中国小说确立了一个写作的范式。到了晚明“三言二拍”时期，冯梦龙将这类小说称为“通俗”类小说，并与唐代传奇类小说区分开来。“唐人选言，入于文心，宋人通俗，谐于里耳。天下之文心少而里耳多，则小说之资于选言者少，而资于通俗者多。”[②]“通俗小说”至此也就成为一种文类。冯梦龙不仅给通俗小说命了名，而且对其美学特征也作了深入的阐释，明确提出了通俗小说的类型化特征：“私爱以畅其悦，仇憾以伸其气，豪侠以大其胸，灵感以神其事，痴幻以开其悟，秽累以窒其淫，通化以达其类，若非以诬圣贤而疑，亦不敢以诬鬼神……姑就睹记凭臆成书，甚愧雅裁，仅当谐史，后有作者，吾为裨谌。”[③]通俗小说是不同于“雅裁”的类型小说，不同类型的通俗小说有不同的表现方式。

通俗小说最重要的美学特征是章回体。章回体最重要的特征是“章回”。虽然可以细分出很多变化，章回体的总体特征是将故事分成若干回，每回以七字或八字组成对子作为回目，结尾一般是“欲知后事如何，且听下回分解”，承上启下，吸引读者往下看。章回体受“说话”影响，由文人的拟话本而设定，由明清小说而定型。看似只是一种回目的设定，章回体实际上为小说叙事作了一个程式的规范。它建立了说故事为中心的小说范式。既然是说故事，传奇自然成为说故事的人最重要的美学设计，否则故事不好看；“全知型”的叙事角度成为说故事的人必然的选择，否则故事说不清；通俗易懂成为说故事的人的传播追求，否则故事听不懂。

“话须通俗方传远，语必关风始动人。”[④]从《水浒传》《西游记》《东周列国志》等类型小说，一直到 1892 年韩邦庆创作的《海上花列传》，在“通俗”之路上，中国小说出现了很多经典作品，成了中国人重要的文学精神食粮。

中国现当代通俗小说与网络小说是这条“通俗”之路上的接棒者，是中国传统的通俗小说在新时期新的呈现。在现代中国，外国翻译小说和新小说或精英小说都对中国通俗小说产生了重要影响，中国现代通俗小说的创作观念和美学形态都在潜移默化中发生着变化。但是总体来说，中国作家的创作还是传统

---

① 庸愚子（蒋大器）：《三国志通俗演义序》，黄霖、韩同文选注：《中国历代小说论著选》上册，江西人民出版社 1982 年版，第 104 页。

② 绿天馆主人（冯梦龙）：《古今小说序》，黄霖、韩同文选注：《中国历代小说论著选》上册，江西人民出版社 1982 年版，第 217 页。

③ 詹詹外史（冯梦龙）：《情史叙》，黄霖、韩同文选注：《中国历代小说论著选》上册，江西人民出版社 1982 年版，第 229 页。

④ 冯梦龙：《范鳅儿双镜重圆》，《警世通言》上，人民文学出版社 1995 年版。

型思维，沿着中国传统通俗小说创作之路继续前行。中国当代通俗小说延续中国现代通俗小说发展而来。中国当代通俗小说最重要的贡献是将创作的眼界从国内扩展到国际。中国通俗小说的文化内涵和美学表现与世界通俗小说有了更多交融，促进了中国当代通俗小说有新的进展。21 世纪以来的网络小说是当代通俗小说的新的发展。它以网络为创作、传播的媒介，赋予了中国通俗小说新的内涵和新的形态。

中国通俗小说在不同的发展阶段有着不同的特色。不过，无论中国通俗小说有什么新的发展，它的根始终扎在中国传统之中。正因如此，中国现当代通俗小说与网络小说是中国现当代文学中最具传统性、民族性的小说文类。

第二节　中国现当代通俗小说的特征与批评标准

进入现代社会，通俗小说的概念辨析有了参照系，那就是新小说或精英小说。与新小说或精英小说相对比，通俗小说的内涵更为清晰。中国现当代通俗小说的特征具有以下五个要素：（1）它是大众文化的文字表述；（2）它是现当代中国的文学世情书；（3）它具有商业性质和市场运作过程；（4）它具有程式化特征并有传承性；（5）它是当代社会的时俗阅读。

如果将文化分成意识形态文化、精英文化和大众文化三种，那么通俗小说显然属于大众文化范畴。与大众服装、大众音乐、大众食品等各类大众类别一样，通俗小说具有大众文化的所有特征。它以社会流行的约定俗成的价值判断作为是非的衡量标准，并展开优劣臧否的评判。中国的通俗小说是以儒家的道德文化为核心，辅以释道等文化观念建构的世俗价值判断作为评判标准的。民族精神和民族大义是为人之大节，道德伦理是为人之小节。以文化性质而论，没有了中华传统文化，也就没有了中国通俗小说的传统性；没有了传统性，中国通俗小说也就失去了存在的理由与基础。各民族的传统文化都具有优劣的两面性，但是维系着民族的生存和发展的一定是优秀的文化精神。天下兴亡，匹夫有责；以和为贵，和而不同；天人合一，道法自然；革故鼎新，与时俱进；己所不欲，勿施于人；正心诚意，修齐治平；言必信，行必果；天行健，君子以自强不息……中华民族之所以生生不息，就在于这些优秀的传统文化精神的代代相传，并成为中华民族传统文化的灵魂和标志。中国通俗小说之所以能够不断前行，就在于对这些优秀的传统文化的坚持和弘扬，传统性和民族性是其根。中国传统的通俗小说如此，中国现当代通俗小说同样如此。

世俗性和生活性是中国现当代通俗小说重要的表现特征，积极向上的生活表现、客观理性的问题思考和真善美的情绪表达是中国现当代通俗小说健康发展的生命力所在。与新小说或精英小说的哲学思考和历史追寻不完全一样，通俗文学侧重表现的是中国人的世俗生活，思考的是中国老百姓的切身利益问题，表达的是最普遍的社会情绪，世俗化是其重要的特色。中国现当代通俗小说是都市市民的精神和生活状态的文学书写。百年中国大量的政治、经济、文化事件都被记载于通俗文学作品之中，其价值可以与中国现当代社会史学著作媲美。与新小说或精英小说的人生价值的追求和精神奥秘的探索也不尽相同，通俗小说对基本人性和感官刺激有着很多的表现，武侠小说与杀伐心理、爱情小说与情爱想象、侦探小说与好奇追踪、社会小说与生存选择、历史小说与经验考证、科幻小说与生命推测……通俗小说中的本色化人性表现相当突出。通俗小说是大众的文学，追逐社会文化热点、表现老百姓最关心的生活，满足读者最基本、最普遍的人性欲望是其生命属性。没有了通俗小说的世俗化生活描写和世俗化人性表达，通俗小说就将黯然失色。生活多彩、人生多样，人性复杂、情绪多变，这是世俗化社会人生的客观存在，其中既有积极因素，也有消极因素。正因为如此，通俗小说良莠不齐、泥沙俱下的情况表现得很突出。然而，什么样的生活价值观和生命价值观往往决定什么样的生活态度和生命认知。社会的进步有赖于人类积极向上的生活态度、客观理性的科学思维和真善美的人性追求，这同样被中国现当代通俗小说创作实践所证明。健康的生活态度和生命价值观是通俗小说的生命力所在。若没有健康的生活态度和生命价值观，只能创作出庸俗甚至恶俗的作品，且终将被市场摒弃和淘汰。

市场性是中国现当代通俗小说的本体特征，科学地认知通俗小说的本体特征是评估通俗小说内在运作机制是否有效的关键。通俗小说通过市场运作获取最大的社会效益和经济效益，市场运作是通俗小说显示活力的重要表现方式，却也留下了很多泡沫，其中的积极因素和消极因素均需要分析和总结。中国现当代通俗小说的发展与百年中国大众媒介的发展密不可分，现代报刊与图书出版、通信技术、大众媒介既是通俗小说的载体，也给通俗小说带来了各类媒介的传媒色彩。百年来，大众媒介在中国的每一次发展和变革都给通俗小说表现形式带来深刻的变化。通俗小说不仅具有媒介性，对其他大众艺术类型还具有跨媒介流转的特征，其中，对影视艺术和说唱艺术表现得尤其突出，而不同的艺术类型又对通俗小说的创作和传播产生着影响。通俗小说有着特色鲜明的发生机制、创作机制、运作机制和传播机制，它们构成了通俗小说的机制体系。通俗小说的本体特征决定了通俗小说作品不同于新小说或精英小说的美学呈现。这就要求对通俗小说的认识，既要有廓大的学术视野，也要有本体特征的针对性认识。通俗小说的本体特征得到科学的认识，通俗小说的批评才会有效。

若单纯地运用新小说或精英小说的批评标准批评通俗小说就会出现误差，那种不承认通俗小说本体特征的批评是落不到实处的，只是一种看似正确却很含糊的泛论而已。

故事和情节是中国现当代通俗小说传播思想内容的路径，讲好中国故事是评估通俗小说是否产生积极影响的前提。文学作品都要传达人类的文化精神和人生理想，传达的路径却不尽相同。不同的传达路径就会形成不同的创作观念，有人在人生人性的剖析中展现思想，有人在时空交错中揭露灵魂的扭曲；有人说文学创作是思想启蒙、改造人生的工具，也有人说文学创作就是自说自话，是自我理智和情感的表达，有无读者根本无所谓。文学创作具有很强的主观性，也带来了纷繁复杂的创作观念和表现形式。这是文学的魅力所在。通俗小说的创作观念和表现形式追求的是阅读的最大化，是要在愉悦中劝诫或传达某种精神和理念。通俗小说是类型文学，它是中国传统章回体小说的现代发展，追求引人入胜的好看的故事，并具有模式化写作的特点。我们不应该否认通俗小说对好看故事的追求，更不应该将通俗小说对好看故事的追求看成是庸俗和媚俗，而应鼓励和引导通俗小说讲好中国故事。同样，我们不应该简单地批评通俗小说的模式化写作，嘲讽或否定其中的套路和程式，而应鼓励和引导通俗小说在模式化写作中创造性地运用套路和程式。讲好中国故事，既要有健康的精神和积极的理念的传达，又要有充满艺术美感的内涵，需要思想与艺术并举。这样的中国故事才会有市场与读者，这样的通俗小说作品方有可能走向经典。

新小说或精英小说以思想启蒙作为创作目的，它的理想读者是社会的精英人士，可以称为“精英读本”。通俗小说追求的是阅读群体的最大化，努力覆盖社会中各个阶层，并不为特定群体所设，因此，通俗小说可以称为“大众读本”。问题是不同的读者群有不同的阅读诉求，通俗小说创作很难顾及各个阶层的阅读需要，它必然有所侧重，而所侧重的一方一定是最大的阅读群体。现代社会中最大的阅读群体显然是市民阶层，现代通俗小说也就是现代市民的阅读文本，也可这样说，现代市民是现代通俗小说的主要读者群。当代中国，市民阶层的概念逐步淡化，通俗小说追求大众阅读的目标没有改变，也可以这样说，大众是现当代通俗小说的主要读者群。追求阅读最大化，会使得通俗小说创作随波逐流，这是中国通俗小说发展中出现的市场弊病之一。要避免这样的弊病，作家的社会责任心的加强和文学修养的提高至关重要。

中国现当代通俗小说传承着中国传统小说的基因，流淌着中国传统通俗小说的血脉，在新的时期呈现着新的形态。传统性和民族性是它的根，世俗性和生活性是它的相，市场性和运作性是它的力，故事性和情节性是它的路，大众性和社会性是它的形。这五个方面呈现的是中国通俗文学的基本特征，它们彼此关联又相互影响。中国现当代通俗小说的概念基于这五个方面形成。可以这样表述：中国现当代通俗小说是中国传统通俗小说的延续，它依托大众媒体和市场运作，主要呈现中国传统文化精神和世俗化的生活形态，是一种类型化的大众阅读文本。

明确了中国现当代通俗小说的特征，也就明确了中国现当代通俗小说的批评标准。通俗小说是一种文学类型，离不开一般的文学批评标准。但通俗小说又是"通俗"的小说，还有其"通俗性"的标准。中国现当代通俗小说的批评标准是：（1）传统民族性；（2）世俗生活性；（3）市场运作性；（4）故事情节性；（5）大众社会性。标准就是视角和入口，只有视角和入口准确了，前行的路径才能准确。在一般文学批评标准的基础上建立"通俗性"批评标准，通俗小说的批评才能真正有效。

第三节　中国网络小说的特征

网络小说是中国现当代通俗小说在当代中国主要的小说文类，将其单独论述是因为它有很多独特的呈现形态。网络小说是利用网络的特征在网络上展开的文学思维和文学书写的原创小说。它不只是简单地将网络作为储存器储存文本的小说，也不只是简单地利用网络特性对小说文本进行符号叙事移位或页面转换的小说。

其一，"网络"的小说是网络小说最重要的特征。从媒介的视角看文学，文学就是一种信息流。网络小说使得文学信息流的流动通道发生了重大变革。网络小说的传播平台不是纸质出版的书籍或者报刊，而是电子的互联网和"赛博空间"①。互联网被称作信息的高速公路，赛博空间则是繁杂的信息量多向有序的交汇。网络小说就是互联网和赛博空间产生的文学信息。它的出现对文学发生机制产生了极为深刻的影响，使得文学创作更加方便。网络小说创作的门槛很低，只要能够编故事（或者敢于编故事）就能有模有样地写出一篇小说来。进入网络小说创作之门如此方便，网络小说创作的质量自然良莠不齐、泥沙俱下。它使得读者从过去的接受者和消费者转变成浏览者、对话者、反馈者，甚

① 赛博空间是美国作家威廉·吉布森（William Gibson）在 1984 年的小说《神经质罗曼蒂克》里创造的一个词："赛博空间，这是亿万人共同的幻象，每日每时，世界各国合法的使用者体验共同的幻象……这是从所有计算机库存里抽象出来的全部数据的图像式表征。"互联网里的赛博空间是"共同的幻象"，其意义是：互联网用户能从服务器获取信息，十分神奇；服务器看不见，不知在何处，使用者却能顷刻之间挖掘其中的内容。参见［加拿大］罗伯特·洛根：《理解新媒体——延伸麦克卢汉》，何道宽译，复旦大学出版社 2012 年版，第 211 页。

至是参与者。小说的读者成为小说创作的参与者，这是对传统的小说创作方式的颠覆，也是对已有叙事理论的极大挑战。这可以说是网络小说带给文学创作最令人惊叹的变化。既然是互联网上的文学信息，互联网上具有叙事功能和叙述技术的新媒介都会彼此产生影响。网络游戏、博客、手机故事、媒介广告，甚至电脑键盘符号等，都会在网络小说的创作中留下痕迹。

其二，网站是网络小说创作的控制者。如果认为互联网和赛博空间随意地交融信息，就可以让网络小说写手随心所欲，那就错了。有一个强有力的抓手控制和规训着网络小说的写作，那就是网站。写手可以随意地写小说，网站却对写什么样的小说提出了要求。犹如一个大卖场，商品可以随意进入，但是放在什么位置，如何展示并被顾客青睐，最有发言权的却是商场。如果一个商品卖得不好，它就会被请出商场，因为商场也要赚钱。什么才是热门文类，怎样才能成为热门文类，网站用实践和实绩告知着每一个进入网站的写手。在这个意义上，网络小说也就成了网站控制和规训的成品。当然，这一切都是为了一个目标，就是最大化地吸引读者。

其三，中国的网络小说是中国传统通俗小说发展过程中的当下环节，是中国现当代纸质通俗小说向虚拟空间的创新性延伸。首先是文化层面。尽管接受了很多外来的文化，弘扬中国传统文化还是网络小说的价值取向，是非善恶的评判标准并没有发生变化。积极进取的儒家家国观念，与人为善、普度众生的佛家情怀，天人合一、顺其自然的道家追求……中国传统文化中向上、向善、向真的积极要素是绝大多数网络小说的文化基础。值得推崇的是，优秀的网络小说是以中国传统文化为基础，融入了外来文化，从中呈现出中国传统的当代性拓展。其次是文本层面。网络小说文本的类型模式是中国传统通俗小说的延续。写手们从古代典籍中吸取创作成分，从现当代通俗小说中寻求创作思路，在自己的阐释中兼并、融合、创新，开拓出契合市场需求的文类模式。网络小说撰写类型小说，并成为传统的通俗小说发展中的一个环节是必然的选择。尽管市场运作的性质使得网络小说以市场最大化作为创作目标，然而其仍旧是承载着中国文化精神、表现中国历史情状、探索世间生活百态的中国故事，也是最切合中国读者阅读兴趣的故事。因此，中国传统的故事模式给网络小说提供了最好、最有效的创作思路。再次，网络小说延续着中国现当代通俗小说创作路径前行的另一个重要原因是读者网络阅读的机制推动。网络小说的阅读是读者快速浏览的屏阅读，读者根本就不想（或者不愿）阅读那些时空颠倒的叙事或者碎片化的情节穿插的小说，认为这是叙事的杂乱无章而放弃阅读。与屏阅读最契合的是故事向前发展的自然时序，追求故事情节发展的通俗小说正是最佳的自然时序的文本。

其四，网络小说承载着社会“草根”心态和人生诉求。何谓“草根”，并没有明确的概念，但是，基本上约定俗成地认为其是与精英阶层相对的平民阶层，是与精英阶层相对的弱势群体。网络小说从某种程度上说，就是一种社会“草根”心态的表达和社会“草根”情绪的宣泄，感性大于理性，表现大于思考，网络小说有自我的宣泄渠道和表现方式。与新小说或精英小说相比，通俗小说的阅读动力与人的潜意识心理刺激更加直接。在网络小说的阅读中，读者的潜意识心理刺激被进一步放大，显得更加强烈，这与网络小说的屏阅读有关，更重要的是由创作主体和阅读群体的年轻化所造成的。

其五，粉丝社群是网络小说的重要阅读现象。粉丝社群的形成，同质化读者的构建是内在原因，网站提供的平台也起到了推波助澜的作用。网络小说的粉丝社群不同于影视艺术的粉丝。影视艺术的粉丝仅仅是被艺术主体“折服”的受众群体，网络小说的粉丝是进入网络小说生产运作和传播发展过程的受众群体。首先他们是文本的生产力。其次，他们是文本的狂欢者和传播者。无论如何游荡，也无论是什么“脑残粉”“死忠粉”，他们都是文本和写手最积极的消费者。由于粉丝对文本深度介入，粉丝的爱好和偏向成了市场趋势很好的信息反馈，既影响了写手的创作取向，也影响了网站的指导写手的市场导向。

一、思考研习

1. 请对中国现当代通俗小说的概念作辨析。
2. 为什么要建立中国现当代通俗小说的批评标准？
3. 如何评价中国现当代通俗小说的文学价值及其不足。

二、阅读延伸

1. 范伯群主编：《中国近现代通俗文学史》，江苏教育出版社 2010 年版。

2. 汤哲声：《20 世纪中国文学的雅俗之辨与雅俗合流》，《学术月刊》2006 年第 3 期。

三、扫码听讲

第一章　中国现当代通俗小说与网络小说发展史

第一节　中国现代通俗小说发展史

一、中国现代通俗小说的起点

中国现当代通俗小说由中国现代通俗小说、中国当代通俗小说、中国网络小说三个发展时期所组成。中国现代通俗小说起步于晚清的“小说界革命”。1894年中日之间爆发的甲午战争，自称天朝大国的中国败于蕞尔小岛，给中国朝野带来了巨大的震动，一股救国图存的思想潮流席卷国内，国民启蒙运动随之而起。在启蒙运动中，小说因其特殊的表现方式和社会影响力而受到思想启蒙者的关注和推崇。1896年，梁启超在《变法通议·论幼学第五·说部书》中提倡小说革新。1897年严复、夏曾佑发表《国闻报附印说部缘起》，提出小说具有经史无法比拟的“易传行远”的特点，要求提高小说的地位。特别是1902年梁启超在《新小说》上发表的《论小说与群治之关系》一文，提出“小说界革命”。这些文章的核心观点有四个方面：一是“重小说”。中国是个诗文大国，以诗文创作显示才情才气，小说和戏曲创作一直处于文学创作的边缘位置。小说是一种叙事文体。将小说上升到文学的主流位置，也就是强调文学创作要表现社会生活和人生问题。二是“今社会”。小说的价值是反映当下中国社会中的人和事，而不是历史上的英雄豪杰或才子佳人。三是“寓教育”。小说具有影响社会的特殊功能，用小说启蒙民众将会有很好的效果。四是“看世界”。他们认为欧美和日本国民开化之时，往往得到小说之助。译介外国小说同样能帮助中国国民启蒙。他们的提倡和号召得到了中国文学界的响应，一股小说创作热潮在文坛出现。

中国小说的创作取向在“小说界革命”之前就已经有所变化。1892年韩邦庆开始在杂志《海上奇书》上连载《海上花列传》，该书 1894 年结集出版。小说写的是自通商以来“海上”（当时不少文人将上海称为“海上”）的故事，是“今社会”的人和事，以及“今社会”的思想观念。到了 1902 年“小说界革命”开始之后，中国的小说创作对社会问题的思考更加深刻，并具有了批判意识。梁启超的《新中国未来记》、李伯元的《官场现形记》、吴趼人的《二十年目睹之怪现状》、刘鹗的《老残游记》、曾朴的《孽海花》、包天笑的《青灯回味录》、徐念慈的《新法螺先生谭》等小说写了当时中国的社会、政治、官场、法律、教育等多方面的状态，并对其中的问题进行了思考和批判。他们的小说开辟了中国文学的新境界，有着很好的启蒙意识，在当时的中国产生了很大的影响。

清朝末年，中国进入了报刊时代。中国文学迎来了一波创刊高峰。《新小说》、《月月小说》、《绣像小说》、《小说林》、《小说时报》、《小说大观》、《新新小说》、《小说月报》、《礼拜六》（前百期）、《小说画报》以及《申报·自由谈》等杂志或报纸副刊均在此时先后创刊。这些杂志或报纸副刊不仅是小说发表的主要阵地，也引领着中国小说发展的路径。梁启超主持的《新小说》是晚清“小说界革命”的首创者，也是“小说界革命”的引领者。《新小说》首创了译、作并举的编辑模式，使得翻译外国小说一直成为中国文学的重要的组成部分。《新小说》还开设了《小说丛话》栏目，对当时译、作小说进行点评，并用“新小说”的理念分析中外小说，对当时中国小说的创作具有指导性。《月月小说》首创了《短篇小说》栏目。虽然其上刊载的短篇小说与后来新文学提倡的“短篇小说”的形式不一样，但是这样的文体概念给中国作家很大想象空间。1917 年 1 月创刊的《小说画报》明确提出了“小说以白话为正宗，本杂志全用白话体取其雅俗共赏，凡闺秀学生商界工人无不咸宜”①。这是当时中国最为明确地要求“小说以白话为正宗”的声音。《小说画报》也成为当时中国完全白话化的杂志。这些杂志或报纸副刊的编辑方针变化给中国小说的发展留下了一条逐步走向现代化的轨迹。

1897 年，林纾与王寿昌合译法国小仲马小说《巴黎茶花女遗事》，开启了中国翻译外国小说的先河。之后，林纾与合作者们先后共译欧美小说 180 余种。这些作品统称为“林译小说”。“小说界革命”开始后，翻译外国小说成了一种风气。当时，几乎所有的作家都是一手创作，一手翻译。他们翻译的小说大多是译叙，翻译水平参差不齐。译者还缺乏对外国小说的甄别能力，译作自然良莠掺杂。但是，他们是中国第一批关注外国小说的翻译群体，他们的译作也有精品存世。民国初年周瘦鹃翻译的短篇小说涉及意大利、西班牙、瑞典、荷兰、

---

① 包天笑：《小说画报·例言》，载《小说画报》1917 年 1 月第 1 期。

塞尔维亚等 14 个国家。他后来将之编成《欧美名家短篇小说丛刊》，共 3 卷，于 1917 年 3 月由中华书局出版，收入 50 篇小说。当时鲁迅正在教育部主持通俗教育研究会小说股的工作，曾与周作人共同报请教育部表扬这套译作，并充满热情地称赞此书："所选亦多佳作。又每一篇告著者名氏，并附小像略传，用心颇为恳挚，不仅志娱悦俗人之并目，足为近年来译事之光……当此淫佚文字充塞坊肆时，得此一书，俾读者知所谓哀情、惨情之外，尚有更纯洁之作，则固亦昏夜之微光，鸡群之鸣鹤矣。"①评价颇高。这些译作不仅有助于国民启蒙，对中国小说的创作转型也起到了积极的作用。

二、20 世纪 20、30 年代中国现代通俗小说的市场化

1912 年中国建立了共和政体，构建共和意识的要求随之而起。1915 年《新青年》（最初名为《青年杂志》）创刊。《新青年》提出科学与民主的口号，宣传人道主义思想，构建人的意识，并显示出彻底的文化批判、思想批判和社会批判精神。《新青年》构建的是"新人"的意识而不同于晚清以来的"新民"的启蒙。随着鲁迅的《狂人日记》等一系列小说出现，通俗小说的守旧性和滞后性明显地显露了出来。特别是此时的通俗小说正在从社会批判的立场上后退，热衷于言情小说和黑幕小说的创作。这些作品脱节于正在发生着巨大变化的中国社会现实，被社会淘汰势成必然。此时的通俗小说受到了新文学作家的批判，被称之为"鸳鸯蝴蝶派"②。1921 年，中国现代通俗小说的重要刊物《小说月报》被新文学作家接编，标志着通俗小说被边缘化。

历史给中国现代通俗小说的发展提供了机遇。20 世纪 20、30 年代，上海、天津等城市迅速发展，市民人口急遽增加，大众文化日益繁荣，中国现代通俗小说有了发展的空间和机会，并在实践中逐步明确了发展路径。在清末民初之际，通俗小说虽然宣扬文学创作的休闲、愉悦、游戏，被沈雁冰批判为"金钱主义"③，但是总体上说，通俗小说还是强调文学创作的警世觉民。1921 年以后，通俗小说降低了清末以来文学的"新民"意识和启蒙观念的追求，他们完全为了生存而写作：走市场路线。现代通俗小说的市场化给现代通俗小说带来

---

①《教育公报》第 4 卷 1917 年 5 月第 15 期"报告栏"。

②"鸳鸯蝴蝶派"是新文学作家对他们的称呼。最早这样称呼的是周作人。他在 1918 年《新青年》第 5 卷第 1 号上发表《日本近三十年小说之发达》一文，谈论到中国文学流派时说："此外还有《玉梨魂》派的鸳鸯蝴蝶体，《聊斋》派的某生者体。"之后胡适、鲁迅、茅盾等人在文章中就逐步用"鸳鸯蝴蝶派"称呼他们。

③ 沈雁冰批评鸳鸯蝴蝶派文学："思想上的一个最大的错误，就是游戏的消遣的金钱主义的文学观念"，参见沈雁冰：《自然主义与中国现代小说》，《小说月报》1922 年第 13 卷第 7 期。

了繁荣，也给现代通俗小说带来了一系列的变化。

现代通俗小说期刊表现出强烈的读者意识，并展开了一系列的市场运作。中国现代通俗小说此时迎来了第二波创刊热潮。《礼拜六》（1921 年、后百期）复刊，《小说世界》（1923 年创刊）、《半月》（1921 年创刊）、《红杂志》（1922 年创刊）、《红玫瑰》（1924 年创刊）、《侦探世界》（1923 年创刊）、《紫罗兰》（1925 年创刊）、《珊瑚》（1932 年创刊）等杂志先后创刊，这些期刊几乎贯穿于整个 20 世纪 20、30 年代，是当时通俗小说主要期刊。这些期刊都强调要切合现实潮流和人情风俗，追求趣味化和通俗化，以读者是否愿意看作为文学创作和杂志录用的标准。为了加强与读者互动，这些期刊设立了与读者交流的《谈话》《读者信箱》《人生信箱》《编辑部谈话》《交换》等栏目。这些栏目涉及读者生活的各个方面，既为读者的生活排忧解难，更为连载的小说摇旗呐喊。为了增强市场的新鲜感，期刊不断地更改刊名。刊物每一次的改名实际上是刊物的改组，一方面是主编、作者的大调整，另一方面是避免了读者的审美疲劳。所以这些期刊的每一次更名都带来一次新的阅读高潮。每一种期刊的装帧设计都很用心，例如《红玫瑰》的封面上几乎都是一幅滑稽画，因为《红玫瑰》的市场定位就是大众化路线。《紫罗兰》的封面是松竹梅兰，因为《紫罗兰》的市场定位就是名士化路线。期刊对作品的宣传推介的另一个手段就是广告。此时通俗小说的广告铺天盖地，均强调阅读的愉悦性。广告中用各种修辞手段强调作品如何吸引人，或者干脆就将作品目录、部分故事篇章全部照录作为广告内容。这是此时通俗小说创作与传播的一大特色。

市场的追求，促成了中国的职业作家在 20 世纪 20、30 年代逐步成熟，并在创作机制上建立了“名作家中心制”。职业作家的出现是中国现代文化体制“现代性”的一个重要标志。通俗小说作家是最早的现代职业作家。1921 年后，这支写作队伍更加壮大。写作而获取稿费在通俗小说作家看来是天经地义的事情，通俗小说职业作家的职业性将此表现得更为彻底。优胜劣汰的市场竞争中，“名作家中心制”也就逐步形成。所谓的“名作家中心制”是指名作家引领创作潮流和文学报刊以名作家的创作为标志确立自我的市场份额。所谓名作家是指具有市场效应的作家，他们的名气大小决定了市场份额的大小。当时通俗小说作家数以百计，但是真正成名的作家也就是那么十多人。这十多人分别是当时各种类型的通俗小说的代表作家，例如张恨水以他的《春明外史》《金粉世家》《啼笑因缘》成为社会言情小说代表作家；向恺然以他的《江湖奇侠传》、李寿民以他的《蜀山剑侠传》、王度庐以他的《鹤—铁》系列成为现代武侠小说代表作家；程小青以他的《霍桑探案》成为现代侦探小说的代表作家；程瞻庐、徐卓呆以他们的一系列小说成为社会滑稽小说的代表作家……在那个热气腾腾的通俗小说市场中，真正能呼风唤雨的也就是这十多位作家，他们的作品总能引起人们的关注。他们从市场中来，又成为市场的中心，影响着市场的走向。在名作家的引领下，一大批跟风者紧随其后，中国现代类型小说就此形成。社会小说、武侠小说、侦探小说、社会言情小说、历史宫闱小说等，中国现代通俗小说的类型化在此时变得更为分明。

现代通俗小说开始了跨媒介创作，与大众艺术产生了互动。小说是叙事文类，必然会与其他叙事艺术产生互动。此时的通俗小说与弹词和电影的艺术互动取得了很好的成就。弹词是苏浙沪一带深受民众欢迎的一种民间曲艺。清末民初之际，弹词还主要在书场表演。1922 年上海创设无线电公司，开始电台播音。传统的弹词常以民间故事、传统小说作为内容，此时弹词节目以受到市民欢迎的通俗小说作为剧本。这个时期几乎所有有影响的通俗小说名篇都被改编成弹词，其中影响最大的当然是张恨水的《啼笑因缘》。20 年代初，中国电影开始从通俗小说中寻找素材。最初是徐枕亚的《玉梨魂》和包天笑的译作《空谷兰》被改编成电影，取得了较好的市场效应。之后，根据平江不肖生（向恺然）的小说《江湖奇侠传》改编的电影《火烧红莲寺》更是引起了市场的轰动，直接引发通俗小说改编电影的热潮，中国电影进入了商业电影时期。同时，中国通俗小说也在电影的表演中吸取创作营养，进入了很好的互动状态。

强盛发展的通俗小说创作了很多优秀的作品，与其他艺术一起给 20 世纪 20 年代的中国大众文化带来了繁荣，但也留下了很多泡沫与糟粕。在市场最大化的追求下，很多文化含量不高、社会价值极低的小说充塞在文坛上，给社会留下了非常不好的影响。

1931 年“9·18”事变和 1932 年“1·28”事变之后，中国抗战的激情日益高涨。此时创刊的《珊瑚》提倡写“国难小说”。爱国主义一直是现代通俗小说表现的思想。1914 年 8 月日本和德国在中国青岛开战。这两个帝国主义列强在中国国土上为了争夺中国国土而打仗，给中国人民带来了极大的灾难。国难当头，群情激奋。在这一年的《礼拜六》第 46 期上，剑侠发表纪实小说《弱国余生记》，对两个强盗在中国土地上打仗表示愤慨。《礼拜六》主编王钝根为这篇小说专门加按语说：“嗟我同胞，不起自卫，行且尽为亡国奴。”并宣布将 51 期的《礼拜六》定名为“国耻辱”专号。从 51 期《礼拜六》开始，王钝根连载他根据报刊材料撰述的《国耻录》。20 世纪 20 年代，通俗小说作家写了很多“亡国奴小说”，包天笑的《沧州道上》、周瘦鹃的《亡国奴日记》《亡国奴家里的燕子》、贡少芹的《亡国奴自豪语》等小说是代表。“亡国奴小说”激发的是国人的耻感。进入 30 年代，随着国难日益深重，通俗小说作家的抗战情绪更加高涨。1932 年 7 月 1 日，《珊瑚》主编范烟桥将民间流传的《爱国连索》印在杂志上，并连续刊载，号召中国人“一、永远不买日本货。二、永远不要卖东西给日本。三、对日本要存报仇雪耻的决心。四、永远要团结精神，一致与日本绝交”[①]，引起了强烈的反响。中国现代通俗小说作家接受的是中国传统文化的教育，家国观念被视作做人的大节。爱国是民族的精神，在这个问题上，中国现代通俗小说作家毫不含糊。

三、20 世纪 40 年代中国现代通俗小说的新生代

1937 抗日战争全面爆发，中国现代通俗小说作家表现出强烈的爱国主义精神，其中张恨水尤为突出。自 1931 年“9・18”事变后，抗战就一直是张恨水小说的主题之一，此时的张恨水更是写出了抗战小说《虎贲万岁》《大江东去》等作品。同时，此时作为重庆《新民报》主笔的张恨水，前后主持了《最后关头》和《上下古今谈》两个重要的抗战栏目，不但自己在上面发表了很多抗战小品，还组织撰写了很多抗战文学的文章。1945 年以后，张恨水写了《八十一梦》《五子登科》等社会讽喻小说，产生了很大的社会影响。张恨水的小说代表了 20 世纪 40 年代现代通俗小说的时代最强音。

20 世纪 40 年代初，重庆、香港等地的作家开展的“文学民族形式”的讨论，地处上海的通俗小说作家也参与进去了。和重庆、香港等地的作家争论文学创作的“中心源泉”不一样，上海的通俗小说作家明确要求开展“通俗文学运动”。在《万象》1942 年第 4 期和第 5 期上通俗小说作家推出了“通俗文学运动专号”。这两期专号共发表了 6 篇文章，它们是陈蝶衣的《通俗文学运动》、丁谛的《通俗文学的定义》、危月燕的《从大众语说到通俗文学》、胡山源的《通俗文学的教育性》、予且的《通俗文学的写作》。这些文章在总结中国现代文学的发展的同时，提出了“通俗文学”的美学原则。通俗文学，这是中国通俗小说作家第一次给自己的创作起的一个名号。

1941 年年底太平洋战争爆发，上海的“孤岛文学”时代结束，新文学基本上撤离了上海。那些与政治时事不发生直接关系的通俗小说期刊又开始盛行起来。它们成了此时上海地区主要的文学期刊。这个局面一直延续到 1949 年。这些刊物最直观的特色是在开本上，一些刊物的开本是方型，可称为“方型刊物”，一些刊物的开本是窄型，可称为“窄型刊物”。在中国北方的京津地区，通俗小说期刊同样占据了重要的位置，它们常常图文并茂，因此常以“画报”称之。

上海“方型刊物”主要有四种：《万象》（1941 年创刊）、《大众》（1942 年

① 范伯群主编：《中国近现代通俗文学史》下卷，江苏教育出版社 2010 年版。

创刊)、《春秋》(1943 年创刊)、《茶话》(1946 年创刊)。“窄型刊物”主要指周瘦鹃主办的两份刊物《乐观》(1941 年创刊)和《紫罗兰》(1943 年创刊)。此时，京津地区最有影响的通俗小说期刊是《三六九画报》(1939 年创刊)和《一四七画报》(1946 年创刊)。无论是“方型期刊”，还是“窄型期刊”，或者是“画报”，它们的办刊方针均如陈蝶衣所说：“我们不谈政治，不言哲理，不作大言之炎炎，惟为小言之詹詹。”[①]这些期刊发表最多的是描写那些城市贫民在社会重压下的荒乱生活的小说。这些小说主要写了城市贫民三方面的生活状态：一是贫困，代表作有叶红的《绯色幽灵》《陋巷里》等；二是心态，这类作品比较多，有徐卓呆的《李阿毛外传》、罗洪的《变》、文宗山的《富贵里三十四号》以及潘予且(潘序祖)、丁谛(吴调公)等人的小说；三是“跑单帮”，“跑单帮”就是贩运生活物品，是当时市民为了生存而进行的谋生手段，此类作品出色的有肖阳的《达生篇》、白悠的《倒运汉走单帮》、慕容隽的《跑单帮》等。在北方的《三六九画报》和《一四七画报》上，除了写市民生活的小说外，武侠小说也表现出色。刘云若、耿小的、白羽、郑证因等是主要的期刊作家。

从 20 世纪 30 年代开始，以天津为中心的北派通俗小说创作群体开始崛起，到 20 世纪 40 年代，中国现代通俗小说创作基本上形成了上海为中心的南派与天津为中心的北派“双峰并峙”的局面。秦瘦鸥的社会言情小说《秋海棠》、顾均正的科幻小说《和平的梦》、孙了红的侦探小说《血纸人》等代表了南派通俗小说的成就。刘云若的一系列社会言情小说、耿小的的滑稽小说和还珠楼主(李寿民)、王度庐、白羽、郑证因、朱贞木等人的武侠小说显示了北派通俗小说创作的成就。此时中国通俗小说创作在美学上显得相当成熟，且很有新意，形成了流派。值得一提的是 1931 年以后东北地区的通俗文学，它们也属于北派通俗文学范畴。沦陷时期东北的大型文化杂志《麒麟》《新满洲》等也都刊登了不少通俗小说。这些通俗小说运用中国传统文学手法创作，在东北沦陷区这一特殊语境中，具有一层延续中国文化的意义。

20 世纪 40 年代以后现代通俗小说一批新作家出现在文坛，他们被称为现代通俗小说的“新生代”。主要作家有徐訏、卜乃夫、张爱玲、苏青以及“东吴系”作家、“复旦系”作家。这些作家创作风格各异，但是有一个共同特点，在国内或国外接受过现代高等教育，没有什么雅俗概念，但吸取了数十年来中国雅俗文学的优点，根据自己的好恶进行小说创作，因此，他们的作品雅俗共赏，将通俗小说创作推向了一个新的境界。

---

① 陈蝶衣：《春秋》创刊号前置辞，1943 年 8 月 15 日。

第二节　中国当代通俗小说发展史

一、中国大陆当代通俗小说发展史

20 世纪 50 年代，一系列的“扫黄打黑”运动使得北京、上海等地大量通俗小说作品被封存或销毁。那些留存下来的侦探小说、科幻小说与当时反特反奸的政治形势以及社会启蒙需求结合在一起，形成了特定的风格。此外，姚雪垠的《李自成》可谓是历史小说的一枝独秀。

1978 年以后，在改革开放的社会大潮下，中国大陆的通俗小说逐步复苏。首先是 80 年代以金庸为代表的港台地区武侠小说和以琼瑶为代表的台港地区言情小说在中国大陆的流行。此时通俗小说创作在中国大陆还未形成热潮，只是改编一些流行小说的旧作，或者是跟在台港小说后面蹒跚而行。例如 1983 年聂云岚根据王度庐的小说《卧虎藏龙》改编的《玉娇龙》在《今古传奇》上连载，引起了很大的轰动。再如 1987 年四川作家田雁宁、谭力以“雪米莉”为名，发表了三部长篇社会小说《女带家》《女老板》《女人质》，构成了雪米莉的女人系列，在社会上掀起了一阵“雪米莉热”，但是，这三部小说无论是名称还是内容都模仿台港地区的社会小说。比较而言，1949 年之后并未停止的侦探小说和科幻小说有一些出色的作品。1978 年童恩正在《人民文学》上发表《珊瑚岛上的死光》，获得 1978 年“全国优秀短篇小说奖”。不久，这部小说被改编为电影，在全国引发了一阵科幻小说创作热。已经转型为公安法制小说的侦探小说，开始增加人性的剖析和悬念的设置，代表作品有海岩的《便衣警察》和王亚平的《神圣的使命》。这些小说与当时的“伤痕文学”同调，一时颇受欢迎。

通俗小说期刊的复苏比通俗小说创作要快得多。1981 年 7 月《今古传奇》创刊。这个刊物一出版就产生了很大的影响，发行量节节攀升，据说发行量最高的一期达到了 270 万份。《今古传奇》创造了中国期刊史上的“传奇”，中国出现了通俗文学期刊、小报的创刊热。在 1986 年左右，通俗文学期刊、小报达到二百多种。经过了一段时期的调整、整合，进入 90 年代以后，通俗文学期刊、小报稳定在九十多种。其中影响较大的有《今古传奇》（1981 年创刊）、《章回小说》（1985 年创刊）、《传奇文学选刊》（1984 年创刊）、《中国故事》（1985 年由《中国故事选刊》改名）。这些期刊的发行量都在数十万份。80 年代中期开始，中国的出版机构开始陆续向市场转型。出版机构惯有的生产性、宣传性转向了生产性、宣传性和经营性，利润的追求成了出版社重要的经营目标。在这样的背景下，西方的“畅销书”经营理念开始进入中国的出版界。“畅销书”的经营理念将中国出版界的选题策划、文本写作以及编辑印刷、出版销售，统统推向了市场。出版社出版的通俗小说作品难以统计，三分天下有其二，这种说法并不为过。

90 年代开始，港台的武侠小说和言情小说热大大地降温，中国通俗小说创作全面复苏，并迅速进入繁荣时期。

通俗小说有着反映社会热点、追逐社会热点的特点，在社会变动的推动下，社会小说首先进入繁荣的创作状态。20 世纪 90 年代初，描写中国的改革开放而出现的各种社会热点生活纪实小说掀起了一股创作高潮。这些纪实小说题材极为广泛，涉及已故领导人的生平以及社会上婚恋、独生子女、知识分子、出国留学、企业明星、农民工、下岗职工等各种新时期的新现象、新生活、新问题。中国当代通俗小说与时代脉搏一起跳动。随着中国与世界接轨，中国人开始大批走向世界，域外小说开始出现。1991 年出版的曹桂林的《北京人在纽约》与 1992 年出版的周励的《曼哈顿的中国女人》都产生过广泛影响。20 世纪 90 年代中后期出现了一股官场小说热。周梅森、张平、王跃文、阎真等人是此时官场小说的代表作家。官场小说实际上是中国体制在市场经济环境中如何保持正义性的文学想象和思考，满足的是百姓对神秘官场的好奇以及“正义必胜”的审美期待。

20 世纪 90 年代后期大陆新武侠的集体现身是通俗小说的一个引人瞩目的创作现象，而这一现象的出现与 80 年代金庸、梁羽生小说的流行及其影视剧的热映有很大关系。毫不夸张地说，金庸、梁羽生的小说及其影视剧陪伴了一代人的成长，其中的佼佼者就成了大陆新武侠的主要创作者。沧月、凤歌、小椴、沈璎璎、步非烟等是其中的代表作家，他们活跃于 20 世纪末到 21 世纪初。《今古传奇·武侠版》是他们最初发表小说的主要阵地，所以他们的作品以中短篇居多，长篇少见，超长篇更是没有。相比后期追求奇崛的网络作家，这批作家的写作方式较为传统，大多是受了金、梁、古、温、黄的影响（如凤歌的《昆仑》随处可见金庸的影子），但由于他们的创作时期正处于中国与世界接轨的时期，他们的小说有着很明显的世界现代流行文化的痕迹。尤其值得注意的是，大陆新武侠中女子武侠的大量出现，打破了以往武侠小说男性作者、男性英雄一统天下的局面，少女情怀为武侠小说蒙上了情爱书写的柔美面纱。

1949 年之后中国历史小说的创作并不繁荣，最有代表性的作品也就是姚雪垠的《李自成》。从 1963 年《李自成》第一卷出版到 1999 年第五卷出版，《李自成》的每一卷都打上了很深的时代烙印。中国历史小说创作的繁荣期是 1985

年以后。此时的历史小说主要作家有凌力、二月河、唐浩明、刘斯奋等人。当下中国的历史小说，创作的文化背景价值取向自然有所不同，学术界也有不同评价。不过，它们都做到了通古达今。能够做到通古达今，这样的历史小说就有了存在的合理性。

80年代以后，外国的流行小说（往往与影视一起）大量进入中国。英美的言情小说、硬汉派小说、暴露小说、侦探间谍小说、悬疑小说，以及日本的侦探推理小说，北欧的犯罪小说等，外国各种类型小说都进入了中国，而且十分流行。这些小说以其特有的文化背景和情节模式给受其影响的当代中国通俗小说抹上了一层世界性的色彩。

进入21世纪以后，中国通俗小说创作发生了很大变化，突出表现在两个方面。一是一些传统的类型小说逐渐淡化并退出通俗小说的创作主流，新类型小说逐步成为通俗小说的创作主体，其中军旅小说、生态小说、青春小说、婚恋小说、科幻小说最引人注目。都梁、石钟山、徐贵祥、麦家、姜戎、杨志军、韩寒、张悦然、虹影、六六、刘慈欣、王晋康、韩松等人都创作了很多优秀的小说。这些小说的故事题材是伴随着中国时代变化和社会关注点转型而新增的，是由社会生活的发展引领而出现的通俗小说创作的新领域。二是通俗小说的纸质出版明显萎缩，网络写作逐步成为通俗小说创作的主要平台。当代通俗小说进入了新的发展时期。

无论是纸质出版还是网络写作，当代通俗小说都与影视剧有着密切的关系，大众性和市场性是使通俗小说与影视剧紧密联系在一起的内在动力。影视剧迅猛发展需要通俗文学源源不断地提供素材，而通俗文学作品一旦被改编成影视剧往往就有了更广阔的市场，作家就有了更大的知名度。巨大的需求和经济效益、社会效益都促使通俗小说创作快速地向影视艺术靠拢，可以这么说，通俗小说在当代如此红火，与影视剧的需求和煽动有直接的关系。

二、中国台湾地区当代通俗小说发展史

1949年以后，中国通俗小说创作形成了区域性特点。中国大陆、中国台湾地区、中国香港地区和中国澳门地区有着各自的发展路径。

由于社会环境不同，台湾地区的通俗小说自成系统。台湾地区的通俗小说开始繁荣是在20世纪60年代，是社会氛围宽松的文学表现。跨世纪以后至今，通俗小说已成为台湾地区文学的重要组成部分。传统性和世界性并存是台湾通俗小说最重要的特点，也决定了台湾地区通俗小说既传承又创新的价值。台湾地区通俗小说创作繁荣先于大陆，当大陆打开国门，面向世界时，台湾地区的

通俗小说就成了大陆通俗小说创作的先导，这是台湾地区通俗小说的另一个价值。

1949 年以后，台湾地区的文艺口号是：战斗的时代，带给文艺以战斗的任务。以政治意识为主导的军中文学占据了主流地位。通俗小说创作虽然没有停止，但是即使写言情的小说也要带有一点战斗的色彩，成为“战斗言情小说”。文学创作与整个社会一样，处于僵硬板结的状态。纯粹的类型化通俗小说一直处于社会的边缘，甚至受到打压。据有关史料，1959 年 12 月 31 日，由“警总”负责规划执行，专门针对坊间流传的通俗小说展开了一次扫荡行动。1960 年 2 月 15 日至 17 日，在台湾各地同步取缔所谓的“共匪武侠小说”，这次行动被称为“暴雨专案”。据 1960 年 2 月 18 日“中华日报”刊载，“警总”于数天之内，取缔了通俗小说 97 种 12 万余册之多，许多武侠小说出租店几乎“架上无存书”；而《查禁图书目录》所列“暴雨项目查禁书目”则高达四百多种，其中九成以上是大陆“旧派”及香港金庸、梁羽生的作品，显见此一行动，持续颇久。①然而，也就在“暴雨专案”后不久，20 世纪 60 年代台湾通俗小说在琼瑶小说的带领下有了极大的发展，台湾的文坛也进入了多元时代。

20 世纪 60 年代以后，台湾通俗小说创作逐步繁荣的根本原因当然是政治力量对文学创作的介入逐步减弱，以及社会氛围的逐步宽松。既有传奇故事，又有感情慰藉的琼瑶式言情小说在台湾文坛流行起来。紧随其后，各种类型的通俗小说开始流行，台湾通俗小说创作进入繁盛时期。

显示台湾社会活力的是经济的快速发展，经济的发展带来的大众文化繁荣是通俗小说创作的重要推动力。1960 年以后，台湾出版社的数量每年都有很大的增长，到 90 年代，全台已经有四千多家出版社。与出版社捆绑在一起的是大量的期刊，再加上一些报纸副刊，全台的文化、文学发表阵地出现了暴涨的状态。为了生存和发展，这些期刊和副刊均将具有广大读者群的通俗小说作为主要的发展方向，例如 1962 年琼瑶凭借长篇小说在《皇冠》杂志走红，其中重要的原因就是《皇冠》明白，琼瑶式的言情小说拥有很大的读者群。②推动这些期刊热衷于通俗小说的另一个原因是书商对文学出版的介入。这些以卖书为职业的书籍经济人对图书市场有着相当敏锐的嗅觉。他们一方面迫使出版社对通俗小说出版加大投入，另一方面也展开一系列的通俗小说发行推介活动，例如设

---

① 转引自叶洪生、林保淳：《台湾武侠小说发展史》，台湾远流出版事业股份有限公司 2005 年版，第 133 页。

② 琼瑶在《我的故事》中说，《皇冠》接受她的《窗外》是因为她的文字读者喜欢。她当时就收到《皇冠》主编平鑫涛的邀请函：“我们非常喜欢你的小说，读者反应也十分热烈。不知你愿不愿意每期给《皇冠》写一篇稿？”琼瑶：《我的故事》，皇冠出版社 1989 年版，第 200 页。

立阅读排行榜、开辟图书专柜、举办作家签名活动等，这些都有助于具有市场空间的通俗小说的创作。

对台湾通俗小说创作有着巨大推动力的还有电影。1962 年，台湾设立电影“金马奖”。从第一届开始，通俗小说的电影改编就有获奖，而琼瑶电影更是成了获奖大户，被称为“琼瑶现象”。具有极广受众的电影如此青睐通俗小说，对通俗小说的创作产生了很大影响。无论是先有小说，还是先有电影后有小说，电影的走红，小说都会成为畅销书。更为深刻的影响还在小说创作美学上，从 60 年代开始到 70 年代后期乡土小说盛行，台湾小说创作的通俗化倾向成了一种时尚。

台湾的通俗小说大致分为两大类，一类传统传承性较强（但并非没有世界眼光），以言情小说和老派武侠小说为主。以发展的眼光来看，从清末民初的言情小说，到 20 世纪 40 年代的新浪漫主义小说，再到琼瑶的言情小说是一条发展链。虽然不同时代有着不同时代的时尚，但是既浪漫又娴淑理性是中国言情小说的主导风格，有着浓厚的中国传统的闺秀气息。1949 年之后，武侠小说的创作在台湾并没有中断过，作品风格基本上是现代武侠小说的延续，江湖世界的描述、中华武功的编演、中国传统伦理思想和为人规范的宣扬是其内核。第二类外来借鉴性较强（但并非没有中国因素），以科幻小说、推理小说以及古龙武侠小说为主。这些小说的外来借鉴是全方位的，既有英美传统，如科幻小说，也有日本元素，如推理小说和古龙武侠小说。将中国传统类型的美学要素与外来文学的美学要素结合起来，无论是外来形式为主，如科幻小说、推理小说，还是中国形式为主，如古龙武侠小说，这一类小说都有了新的面貌，也常被看成是台湾通俗小说的创新。第一类通俗小说在 60 年代和 70 年代颇为流行，第二类通俗小说在 80 年代之后成为主流，这种变化也反映了台湾社会风气的变化。

相当长的时期内，台湾地区的通俗小说都是大陆通俗小说创作的先导。琼瑶小说和琼瑶电影 80 年代以后风靡大陆，其影响力穿越几代人。古龙小说在金庸小说之后成为大陆武侠小说热门书籍，对大陆新武侠的形成产生了深刻的影响。特别值得一提的是蔡智恒（笔名痞子蔡）的网络小说《第一次的亲密接触》，对中国大陆的网络小说创作具有引领的作用。

三、中国港澳地区当代通俗小说发展史

香港连接内地，气通国际，既有传统继承又有国际视野，这样的特点和优势在文学创作中自然表现出来。如果说，清末民初时期以上海为中心的海派通

俗小说创作主要秉持中国传统文化，20 世纪 30 年代以天津为中心的北派通俗小说将传统文化与五四以来的新文化融合在一起，那么香港地区的通俗小说创作的文化特色正在于将中国传统文化、中国新文化与西方文化融合在一起。武侠小说运用了西方的叙事手法，科幻小说出现不同的国家和人种，言情小说出现异国恋情等。所以说，香港地区通俗小说既是中国文化的延续，也是世界文化的映照。

香港地区通俗小说创作最为繁荣的时期是 20 世纪 50 年代到 90 年代。这个时期也是香港地区报纸最繁荣的时期。以 1990 年统计，香港地区日报 63 种，期刊 598 种，当时香港地区人口大约是 600 万人，有人根据人口比例计算，称“在报刊数量的繁多上，这显然属于世界第一，而不仅是中国第一”[①]。香港报纸的重要特色是副刊之庞大，有时一份日刊，副刊栏目多达八到十个，每个栏目再分门别类，内容繁多，有时一份日刊就如一本生活杂志。报纸副刊与那些政治信息、社会新闻不一样，它需要对读者具有吸引力的软性文字，通俗小说创作自然就成了副刊的重要门类。报纸副刊的需要给予通俗小说创作的平台，通俗小说创作增添了报纸副刊的丰富性，它们之间互相联手，互为助长。

香港地区是东方的经济、金融中心之一。成熟的商业文化使得通俗小说创作被纳入多样的商业运作之中。就香港而言，“大大小小的印刷机构接近四千家，出版社两百多家，书店、售书点一千个，报摊三千档，其中能卖期刊、书籍的两千档”[②]。它们是通俗小说得以流行的基本渠道。香港地区几乎所有的通俗小说都是报纸副刊的连载小说，连载完后再结集出版，然后在各售书摊流向阅读市场。阅读通俗小说的市民有了更多的需求，就要求售书点提供更多、更丰富多彩的通俗小说，售书点就向出版社索取更多的通俗小说和通俗期刊，出版社就要求报纸副刊刊出更多的通俗小说。香港的通俗小说创作就在这样的渠道中流转。出版社为了增加效益，变着法子提高通俗小说的销量。香港有每年一度的香港书展，除了售卖新旧书籍外，作家临场与读者见面、为读者签名，更成为书展中的“指定”活动，吸引着大批粉丝和书迷，这也是一年一度的促销活动。刺激香港地区通俗小说创作的另一个动力是通俗小说向影视艺术的转移。香港是世界知名的影视中心之一，具有东方文化神韵是香港影视艺术的特色。通俗小说讲的就是中国的故事、东方的传奇、传统的精神，给香港影视艺术提供了无尽的素材。香港影视在世界的流行反过来又要求通俗小说作家创作更多的作品。在香港，几乎每一个通俗小说作家都是影视剧本的写手，这个现象很

① 罗孚：《香港文化漫游》，中华书局 1993 年版，第 15 页。

② 罗孚：《香港文化漫游》，中华书局 1993 年版，第 41 页。

能说明它们之间的互动关系。

香港的现代通俗小说发展，当由1956年的一场比武揭开序幕。当时有两位掌门人在澳门打擂台。《新晚报》看中了这个“商机”，就要求当时在报馆里工作的陈文统创作武侠小说，连载于晚报上。因此，陈文统以梁羽生为笔名，在极短的时间内，创作了《龙虎斗京华》。后来，同是在《新晚报》工作的金庸，创作了他的首部武侠小说——《书剑恩仇录》。

然而，香港通俗小说的发展却可追溯至晚清。王韬（1828—1897）被称为香港通俗小说的鼻祖，也是香港开埠后第一位作家。他的作品学效《聊斋志异》，为传统的笔记体。这样的文笔传承到后来的何筱仙、罗澧铭、黄守一等，对香港通俗小说的发展产生了一定影响。①

民国以来，粤港有不少作者采用笔记、粤讴、班本、龙舟、戏曲等形式创作，或是书写个人喜好，或是感喟时代等。其中的作者包括郑贯公、黄言情、吴灞陵等。粤讴、班本等形式的创作，成为粤港文学的特有品种。②

香港通俗小说的另一枝奇葩，是李我的天空小说③。李我先在广州通过广播电台说故事，后来到香港丽的呼声继续透过大气电波说故事，然后将这些声音故事出版单行本，并创造了“天空小说”一词④。天空小说在当时甚受读者欢迎。

此外，还有借壳小说。所谓借壳小说，是指以旧的、知名的小说名称，配以全新的故事，例如黄言情的《新西游记》和侯曜的《摩登西游记》。这两部小说都是借《西游记》的壳而写成。在50年代的香港，有不少作者以这种方式创作，报章上亦多有连载。⑤

香港通俗小说主要是武侠、言情、科幻三大类。《龙虎斗京华》和《书剑恩仇录》开创了以人物为中心带动情节发展的小说叙述模式，有别于过去以情节为中心带动故事发展的传统写作模式。梁羽生和金庸开创了新派武侠小说的套路。二人不断创作，借着报刊的连载，受欢迎程度一时无两。言情小说则是香港主要的通俗小说类型，作者包括：亦舒、依达、严沁、岑凯伦、林燕妮、西茜凰、梁凤仪、张小娴、郑梓灵、林咏琛等，作者之多，产量之丰，尤胜其他类型。在香港，科幻小说的产量较少，却是比较特别的题材。倪匡的卫斯理和

① 刘以鬯：《香港文学的起点》，《今天》1995年第1期。转引自黄仲鸣主编：《香港文学大系1919—1949·通俗文学卷》，香港商务印书馆，2014年版，第47页。

② 参见黄仲鸣主编：《香港文学大系1919—1949·通俗文学卷》，香港商务印书馆2014年版，第44—45页。

③ 参见黄仲鸣主编：《香港文学大系1919—1949·通俗文学卷》，香港商务印书馆2014年版，第49页。

④ 吴昊：《天若有情天亦老：试论天空小说》，香港《作家》第14期，2002年2月。转引自黄仲鸣主编：《香港文学大系1919—1949·通俗文学卷》，香港商务印书馆2014年版，第49页。

⑤ 参见黄仲鸣主编：《香港文学大系1919—1949·通俗文学卷》，香港商务印书馆 2014年版，第49—50页。

原振侠系列是当中的佼佼者。严格来说，倪匡的科幻小说并非严肃的科普小说，或正宗的科学小说。[①]倪匡以科学为包装，加入大量的幻想、奇人奇事，还有外星人等，再配上推理、武打、言情的元素，因此他的小说也甚受读者欢迎。当然，这三类并不是截然分开的，而是武侠中包含了言情，科幻中包含了侦探。而且，这些类型后来还出现了变化，加入了更加多元化的元素，例如穿越、鬼怪等。

随着时代的发展，报刊上的连载小说渐渐被淘汰，香港的网络小说渐渐兴起，其中的佼佼者包括《一路向西》[②]《那夜凌晨，我坐上了旺角开往大埔的红VAN》[③]。

相比较而言，澳门地区的文学创作就贫瘠多了。要说历史，明清时期都有文学典籍，但是始终不成气候。这种状态在现当代的澳门同样如此。有人对1950年到1985年的澳门文学作了这样的扫描："三十六年来澳门还没有出版过一本公开售卖发行的文学杂志，也很少出版文学创作单行本或丛书。有过的只是社团或同人性质出版的以赠阅为主、或收取少量工本费的文学性期刊。"[④]这种状态与热闹的香港文学出版业相比较，简直是天壤之别，也决定了澳门地区的文学创作只能跟在香港后面走。1970年《澳门日报》邀请香港作家阮朗到澳门主持了两次文学创作讲座。这位曾经写过《金陵春梦》的作家的讲座吸引了大量的文学青年。从某种意义上说，这两次讲座也是为了点燃澳门文学创作的火种。

说澳门地区文学创作不成气候，不是说澳门地区就没有文学作品。据刘登翰主编《澳门文学概观》转引澳门资深报人刘大白的《回忆录》所述，20世纪30年代澳门地区有了本地的报纸，有的报纸增设副刊，连载小说也就出现了。大约在1938到1939年间，陈霞子在其主持的《大众报》副刊上连载自撰的侦探小说《侦缉胆》和武打小说《芝加哥杀人王》，很受欢迎。1941年余寄萍在《大众报》副刊上连载言情小说《温柔滋味》[⑤]。1958年8月15日《澳门日报》创刊，从创刊起《澳门日报》就创建了副刊《新园地》，最初只是刊登了阮朗的《关闸》。到1961年4月，《新园地》副刊专门开设《小说丛》栏目刊登小说。《小说丛》最多时连载六部小说。所载作品有蕊韵的《风尘人语》、余福崇的《阿

---

① 参见汤哲声：《中国现代通俗小说思辨录》，北京大学出版社2008年版，第171页。

② 原为网络小说《东莞的森林》，于高登讨论区连载，后来被改编成电影《一路向西》，是第一部被改篇为电影的高登连载小说，并以《一路向西》为名，出版实体书。

③ 原为网络小说，后来获出版社青睐，出版实体书，后又被改编成同名电影，由陈果导演，黄又南、文咏珊主演，参演者包括任达华、惠英红、林雪等知名影星。

④ 李鹏翥：《澳门文学的过去、现在及将来》，《澳门文学论集》，澳门文化学会、澳门日报出版社1988年版，第168—169页。澳门同人期刊坚持时间比较长的有《新园地》《澳门学生》等，主要刊登同人作品。

⑤ 刘登翰主编：《澳门文学概观》，鹭江出版社1998年版，第207页。

福日记》、何耿刚的《风雷夺魄剑》、张璧的《死亡采访》、麦思远的《铁掌情仇》等。从60年代开始，鲁茂就开始在《澳门日报》上连载小说。他数十年笔耕不辍，连载了十多部长篇小说。70年代以后，周桐也在《澳门日报》上连载小说数部。鲁茂与周桐也就成了当代澳门地区通俗小说创作最丰的作家。澳门地区有着丰厚的文化积淀和多彩的文化生活，而最能反映社会世情的小说创作还是比较薄弱，有着很大的提升空间。

第三节　中国网络小说发展史

一、中国网络小说的历史分期与发展概述

中国网络小说从诞生伊始，至今已经发展了二十余年。在这二十多年中，中国网络小说经历了从小众性的小说转变为大众性的小说，从业余性的创作转变为专业性的创作，从具有精英倾向转变为大众通俗倾向的发展过程。总体而言，中国网络小说发展可以分为诞生（1994—1997）、发展（1998—2002）、转型繁荣（2003—2013）、规范有序（2014至今）四个时期。

1. 1994—1997年，这是中国网络小说的诞生时期。中国网络小说几乎伴随着中国互联网的架设一同诞生。1994年，中国正式获准加入互联网。1995年5月，张树新创立中国大陆第一家互联网服务供应商，从此中国的普通人群开始能够进入互联网。同年8月，中国大陆第一个互联网BBS（Bulletin Board System电子公告板）——水木清华BBS建立，随后各知名大学纷纷建立自己的BBS平台。中国最早的网络小说作品就诞生在这些BBS之中。当时，中国大陆第一篇具有高网络知名度的评论文章《大连金州不相信眼泪》就诞生于一个总存帖量不能超过300的小型BBS之中。不过，总体而言，这些早期BBS中的文学作品往往因创作的个人性、社团性以及受限于当时中国互联网的普及程度，大都寂寂无名，均随着互联网设备与数据的迭代更新，彻底从人们的视野中消失了。

2. 1998—2002年，这是中国网络小说的发展时期。这一时期中国网络小说从原来的寂寂无名，逐渐发展到开始有规模地进行实体书刊的出版，并诞生了一批至今仍具有影响力的作家。

1998年3月，台湾作家痞子蔡（蔡智恒）开始在BBS上连载小说《第一次的亲密接触》。这部以网恋为题材的小说，引起了极大的轰动，备受追捧。他的

热度从台湾开始，蔓延到整个华语网络，成为现象级的作品。很多女性网民受到小说女主人公“轻舞飞扬”的影响，而将自己的网名改成了“轻舞飞扬”。同时，“网恋”的话题也因为小说传播，成为当时互联网上最有热度的话题之一。1999 年《第一次的亲密接触》在大陆出版，当时发行量超过 50 万册，名列大陆图书畅销榜榜首。由于《第一次的亲密接触》的轰动影响，一时间众多模仿作品《第二次的亲密接触》《无数次亲密接触》等伪作纷纷诞生。

在痞子蔡掀起了网络小说的风潮之后，中国大陆也出现了网络小说创作出版的高潮。从 1998 年至 2000 年，中国大陆先后出版了《网上自有颜如玉》（邢育森）、《卤煮男女》（宁财神）、《数字英雄》（李寻欢）、《告别薇安》（安妮宝贝）等一系列的网络小说作品，涌现了一批集中在“榕树下”BBS 的作家群体：邢育森、宁财神（陈万宁）、李寻欢（路金波）、安妮宝贝（励婕）和慕容雪村（郝群）等，其中邢育森、宁财神和李寻欢在当时被称为网络文学的“三驾马车”。

与当代网络小说作家群体相比，这批“榕树下”作家群体烙印着 90 年代末期的时代特征：其一，他们往往具有其他固定的社会职业，创作属于业余爱好，比如，宁财神当时在金融领域执业，安妮宝贝则从事过很多不同的职业。其二，由于创作的业余性，以及“榕树下”BBS 的共享方式，这些作家在上面发布小说几乎不具有直接的商业性收益。其三，这些作家大都努力摆脱网络小说作家的身份，试图进入传统的文学文化圈，比如邢育森、宁财神等人在成名之后，转行成为编剧；安妮宝贝则彻底离开了网络创作，称自己要做一个始终坚持严肃写作的自由作家。

在这一时期，除了聚集于纯文学 BBS“榕树下”的网络作家群体之外，还有一批网络小说作家集中于新浪网的 BBS 中。2000 年，宁肯在多次向文学期刊投稿失败之后，将自己创作的长篇小说《蒙面之城》发表于新浪 BBS，人气急剧攀升，获得当年新浪网颁发的“全球中文网络最佳小说奖”。同年，今何在（曾雨）也在新浪 BBS 连载小说《悟空传》，并因此获得“榕树下”网站举办的“第二届网络原创文学奖”的“最佳人气小说奖”和“最佳小说奖”，获得“网络第一书”的美誉。同一时期，集中在新浪 BBS 上发表的小说作品还有沙子的《轻功是怎样炼成的》、黑心杀手（王小山）的《大献演，大现眼》、王佩（红心杀手）的《猪.com》、猛小蛇（灰心杀手）的《中国电子商务残酷写真》、周洁茹的《小妖的网》等，一时间新浪 BBS“大虾”[①]云集。此外，江南在清韵书院网站连载的小说《此间的少年》也在当时产生了一定影响力。

由于新浪 BBS 的内容的综合性与开放性，与“榕树下”作家群相比，聚集

① 在当年的网络流行语中，网络精英自称“虾”或“大虾”。

在新浪 BSS 的网络作家的职业身份更加复杂，从学生、IT 精英到记者、职业作家，几乎涉及各行各业。因此，在新浪 BBS 上发表的网络小说在题材上更加多样，从职场小说、言情小说到流浪小说，囊括了大多数的小说题材类型；在语言上，由于作者群体的复杂性，以及与“榕树下”BBS 理念的差异，他们创作的小说更多地带有职场气息与流行话语特征。

总体而言，1998—2002 年，中国网络小说的发展具有以下几个特点：

（1）在小说类型上，这一时期的小说主要以社会言情小说为主，大都以现代都市为背景，表现都市中芸芸众生的生活图景，因此具有一定的现实主义特质，比如《告别薇安》（安妮宝贝）、《蒙面之城》（宁肯）、《成都，今夜请将我遗忘》（慕容雪村）。

（2）在小说题材上，互联网带来了新的生活体验，网恋、IT 精英的生活状态，新兴职业的现实状况等被写入小说中，比如《聊天室泡妞不完全手册》（宁财神）、《迷失在网络中的爱情》（李寻欢）等。

（3）在小说语言上，“榕树下”BBS 作家群体，大都坚持以写作严肃文学作为自己的创作理念，因此这些作家的小说在创作语言上大都遵循经典文学的写作途径，尽可能地实现文本语言个性与审美的统一。新浪 BBS 作家群体的小说语言虽然更具多样性与通俗性，但是他们在使用流行话语的时候，仍然十分注重小说语言的审美要求。

（4）在文学理念上，这一时期的网络小说作家对文学的认识与后来的网络小说作家差异很大。这些作家很大一部分拒绝接受“网络作家”的称呼，并且大多数人都在成名之后放弃了继续在互联网上从事创作，转而进入传统文化行业。同时，这些作家大都坚持文学“纯粹性”的理念，认为自己的创作才是更加“纯粹”的文学，因此也拒绝将自己的小说作品贴上“网络小说”的标签。同样，基于这种“纯文学”的文学理念，这一时期的网络小说创作很少具有商业倾向，大都表现为兴趣性、社团性与业余性。

（5）在传播范围上，原创网络小说通过实体出版与网友的口耳相传，开始在全社会范围内形成一定影响。网络小说开始成为文学研究与文化研究关注的对象之一。不过，应当注意，由于互联网的普及程度还不太高与传统纸媒原有的巨大的影响力，这一时期网络小说的主要传播途径依然是纸质书刊的出版发行。

3. 2003—2013 年，这是中国网络小说发展的转型繁荣时期。这一时期由于中国网络小说的社会影响，产生了关于网络小说价值的争论，并最终导致中国网络小说作家群体分流。同时，国家出版制度的改革与文学网站的商业化探索直接影响了中国网络小说创作题材的选择，并促使中国网络小说的创作整体转型，最终奠定了当代网络小说的基本模式与营收方式。

虽然中国网络小说在1998年至2003年之间无论是在书籍出版上，还是社会影响上都有了比较大的发展，甚至可以说是中国网络小说诞生以来的第一次高潮，但是网络小说却始终无法得到传统文学文化圈的认可。就在网络小说发展红红火火的2000年，传统文学文化圈开始批判网络小说的价值与意义，很多学者与批评家直呼网络小说为“垃圾文学”[①]与“厕所文学”[②]，认为网络小说缺乏文学应有的价值，只不过是哗众取宠的没有价值的文化快消品。面对来自学者和职业作家的批评，不少网络小说作家也进行了抗辩，认为批评者不懂什么是通俗，也不懂什么是纯文学[③]。在这场争论中，双方都无法说服对方，最终不了了之。

2000年的这场关于网络小说价值的争论，最终导致了那些怀有纯文学理念的网络小说作家纷纷离开互联网创作，宁肯、安妮宝贝等先后放弃网络作家身份，成为作协的签约作家，周洁茹等人干脆停止文学创作，邢育森、宁财神等人都转行进入编剧行业，或者成为职业媒体人。网络小说作家群体的分流，造成了2002年前后网络小说出版的低潮，虽然也有新兴的网络小说作家出现，但是与前两年相比，呈现出相对衰落的趋势。这从一个侧面说明了坚持网络小说创作纯文学化的理念开始衰落，同时也标志中国网络小说创作开始进入转型时期。

除了早期网络小说作家的分流外，促成网络小说创作转型的还有以下几个重要原因。一是国家出版行业的改革。2003年，国家开始对出版行业进行“转企”改革，有21家新闻出版单位成为改革试点单位。这次对出版行业的改革，使出版社在图书出版中需要更多地考虑商业利益，开始注重图书的销量，从而改变了出版社对书刊出版的选择取向。二是传统通俗小说开始以新的形式重新兴起。2003年，萧鼎在幻剑书盟连载的通俗仙侠小说《诛仙》在台湾出版，一时间引发轰动，甚至被称为“后金庸武侠圣经”。在《诛仙》的影响下，一大批网络通俗小说开始涌现出来。三是外国奇幻小说与日本ACG（Animation动画、Comics漫画、Games游戏）文化的影响。2001年美国电影《魔戒》在中国大陆上映，欧美奇幻文化开始在中国大陆迅速升温，中国开始系统引入各种奇幻体系，最有名的莫过于DND规则（龙与地下城）及其相关小说《龙枪编年史》，此外，其他系列的奇幻小说也开始迅速在国内流行，比如《地海传奇》、《纳尼亚传奇》、战锤系列等。除了欧美奇幻文化影响，日本动漫、游戏以及轻小说，

---

① 《对话同济大学文化批评研究所教授张闳》，《新快报》2007年3月29日。

② 陈思侠：《“网络文学”乎？“厕所文学”乎？》，《滇池》2000年第12期。

③ 宁肯：《宁肯访谈录》，上海文艺出版社2019年版，第100页。

比如最终幻想系列、勇者斗恶龙系列、英雄传说系列、罗德斯岛战记系列等，这些具有日本文化与叙事特征的 ACG 产物都直接或间接地影响了这一时期的网络小说创作。

除了这些外部环境的影响外，更直接促使网络小说创作转型的是在 2003 年，起点中文网开始正式商业化运营，网络小说的创作不再是原来的非营利模式，而变成收益与点击量直接挂钩的商业营利模式。从此网络小说作家不再必须依靠小说的实体出版来获得收益，而只需要在互联网上有足够的热度便可以获得相应收益。这直接促使网络小说创作彻底脱离最初的纯文学的理念，开始逐渐转向商业性的大众化的通俗小说创作类型。从此，各种不同类型的通俗小说开始成为网络小说创作的主流。

2005 年，中国网络小说创作在欧美奇幻文化、日本 ACG 文化以及本土仙侠文化复兴的影响下，成为“奇幻小说年”，先有《诛仙》（萧鼎）、《小兵传奇》（玄雨）、《缥缈之旅》（萧潜）被称为“网络小说三大奇书”，后有《诛仙》、《小兵传奇》、《缥缈之旅》、《紫川》（老猪）被称为“网络小说四大名著”，可以说奇幻小说创作开始进入高峰时期。此外，直接受网络游戏影响的小说也开始出现，比如，说不得大师（邢山虎）连载的《佣兵天下》就是直接受当时网络游戏“万王之王”影响，根据游戏背景与玩家经历想象创作的。

2006 年 1 月，天下霸唱（张牧野）开始在天涯社区连载《鬼吹灯》，拉开了中国网络小说盗墓、灵异与悬疑类型涌现的序幕。《鬼吹灯》一经连载，迅速走红，同年 9 月实体书出版，12 月便登上全国各大畅销书排行榜。同年，受《鬼吹灯》影响的南派三叔（徐磊）开始在百度贴吧连载《盗墓笔记》，随后又在起点中文网连载，延续了网络盗墓悬疑小说的热潮。

除了以起点中文网为连载核心的奇幻、悬疑、盗墓等类型的小说以外，2003 年成立的晋江文学城则为网络女性文学创作的核心。晋江文学城从创立就采取与起点中文网完全不同的运营策略，以连载女性作者创作的耽美、同人以及爱情小说等不同类型的通俗言情小说为主，很快聚集了大量人气。2003 年明晓溪连载的《明若晓溪》受到广泛的关注。此后，晋江文学城先后出现了水心沙的《尼罗河之鹰》、金子的《梦回大清》、顾漫的《何以笙箫默》、蝶之灵的《牵手的信任》等大量人气作品，丰富了中国网络小说的类型。

纵观 2003 年至 2013 年，中国网络小说正式走出了自己独特的发展道路。首先，书刊出版制度改革，给通俗小说的各种文类打开了新的生机，促成了网络小说向大众化与通俗化的转型。其次，文学网站的商业化，加强了网络小说作者写作通俗类型小说获取利益的动机。第三，互联网在这十年中快速发展，从原来的精英性质转变为大众性质，迎合大众的偏好与乐趣开始成为互联网的主潮。因此，中国网络小说从原来的小众性的具有一定精英性质的文学创作转变为大众的通俗的具有商业性质的文学创作。可以说，中国当代网络小说的兴盛与勃发是中国通俗文学在互联网时代的重生。

当然，高速发展的网络小说，也产生了不少问题。当网络小说的创作者不再具有纯粹的文学理念，将网络小说视为商业产物时，不少粗糙滥制的小说也在这十年中大量产生，最为典型的就是《极品重生计划》《宇宙巨校闪级生》《异天途》。《极品重生计划》全书十几万字，但除了书名以外只有一个“啊”字。《宇宙巨校闪级生》全书一亿七千万字，是由电脑程序用 37 个小时自动编写而成的。《异天途》全书几十万字，全都是由作者许无徒随机敲打键盘写出的，完全无法阅读。这些水平低下，甚至是恶意写作的小说，使网络小说在发展的同时，也留下了很大隐患，对商业利益的无限追求也导致了对小说的质量缺乏应有的管理，这些都影响到了以后的网络小说的发展。

这一时期的网络小说发展具有以下几个特征：

（1）通俗小说成为网络小说的主要文类，并在传统通俗小说的基础上有了进一步的发展。2003 年至 2013 年，玄幻小说、奇幻小说、穿越小说、盗墓小说等类型占据了这十年网络小说发展的主流，它们是在互联网环境中，接受外来文化影响而对传统通俗小说的仙侠小说、魔神小说、言情小说与悬疑小说等类型的当代发展，是中国大众通俗文化在互联网时代的扬弃式再生。

（2）随着小说的通俗化，小说文本的语言也逐渐开始草根化、大众化。由于网络小说开始迎合大众偏好以及流行文化趋势，因此在小说语言上也开始放弃早期小说写作中对语言审美的刻意追求，转向使用“梗”、使用流行话语等写作语言，进一步强化文本的通俗性。

（3）小说创作的商业化愈来愈重。出版行业的商业化以及文学网站的商业化，都促使无论是网站的运营者还是小说的创作者都开始更加重视小说连载带来的经济收益，为了追求更高的商业利益，小说创作者与网站运营者都会在小说热度比较高的时候持续连载，导致小说过长，而在小说收益较低时候就会迅速结束连载或者干脆弃之不顾，导致小说烂尾。商业化一方面促进了网络小说的发展与创作的积极性，一方面也导致了网络小说发展的许多问题，可以说是一把双刃剑。

4. 2014 年至今，是网络小说发展的规范有序的新时期。这一时期，随着中国网络小说规模与影响的日趋扩大，网络小说成为一种需要重视的文学类型。网络小说高速的商业化发展，导致了小说作品的内容泥沙俱下，水平参差不齐，因此国家开始采用多种方式逐步规范网络小说的创作，推动网络小说创作经典化。在这一过程中，原本已经趋于消失状态的具有现实主义性质的文学作品，开始重新在网络小说中出现，并逐渐成为一股潮流。随着中国网络小说的不断发展完善，中国网络小说开始向海外传播，并取得了不错的成绩。

经过二十多年发展的网络小说，已经形成了玄幻、奇幻、历史演义、悬疑、科幻、言情等十几个门类，并在手机与移动网络的发展下，聚集了大量的读者，各类作品累计两千多万部，其中签约作品一百多万部，中国网络文学行业市场规模超过 80 亿元，网络文学读者规模四亿多人，占网民总体的一半以上，手机网络文学读者规模亦达到四亿多人。

过去的十年中，起点中文网出现了唐家三少、我吃西红柿、忘语、辰东、血红、跳舞等数百位小说作品订阅量超过一万的“白金作家”，《斗罗大陆》《斗破苍穹》《凡人修仙传》《星辰变》《全职高手》等作品成为新一代的网络小说“神书”代表。在“白金”与“神书”的另一面，为追求点击量带来的经济效益，网络小说中同样充斥着大量的低俗滥制的作品，而这些作品随着网络小说总体影响的扩大，也开始产生了不容忽视的负面影响。

这一时期，网络小说的发展已经不再是十年前追问其文学价值的时代，而是要重视网络文学影响力的时代。2014 年 10 月 15 日上午，习近平在北京主持召开文艺工作座谈会。这次会议邀请了花千芳与周小平两位网络文学作家出席。在这次座谈会上，习近平发表重要讲话，深刻阐述了文艺和文艺工作的地位作用和重大使命，创造性地回答了事关文艺繁荣发展的一系列带有根本性、方向性的重大问题，对在新的历史条件下做好文艺工作作出了全面部署。他强调，要坚持以人民为中心的创作导向，创作更多无愧于时代的优秀作品，并对两位网络文学作家提出“希望你们创作更多具有正能量的作品”的要求。

2015 年 10 月 19 日，新华社全文播发了《中共中央关于繁荣发展社会主义文艺的意见》（以下简称《意见》）。在《意见》的第十六条，“大力发展网络文艺”以一个条目出现，并以专段来论述网络文艺发展的基本方针、基本政策、基本途径。这为网络小说健康、规范、有序发展提出了方向性的指引。2016 年 11 月，为了进一步规范网络小说管理，国家版权局发布了《关于加强网络文学作品版权管理的通知》，进一步明确了通过信息网络提供文学作品以及提供相关网络服务的网络服务商在版权管理方面的责任义务，细化了著作权的相关规定。这是国家版权局加强网络文学版权保护的一项重要举措，对规范网络文学版权秩序具有重要的意义。2020 年 6 月，国家新闻出版署印发了《关于进一步加强网络文学出版管理的通知》，提出规范网络文学行业秩序，加强网络文学出版管理，引导网络文学出版单位始终坚持正确出版导向，坚持把社会效益放在首位，坚持高质量发展，努力以精品奉献人民，推动网络文学繁荣健康发展。

在国家一系列的政策引导与制度管理下，网络小说泥沙俱下的情况迅速得到有效控制，网络小说网站开始从原来求多求量的运营方式转向求精求质。网络通俗小说类型得到长足的发展，形成了二十余种大类型，二百余个小分类。同时，新生代作家与小说开始崛起，我会修空调的《我有一座冒险屋》、爱潜水的乌贼的《诡秘之主》等作品，成为新兴的网络小说畅销书。此外，那些商业价值较低，但是“有思想、有深度、有温度”的现实主义题材作品得到扶持，逐渐成为网络小说创作中一股有力的潮流。现实题材小说《上海繁华》被媒体评价为 2019 年度具有标志意义的长篇力作。《中国铁路人》《规培医生》《戏法罗》等现实题材的优秀作品，都较好地体现了以人民为中心的创作理念。

随着网络小说发展的规范化、有序化以及网络文学市场的制度化，当代网络小说在原有特点的基础上，又呈现出以下几个新特点：

（1）在市场竞争方面，网络文学行业竞争更加激烈。一是产业链内部，网络文学发布平台面临着来自上下游企业的挑战。二是产业链外部，信息分发平台的跨界竞争给网络文学行业带来了新的竞争。

（2）在作品质量方面，网络文学内容品质得到进一步提升。网络文学行业在 2019 年延续了精品化发展道路，呈现出题材多元，创作更新颖，内容更丰富的新面貌。作者间的竞争机制和读者的快速反馈共同推动了网络文学作品内容的迭代与创新。建党建国、改革开放、反腐倡廉、创新创业等领域的正能量题材作品深受读者喜爱。

（3）在商业模式方面，网络文学行业变现方式日渐丰富。以影视制作、游戏改编、广告收入为代表的多元化业务组合逐渐成为大型网络文学平台的常规变现手段。

（4）在海外传播方面，阅文集团向海外授权作品七百余部，起点国际在线社区的日评论量超过 4 万。《天道图书馆》在起点国际长期占据海外点击、推荐榜第一位。

二、中国网络小说类型流变概述

中国网络小说的类型发展与流变是中国现代通俗小说在当代网络媒介环境的新发展。当代中国网络小说经过二十多年的发展演进，形成了复杂多样的题材类型，但是这些令人眼花缭乱的题材并非无根之木无源之水，而是明清白话小说、现代通俗小说以及中国传统文化在新媒介、新环境、新时代的创化。中国网络小说不仅继承了传统通俗小说的基本特征——对新媒介的应用，对商业化的重视，也继承与发展了传统通俗小说的题材与类型，可以说中国网络小说是传统通俗小说在经过特定历史时期压抑后的重生。

中国网络小说兴起时的题材类型与现代通俗小说兴起时的类型几乎完全一致，都是社会言情小说。《第一次的亲密接触》描写的“网恋”，对当时而言就是新兴的社会现象与社会存在，因此能够极大地触动当时的读者。“榕树下”作家群的作品，大都也是描写在新兴的互联网环境中，人与人之间关系的变化，这种关系可以是言情的，可以是职业的，也可以是社会的。在经历了作家分流，网站易主等一系列变动之后，再次将网络小说推向高潮的《诛仙》无疑继承了现代通俗小说《蜀山剑侠传》。可以说，中国网络小说在继承明清白话小说、现代通俗小说基础上，借鉴吸收外国通俗文学与大众文化，在以互联网为核心的新媒介环境中，逐渐发展形成了具有中国特点的诸题材类型。

1. 网络社会小说。网络社会小说源自早期网络小说中的社会言情小说，是随着小说创作的发展分化而来的，因而具有一定的现实主义倾向，并会随着社会关注问题的迁移而转变小说故事内容。比如早期的网络社会小说，大都以网恋、都市的孤独男女为主要内容，随着读者兴趣变化，逐渐发展为以职场争斗、商业竞争等内容为中心，并且情节上也越发复杂。

2. 网络言情小说。网络言情小说同样也是由早期网络社会言情小说的分化形成，并借鉴了通俗言情小说、日本动漫同人文化以及耽美文化等方面的内容与特点，形成了当代的网络言情小说诸类型。就其本质而言，不论是古代言情、现代言情、穿越言情、宫斗言情还是衍生（同人）言情，其核心都是以女性主角为中心，通过“王子与灰姑娘”“霸道总裁”等叙事模式，呈现“甜”“宠”“溺”“虐”“暖”等不同形态的言情小说。

3. 网络武侠与玄幻小说。网络武侠小说是网络小说中诞生较早的类型，早期作品的渊源是网络文学爱好者对港台武侠小说的模仿。随着大陆“新武侠”小说的成熟，“新武侠”小说也影响到了网络武侠小说的创作。同时，部分“新武侠”小说也是在网络发表的，因此也具有网络小说的性质。

网络玄幻小说是在中国网络小说发展中产生的最具特点的一种类型，其不仅有着传统文化、明清白话小说与现代通俗小说的渊源，还有着欧美奇幻文化、游戏文化、日本动漫文化以及海外通俗小说的影响，是中国网络小说发展中最具独创性的题材类型。网络武侠小说与玄幻之间，有着复杂的联系。以《诛仙》为代表的玄幻小说，明显受到港台武侠小说、“新武侠”小说与现代通俗小说的影响。可以说，网络玄幻小说是武侠小说的分支仙侠小说在互联网时代的一种创化。

当代网络玄幻小说的鼻祖当推《诛仙》，之后受到欧美奇幻文化（早期翻译为魔幻）直接带动，开始进行文化上与创作上的融合，经过复杂的探索，最终形成了以《斗破苍穹》《斗罗大陆》为典型的中国式玄幻小说。此外，在玄幻小说的发展中，衍生出网络修真（仙侠）、网络奇幻等分支类型，虽然这些分支类型在叙事模式上有一些差异之处，但它们都是通俗仙侠小说为适应不同读者的兴趣而发展形成的，其本质都是围绕人物修炼、正邪争斗、幻想世界称霸等内容进行叙述，因此可以将其统称为网络玄幻小说。

4. 网络悬疑小说。网络悬疑小说具有两方面的渊源：一是现代通俗小说，在现代通俗小说中通过借鉴欧美侦探、悬疑小说形成的具有悬疑性质的侦探小说与言情小说，比如《霍桑探案集》《鬼恋》等；二是中国古典小说中的志怪小说与笔记小说，受这些古典小说的启发，例如《搜神记》《聊斋志异》等，在借鉴吸收当代海外悬疑恐怖小说、影视剧作品的基础上发展产生。总体而言，中国网络悬疑小说受社会文化与社会制度等多方面的影响，发展比较一般，除了其衍生类型盗墓小说，如《鬼吹灯》《盗墓笔记》之外，大部分悬疑小说无论是在读者数量上，还是在影响范围上都相对有限。

5. 网络历史小说。当代网络历史小说是对传统通俗小说中历史演义的创化，它的产生既结合了现代台港武侠小说的特征，也结合了言情小说的部分内容。一方面当代网络历史小说在延续传统历史演义小说的基础上，添加了流行语言、网络流行“梗”等现代要素，典型如《明朝那些事儿》等。另一方面当代网络历史小说采用了更具现代气息的叙事模式，最典型的就是穿越。穿越叙事模式的诞生，改变了过去历史小说只能在历史大潮中演义细节的限制，使人物能够扭转重大历史事件，颠覆历史发展方向成为可能。此外，在穿越的模式下，言情小说与历史小说产生了互动机制，诞生了《步步惊心》等具有历史语境与宫斗情节的言情小说。

6. 网络科幻小说。网络科幻小说的产生与传统媒介的衰落有很大关系。当代中国科幻小说的发展一直依托于各类期刊杂志，随着互联网的发展，传统纸媒呈现了逐渐衰落的趋势，原本在期刊上连载发表的科幻小说开始逐渐转向网络连载发表。除了原纸媒作家的创作转向之外，互联网上原生的网络小说作家往往受到玄幻小说与奇幻文化影响，创作出一些比如玄雨的《小兵传奇》、我吃西红柿的《吞噬星空》等作品。这些作品，大都是把科幻世界作为故事背景，用以叙述具有玄幻性质的小说情节，因此呈现出与经典科幻小说的巨大差异。

7. 网络游戏小说。网络游戏小说，是当代网络小说的全新题材。由于个人电脑（PC）与游戏主机的发展，视频游戏（video game）成为当代大众娱乐文化的重要组成。以视频游戏为题材的小说应运而生。早期以游戏为题材的小说主要发表在《大众软件》《动漫时代》等杂志上。随着互联网的发展以及计算机技术的进步，游戏题材的小说迅速升温。一般而言，游戏小说主要分为两大类，一类是在欧美电影《黑客帝国》、日本游戏、动漫与轻小说的综合体《骇客时空》

等影响下，形成的以虚拟现实技术为背景的异世界探险小说。这类小说的本质比较接近玄幻小说，是在玄幻小说虚构幻想世界的基础上通过虚拟现实技术，作了游戏与现实的区分，使小说情节的书写有了更大的张力。另一类则是以当代游戏发展出的电子竞技作为背景的小说。具有电子竞技性质的游戏，比如英雄联盟、王者荣耀、CS、DOTA 等，是当代游戏的重要潮流，以竞技游戏为主题，既可以描写现实选手的人生故事，也可以描写选手在游戏中的神奇生涯，以蝴蝶蓝的小说《全职高手》为典型。总体而言，网络游戏小说的本质是以视频游戏作为故事线索或背景，以探索游戏世界或游戏对决为主线，具有一定成长性与励志性的幻想小说。

8. 其他类型的网络小说。除了上述几大类型之外，网络小说还有不同的分类，比如按照特定叙事特征划分的“重生文”“系统文”“种田文”“穿越文”等。这种分类模式，注重网络小说叙事中的某些特点，比如“穿越文”以主角是否发生“穿越”作为判断。按照叙事特征分类虽然能够在一定程度上反应小说的某些特征，但是容易导致难以区分小说的情节类型。比如，言情类的“清穿”小说与玄幻类的“斗罗大陆”之间有着十分显著的差别，却都可以归到“穿越文”之下。因此，这种分类模式的弊端也就显而易见了。

一、思考研习

1. 中国现当代通俗小说的发展主要分哪些阶段？
2. 中国现当代通俗小说与大众媒体有什么关系？
3. 简述中国网络小说的发展历程。

二、阅读延伸

1. 范伯群主编:《中国近现代通俗文学史》，江苏教育出版社 2010 年版。
2. 汤哲声:《边缘耀眼：中国通俗小说 60 年》,《文艺争鸣》2011 年第 5 期。
3. 欧阳友权主编:《中国网络文学二十年》，江苏凤凰文艺出版社 2019 年版。

三、扫码听讲

第二章　中国现当代社会小说与网络社会小说

第一节　中国现代社会小说

一、中国现代社会小说发展概述

社会小说指“侧重于描写社会、表现社会、批评社会的一种小说文体”[①]。社会小说并非传统小说门类，而是近现代通俗小说的新类型。它上承明代世情小说及《儒林外史》为代表的“讽刺小说”传统，吸收晚清狭邪小说关于社会生活描写的内核，反映现代社会生活尤其是都市社会市民生活状态和精神心理。在选材上，大到晚清以来的重大政治、经济、社会事件，小到市民日常生活婚丧嫁娶、衣食住行，皆为社会小说表现对象，内容极具广泛性。社会小说作家往往兼具报人身份，他们对社会事件异常敏感，小说是其表现社会人事、引导舆论的重要方式，追求小说内容的时效性和新闻性。在内容上，他们以大众兴趣为导向，为社会生活存真立照，追求所谓原汁原味的生活真实；在功能上，他们在追求社会小说消闲功能的同时，亦注重其社会功能，一方面将其作为市民都市化的教科书，另一方面将其视作揭露社会黑暗面、批判都市文明病的利器。

作为社会生活的写真，社会小说的表现内容随着时代的变迁而呈现相应的流变转换。大体而言，中国现代社会小说可分为清末民初、20 至 40 年代两个时期。

清末民初社会小说的主要类型有：

1. 谴责小说。谴责小说兴起于 1903 年，为社会小说的肇端。庚子之变后，

① 汤哲声：《中国现代通俗小说流变史》，重庆出版社 1999 年版，第 145 页。

清政府政治空前窳败，贪腐卖国，无以复加，民众“知政府不足与图治，顿有掊击之意”，借小说来臧否时政，引导舆论，谴责小说因之兴起。谴责小说“命意在于匡世”，内容重在“揭发伏藏，显其弊恶”，纠弹时政，批判陈规陋俗[①]，代表作为李伯元的《官场现形记》《文明小史》、吴趼人的《二十年目睹之怪现状》、刘鹗的《老残游记》、曾朴的《孽海花》、张春帆的《黑狱》《宦海》等。这些小说虽角度不尽相同，思想艺术水平亦有高下之分，但无一例外地都将目光投向官场，描写官吏的腐化堕落，揭露官场的丑恶黑暗，批判晚清的时弊政疴。作为社会小说的开端，谴责小说的创作动机、社会功能、结构方式都深刻地影响了民初的社会小说创作。他们的创作动机是“特缘时势要求”，“以合时人嗜好”[②]，即把握时代和市场脉搏，适应“时人”——市民的阅读需求和审美趣味，体现出新闻性和市场化的特点。在社会功能上，谴责小说在继承讽刺小说的批判精神的同时，开启了以小说发表政见、引导舆论的功能。在艺术上，其话柄式的结构模式，既适应小说于报章杂志连载的发表方式，又符合市民大众的阅读习惯。

2. 工商业小说及政治畅想小说。辛亥革命前后，社会小说在题材上逐步突破谴责小说聚焦官场的局限，向政治、工商业延展，在题材内容上出现了工商业小说、政治畅想小说。前者以姬文的《市声》、恽铁樵的《工人小史》及无可奈何斋主的《考工野史》为代表；后者的代表作则为陆士谔的《新中国》《新野叟曝言》及毕倚虹的《黑暗上海》等。《市声》开民族工商业发展题材的先河，而《工人小史》则是描写相关题材的开端，《新中国》等小说则承梁启超《新中国未来记》等小说余绪，在情节与想象上有所发展。

3. 问题小说、黑幕小说及早期世情小说。1916 年前后，社会小说进一步发展，出现了“问题小说”类型，以张舍我的创作为代表，在题材内容上进一步切近市民生活，全方位向社会生活特别都市生活拓展，其表现形式为黑幕小说和世情小说，代表了民初社会小说的最高成就。黑幕小说代表作家为包天笑，世情小说代表作家为李涵秋。此外，鸳鸯蝴蝶派作家如周瘦鹃、吴双热等积极提倡传统伦理道德，以期作为社会道德秩序重建的资源，创作了一批相关题材的小说，与五四作家激烈反传统道德形成辩证互补。

20 世纪 20、30 年代，经过新旧文学论争，通俗作家更加坚定依靠市场求生存，更自觉地将市民作为受众主体。另外，随着都市化不断发展，市民阶层不断壮大，市民大众需要市民文学为自己代言，书写他们日常生活的酸甜苦辣，

---

① 鲁迅：《中国小说史略》，《鲁迅全集》第 9 卷，人民文学出版社 2005 年版，第 291 页。

② 鲁迅：《中国小说史略》，《鲁迅全集》第 9 卷，人民文学出版社 2005 年版，第 291 页。

体现他们的所思所想。通俗社会小说的关注点从清末民初的社会批判、揭露都市黑幕转向市民生活和社会世情。这一时期通俗社会小说的主要类型有：

4. 移民小说。自开埠以来，由于就业和避战，上海一直是移民的理想场所。在 20 世纪 20 年代前中期，上海愈发繁荣，吸纳了更多的外来务工人员；此外，北洋军阀的倾轧及北伐等原因，周边地区人们来租界避战，上海又一次迎来移民大潮，通俗作家大部分亦是或先或后来到上海的，因此反映“乡下人进城”的移民题材就成为通俗小说的重要内容。移民小说的代表作有包天笑的《上海春秋》《甲子絮谭》、平襟亚的《人海潮》等。移民小说既写了那些上海移民们的生活奋斗史，也写了他们的精神困惑。

5. 金融小说。随着上海工商业的进一步发展，此时的社会小说无不写到淘金发财以及伴随其中的喜怒哀乐。清末民初形成的工商小说自然也就有了很大的发展，并出现了金融小说新类型，其中江红蕉创作的《交易所现形记》是最重要的代表作。这部小说以 1921 年上海发生的信交风潮为背景，揭示了交易所风潮的内幕以及对市民阶层生活和心理的冲击。

6. 世情小说。世情小说是对市民意识最集中的表现，数量众多，主题多样。上海居不易，几乎所有的世情小说都感叹生活艰难。1924 到 1925 年，江浙军阀大战，严重威胁到市民生命财产安全，扰乱了市民正常的生活秩序，顾明道的《避兵记》、包天笑的《甲子絮谭》、俞天愤的《连长的家报》反映了市民反对战争渴求和平的心声。

在感叹生活艰难的同时，讽刺市民意识中的市侩性，是世情小说最重要的特点。徐卓呆在《乡下客人》中生动地展示了市民面对乡下穷亲戚时好面子、摆架子而又心疼钱的复杂心理；王小逸在《春水微波》中写出了母亲因为爱钱而不惜出卖女儿的丑行；毕倚虹在《黑暗上海》中将名画家嫉妒同行娶了富人之女，在婚礼上气至昏厥，回家后辱骂妻子的行径及其背后的市侩心理刻画得淋漓尽致。通俗文学作家不仅写出了市民的市侩、庸俗，而且还将嘲讽的矛头指向所谓的文人。私塾先生的顽固守旧、虚伪道学，与新式教员的假时髦与唯利是图，都成为他们笔下讽刺的对象。这方面，尤以程瞻庐为代表，其《茶寮小史》《葫芦》等是其中的代表作。在小说创作商业化的热潮中，唯利是图、粗制滥造甚至抄袭等种种不良现象盛行，徐卓呆的《小说材料批发所》、汪仲贤的《言情小说家之奇遇》、张秋虫的《海市人妖》等专门揭露了这些丑态。

20 世纪 40 年代，上海一地出现了很多小报。这些小报上刊登的社会小说主要聚焦弄堂小市民畸形的生活和心理状态，它们被称为弄堂小说。弄堂小说写出了小职员、小商小贩、女工、舞女、地痞流氓、拿摩温等弄堂人物间既相互帮扶又勾心斗角的人际关系；写出了他们在与贫困斗争的同时又心怀向上爬的市民心理；写出了他们谋生奋斗时的狡黠和智慧以及屡败屡战的生活韧劲；更写出了他们唯利是图、金钱至上的弄堂价值观。其中，以王小逸的《笑痕》《神秘之窟》《同功茧》，陈亮的《小裁缝》《阴错阳差》《小梅香》、周天籁的《亭子间嫂嫂》为代表作，当中又以陈亮的成就最显著。

世情小说塑造了市民社会两种典型人，一是上海的“白相人”，汪仲贤的《角先生》中此类人物写得最精彩；一是上海的“混混”，徐卓呆的《李阿毛外传》很生动地描述了此类人物。

大约在 1928 年，以天津为中心的华北地区现代市民小说作家陆续出现。他们与前段时期出现的张恨水一起，被称作中国现代市民小说的“北派”。[①]中国现代北派市民小说成就最高的大致上是两类，一类是武侠小说，一类是世情小说。世情小说主要表现天津的世情文化，其核心故事是天津城市的文学现象，其故事素材是天津市民的生存状态和世俗生活，有着浓郁的文化氛围和厚重的历史记载。“津味”是中国现代北派市民小说最具代表性的地域韵味，所以又被称作“津味小说”。北派社会小说代表作家有刘云若、何海鸣、李燃犀、耿小的等人。

二、中国现代社会小说主要作家作品

（一）包天笑《上海春秋》

包天笑（1876—1973），苏州人，原名包清柱，后更名为公毅，号朗孙，常用笔名有天笑、钏影楼主、拈花、曼妙、爱娇等。包天笑的创作生涯自晚清至 20 世纪 70 年代，长达七十多年，是名符其实的文坛常青树。1901 年，他与杨紫麟合译《迦茵小传》，发表在《励学译编》，开始了文学生涯。此后，他翻译了教育小说《馨儿就学记》《苦儿流浪记》《埋石弃石记》及社会小说《六号室》等名作，奠定了在中国翻译史上的重要地位，也为他的小说创作打下了坚实的基础。作为报人，他创办《苏州白话报》，担任《时报》副刊《小时报》《小说时报》《小说大观》《小说画报》《星期》等刊物编辑，提携了周瘦鹃、毕倚虹、

① 现代北派通俗文学是相对于现代海派通俗文学而以地域为界命名的现代文学创作群体。文学史上的概念要非常精确是不可能的，同时也不科学，只能是一个大致的范围。现代北派通俗文学的概念应该是：（1）地域：以天津为中心旁及北京和 1931 年以后的东北区域；（2）作家：既包括生活在北方的作家，也包括从其他地区迁徙到北方来的作家，例如从中部地区来北京的张恨水；（3）作品：以发表在北方媒体上的小说为准。

江红蕉、张毅汉等后进，被誉为通俗文学盟主。长期的报人生涯不仅为其积累了大量的社会素材，而且培养了他强烈的社会责任感和敏锐的社会洞察力，为其进行社会小说创作做了充分的准备。作为多产作家，包天笑一生译著长、短篇小说多达四百余部，其中创作的小说多为社会小说。同为通俗文学“五虎将”，如果说徐枕亚擅长言情，平江不肖生以武侠取胜，张恨水以社会言情和描写北京生活知名，李涵秋以写扬州和世情名满大江南北，那么包天笑的特色和成就则在擅长黑幕小说和上海都市生活。包氏社会小说的代表作为《上海春秋》。夏济安曾言：“最近看了《歇浦潮》，认为‘美不胜收’；又看包天笑的《上海春秋》，更是佩服得五体投地。”[①]小说一方面写上海在都市化进程中风俗习惯及生活设施和生活方式上的现代性，展示其“文明之渊”的进步性。柳逢春从扬州来到上海，为融入现代文明，他学英语，仿照上海人的言谈举止、衣着打扮，迅速脱去“土气”，变为时髦少年，又接受自由恋爱观念，试图以法律手段解除包办婚姻，与陆秀宝自由恋爱并结合。另一方面，小说也揭露了上海金钱至上、肉欲横行的种种丑恶，拨开其文明背后“罪恶之薮”的狰狞面孔。达官贵人、大小商人，甚至车夫女佣都陷入不择手段捞钱，然后用钱满足黄赌毒的欲望放纵的泥淖中，乐此不疲。

包氏直承吴趼人将新闻故事贯穿起来即是小说的做法，将“上海各社会之情状，随手掇拾，编辑成一小说”，因此，《上海春秋》具有如下特点：（1）内容上，保持了生活的原生态，具有社会生活史的特点，虐婢案、信交风潮等均为社会事件，风俗的变迁、新事物的摹写，均为当时的社会生活存真立照；（2）结构上，虽是话柄式的连缀，但将轶闻趣事穿插其中，使其在展示上海为“文明之渊，罪恶之薮”的总主题下显得形散而神不散，不仅适应报章连载的特点，而且能最大限度地容纳广阔的社会生活内容；（3）艺术上，有不同程度的创新性，“先从一个小角落、小人物写起，带有了相当程度的现代小说创作的技巧”，“语言顺畅、自然，是标准的现代语体文的写法”。[②]

包天笑的《在夹层里》、《金粉世家》、《黑幕》、《甲子絮谭》、《人间地狱》后十二回、《雨过天青》等名作皆以上海都市生活的众生相为题，在思想和艺术上取得极大成就。《在夹层里》写上海底层市民的居住环境之苦；《金粉世家》通过女毒贩的发家史及其婚姻观讽刺金钱对人性的腐蚀；《黑幕》则揭开出版业的种种黑幕；《甲子絮谭》写战时上海市民的各种困境及心理创痛。尽管这些小

---

① 转引自夏志清：《夏济安对中国俗文学的看法》，《社会·爱情·小说》，纯文学出版社 1970 年版，第 233 页。

② 栾梅健：《通俗文学之王包天笑》，上海书店出版社 1999 年版，第 171 页。

说的丰富性与影响力均不及《上海春秋》，但是它们在思想与艺术上有可圈可点之处，诸如《在夹层里》《金粉世家》在思想艺术上都是上乘，它们和《上海春秋》一起构成了包天笑社会小说景观，推动了黑幕小说、都市小说乃至上海小说的发展。

（二）李涵秋《广陵潮》

李涵秋（1874—1923），祖籍安徽庐州（今合肥），生于扬州烟叶小商人家庭，6岁即上私塾。在接受中国传统的科举教育时，他阅读了诸如《虞初新志》《阅微草堂》《子不语》《桃花扇》《长生殿》《还魂记》等古典小说及戏曲，而且酷爱扬州评话及弹词，这为其创作储备了丰富的文学资源。李涵秋父亲早逝，家产被占，家道中落，让他对世态炎凉有了更深的体悟；与扬州各色市井人物的交往、武汉的游幕经历，让他对社会各阶层尤其是市井及士人阶层有了深刻的了解，这些都为他创作社会小说打下了坚实的生活基础。1905年，李涵秋在《时报》发表《雌蝶影》，至1923年去世，先后发表长篇小说32部，创作逾千万言，在张恨水之前，他是创作最多的通俗小说家。李涵秋的小说创作经历了一个发展变化的过程，早期的《双花记》《双鹃血》《瑶瑟夫人》《并头莲》《姊妹花骨》等作品皆为言情之作，这些小说肯定了情的合理性，道出了情的丰富复杂性，具有反封建的倾向，对争取婚恋自由有进步意义。从《广陵潮》开始，李涵秋转向社会小说创作，写作了如《侠凤奇缘》《战地莺花录》《魅镜》《爱克司光录》《绿林怪杰》等一系列佳作，奠定了其“小说之王”和“第一流小说家”的地位。1920年开始，他创作《怪家庭》，逐步转向暴露家庭怪现状，后又创作了《好青年》《活现形》《自由花范》《近十年目睹之怪现状》《新广陵潮》等，但多为未竟之作，且质量不能与之前相比。最能代表李涵秋社会小说成就的当数《广陵潮》。

《广陵潮》原名《过渡镜》，1909年发表于武汉《公论报》，但并未引起全国性的反响，且由于辛亥革命爆发，不得不中辍。直到1914年，《广陵潮》在上海《大共和日报·附张》连载，才引起了全国性轰动，单行本一版再版，到1939年，已经出版到16版，各种翻印不绝于缕。不仅如此，它还引发了一股社会小说潮，一时间以“潮”字命名的小说风起云涌，多达数十部。连新文学作家胡适都不得不说：“民国成立时……只有李涵秋的《广陵潮》还可读。”[①]即便是对鸳鸯蝴蝶派极尽鞭挞之能事的茅盾，“在晚年曾经提到，要了解民国初年

---

① 胡适：《五十年来中国之文学》，载《最近五十年——申报馆五十周年纪念》，上海书店1987年影印本版，第16页。

的社会历史，可以去看看《广陵潮》，《广陵潮》便是民初最著名的‘社会小说’”[①]。《广陵潮》之所以能得到各方佳评，主要原因还在于其对于社会小说现代化的贡献，主要表现在：在题材内容上，它以云麟和伍淑仪、红珠及柳氏的情感纠葛为线索，展示了扬州城从鸦片战争到五四运动时期政治、社会、文化、风俗的变迁史，将谴责小说的焦点从官场逐步转移到民间世俗生活，从抨击官场政制转变到关注时代变幻中的社会世情和普通人的生活与精神状态，扩大了社会小说的表现范围，改变了小说的价值取向。在结构上，小说“以云麟为中心，以姻亲为纽带，以时代为推手”组织文本，纲举目张，将扬州近代时代风云、社会生活变迁编织在一起，突破了社会小说的话柄式结构，推动了社会小说结构的现代化。这部 100 回的长篇小说有一个中心人物——云麟，他主导和贯穿了全书的情节。前 50 回主要以云麟的姻亲关系为纽带，主要涉及 7 个有姻亲关系的家族之间恩恩怨怨的瓜葛。通过云麟与伍淑仪、田福恩与绣春、何其甫与章美娘的婚姻悲剧，“写尽了封建社会中婚姻的不自由，妇女的受蹂躏”；后 50 回则“以时代为推手”推动情节发展，“写了这 7 个家庭在辛亥革命→袁氏称帝→张勋复辟→五四前夕的时潮中的兴衰沉浮”，以贯彻“过渡镜”燃犀照怪的功能，让读者“没有要紧事的时辰，走过去照一照，或者改悔得一二，大家齐心竭力”，为“‘簇新的世界’的‘新’字提出点头绪来”[②]。在人物塑造上，《广陵潮》塑造了一批个性鲜明而又具半新半旧特点的过渡人的形象，如宝玉式的云麟、腐儒何其甫、绅商伍晋芳、情礼煎熬中的伍淑仪等，他们丰富了中国文学史人物画廊。在地域特色上，地方历史事件的实录，民风民俗的穿插，地方方言的运用，扬州评话的讽刺艺术借鉴，使其具有鲜明扬州性，为社会小说借鉴地方文化资源实现现代转型进行了可贵的探索。正是在此意义上，李涵秋被誉为“通俗社会小说现代化之传人”[③]。

（三）程瞻庐及其小说创作

程瞻庐（1879—1943），名文棪，字观钦，号望云居士，瞻庐为笔名。生于苏州，先后在私塾、紫阳校士馆、江苏高等学堂接受新旧教育，品学兼优，尤善文学。毕业后在苏州振华中学、景海女校等学校担任教员，一度因课务繁重而辞去教职，以写作为生。1936 年，出任苏州图书馆总务部主任，1943 年逝世。程瞻庐民初即发表作品，至 1943 年去世，创作历程三十余年，撰述颇丰，光单

① 袁进：《鸳鸯蝴蝶派》，上海书店出版社 1994 年版，第 68 页。

② 范伯群：《以姻亲为纽带，以时代为推手——现代扬派通俗经典小说〈广陵潮〉研究》，《汉语言文学研究》2016 年第 1 期。

③ 范伯群：《中国现代通俗文学史》，北京大学出版社 2007 年版，第 120 页。

行本即有三十余种[①]，如言情小说《情茧》《鸳鸯小印》，弹词小说《孝女蔡蕙弹词》《藕丝缘弹词》《哀梨记弹词》《同心栀弹词》及《明月珠弹词》等，历史小说《唐祝文周四杰传》等，武侠小说《湖海英雄》等，“儿童游历小说”《滑头国》《糊涂国》《健忘国》等。其创作的黄金时期是担任《红玫瑰》主撰人的二三十年代，成就最高的为社会小说，代表作有《茶寮小史》《新旧家庭》《黑暗天堂》《众醉独醒》《葫芦》《不可思议》《社会写真箱》《新广陵潮》等。

程瞻庐社会小说所表现的生活范围较广，家庭、市井、都市等领域均有涉及，如《新旧家庭》暴露家庭制度弊害，《黑暗天堂》谴责城市罪恶，《众醉独醒》描写新村运动等内容。由于长期从事文教工作，熟悉知识分子生活状态和精神心理，因此他着力最多、写得最成功的当属知识分子题材的作品。

程瞻庐笔下刻画了一群知识分子的丑类。他们身处社会中下层，行为卑琐，道德堕落，唯利是图，毫无知识分子人格理想、家国情怀和社会担当，满身透着市侩气，以《茶寮小史》《酸》《葫芦》为代表。《茶寮小史》先连载于《小说月报》，1920 年由商务印书馆出版单行本，后又不断再版，影响广泛，是程瞻庐的成名作。小说透过王铁千在苏州茶寮的所见所闻，揭露了民初苏州教育界的怪现状，讽刺了知识分子的猥琐和堕落。无论是拖小辫、着马褂，言必之乎者也、行则恪守礼法的遗老遗少，还是拄司的克、穿西装，满口外文新词、一身文明时髦的新学家，都不过是打着旧学或新知的幌子，干着沽名钓誉、夤缘牟利的勾当。旧派的张子彝毫无立场，根据需要捧杀新旧，俨然变色龙，被讽刺为“蝙蝠派”；新派则满口新教法，应付考核，弄虚作假，让学生照本宣科，被讥为“鹦鹉派”。这群市侩式的读书人恰恰干着关系家国前途、民族未来的教育青年、为人师表的神圣事业，岂非莫大的讽刺？社会风气的败坏，这群读书人的丑类有着不可推卸的责任！作者借俚歌表达了自己的隐忧：“无论新新旧旧，总是一般可笑，讲什么爱国爱群，刻什么诗稿文稿，谈什么琐碎考据，做什么人伦师表，眼睁睁把国民引入歧途，好端端把青年搀进鬼庙。你们有程度的人，先自颠倒，却叫没知识的人，怎不胡闹？”如果说《茶寮小史》主要在讽刺教育界知识分子的师道沦亡，那么《葫芦》和《酸》则揭穿了道学家满口仁义道德，一肚子男盗女娼的虚伪面孔。

程瞻庐的小说在艺术上具有鲜明的特色。首先，他刻画了一批形象鲜明的儒林人物，如善变的“蝙蝠派”张子彝、以溜须拍马骗吃骗喝的许汉儒、靠考据“出恭”而暴得大名的娄师古等，活脱脱一部民国版“儒林外史”。其次，滑

---

① 张缙：《现代文学文学的“幽默大师”——程瞻庐评传》，载范伯群主编：《中国近现代通俗作家评传丛书（之五）》，南京出版社 1994 年版，第 13 页。

稽、诙谐的讽刺艺术十分突出，他擅长用人物表演的前后反差和自相矛盾来暴其丑态，在细节处发掘可笑处，常常采用漫画式的夸张来“热嘲”。再次，他的小说讲究结构布局，如《茶寮小史》中的人物群像展览式的结构，《酸》中的片段式结构，都显出其布局的功力。最后，他的小说极富苏州地域色彩，人物活动场景、民风民俗、语言特色，甚至讽刺艺术和人物刻画的方式，都带有苏州评话、评弹的味道。

（四）徐卓呆及其小说创作

徐卓呆（1880—1958），祖籍苏州，后迁居上海闸北。原名徐傅霖，号筑岩，别号半梅，因“筑岩”之吴语谐音卓呆，故取笔名“卓呆”，此外有李阿毛、呆、徐长卿、阿呆、酱翁、卖油郎、赫马、东周淳于髡、狗厂、瓜子等笔名，因其小说滑稽幽默，而有“东方卓别林”“文坛笑匠”之称。徐卓呆一生经历丰富，他的工作重心是由体育教育、话剧、电影逐步转向小说的。范烟桥曾如是勾勒他的人生：“第一是徐傅霖时期，是体育家、教育家、童话作家。第二是徐半梅时期，是新剧家。第三是徐卓呆时期，是小说家。”[①]徐卓呆曾在日本留学，学习徒手操、哑铃操、棍棒操等科目，回国后撰写体育入门书，先后创办中国体操学校和体操游戏传习所，被誉为中国“输入学校体操的第一人”[②]。他爱好滑稽剧，不仅是著名的喜剧演员，而且创办社会教育剧团，是上海都市滑稽剧的开创者之一。他还创作了《约法三章》《临时公馆》《父子同心》《谁先死》等剧作，取材市民生活，风格滑稽幽默，是早期滑稽剧的代表剧作。20 世纪 20 年代初，他积极投身中国电影事业，创办开心影片公司、蜡烛影片公司，译著《影戏学》，在实践和理论上都做出了可贵的探索。但由于影剧界“人品不齐，颇有未能如其所望者，则亦辄掉首不顾而去”，于是 1920 年中期前后，他逐步将文艺活动的重心转向小说创作，在《红杂志》《红玫瑰》《半月》《小说世界》《大众》《万象》等刊物上发表作品，至 40 年代，在各类杂志上发表小说三百多篇，其中以短篇小说为主，成为 20 世纪 20 至 40 年代最当红的通俗社会小说家之一。

目前可见徐卓呆最早的作品是 1903 年发布在《江苏》第 7 期的“记事体”《明日之瓜分》。20 世纪 20 年代，市民题材已经成为社会小说创作的重心。因为长期上海市民生活经历和市民影剧创作的积累，徐卓呆转向市民小说创作，正当其时。与程瞻庐关注市民知识分子不同，徐卓呆将目光投向上海市民生活。

① 范烟桥：《徐卓呆的滑稽史》，载《半月》第 4 卷 12 号，1925 年 6 月 5 日。参见袁进主编：《活在微笑中》，东方出版中心 1997 年版，第 126 页。

② 魏绍昌：《我看鸳鸯蝴蝶派》，上海书店出版社 2015 年版，第 131 页。

首先，他关注金钱主义对市民社会伦理关系诸层面带来的冲击，家庭关系因金钱而异化。在《几出悲剧》中，子以母之“财”贵，夫妻离合取决于妻子的财产，有钱的寡妇成了男子结婚的理想对象；《乐》中各种中上层家庭关系因“钱”而冷漠变态，家庭成员苦不堪言，反不如淡泊孑然的乞丐快乐，职场伦理因金钱而沦丧；《机会》中，银行职员梁桐生一心想发财，本打算监守自盗，但恰逢强盗来抢劫，他想到的不是护款尽责，而是将拒盗尽责作为千载难逢的升迁发财、名利双收机会；《洋装的抄袭家》《告发抄袭》《小说材料批发所》中他讽刺一批为了牟利而不惜抄袭的洋场才子；《甚为佳妙》中画家王鹿希工作拖拉懒散，为揩公司的油，不顾知识分子的体面，无所不用其极，形同市侩。

与此同时，徐卓呆还将目光投向底层市民生活，关注和同情他们人生的艰辛。徐卓呆用滑稽幽默的笔调写出了一批被抛出正常生活轨道的都市“刁民”的人生悲喜剧，其中最出色的当推《李阿毛外传》。《李阿毛外传》连载于1941年7月1日至1942年6月1日《万象》杂志第1—12期，小说共12节，由12个短篇故事连缀而成。小说写“现代马浪荡”李阿毛运用各种手段骗取生活资源，为各位朋友出主意渡过生活中的各种难关，揭示了小市民生存的艰难与狡黠。李阿毛本身就是底层平民中的一员，被失业、房租甚至油米煤炭等生活必需品所困，和小说中失业的阿杨、面临店铺歇业的阿萍一样，在生活的窘境下，他们需要“千方百计”地找活路，李阿毛利用“有孔枣子核”珍稀昂贵可入药，耍骗了房东的钱；开“日语学校”谋取豆米油；搞“征求终身伴侣”的假征婚不仅达到了骗吃骗喝的目的，而且捞了几千元。作为“不足者”的李阿毛机智聪明，无往而不利，俨然都市生活的智者，作为“有余者”的二房东、应富孀征婚者等人似乎都愚不可及，看似不真实，但李阿毛的形象切合了当时市民社会果腹求饱的心理，亦侧面嘲弄了社会的不公，展示了徐卓呆的平民意识和人道主义关怀。市民阶层有其局限性，面对社会不公和生活压迫，他们不会诉诸革命，只能以小市民的方式表达诉求，望“阿毛”止渴罢了。

徐卓呆小说有如下特色：第一，滑稽与哲理兼备。徐氏小说“以滑稽一类为多，而隽永有味，弥含哲理”[①]，素有“东方卓别林”之称。滑稽幽默主要体现在：（1）故事情节在不合常规常情中见滑稽。如《洋装的抄袭家》中，写抄袭家直接将《红楼梦》中的人物和物事换成外国的，如宝玉换成乔治、围棋换成乒乓，丈八的灯台换成三百米突的灯塔，不伦不类，既让人捧腹，又讽刺了所谓小说家抄袭的恶习。（2）运用吴语方言谐音和双关语“制造滑稽笑点”，前者如荀没有谐“姓没有”（《调查户口》），秦凯心谐“寻开心”（《滑稽尺牍——

① 赵苕狂：《徐卓呆传》，载《卓呆小说集》，世界书局1926年版。

托友人谋事信》)；后者如《李阿毛外传》中“谈老三”家里突然出现了一具尸体，李阿毛制造迷阵，让强盗误将尸体当财宝运走，而“谈老三”在上海方言里意思就是略带诙谐不庄重地指称人的去世，名字一语双关。(3) 寓哲理性于滑稽。徐卓呆的滑稽以哲理为底子，不落入油滑窠臼。如他在《乐》中穷形尽相地描写了人类欲望放纵下的种种捧腹的故事，但是又通过乞丐自身的生活感悟，告诉市民大众节制欲望方是快乐之本的哲理；在《浴堂里的哲学家》中阐释了衣着与浴室的类型背后是人阶层贫富的不平等，巧妙地改古语云“万恶衣为首，百善裸为先”。第二，结构上的片段化。在短篇小说结构上，他有理论的自觉：“小说是描写人生断片为主，所以既不必有始有终，又无须装头装脚”①，因此他的短篇小说常写一个片段，以表现全部，如《叛离》写一个对话的片段，交代出离婚的全部事实；此外，还有《十六行眼泪》《过去未来的寡妇》均是片段式的佳构。徐卓呆小说创作体式多样，有日记体《无进步的乡村生活》、剧本体《一方面的心》、科幻体《百年后之社会》、心理小说《小说家之爱》等。

(五) 刘云若及其“津味小说”

1903 年出生于天津的刘云若，开始时也只是一个到处投稿的文学青年。他 1926 年成为《北洋画报》的编辑，算是真正踏上了文学之路。但是，此时他虽然稿件极多，反响却平平。就在这个时候，有个人看中了他的才华，那就是沙大风。沙大风是民国时期天津的文化名人，是天津《商报》的编辑。1930 年沙大风得到了天津中原公司经理黄文谦和京剧四大名旦之一荀慧生的资助后，创办了《天风报》。创报之初，沙大风就邀请刘云若加盟，主持《天风报》副刊《黑旋风》。刘云若欣然前往。为了不辜负沙大风的期望，也想充分表现一下自己的才华，刘云若在《天风报》上开始连载他的《春风回梦记》。这部小说在津京地区大受欢迎，人们争相阅读，报刊集中评说。刘云若一下子成了天津的名作家。成名之后的刘云若辞掉了编辑的工作，专心写作。到 40 年代末，他大概写了四十多部小说，代表作品有《春风回梦记》《小扬州志》《旧巷斜阳》《粉墨筝琶》等。

在《春风回梦记》的《自序》中刘云若有一段自述：“书中不愿有头巾气、书卷气，而江湖气不能免，脂粉气亦多，是则为笔势所趋，不可撄逆者也。”这段话实际上已经说明了刘云若小说的特点：津味。所谓的“头巾气”和“书卷气”指的是名士气息，因此，他与民国初年上海的那些鸳鸯蝴蝶派作家作品区分了开来。所谓的“江湖气”和“脂粉气”指的是天津特色。换句话说，他的

---

① 卓呆：《小说无题录》,《小说世界》第 1 卷第 7 期，1923 年 2 月 16 日。

小说就是津味小说，并且津味势不可逆。

之所以将“江湖气”作为天津特色，是因为天津特有的码头文化，而最能体现天津码头文化的人物是“天津混混”。对这些人物生动的描写充分体现了刘云若小说的津味。天津混混往往用自戕的方式显示勇猛，并以此来获取地盘。这些自戕手法血淋淋的，以至残忍。《旧巷斜阳》中有一个混混名叫马二成，是个混混世家出身。他的祖上为了争得地盘，曾经干过极狠的事情。到了马二成这一代，继续保持着这样的狠劲。他有意与另一个混混过铁争地产：“用两个指头将那煤球捏起，只听得指肉被炙得喳的一声。马二成对过铁一笑，立把煤球放在大腿根的平坦地方。这一来真非同小可，立时一股青烟升起，腿上的肉呲拉呲拉发出声音，和厨房用热油锅煎鱼声音一样。只见那煤球靠肉部分，先见发暗，继而冒出浅蓝色小火焰，深黄色的油质循着大腿流到地下，一股腥臭的气味，立时弥漫院中，熏人欲昏。马二成居然面不更色，仍带笑容，望着过铁。”[①]过铁虽然也是混混，却被这个场面吓傻了，“看得毛发森竖，面无人色，两腿不知因为赤裸受冻，或是惊惶过度，只弹琵琶”[②]。刘云若还写了不少女混混，其中写得最生动的是《粉墨筝琶》中的大巧儿。这个大巧儿长得很漂亮，但是极其泼辣，人称“母老虎”。她“不骂街不说话”，有一次与一个巡警厮打，“不怕死，任他摔打，只不松手，”最后竟然将这个巡警撞翻在地，然后再到警局告状，结果这个巡警“挨了二十军棍，又被开革”。[③]她的行为举止充满了混混气，她在争斗中胜了，也采用“灌尿”刑罚惩治败者。所谓“灌尿”，就是舀一勺尿灌在败者的口中，败者自去，却再也称不上是个人物了。

不过，别以为天津混混就这么死缠烂打，耍泼耍赖，他们也有自己的规矩和原则。他们收黑钱，但是也尽心尽责地做一方的保护人和是非的判决者。《春风回梦记》中的华老二，人称二大爷，平时并不出面，但是在最关键的时候总是能掌控局面。小说中有个泼辣女性马四姑到处耍泼耍挟别人。有一次，她又在耍泼，别人都不敢劝，二大爷来了，“猛然将她背膀一拍，那马四姑猛吃一惊，回头想骂，及至瞧见是那老头，便赔笑叫道：‘二大爷呀，您来了！’”此时马四姑还要闹，“那老头儿听了，白眉一皱，满面倏的放出凶光，把拐棍在楼板上拄得乱响道：‘马四姑，你要知道是我二大爷在这儿劝你。’马四姑抬头看看他，又低下头，便不敢再喊了”[④]。即使是那些女混混，之所以能够称霸一方，还是

---

① 刘云若：《旧巷斜阳》，百花文艺出版社 1995 年版，第 325 页。

② 刘云若：《旧巷斜阳》，百花文艺出版社 1995 年版，第 325 页。

③ 刘云若：《粉墨筝琶》，百花文艺出版社 1987 年版，第 63、65 页。

④ 刘云若：《春风回梦记》，人民文学出版社 1989 年版，第 42 页。

要得到民众的信任，而要想得到民众信任，处事公道必不可少。《旧巷斜阳》中的女混混老绅董，就是要帮妓女璞玉赎身，因为她觉得璞玉是被骗来的，结果她成功了，受到了人们的赞誉："市井女侠"。侠有侠道，混有混道。生动的天津混混的事迹描写和稀奇古怪的规矩介绍，充满着津味十足的"江湖气"。

"江湖气"一般是刘云若小说中的副线，"脂粉气"则构成了刘云若小说中的主要情节，讲述的是爱情故事。不过，他小说中的"脂粉气"并不高贵，散发出来的是廉价的油脂气味和刨花油气，那些女性不是市井女性就是风尘女子，她们的故事往往以悲剧告终。例如《春风回梦记》，写的是已婚的少爷陆惊寰与风尘女子何如莲的爱情故事。它的传奇色彩在于男女两人社会地位的不同，他们的爱情必然引发出很多传奇的故事；男女两人竟然是同父异母的兄妹，这样的身份演化出的爱情故事更是令人称奇。小说是以悲剧告终，陆惊寰的夫人和何如莲双双为情病死，陆惊寰远走日本，小说最后在亲朋好友的墓前凭吊中结束。将传奇故事与悲剧女性形象的刻画联系在一起，生动地写出了一个落难女子为了获取爱情的态度的坚决和获取了爱情之后表现出来的疑虑、担忧、多愁善感的复杂心态。这样的故事情节在他以后的小说中多次出现。从小说情节上说，刘云若小说多少受到了翻译小说《茶花女》和徐枕亚《玉梨魂》的影响。

刘云若小说将故事情节置于天津的平民社会中表现，因此有着很浓厚的地域神韵。天津是个九国租界城市，租界周围是华人区，例如南市。刘云若的小说大多发生在华人区，故事地点是风尘女子常常涉足之地。烟馆、赌馆、茶楼、妓院以及黑黑的小巷之中的破旧的小屋，其中活跃着的是天津市井社会中的人物，因此小说散发着浓浓的世俗民风。以《春风回梦记》为例，小说一开始就写了一张烟馆掌柜的脸，他"鬼脸上的表情，时时的变化不定"，变化的依据全在客人的行为举止和衣彩服饰。看见衣彩华贵、气宇轩昂者，他满脸堆笑；可一会儿"露出一脸怒容"，原来他要与"那缩在破沙发上吸烟的一个穿破棉袍的中年人"说话，要与那些坐在椅子上穷酸面目的人说话；可是过了一会儿他又"缓和了颜色"，因为与他说话的人换作了"旁边独睡的小烟榻上躺着的一位衣服干净面容枯瘦的老头儿"。有钱人是大爷，无钱人是芥粒。赌馆里是热气腾腾，"才一推门，只觉一阵蒸腾的人气从里面冒出来，熏得人几乎倒仰。接着又是人声嗡杂，仿佛成千上万的苍蝇聚成一团儿飞"。输家和赢家都头冒热气，只是一个是红了眼，一个是眼睛在发光。[①]茶楼与戏院连在一起，台下喝茶，台上唱戏，买曲卖曲，捧角贬角，混成一片。小说用大量的篇幅写了妓院的生活。这是一个"脂粉地狱"。能够为老鸨弄来钱的红倌人可以吆三喝四，弄不来钱的人只能

① 参见刘云若：《春风回梦记》，人民文学出版社 1989 年版，第 1—4 页。

做下人，那些下人们受的是非人之罪。小说中两个伺候老鸨的丫头受不了这个罪，商量着投济良所，结果被老鸨发现了，一顿打将俩孩子打得半死。小巷深处的破楼是小说主人公的住所。这里破旧的家具使人手脚无法伸开，屋外的冷风钻着墙缝吹进来，门口是黑帮人物四处乱窜，门里是鸦片灯如鬼火一般。小说的世俗性还表现在对那些泼妇的语言的描写上。例如，“我把你个王八蛋的蛋，老娘的精米白面，把你撑肥疯了，就忘了当初当茶壶的时候，穷得剩了一条裤子，我替你洗，你蹲在床上等干”[①]。这是马四姑骂罗九爷的话。这样的市井语言，马四姑说，老鸨说，如莲的母亲怜宝说，贯穿小说的始终。天津本是个世俗文化浓厚的码头城市，刘云若长期生活在市井生活的氛围里，对那些发生在身边的事太熟悉了，随手拈来，即成文章。

20 世纪 20、30 年代天津的曲艺开始繁盛起来，刘云若看来对说唱艺术比较熟悉。说唱艺术情节的铺设依靠戏剧性。《春风回梦记》的情节显然是将说唱艺术的戏剧性运用其中了。陆惊寰到妓院与如莲相会的那一天正是陆惊寰的新婚之日；如莲为情病死之日也是陆夫人撒手人寰之时，整部小说就是一个大戏剧的关目。在这个大的戏剧性的结构中，又不断地穿插着一些小的戏剧性场面，如怜宝与周七烟馆里夫妻相认，如莲与陆惊寰妓院里拜堂，如莲与陆惊寰熬着烟水互相度口自杀，如莲为了断绝陆惊寰的痴迷假戏假做，一直到最后的扫墓拜坟，似乎都与传统戏文里的那些情节有着忽隐忽现的联系。小说的语言也夹着不少评话腔，如“忽闻从隔巷吹送来一阵弦管声音，慢慢的把二人引得清醒，都抬起头来看时，觉得灯光乍然变成白苏苏的亮，房子也似乎宽阔了许多，又对看了一下，都仿佛做了一个好梦”[②]。如果以戏文的腔调读起来，那是铿锵有力。

刘云若早期小说不涉及政治时事，后期作品《粉墨筝琶》有了重要的变化。小说还是写弱女子的爱情悲剧，但其背景却是抗战时期的天津社会。小说中的爱恨缠绵自不用说，天津抗战事件的记载却很珍贵。小说写了天津抗战组织怎样除掉亲日的南京政府副主席蔡文仲的事情，写了伪政府为了挖防空壕与市民冲突的事件，特别是对当时日本军队怎样在天津地区强征慰安妇的事件作了较为详细的记载，小说如此记述：“原来在太平洋战役起后……久不还乡，自然需要肉体上的安慰，于是无论住在那里，就要就地解决，中国的妇女，许多受了蹂躏。不过日子一久，乡村妇女闻风逃避，……日本军官很引为殷忧，就改计向都市征发妓女，和各种卖淫妇人，分遣到各地慰劳军队。天津是繁华区域，

---

① 刘云若：《春风回梦记》，人民文学出版社 1989 年版，第 39 页。

② 刘云若：《春风回梦记》，人民文学出版社 1989 年版，第 66 页。

征发的数目最多，一时莺燕纷飞，惨不可言，有许多倒运的被捉了去。……不过这事原取的是轮班制，一批送去，经过若干日期，便送回来，再换一批送去。无奈头几批在途中死走逃亡，所余不及半数，到地方又过着酷毒的生活，简直没几个能够回来。”①这大概是中国文学作品中为数不多的有关慰安妇记载的文字。

1949 年之后，刘云若应当时天津军管会文艺处负责人阿英之约，为新创办的《星报》撰写了长篇小说《云破月来》，歌颂新中国的成立。1950 年春节大年初二，刘云若在看电影时心脏病突发，病逝，年仅 47 岁。

第二节　中国当代社会小说

一、中国当代社会小说发展概述

新中国成立至 20 世纪 70 年代，社会小说因为失去生存的土壤与生产的机制而沉寂近 20 年。1987 年，四川作家“雪米莉”（谭力、田雁宁合用的笔名）发表《女带家》，标志着社会小说的复苏。此后，他们又陆续发表了《女老板》《女人质》，广受市场追捧，一时掀起了“雪米莉”热。这三部作品以女性为主人翁，分别写女毒贩、女老板和女人质等边缘群体，加之犯罪、警匪和情感等久违的题材，挑动了改革开放之初读者的阅读神经。这三部小说并未切中改革开放的社会现实，小说结构和艺术成就不高，但能迅速蹿红，从侧面说明读者大众对社会小说强烈的阅读欲望。

改革开放过程中，反腐败、出国热和热火朝天的商业活动，既是社会生活的热点，也是市民阅读的兴趣点，一批小说家敏锐地觉察到这些题材的社会价值和商业价值，在 1990 年前后推出了一批反映相关领域题材的社会小说，最有代表性的为域外小说、官场小说。而新世纪以来，社会生活丰富多彩，社会小说出现了更多新的题材类型，最具代表性的是军事小说、生态小说和青春小说。

1. 域外小说。1991 年，曹桂林的域外小说《北京人在纽约》出版。小说既描写域外的景观，又描写中国人在国外打拼的经历；既展示了文化的冲撞，更包含着改革开放之初的奋斗激情；深深契合了当时的出国热和经济潮。因此，市场反应热烈，很快被改编成电视连续剧，收视率超高。《北京人在纽约》的商

---

① 刘云若：《粉墨筝琶》，百花文艺出版社 1987 年版，第 357—358 页。

业成功，刺激了作家创作域外小说的热情。域外小说创作呈现蓬勃之势。除曹桂林随后创作的《纽约上空的中国夜莺》《绿卡》《偷渡客》外，张敬民的《美国孤旅》、骁麒的《重返伊甸园》、王小平的《刮痧》等都是当时较有影响的域外小说。

2. 官场小说。随着改革开放的深入，腐败日益成为社会问题，阻碍了社会政治经济生活的健康发展，反腐败提上日程，反映该问题的官场小说兴起。代表作有张平的《抉择》《国家干部》、陆天明的《大雪无痕》、王跃文的《官场春秋》《国画》《梅次故事》、阎真的《沧浪之水》等。

3. 军旅小说。军旅小说从“红色经典”小说演化而来。与那些“红色经典”小说相比，新世纪的军旅小说只不过更加注重人性表现，注重故事性和情节性。由于这类小说常常被改编成影视剧，所以影响很大。当代军旅小说代表作家作品有梁都的《亮剑》、石钟山的《父亲进城》等系列小说、徐贵祥的《历史的天空》、刘静的《父母爱情》等。

4. 生态小说。生态小说披露了人类对动物的屠杀、对自然资源的掠夺和破坏的行径，要求人们在经济建设与环境保护的矛盾冲突中保护生态，宣扬人兽和谐、天人合一的文化观念。代表作有姜戎的《狼图腾》、杨志军的《藏獒》、杜光辉的《哦，我的可可西里》、陈应松的《豹子最后的舞蹈》等。

5. 青春小说。青春小说主要是指20世纪90年代以来很多中学生作者写的中长篇小说，题材多限于校园、家庭、都市、友谊等方面，作品带有青春期的躁动与叛逆色彩，感觉细腻真实，文笔畅达，主要读者群体为广大中学生。代表作有韩寒的《三重门》、春树的《北京娃娃》、郭敬明的《幻城》《悲伤逆流成河》、张悦然的《水仙已乘鲤鱼去》、李傻傻的《红X》等。

二、中国当代社会小说主要作家作品

（一）曹桂林、王小平、周励等作家及其作品

改革开放以来，随着劳务输出、留学、出国经商以及移民等热潮的出现，国人渴望了解外面的世界，了解中国人在国外生存的生活和心理精神状态，一批以生活在外国的中国人为题材的小说涌现。代表作家主要为曹桂林及王小平。

曹桂林，1947年生于北京，1980年从中央音乐学院毕业，他放弃了音乐事业，到美国经商，创办时装公司，任公司总裁，取得商业上的成功。1991年8月，他的《北京人在纽约》由中国文联出版公司出版，被誉为“当代第一部域

外小说”[①]。该小说“写的是一个从八十年代到九十年代，一家新移民的真实故事”，向大家展示什么是“真实的美国”，什么叫“美国梦”，“实现美国梦……有多么难”，以及成功“外商”背后精神的“内伤”[②]。小说以作者在美国十年的生活经历为原型，写大提琴手王起明和妻子郭燕移民美国淘金的历程。小说前十章写王起明与妻子的事业奋斗，他们靠刷盘子和钩毛衣维持生计，通过几年的奋斗，建立了自己的服装公司，有了洋房汽车，获得了物质上的成功，成为“国人”羡慕的“外商”。王起明的成功，说明 20 世纪八九十年代的美国确实充满着机会，“只要你努力，肯拼命，聪明，加上体力好，总会有个成功的机会”，更展示了这一代中国移民的理想、坚毅、勤劳与智慧。小说后十三章写女儿移民美国后的堕落。为了家人团聚，王起明把女儿宁宁接到纽约，但是女儿迅速堕落，吸毒，骗钱，涉黑，最后被黑社会杀死。王起明夫妇精神受到极大的“内伤”。此外，王起明物质成功后，迅速沾染了美国奢靡腐化的生活方式，他找情人，玩妓女，搞婚外恋，妻子亦爱慕虚荣，夫妻关系从相濡以沫变得同床异梦，一家人精神危机四伏。王起明一家的精神“内伤”既揭示出移民难以融入美国文化而出现的精神危机，更揭示出美国“从物质生活上说可能纽约是天堂；但从精神上说，这里则是地狱”[③]。

《纽约上空的中国夜莺》是《北京人在纽约》的续集，顺着“内伤”，续写王起明为代表的移民的精神“内伤”。由于王起明与阿春的婚外情，宁宁挑唆郭燕与王起明反目，并骗走了他所有的钱。王起明变得一无所有，遇到了情人夜莺，夜莺以曹桂林第二任妻子叶英为原型，她的“宽厚、细腻、真诚，对我来说，就像天使般的安慰。这安慰在我身上，能焕发出神奇的力量”。正是夜莺的天使般的安慰，使王起明在爱情中找到了归宿，“我找到了叶英，就找到了情感的归宿”，即“对爱与真诚的信仰”[④]。在艺术上，《纽约上空的中国夜莺》不如《北京人在纽约》。

《绿卡》写北京粮店女工常铁花为取得美国“绿卡”，奋斗 14 年，备尝艰辛，甚至多次出卖肉体，过着非人的生活，揭露美国社会地狱的一面。如果说王起明在《纽约上空的中国夜莺》中获得爱情而得到精神救赎，那么常铁花则一直沉沦在“绿卡”梦的地狱里。《偷渡客》《悲惨的人蛇档案》则将目光投向非法移民。《偷渡客》写三义帮帮主韩欣欣组织偷渡的罪恶勾当以及偷渡客的悲惨遭

① 汤哲声：《中国当代通俗小说史论》，北京大学出版社 2007 年版，第 65 页。

② 曹桂林：《北京人在纽约·前言》，内蒙古人民出版社 2002 年版，第 4 页。

③ 蔡宗隽：《人生足痕》，吉林文史出版社 1998 年版，第 257 页。

④ 张骥良：《纽约上空回荡的思乡曲——访作家曹桂林和他的妻子叶英》，载《时代风采》1996 年第 11 期。

遇，揭示非法移民是一条不归路，对当时非法移民热有警示意义。《悲惨的人蛇档案》则以小说的方式对偷渡作了社会学的考察，梳理偷渡历史，揭露偷渡中的种种黑幕，分析偷渡的物质诱因、法律漏洞，对研究偷渡史有重要的价值。这两部作品以大量的社会调查为基础，有纪实性，移民的路线除中国东南沿海外，还涉及东南亚，内容有帮派仇杀，江湖械斗，富于异域情调和神秘性，甚至染点暴力色彩。

如果说曹桂林的小说主要聚焦在移民在海外的奋斗及其精神危机，描写甚至考察非法移民的种种黑幕的话，那么王小平则将笔触投向移民生活中的中西文化冲突，代表作为《刮痧》。小说通过许大同一家因为刮痧而引发司法冲突，揭示国外移民生活中中西文化的碰撞冲突。许大同 5 岁的儿子生病发烧，来美探亲的爷爷通过刮痧疗法为其降温治病，结果孩子背部的青紫痕迹被误认为是家庭暴力所致，于是许大同被指控为虐待儿童。由于文化背景不同，许大同家中上演了一曲曲啼笑皆非的悲喜剧，如许大同通过打手教育孩子，将十二岁的儿子单独留在家里去接迷路的父亲，让孩子看孙悟空，都被认定为不利于儿童健康成长的违法行为。实际上，这背后是中西文化的冲突，中国的“情”与西方的“法”之间的碰撞。最后，圣诞节这天，许大同冒险扮作圣诞老人去看儿子，这份舐犊之情感动了法官，于是越过法律，允许他们家人团聚。这个结尾隐喻着无论是中国的“情”还是西方的“法”都是为了家庭和谐，社会稳定，殊途同归。在这个意义上讲，移民面临的文化冲突，可以在此基础上相互融通。此外，王周生的《陪读夫人》通过蒋卓君与露西娅就婴儿睡觉姿势的争执，反映出不同文化背景下观念、习性等方面的冲突。

与《刮痧》等小说写移民生活的中西文化冲突悲喜剧略有不同，周励的《曼哈顿的中国女人》则讲述了移民成功调和甚至融合中西文化的故事。该书是“92年中国文学图书市场的一个引人注目的现象，这本书一出版，大幅彩色广告就悬在全国各地的书摊上，成为街谈巷议的热货，连印数版印数达四十万册，畅销不衰”。它的问世，“掀起了以它为首的‘留学生文学’的高潮，以至一时间出现了许多《中国人在……》的仿效式的小说”①。作者周励年轻时曾为北大荒知青，1985 年 8 月 21 日，她带着 40 元钱孤身赴美留学，当过家庭保姆，端过盘子，后在商界拼搏，创立了自己的公司，经营上千万美元的进出口贸易，成功进入美国上层社会。作者曾言，《曼哈顿的中国女人》是“在本人真实经历的基础上写成的自传体小说”，“9 个月的时间，我用心血和泪水，蘸着蕴藏在我

①《二十世纪中国实录》编委会主编：《二十世纪中国实录》第六卷（1980—1996），光明日报出版社 1997 年版，第 5759 页。

胸中的波涛写成了这本书。我写这本书为的是高扬拼搏精神和爱国主义激情，使读者认识自身的价值，成为生活中的强者”[①]。她不是阐释拼搏精神、爱国主义及自身经历与美国文化之间的冲撞，而是成功地将二者融合。周励向国人介绍美国的方方面面，在回忆往事和谈到中国时，她总是以美国的标准来衡量评价，既体现融入美国文化的自觉，又为国人提供了了解美国社会的另一种维度。但在书写祖国的人事上，她没有用美国标准加以否定甚至抨击，而是深情地叙说和融通。这种自觉融入美国文化又不崇洋媚外的文化心态，是这部小说取得成功的重要原因。此外，小说带有强烈的自传性，纪实性强，又充溢着回望过去和眷恋故国的深情，在纪实和抒情之间调和恰当，真实与诗意并存。

（二）王跃文、张平、阎真、周梅森、陆天明等作家及其作品

官场小说按照表现内容的侧重点不同，大致可以分为三类题材。第一类题材描写官场生态，揭示权力与人性、道德的冲突。此种题材展示以权力网络为中心的官场众生相，表现官场生存法则，展现权力与金钱的诱惑对人性和道德的考验，透视权力场中人性的丰富复杂，着力写官员的世俗和精神生活，因此又被称为官场生活小说。此类小说以王跃文的《国画》及阎真的《沧浪之水》为代表。

王跃文，1962 年生于湖南，1984 年专科毕业后，先后任职于溆浦县、怀化市、湖南省政府办公室，1999 年发表《国画》，2001 年 10 月离开政界，专职写作。2016 年 6 月，当选湖南省作协主席，2018 年 1 月，任湖南省政协文史委副主任。长期的政府工作经历，使他对官场的生态与内幕了如指掌，为其创作积累了丰富的素材。官员在权力网络中所面临的精神心理压力及人性考验，他不仅洞若观火，而且亲身经历，甚至一度饱受煎熬，因此他能将官场小说的侧重点放在考察复杂权力关系中官员的人性上，揭示复杂权力关系中人性的或挣扎、或坚守、或堕落，批判不健康的官场潜规则和错误的权力观对人性的异化。王跃文的代表作《国画》通过朱怀镜官位的“高升”与人性的“堕落”来揭露官本位主导下官场文化的腐蚀性。朱怀镜出身农家，凭能力做到了副处级，调到市政府，但因为没有进“圈子”，三年一直没得到升迁，在极端焦虑和沮丧的情况下，他狠心向皮市长贿赂巨款和名画，在皮市长的帮助下，他一路高升，官至副厅长。在升官过程中，朱怀镜忙于受贿、搞圈子文化和婚外情，整天参加各种应酬，出入各种高档场所，生活腐化堕落，与此同时，理想一步步丧失，

---

① 陈斌：《“曼哈顿的中国女人”辩诬——周励谈风波真相》，《我采访的名人官司》，上海三联书店 2006 年版，第 260 页。

人格一步步堕落，灵魂一步步扭曲，一个曾经有理想的知识分子官员逐步蜕变为腐败分子。但王跃文没有简单化处理朱怀镜这个人物形象，而是用大量的笔墨刻画他升迁中的精神空虚，堕落中的心灵痛苦，迷失中的清醒，追逐中的厌倦与疲乏，刻画其灵魂人格的分裂，展示了知识分子被权力异化的心灵史。此外，《苍黄》中李济运在良知与权力诱惑之间的徘徊摇摆、进退失据，《今夕何夕》中孟维周在实现理想抱负和追求权力、迷恋“领导艺术”的挣扎下沉沦，都展示了知识分子滑向权力轨道的心路历程以及复杂幽微的人性面向。

王跃文小说在艺术上有如下特色：一是塑造了一批文化型官员，如朱怀镜、李济运、孟维周等，他们有知识分子的理想抱负、人文情怀和反思能力，但是面对权力诱惑和官场潜规则的异化，他们常常承受着异乎寻常的压力，灵魂痛苦，人格分裂。作品写出了官场人性的复杂维度，克服了谴责小说描写官场人物时脸谱化、简单化和漫画化的弊端。二是冷峻的反讽艺术，王跃文不动声色地通过人物语言、行动的表演与活动背景之间的错位揭露官员的虚伪，颠覆官场的神圣性，读者心领神会，讽刺油然而生，超越了《官场现形记》等小说辞气浮露、笔无藏锋的毛病。

同为湖南人的阎真（1957—　），也把官场小说写作的重心放在揭示官场对知识分子人性的异化上，代表作为《沧浪之水》。《沧浪之水》细致传神地写出了怀抱理想的有为研究生池大为蜕变为权力场有机组成部分的过程，在描写官场文化、官场世相的同时，更重要的是写出了在权力场中“知识分子在逐渐放弃操守，放弃原有的信念和价值观时的复杂而痛苦的心路历程”，“写出了知识分子价值观崩溃的心灵痛史”[①]。这种痛苦莫过于对文化坚守的放弃，池大为有着明确的文化取向，他继承父志，立誓传承和践行《中国历代文化名人素描》里的孔子、孟子、屈原、李白等人的优秀文化传统，他拒绝与豪门联姻，初入官场时虽屡屡碰壁，但依然在苦痛中坚守，最终却因孩子住院求医被怠慢而皈依了“生存就是硬道理”“拿到手就是真的”的“市民的哲学”，于是他践行了晏之鹤的官场哲学——“道家思想中的治人之术”[②]，将传统文化转化为官场斗争的权术，一路凯歌，最后取代了曾经赏识他把他调入卫生厅的马厅长，烧掉了《中国历代文化名人素描》，隐喻着其背叛文化传统和理想的初心，充满反讽意味。

第二类题材表现正义与邪恶的对立，权与法的较量，腐败与反腐败的斗争，

---

① 余三定：《当代知识分子人格失落的悲剧——评长篇小说〈沧浪之水〉》，《云梦学刊》2003 年第 2 期。

② 谭桂林：《知识者精神的守望与自救——评阎真的〈曾在天涯〉与〈沧浪之水〉》，《文学评论》2003 年第 2 期。

批判贪官污吏，讴歌反腐英雄，又称反腐败小说，代表作家为张平、陆天明、周梅森等。

张平（1954—　），山西绛县人，1986 年 9 月，第一部小说集《祭妻》出版，此后发表了一系列“家庭苦情”小说，这些小说以强烈的社会意识和悲剧色彩受到好评。90 年代以后，他将这种强烈的社会意识投入反腐题材中，发表了《抉择》《十面埋伏》《国家干部》《天网》等一系列反腐小说力作，其中《抉择》获第五届茅盾文学奖，张平被山西省委、省政府授予“人民作家”称号。作为一个有强烈社会责任感的作家，张平以为，“一个作家，就不应该放弃对社会的关注，对政治的关注。反之，就是放弃了对人民利益和自身利益的关注。关注现实，关注社会进步是文学摆脱不掉的历史使命”①。政治使命感和深切的人民关怀是张平小说创作的灵魂，因此，浓厚的政治意识和主旋律色彩是其小说最显著的特色。首先，在题材选择上，他自觉地把握时代脉搏，把目光投向矛盾最尖锐的领域，为普通民众代言。1997 年 8 月出版的《抉择》，聚焦国企改革过程中的腐败问题，为工人呼号；2004 年出版的《国家干部》，揭露干部脱离群众，蜕化为小利益集团的问题，践行了党中央的方针政策。其次，在思考角度上，张平的反腐小说重在揭示腐败背后的权力生态的异化，具有政治眼光。《抉择》中，中阳纱厂厂长李高成妻子利用丈夫的权位，通过裙带、地缘及利益编织了一张从纱厂基层到副省级领导的关系网。通过这张网，他们欺上瞒下，有恃无恐，公然侵吞国有资产。《天网》中，因为有地区、县、乡各级大大小小的官员以利益为核心结成的大网，贾仁贵才能长期横行乡里，欺男霸女，鱼肉百姓，俨然土皇帝。再次，在故事模式上，他采取二元对立模式，写腐败分子与反腐败力量的斗争结果时，讴歌了党和国家的正义和法律编织的“疏而不漏”的“恢恢天网”，在正邪较量中，最终法律和正义战胜了贪欲和邪恶，高扬主旋律。

陆天明（1943—　），生于云南昆明，兼电视编剧与小说作家于一身。陆天明长期担任国家电视中心编剧，创作了《李克农》《闻一多》等剧本，广受好评，在融主旋律题材于人民群众喜闻乐见艺术上积累了丰富的经验。因此，陆天明的反腐小说在艺术上最显著的特点是将反腐败的主旋律题材与通俗小说叙事元素联姻，用通俗小说的叙事元素表现反腐的严肃主题，雅俗共赏。首先表现在结构模式上，于反腐小说中融入侦探、言情等叙事模式。陆氏小说中，腐败案与刑事案双线交织，刑事为明线，腐败为暗线，刑事为果，腐败为因，相互照应，严丝合缝，结构严谨。小说一般以扑朔迷离的案情开头，步步设伏，悬念

① 林红：《关注现实，关注百姓——作家张平访谈录》，《中国文汇报》2000 年 7 月 20 日。

从生，然后抽丝剥茧，刑事案侦破之日，即是腐败案告破之日。《苍天在上》中，围绕着万方集团的经济案侦破展开，一开头就是前市长和公安局局长莫名其妙死亡，万方集团总经理女儿失踪等离奇事件接二连三出现，在案件侦破过程中，背后有以田副省长为代表的腐败分子作祟，随着情节推进，逐步将案情与政情粘连，将经济案与腐败案接榫。《大雪无痕》中，以张秘书凶杀案与东钢股票贿赂案双线结构推进情节，随着凶杀案的侦破，腐败分子周密贿赂案及其腐化的过程一一浮出水面。此外，《大雪无痕》中还有三角恋等言情小说因素的融入。

其次表现在"正邪斗法"叙事手法的运用上。从古迄今，正邪斗法一直是通俗小说架构的重要模式。将正邪斗法的模式运用到邪恶的腐败势力与正义反腐力量的较量上架构情节，是陆天明小说通俗化的重要特征，如《苍天在上》中黄江北与以田副省长为首的腐败集团的对立；《大雪无痕》中方雨林与以周密为代表的腐败分子的搏斗；《省委书记》中贡开宸、马扬与宋海峰等腐败分子的对立；《高纬度战栗》中以劳东林为首的公安人员与以副省长顾立源为首的腐败势力的较量。最终，邪不胜正。这种叙事模式不仅迎合主流意识形态的强势需要，也迎合中国传统小说中"正义"永远战胜"邪恶"的古老主题。

最后表现在塑造了一批充满英雄主义和理想主义的人物形象。他们有坚定的理想信念，自觉抵制金钱和权色诱惑，坚决与腐败分子作斗争。如《大雪无痕》中的方雨林，希冀用自己的行动证明人类需要在"精神道统方面有所追求和建树"；《苍天在上》中的黄江北面对威逼利诱依然坚持正义，坚决挖出腐败分子，体现出一种"虽九死而犹未悔"的精神力量；《高纬度战栗》中的劳东林为了反腐事业不惜放弃自己的荣誉与生命。这类英雄虽然有符号化类型化的特质，但他们身上寄托了陆天明关于物质现代化高歌猛进时"民族精神和人文精神重建的问题"①思考，亦符合老百姓根深蒂固的渴望"清官"和英雄的文化心理。

第三类题材侧重于从体制角度来探索腐败问题产生的根源，代表作家为周梅森和田东照。权力失去监督是可怕的，绝对的权力必然造成绝对的腐败，这是周梅森等人的着眼点。《人间正道》中姜超林与吴明雄的交锋就在于姜超林对权力以及由此带来的巨大好处的贪欲。《绝对权力》中镜州市委书记齐全盛本是有能力有操守的干部，但是"绝对权力"的情结使他在工作中搞一言堂，专横跋扈，严重破坏了民主集中制的原则，为了追求权力，甚至引发了市长赵芬芳与他的"权斗"，使得镜州政治生态严重恶化。绝对权力异化政治生态，还扭曲政商关系，破坏经济领域的正常秩序。不法商人为牟取暴利，围猎、腐化干部，借官员权力攫取不义之财，正如商人金启明所言，其成功不是来自于商业运作，

① 陆天明：《在中国社会变革中的"到场"》，《文汇报》2001年2月17日。

而是“权力经营上的成功”。《国家公诉》通过长山某娱乐城大火案的侦破，展示权力对法制的傲慢与破坏。制度和法律未能对权力起到有效的监督，才使得权力作恶，造成腐败，这是周梅森思考的出发点。在小说模式上，周梅森小说亦有大量通俗化的特点，如对侦探小说设疑、破案情节的运用，对谴责小说讽刺艺术的借鉴等。

如果说周梅森的小说从权力的监督发掘腐败根源的话，那么田东照的《跑官》《买官》《卖官》等小说则从国家干部选拔任命机制中存在的问题来思考腐败产生的原因。《跑官》中郭瑞明有信念有学历有担当有政绩，但不如会跑官的刘佳平升迁快，以至于被迫跑官，揭露了官位授受对官场生态的破坏，直指用人机制中存在的问题。《买官》和《卖官》更是赤裸裸地将职务升迁商品化的买官卖官的丑恶现象暴露出来，简直是一部当代官场现形记！

（三）都梁、石钟山、徐贵祥等作家及其作品

都梁（1954—　），本名杨湛，祖籍江苏盱眙，现居北京。都梁最有影响的小说是 2000 年出版的长篇小说《亮剑》。同名电视连续剧热播以后都梁进入了他的小说创作高峰期：2001 年 12 月发表 36 集电视连续剧剧本《血色浪漫》，2004 年出版长篇小说《血色浪漫》，2006 年出版长篇小说《狼烟北平》。《亮剑》是一部战争艺术和传奇色彩融会贯通的作品。主人公李云龙重诺轻生、铁骨柔肠、豪气干云、肝胆照人，是一个一生都在血与火中搏斗的名将。他的人生信条是——明知是死，也要宝剑出鞘，这叫亮剑；即使牺牲，也只有用前胸去迎接子弹，而不是用后背。都梁完全摆脱了以往军旅小说人物塑造的“高、大、全”等模式，而是通过李云龙的农民习惯、江湖气息，特别是反常规的逆向思维，写出人物的生动性，并在历史大势的描述中给予这位看似有缺陷的英雄行为更多的合理性和正当性。《亮剑》也不再是追求简单的崇高意义上的爱国主义和英雄主义的颂歌，而是追求小说的故事性、传奇性，运用传统的民间文化因素和侠义小说中夸张、浪漫、通俗、生动的写作手法，将小说的传奇色彩推向了极致。如果说以前的军旅小说让我们记住了英雄，而《亮剑》则还让我们记住了英雄们的传奇故事。

石钟山（1964—　），生于吉林，现居北京。1984 年，《解放军文艺》发表了他的小说处女作《热的雪》，从此石钟山开始了小说创作之路。他的主要作品有长篇小说《白雪家园》《飞越盲区》《男人没有故乡》《向北，向北》《影视场》《军歌嘹亮》《玫瑰绽放的年代》《遍地鬼子》《大院子女》《地上，地下》等多部，中短篇小说集四部，共计 500 余万字。短篇小说《国旗手》获《小说月报》第八届百花奖。根据石钟山小说改编的电视剧《激情燃烧的岁月》《军歌嘹亮》《幸

福像花儿一样》《母亲》《角儿》《玫瑰绽放的年代》等，都有很好的社会反响。石钟山小说保持着军旅小说的理性主义和英雄主义的特色，但其重点不是让其在战场中闪烁，而是在军人生活中流淌。不同的出身，不同的经历，不同的文化修养构成了不同的生活习惯和脾气个性，各种不同形象的小说人物在爱情和亲情中碰撞、磨合，最后均化为平静。石钟山小说以生活气息浓厚见长，英雄之气不仅仅表现在战场上的勇猛和机智，还在于战后生活的倾注和热爱。英雄可敬，英雄也可亲。

徐贵祥（1959— ），原籍安徽，笔名楚春秋，1994 年调入解放军出版社。徐贵祥的长篇小说有《历史的天空》《八月桂花遍地开》《仰角》《明天战争》等。徐贵祥的中短篇小说也颇具成就，《弹道无痕》《潇洒行军》《决战》等作品都多次获奖。徐贵祥最有影响的作品是《历史的天空》，这部获得多项奖项的小说后被改编为同名电视连续剧播出，获得了广泛好评。徐贵祥善于编写传奇故事，《历史的天空》以抗日战争到改革开放时期长达四十多年的历史为背景讲述了姜大牙等人从一个流气较浓的农民成长为英雄的故事。姜大牙等人物走上各自不同的人生道路，是历史的误会。这些历史的误会构成了小说的传奇故事。各种人物的不同历史的误会在历史发展的长河中都融汇于历史的必然，必然的历史构成了历史大势和英雄人物形成的空间。徐贵祥军旅小说的理想主义和英雄主义，不表现在战场，也不表现在军人生活，而是在人物成长之中。英雄人物的核心是英雄情结，英雄情结的核心是信念和信仰，姜大牙等人的信念和信仰不是天生的，是来自后天的抚育，不是静态，而是动态，是从无到有，从弱小到宏大，历史给予了英雄人物成长的滋养与驱动力，英雄人物也增添了历史的色彩和发展的必然趋势，这就是历史的天空。

（四）姜戎《狼图腾》、杨志军《藏獒》等

生态小说中最有代表性的作品是姜戎的《狼图腾》和杨志军的《藏獒》。姜戎（1946— ）北京人，1967 年到内蒙古，1978 年返城。杨志军（1955— ），出生于青海，曾以记者身份在青藏高原六年。《狼图腾》和《藏獒》强调生态整体主义的价值观。生态整体主义又称生态整体利益价值观，它是“生态文学的思想之魂”，其核心观念为：“从承认自然界价值出发，现代生态哲学深入反思人本主义观念遮蔽下的认知偏颇——只关注自然的经济价值和商品价值，提出在地球生态系统的物质循环、转化和再生产过程中，自然对于人类和其他生命持续生存的生态价值才是最重要的。现代生态哲学在与传统个人中心主义价值观的联系与思考中，逐渐建构起‘人—社会—自然’复合生态系统的整主义价

值观，确立‘普遍的共生’、整体的和谐稳定和持续生存为终极价值目标。”[①]生态整体主义主要体现为对动物形象的塑造、对人性的贪婪的抨击及对动物与人、自然的关系的重新书写。第一，小说塑造了一群与人类美好品德一致的动物形象。《狼图腾》中，知青陈阵摒弃了人类中心主义的思想，站在人狼平等共生的立场上观察狼。通过陈阵视域，小说刻画了一群生气勃勃、追求尊严和自由的群狼形象。在围捕黄羊群时，它们团结协作、智勇双全；在围攻军马群时，它们有仇必报、顽强坚韧；面对人类捕杀时，它们以死相拼、宁死不屈；遭遇人类驯养时，小狼宁可被铁链勒死，也不愿就范。在小说中陈阵不禁赞叹这群狼：“草原狼无论食与杀，都不是目的，而是为了自己神圣不可侵犯的自由、独立和尊严。”在这里，姜戎已经完全打破人狼的界限，将狼看作与人类具有同等高贵品质甚至具有“狼格”追求的存在。杨志军的《藏獒》要表现的“不是狗”，而是“他们品德高尚”，甚至将其提升到“人和一切动物无可挑剔的楷模”的高度。小说通过冈日森格、那日、多吉来吧等藏獒与人类交往过程中的故事，展示了知恩报恩、勇敢忠诚的可贵品质，正如杨志军在《藏獒》中所说：它们“把职守看得比生命更重要。永远不想着自己，只想着使命；不想着得到，只想着付出；不想着受恩，只想着忠诚”。第二，在礼赞狼、藏獒等动物的同时，作者还用生态中心主义审视人性的贪婪，抨击了人类中心主义的狭隘与罪恶。在《狼图腾》中，包顺贵、巴图、杨克等在私欲的蛊惑下，在草原上大肆杀戮，以动物生命换取美味和金钱的满足；老王头等毫不顾惜天鹅湖仙境般的景色，挖掘芍药花，捕杀天鹅、旱獭，大肆开掘和掠夺。这种掠夺式的开发，是人类中心主义的典型体现，给自然带来了无穷无尽的灾难。第三，在小说中作者描述了一幅人与自然和谐相处的生态图景，生动展示了生态中心主义理想。《狼图腾》通过刻画狼维护生态平衡的重要作用，重新阐释了狼的生态文化内涵。“草原生态系统的根本是草，而黄羊、旱獭、野兔、黄鼠、牛羊马等都是以草为生的，若没有草原狼对它们种群数量的一定控制，草原生态必然要崩溃。”[②]此外，狼的捕杀，还促进了动物的优胜劣汰，保持了种群的优质繁衍。从生态良性循环意义上说，狼捕杀弱小动物，不再是道德上的凶残，恰恰是草原生态的必须。对于草原人的精神生态而言，狼的智勇、血性、自尊的品质与草原人相通，甚至是草原人师法的对象，因此，姜戎不禁在小说中将草原狼称作“是草原人肉体上的半个敌人，却是精神上至尊的宗师”。如果说《狼图腾》是通过生态链角度来阐述生态中心主义的话，那么《藏獒》则通过藏獒的受恩报恩的故事揭示

---

① 王光东、丁琪：《新世纪以来中国生态小说的价值》，《中国社会科学》2020 年第 1 期。

② 汪树东：《论〈狼图腾〉的生态意识》，《前沿》2009 年第 5 期。

人与自然的关系，人类善待自然，自然亦善待人类。

生态整体主义还体现在诗化的情调和神秘色彩。生态小说的故事发生地多着眼于神秘的区域，如姜戎的额仑草原、杨志军的藏地、陈应松的神农架、迟子建的额尔古纳河右岸、阿来的川坝藏区等，它们远离现代文明社会，民众内心存留着朴素的天人合一观念，是“探寻人与自然和谐共荣的生态智慧、表达诗意栖居的生态理想”[①]的图景。这种理想的生态图景，充满着诗意的情调，如《狼图腾》中仙境般的天鹅湖、鲜艳可人的芍药花、自由起舞的天鹅、悠闲自在的牤牛、肥美自由的旱獭、矫健飞奔的黄羊、奔腾健硕的骏马、桀骜不驯的狼群，还有敬天爱生的草原人，他们遵循着自然的法则，相克相生，默默守护着栖居地，绘制出一幅人与自然和谐共生的诗意图景，充满着诗意的情调。《藏獒》自然风光描写不多，更多的写藏獒与藏民彼此信任、相亲相爱的日常生活场景，讲述他们在困难中相互扶持、共渡难关，甚至为彼此付出生命的感人故事，呈现出日常生活的诗意。这些小说在建构诗意栖居及和谐生态图景的同时，亦是一种自然复魅的过程，“自然复魅，就是恢复大自然的神奇性、神圣性和神秘性，承认大自然是人类养育者”[②]。在小说中，作者大量采用诸如原始仪式、神话传说以及带有神秘色彩的人和动物等元素，为自然罩上神秘的面纱，以期约束人类的傲慢，唤回人类对自然的敬畏。如《狼图腾》中的比利格老人的天葬、草原狼作为白音窝拉神山和额仑草原保护神的传说、白狼王的传说；《藏獒》中藏獒身上所赋予的格萨尔王宝剑的民间传说、藏獒与藏传佛教之间的神秘联系；等等，它们在为自然复魅的同时，也给小说蒙上了神秘的美学风格。

第三节　网络社会小说

网络文学中的社会小说涉及甚广，此处社会小说的类型是指网络小说中题材在言情、侦探之外的反映现实社会生活的作品，如反映军旅生活的军事小说，反映海外留学生生活的域外小说，反映商界、IT 业、制造业、医疗行业等各行各业发展的行业小说和以职场生存为主要书写对象的职场小说等。在这些小说类型中，发展较为成熟，涌现出较多值得关注的作家和作品的是职场小说和行业小说。

---

① 王光东、丁琪：《新世纪以来中国生态小说的价值》，《中国社会科学》2020 年第 1 期。

② 王光东、丁琪：《新世纪以来中国生态小说的价值》，《中国社会科学》2020 年第 1 期。

一、网络职场小说概况及主要特征

欧美自 20 世纪 50 年代以来就诞生了职场小说，加拿大作家阿瑟·黑利被称为“职场小说之王”，他的《钱商》《航空港》《大饭店》《晚间新闻》《汽车城》等作品分别以银行、航空、酒店、新闻媒体、汽车制造等不同的行业为故事背景，小说的主人公多是职业经理人、医生、银行家等职场人士，其作品最大的特色是在故事中对于行业细节极度逼真的描述，阿瑟·黑利的职场小说曾出现在《纽约时报》畅销榜上，还入选了 MBA 教材，部分小说被改编成影视作品后，更风靡一时。

在中国，网络职场小说是一种新出现的通俗文学类型，它随着现代职场这一新的生存场域的发展、都市白领阶层达到一定规模而出现。职场是新兴白领阶层的生存空间，作为一个社会阶层，新兴的白领在职场的生存境遇、心路历程，他们独特的价值观和审美趣味，都需要在精神和文学上有所体现，由此，职场小说应运而生。网络职场小说以都市职场白领的求职、竞争、升职、加薪为表现对象，重在展现现代职场的生存状态和人际关系，具有较强的实用性和认知价值。

中国网络职场小说的兴起始于 2005 年王强的《圈子圈套》。王强（1968—　），1993 年毕业于清华大学精密仪器和机械学系，获工学硕士学位，随后走入职场，先后担任过联想集团高级销售、西门子中国区负责人、希柏系统软件有限公司中国区总经理、SAS 中国区总经理等职务。2005 年 7 月 7 日，王强在天涯社区开始连载自己的小说《圈子圈套》，开创了职场小说的先河，他因此而被尊为职场小说的“开山鼻祖”。随后，王强完成了《圈子圈套 2：迷局篇》和《圈子圈套 3：终局篇》，构成了他的“中国现代商道三部曲”，这是王强十多年商海经历和职场体悟的产物。《圈子圈套》讲述了出身底层销售人员的主人公洪钧，作为外企 ICE 公司代理首席代表在一个项目中不幸落入昔日好友俞威设计的圈套，被老板开除、女友抛弃，人生陷入低谷。随后，洪钧进入维尔西中国公司担任北京地区销售经理，继续与昔日宿敌俞威较量，他一路过关斩将，升任维尔西中国区总经理，同时也收获了爱情。第二部和第三部则继续讲述洪钧在新的职位上一波三折的职业历程以及与俞威的缠斗。

真正标志着网络职场小说创作热潮形成的是 2007 年面世的《杜拉拉升职记》和《浮沉》。《圈子圈套》《杜拉拉升职记》《浮沉》均被改编成电影、话剧、电视剧等不同的艺术形式广为传播，带动一波网络职场小说的阅读潮流，也催生了《傲骨》（白饭如霜）、《潜伏在办公室》（陆琪）、《米娅，快跑》（秦与希）、

《加油！格子间女人》（金津）、《格子间女人》（舒仪）、《职场菜鸟升职记》（张玎）、《杨小羊求职记》（丁郗）等多部网络职场小说。

中国网络职场小说有如下特征：

1. 网络职场小说具有写实倾向。网络职场小说的作者大多不是专业作家或写手，写作只是他们的副业或者兴之所至、偶尔为之的一种爱好，他们的第一职业身份大多与作品中的人物相关，他们所塑造的人物，多为他们自己或他们熟悉的朋友、同事，他们所写的事件，也多为他们的亲身经历，因此，网络职场小说带有作者自叙传的色彩。如王强写《圈子圈套》就是以自己在外企工作的经历作为蓝本，他在接受媒体采访时曾坦言小说中的主人公、故事情节都是根据自身的经历编排的，主人公洪钧融入了他以及他的上司等人的形象，事实上，在洪钧、俞威、邓汶、小薛这几个人物的身上都有王强自己的影子。《格子间女人》的作者舒仪，网名下午茶，曾就读于北京大学光华管理学院，毕业后进入了世界五百强知名企业做职业经理人，《格子间女人》这部作品凝聚了她十年外企商旅生涯的所见所闻。

作者的个人成长经历和丰富的职场经验投射在网络职场小说中，这就使作品的人物塑造、情节构成非常接近生活的真实。这种对生活真实的追求使作品带上了写实主义倾向，而非现实主义精神，“因为所谓现实主义，并不仅在于如实地描摹现实，也在于凭借明确的价值理念有目的地结构现实、并赋予文本化的现实以内在远景，使现实成为可理解的与可介入的”[①]。

2. 网络职场小说凸显功利性目的。不管是作者还是读者，都比较注重网络职场小说的认知功能。作为作者，往往意在通过小说形式将自己多年来在职场上积累的生存哲学、处事经验和实用策略分享给读者。《浮沉》中对外企人员结构、人际关系、工作模式、薪酬体系、经营策略及外企在中国的地位等都作了全面而可信的介绍。在《杜拉拉升职记》中，作者总结出“下属无性别”“上级的性别只关乎授权的程度”“WHY 比 WHAT 更重要”等职场规则，小说大量篇幅用于介绍 HR 职场专业知识，如 SMART 目标设定原则、SWOT 分析、SOP 定义、360 度绩效评估等，当涉及这类知识的时候，作者如写作教科书一般不厌其烦地娓娓道来，比如在谈到 SMART 目标设定原则时，小说写道：

> 先解释一下 SMART 原则：该原则是在工作目标设定中，被普遍运用的法则。

---

① 石岸书：《小桥老树小说〈侯卫东官场笔记〉：网络文学的现实主义欲求》，《文艺报》2014 年 8 月 18 日。

S 就是 specific：意思是设定绩效考核目标的时候，一定要具体——也就是目标不可以是抽象模糊的。

M 就是 measurable：就是目标要可衡量，要量化。

A 就是 attainable：即设定的目标要高，有挑战性，但是，一定要是可达成的。

R 就是 relevant：设定的目标要和该岗位的工作职责相关联。

T 就是 time-bounding：对设定的目标，要规定什么时间内达成。[①]

作者把她多年职场积累的心得体会如数家珍、倾囊相授，大到如何对待工作，与上司、同事的相处，小到着装细节。从读者接受的角度来说，这是一部特别适合职场新人阅读的作品，小说的走红彰显了作品的认识价值，对于作品实用性的倚重使网络职场小说的创作与接受带上了浓重的功利色彩。

3. 网络职场小说拥有励志主题。网络职场小说大多拥有一个励志主题，这也是这种类型小说广受读者尤其年轻读者欢迎的重要原因。小说主人公都是从底层职员做起的都市白领，他们凭着坚韧的毅力与智慧苦苦打拼，在竞争激烈的职场一步一步艰难前行，最终实现自己的人生价值。因此，网络职场小说也大多是成长小说，按照巴赫金的说法，“成长小说”的“主人公的形象，不是静态的统一体，而是动态的统一体”[②]。网络职场小说讲述的是青年人如何在职场中通过历练，由一个职场新人成长为成功的职业精英，实现人生梦想的故事。在打拼的过程中，他们会面临各种考验，甚至会如《圈子圈套》的书名所提示的那样，误落他人设置的“圈套”“陷阱”，遭遇各种挫折甚至背叛，但他们在充斥着阴谋诡计、明争暗斗的职场环境中学习到各种生存技能，领悟职场经验，且仍旧能坚守正道，不违良知，这对年轻的读者更是正面的示范与激励。

女性职场书写在网络职场小说中独树一帜。《杜拉拉升职记》可谓职场菜鸟杜拉拉的成长史，《浮沉》中的乔莉则从外企前台到秘书、销售，演绎了一部底层职场人的奋斗史，而《米娅，快跑》《傲骨》《格子间女人》等讲述的无不是女主人公从单纯幼稚的职场新人成长为心有城府的职场精英的故事，这些小说开辟了女性社会生活书写的新领域，这种题材的崛起与新形势下女性的生存现状密切相关。近些年，虽然女性的就业率大大提升，但女性职场生存环境依然严峻，都市职业女性如何突破传统与现实的束缚，实现自身价值，仍是一个具

---

① 李可：《杜拉拉升职记》，陕西师范大学出版社 2008 年版，第 155 页。

② 巴赫金：《教育小说及其在现实主义历史中的意义》，《小说理论》，白春仁、晓河译，河北教育出版社 1998 年版，第 230 页。

有现实意义的课题。

网络女性职场小说中的主人公往往是职场“灰姑娘”形象，女作家们不约而同地如此塑造她们笔下的女主人公，《杜拉拉升职记》中的杜拉拉、《浮沉》中的乔莉、《米娅，快跑》中的米娅、《格子间女人》中的谭斌等都具有相似的特征：她们没有显赫的家世背景，没有倾国倾城的美貌，也不是靠小鸟依人般的柔弱唤起男性保护欲的弱女子或“傻白甜”，她们出身、容貌皆平凡，但聪明好学，意志坚定，乐观自信，有进取心、责任心，在激烈的竞争与严峻的挑战中，她们凭借着对理想的执着和个人的不懈努力，不断成长，积累经验，最终成功蜕变为更为独立自信的职场精英。这种“灰姑娘”形象及其成长过程的塑造具有典型意义，她概括了新时代自强自立女性的典型特征，也给阅读小说的芸芸众生树立了一个成功追梦的励志榜样，激发他们奋斗的信心与勇气。

4. 网络职场小说流露出消费主义倾向。网络职场小说所写的职场大多是外企，且动辄是世界五百强的跨国企业，而这些企业的所在地大多是北京、上海、深圳这样的繁华大都市的CBD，这就决定了故事的空间位置坐落在中国都市化程度最高的地区，也是我国率先步入消费社会的区域。消费社会是一个物质极度丰盛的社会，人们更多的是对物的象征意义和符号价值的消费，更加注重的是物品背后所蕴含的身份、地位、权力等意义。网络职场小说的消费主义倾向首先通过对于符号化的物和物的堆积空间的书写来实现。最具代表性的符号化的物是都市白领的时尚衣着和使用的各种高档物品，这些物品凸显的不是其使用价值，而是其背后的符号价值，即对使用者身份的标识意义，而这种标识也形成与其他人身份的一种区隔。最具有象征意义的物的堆积空间则是都市中的繁华酒店、购物中心以及吻合中产阶级身份的酒吧、度假村等，这些场景也正是网络职场小说的主人公们常常出入的场所。

网络职场小说的消费主义倾向还表现在对于物质的欲望书写上，在小说中，这些欲望常常显得理所当然、理直气壮。在《杜拉拉升职记》中，杜拉拉一进入外企，就清楚地认识到公司员工是以职位、经济收入的高低来划分阶级的：经理以下级别的叫“小资”，就是穷人，一般利用公共交通上下班，不然就会影响房贷；经理级别算中产阶级，他们买第一套房子不需要贷款，一线经理开宝来，二线经理开帕萨特；总监级别是高产阶级，不止有一处房产，或者是好地段的优质房，或者是别墅，和车相关的费用完全由公司负担；总裁、副总裁就是富人，不仅有管家门房，还有公司配的专用司机，出差坐头等舱。为了不当穷人，杜拉拉决定不能一直做销售助理，有了清晰的目标之后，她一路开始了由销售助理成长为HR经理（人力资源经理）的升职历程。

网络职场小说中流露的消费主义倾向既给处于辛苦打拼中的读者描述了成

功的愿景，许诺了奋斗之后的美好未来，也让读者在阅读中体会替代性的满足，身处庸常生活的读者借由作品中那些纸醉金迷、衣香鬓影的上流生活获得一种“白日梦”般的神奇体验。

如果把官场视为官员的职场，那么，网络官场小说可视为一种特殊的职场小说，尽管就其起源来说官场小说有更悠远的源头，其发展的线索也更完整，远可以追溯至清末民初的《官场现形记》《二十年目睹之怪现状》等谴责小说，近则可以接续到 20 世纪 90 年代以来陆天明、张平、周梅森、王跃文等的政治小说。

网络官场小说从数量上来说并不少，但总体上佳作不多。影响较大的作品是小桥老树的《侯卫东官场笔记》和黄晓阳的《二号首长》。

小桥老树（1970— ），本名张兵，曾在政法系统工作近十年。2006 年开始在起点中文网上写作，主要作品有《侯卫东官场笔记》《侯海洋基层风云》《奋斗者：侯沧海商路笔记》《侯大利刑侦笔记》等，代表作《侯卫东官场笔记》荣获“最佳官场小说奖”“西湖·类型文学双年奖”。小说长达八卷，讲述了侯卫东大学毕业之后，用十多年的时间，从最基层的乡镇公务员做起，经村、镇、县、市，最后做到了省委秘书长的历程。通过主人公侯卫东的笔记，编织进 304 个各级别官员，84 起官场风波，66 个党政部门，23 次微妙的调动与升迁，展现出中国公务员系统庞大、复杂而精彩的内部世界。

黄晓阳（1962— ），专业作家、资深媒体人，著述颇丰，作品题材多样，他创作的网络官场小说有《二号首长》《高手过招》《阳谋高手》等，其中《二号首长》三部曲是其代表作，作品于 2010 年开始在新浪读书频道连载，长期占据排行榜的第一名，有“官场教科书”之称，纸质版则分别出版于 2011 年 5 月、9 月、12 月。《二号首长》讲述了《江南日报》资深记者唐小舟在遭遇上司压制、妻子背叛的人生低谷时，突然接到省委办公厅一纸调令，出任新任省委书记赵德良的秘书，唐小舟的人生迅速触底反弹，命运轨迹随之改变。一幅全景式的当代官场画卷，经由唐小舟的视角而徐徐展开。

作为网络职场小说的特殊类型，《侯卫东官场笔记》和《二号首长》也具有网络职场小说写实性的特点。小桥老树有丰富的官场经验，而黄晓阳则因其媒体人的身份，对于官场有得天独厚的观察优势，因此，这两部作品在反映当代官场生态上都非常真实，特别是在人物形象塑造上有独到之处，塑造了一批性格矛盾冲突明显的介于黑白之间的灰色人物，这种灰色人物或中间人物更接近现实真实，因而也更具有艺术感染力。作品描写了许多官场生存的法则与智慧，如《二号首长》生动描述了与领导握手的先后顺序、进领导办公室要关门还是开门等细节，因而这类小说有“官场教科书”之称。

网络官场小说在具备网络职场小说的一般性特点的同时，缺陷也十分明显。首先表现在批判意识不足，作品中官场的潜规则被当作官场生存理所当然的手段与策略，比如《二号首长》中把当官看成一门技术活，当主人公的技术越来越娴熟，知识分子的悲悯情怀、反思意识就逐渐淡薄以至荡然无存了。其次是女性形象塑造往往是网络官场小说的短板，女性形象在这一类作品中常作为与权力相映衬的形象而存在，女性形象有工具化、客体化的倾向。由于官场小说的作家大多是男性作家，这种因性别观念固化而形成的写作成规几乎已经成为作家自身习焉不察的一种无意识。

二、网络职场小说主要作家作品

（一）李可《杜拉拉升职记》

李可是一位有十余年外企工作经历的女白领，曾从事过销售和人力资源工作。她创作的《杜拉拉升职记》被誉为“中国白领必读的职场修炼小说”。严格说来，这部作品发源于网络，经过出版社挖掘、策划、打磨，最后才成型为现在人们读到的版本，在最初的网络版中女主角甚至不叫杜拉拉，而叫杜朝阳。小说讲述了都市白领杜拉拉从一个初涉职场的行政部小职员，经过自己的不懈努力，成长为一个企业高管的故事。由于李可对于外企工作环境、职场的激烈竞争乃至职场潜规则都非常熟悉，她写的职场故事清新脱俗，人物真实生动，文风轻快有趣，也让广大读者对于 HR（人力资源经理）这一职业有了全新的理解，小说中的职场生存法则对读者特别是初涉职场的年轻读者颇具启发，称这部作品为“职场教科书”实不为过。《杜拉拉升职记》第一部横空出世，就引起巨大反响，随后李可继续讲述杜拉拉的职场故事，推出了《杜拉拉 2：华年似水》《杜拉拉 3：我在这战斗的一年里》和《杜拉拉大结局：与理想有关》，构成了一个杜拉拉系列。

（二）京城洛神《浮沉》

京城洛神，本名崔曼莉，毕业于南京大学，做过电视节目主持人、策划人，有过国企、知名外企从业经历，2004 年进入互联网产业，现为北京英派瑞克科技发展有限公司执行总裁。2001 年开始自由写作，主要是纯文学创作。《浮沉》是她唯一的一部网络小说，也是一部励志职场小说，作者于 2007 年 7 月开始以网名京城洛神在天涯社区上发表。小说讲述了女主人公乔莉惊心动魄的职场拼搏，围绕着对一个七亿大单的争夺，外企职场各色人等的遭遇与矛盾纠葛、办公室政治、商界博弈等都得到了真实展现。《浮沉》最终也形成了一个三部曲的长篇系列。

三、网络行业小说概况及主要特征

从网络小说分类来看，“行业小说”是一种与职场小说有联系又略有区别的小说类型，它并非一个被广泛使用的概念，各大网文平台的分类、著名写手的推广标签上都很少使用这个术语，而大多冠以更为细分的工业文、医疗文等标签。与职场小说侧重于表现职场人际关系及职场竞争、升值、加薪等不同，行业小说更关注特定行业的发展态势、相关职业特征。网络行业小说中比较值得关注的有工业文、商战文、医疗文等。

范含的《电子生涯》、急冻人的《重生之科技巅峰》是网络小说中较早出现的工业文，这两部作品的共同点是都包含穿越、重生等网络文学非现实元素，如《电子生涯》讲述帝都的程序员范含被雷轰回到1966年的美国，开始了他成为电子业界霸主的历程。延续这一写作传统，且反响更大的作家是齐橙。

工业文中还有一类没有穿越、重生元素的作品。女作家阿耐堪称现实题材网络小说创作中的重镇。此外，值得关注的工业文还有恒传录（本名武玉传，1975—　）的《中国铁路人》，讲述刚毕业的大学生白玉传，积极投身铁路事业，先后参与了广深线、京广线、京沪线等国内多条重要铁路线路建设的故事，以写实的笔法展现了我国电气化铁路的发展历程，讴歌了铁路建设者无私的奉献精神。

商战文作为网络行业小说中的一种类型，很容易与职场小说相混淆，但二者存在区别：一是商战小说能在文学史发展中找到自己的源头，如通俗文学发展史中的财经小说可以视为网络商战小说的先导；二是商战小说的重心在展现精彩紧张的商业博弈，讲述商战策略、商业伦理。付遥的《输赢》被称为中国第一本网络商战小说，这部小说2006年开始在网上连载，小说以两大跨国企业“捷科”与“惠康”为争夺中国市场而展开精彩角逐，生动讲述了一个季度 13 周内双方销售高手争夺银行超级订单，冲刺销售目标的故事，以超级订单的招投标为主线，职场斗争、团队建设、销售对决、业务公关、情感纠葛等情节精彩纷呈，深刻真实地描绘了销售人员的悲欢荣辱。随后，付遥还创作了《输赢之惊鸿商机》《创业时代》等网络商战小说。洪武散人的《夺标：职场实录五年》是一部广受关注的网络商战小说，作品虽然借用了大量经典小说人物和历史人物的名字，如高俅、宋头领、裘千仞、李煜、赵匡胤等，但并不是一本同人小说，小说的主人公“我”是中宏集团旗下的园林公司的一名业务人员，主要工作就是投标和中标，小说讲述了“我”怎样凭借顽强的意志，在激烈的商战中奋力搏杀，从一无所有逐渐走向辉煌。

网络医疗文是一种新兴的网络行业小说类型，与工业文相似的是，医疗文也有两个分支：一种是完全基于现实的写作，如冯济业的《情瘦医生》，小说主要描写医生马亮的成长史和感情生活，书中很多医生手术和患者的故事都来自冯济业自己真实的日常工作，主人公马亮身上也多少有作者的影子。另一种则是带有一些幻想性元素的写法，如真熊初墨（1977—　）的《手术直播间》，讲述一个外科小医生郑仁，意外得到了一个超级系统的加持，妙手回春，拯救了无数生命。志鸟村（本名高晨茗）的《大医凌然》也与之类似，主人公得到了一个神奇的系统，在系统的帮助下，救死扶伤，成为一代名医。

中国网络行业小说的主要特征有：

首先，网络行业小说尽管涉及不同的行业，但都聚焦于某一行业的发展与具体操作，作家大多具备该行业的相关知识，有的本身就在相关行业工作多年，如《艰难的制造》的作者阿耐，曾是浙江某著名制造业企业的高管，她在小说中所讲述的知识产权得不到有效保护、山寨和模仿横行、质量认证体系和环保工程里的猫腻等都是她亲身经历的一手材料，她以文学的形式还原了中国民营制造业艰难转型的历史，她的创作初衷如她所说："我只想还原这一行躲在犄角旮旯的，极端啰里啰唆的真相。我只想用小说的形式说真相，如此而已。"商战小说《输赢》的前十万字来源于作家的一个营销案例。而写作网络医疗文的真熊初墨的另一个身份是一家三甲医院的医生，他是根据自己的工作经验来创作《手术直播间》的，《情瘦医生》的作者冯济业也是医生，至于《大医凌然》的作者志鸟村虽非医生，但为了写作医疗文，在资料准备阶段，志鸟村搜集了诊断学、外科学等科普类的书认真研读，甚至还花了几个月的时间去体验生活、观摩手术，在写作中，他还会有意识地参考医生写的手术报告，咨询专业医生的意见。这样就使行业小说具有了令人信服的专业性。

其次，作为类型小说，言情是吸引读者的不可或缺的重要元素，网络行业小说也不例外，但作为行业小说，主要人物的感情线只是作品中的点缀，而不能占据中心位置，不能喧宾夺主，这也是判断一部小说究竟是行业小说还是言情小说的一个基本标准。

四、网络行业小说主要作家作品

（一）齐橙《大国重工》《工业霸主》《材料帝国》

齐橙（1969—　），本名龚江辉，博士毕业于中国社会科学院工业经济研究所，现为北京师范大学副教授。从2011年起，齐橙在起点中文网相继发表了《大国重工》《工业霸主》《材料帝国》等工业题材小说。其中，《大国重工》获2018年第二届网络原创文学现实主义题材征文特等奖，并入选国家新闻出版署和中国作家协会联合推介的25部“庆祝新中国成立70周年”主题网络文学作品评选暨2019年优秀网络文学原创作品。《大国重工》讲述的是国家重大装备办战略处处长冯啸辰穿越到1980年的南江省，附身在一个冶金厅的临时工身上，借由自身的科技工业知识和历史眼界，不断帮助个人、企业和国家解决重工业和经济发展中的难题，创造了一个又一个奇迹和辉煌。《工业霸主》和《材料帝国》也有类似的情节结构：机械系研究生林振华、材料学专家秦海分别穿越回1979年和1985年，利用自己扎实的技术能力和超越同时代的眼光，实现了工业强国的梦想。虽然具有一个“穿越”的结构，但齐橙的工业文仍被视为现实题材小说，这是因为他的作品强调架空世界和现实世界的高重合度，也就是说穿越后的架空世界与原来的现实世界是同一个世界，因此，其小说中的世界与现实世界具有同等的真实性。

（二）阿耐《大江东去》《艰难的制造》

阿耐，浙江宁波作家，是近年来网络现实题材写作中的重镇，她的《欢乐颂》《都挺好》《大江东去》等作品都被改编成影视剧，且都好评如潮。其中，《大江东去》是一部全景式反映改革开放三十年以来我国经济领域改革、社会生活变化以及人们精神面貌改变的小说，涉及工业、农业、个体工商业等不同行业的改革，既是行业小说，也是跨行业的全景式小说。小说三位主人公宋运辉、雷东宝、杨巡分别代表在改革开放恢宏历史征程中的知识分子、农村改革者和个体户，作家讲述了他们抓住历史机遇，以攻坚克难的进取精神艰难探索、勇敢开拓的历程。2009年，《大江东去》成为中国第一部荣获中宣部“五个一工程奖”的网络小说；2019年，《大江东去》又入选国家新闻出版署和中国作家协会联合推介的25部“庆祝新中国成立70周年”主题网络文学作品评选暨2019年优秀网络文学原创作品。

《艰难的制造》是《大江东去》的续篇，也是阿耐创作的一部聚焦于制造业的作品，它以1998—2008年间长三角制造业的发展历史来反映中国制造业在市场和政策夹缝中生存的各种艰难，从带着实业理想的柳钧和从事金融的钱宏明的遭遇来书写中国民营制造业艰难的转型之路。

一、思考研习

1. 请论述当代官场小说对晚清谴责小说的继承与发展。
2. 辨析当代域外小说与晚清以来的留学生题材小说的联系与区别。
3. 简述网络职场小说的主要特征。

二、阅读延伸

1. 包天笑《上海春秋》
2. 李涵秋《广陵潮》
3. 程瞻庐《茶寮小史》
4. 徐卓呆《李阿毛外传》
5. 曹桂林《北京人在纽约》
6. 阎真《沧浪之水》
7. 都梁《亮剑》
8. 姜戎《狼图腾》
9. 李可《杜拉拉升职记》
10. 齐橙《大国重工》
11. 阿耐《大江东去》

三、扫码听讲

第三章　中国现当代言情小说与网络言情小说

第一节　中国现代言情小说

一、中国现代言情小说发展概述

言情小说是传统通俗小说的重要类型。中国现代言情小说大致上有三个发展时期，一是清末民初时期，清末民初是现代言情小说的第一次热潮。这一时期的言情小说主要由鸳鸯蝴蝶派作家创作，有两个主要类型，一种是哀情小说，一种是狭邪小说。中国现代言情小说创作的第二个时期是20世纪20年代以后，在新文学的影响下，言情小说开始关注社会生活，单纯写情孽和冶游的小说逐渐淡出，将言情与社会批判融于一体的言情小说开始出现。此时现代言情小说的主要类型是倡门小说和社会言情小说两类。20世纪40年代，通俗文学的新生代登上文坛，他们的文化视野、文学创作视野更为广阔，对人性的批判和思考更为深刻，他们的作品被称为新浪漫小说，构成了现代言情小说第三个时期。

1. 哀情小说。1907年，吴趼人创作了《恨海》《劫余灰》《情变》三部小说，分别标为“写情小说”“苦情小说”和“奇情小说”，小说的写情之风开始炙热起来。此后，徐枕亚的《玉梨魂》《雪鸿泪史》《余之妻》《双环记》，吴双热的《孽冤镜》《兰娘哀史》《断肠花》，李定夷的《茜窗泪影》《鸳湖潮》《红粉劫》，吴绮缘的《冷红日记》，江著超的《蝶花劫》《白骨散》，刘铁冷的《求婚小史》《斗艳记》，陈蝶仙的《泪珠缘》……百余种言情小说一下子涌上了文坛。

在清末民初众多的写情小说中，尤以哀情小说最受欢迎。哀情小说顾名思义，多以“哀”作为小说的情感基调，小说中充满了泪、愁、惨、哀、血等字眼，主要人物往往走向死亡结局。哀情小说在这一时期流行有其特定的社会背景。19世纪末20世纪初，西风东渐，西方青年男女自由恋爱、自由婚姻的幸福，吸引着中国青年羡慕的眼球。但“父母之命、媒妁之言”的传统并非一朝一夕能更改，哀情小说真实地写出了老旧婚恋制度下青年们的婚恋状况，引起了读者强烈的共鸣与共振。

最具代表性的哀情小说有三部：1912 年，在《民权报》副刊上连载的徐枕亚的长篇言情小说《玉梨魂》；同样在《民权报》副刊发表的吴双热的《孽冤镜》；以及 1912 年连载在《中华民报》上的李定夷的《霣玉怨》。

2. 狭邪小说。狭邪小说是清末流行的言情小说的另一种类型。“狭邪”从字面上看泛指“狭路曲巷”，后娼妓的居所被称为“狭邪”。鲁迅在《中国小说史略》中将专门描写妓院故事的小说称为狭邪小说，这就是狭邪小说得名的由来。

清末民初的狭邪小说大多以反映高等妓院的生活为主。这类小说把镜头对准了妓家，对准了狎客与妓女，自然就少不了两者之间的情爱纠葛。这类小说中较有影响的有韩邦庆的《海上花列传》、孙玉声的《海上繁华梦》、张春帆的《九尾龟》等。

3. 倡门小说。倡门小说也就是写妓院妓女嫖客的小说。倡门小说在题材上与民初的狭邪小说相同，但在价值取向上不同于民初的狭邪小说。狭邪小说意在写黑幕，倡门小说意在写批判，它是写妓院妓女的现实人生和悲苦生活，将娼妓当作一个社会问题来写。倡门小说的名称最早出现在何处，先无可考，但是当时《礼拜六》《半月》等杂志上表现娼妓问题的小说均标为“倡门小说”。1926 年大东书局还专门出版一本《倡门小说集》。倡门小说中最为人称道的作品有毕倚虹的《人间地狱》《北里婴儿》、包天笑的《烟篷》、姚民哀的《倡门之女》等。最有代表性的是何海鸣及其作品。

4. 社会言情小说。以写言情故事为经、以批判社会黑暗为纬是社会言情小说的特点。社会言情小说显示了通俗文学作家们既善于写爱情，又谙熟于描写社会某些侧面的专长，对人性的剖析、新风尚的提倡以及社会的审视与反省都使言情小说有了新的跃升。社会言情小说的代表作家是张恨水、秦瘦鸥、刘云若等人。

5. 新浪漫小说。新浪漫小说兴起于 20 世纪 30 年代，贯穿 40 年代抗战时期，及抗战之后的一段时间。新浪漫小说的主要作家有徐訏、卜乃夫以及“东吴系”女作家、张爱玲、苏青等。新浪漫小说既体现了文学创作的通俗性，又敏锐地捕捉和反映了时代的特征。这些作家接受新式教育，受西方文化和五四新文化思想的影响，言情小说的创作美学在他们手上得到了完善。新浪漫小说追求雅俗共赏，为中国通俗小说的现代化增加了一条途径，同时丰富了中国市民阶层的阅读体验，多以都市畅销书的面目出现。

二、中国现代言情小说主要作家作品

（一）徐枕亚《玉梨魂》

徐枕亚（1889—1937），江苏常熟人。原名徐觉，别署泣珠生、东海三郎等，南社社员。主要作品有《玉梨魂》《雪鸿泪史》《棒打鸳鸯录》等。

1912年3月28日《民权报》在上海创刊。这张报纸创刊不久，就迅速走红上海，影响全国。《民权报》依靠两大手段施展它的影响，一是尖锐的时政、社会批评，它因此获得了“横三民”的称号。[①]二是它的副刊刊发了大量的言情小说。这些言情小说几乎每发表一部都引起了轰动。它们不仅使得《民权报》炙手可热，也宣布了正宗的“鸳鸯蝴蝶派时期”的到来。

徐枕亚的《玉梨魂》是《民权报》上影响最大的言情小说。在报刊连载时就引起读者争相传阅。1913年9月出版了单行本，更是影响一时，不几年就重印数版，发行数十万册，这在当时是一个相当高的数字，是其他小说无法企及的。它被认为是“鸳鸯蝴蝶派”最具代表性的作品。

如果将《玉梨魂》的小说情节与明清时的“才子佳人小说”联系起来看，就会发现它们是一脉相承的。一个多才多艺的落魄才子爱上了一个色艺双全的绝代佳人，在多次的偶然和误会之中演绎了一个令人感叹的爱情传奇故事。然而，就是这样一个很俗套的爱情小说却在20世纪初引起了那么大的反响，其中的韵味很值得思考。

这部小说触及了中国传统婚姻制度中最敏感的话题：寡妇再嫁的问题。“父母之命，媒妁之言”，中国传统婚嫁形式压抑了青年男女感情的自由发展，造成了众多的人生悲剧，其弊病在中国传统的文人阶层中已有了相当的认识（尽管他们中的不少人行动上还是这么做），中国传统文学中出现那么多写情理之争的文学作品就可以证明，那些文人的心中始终有着一股冲破所谓传统婚嫁形式的欲望，始终有一种感情自由的憧憬。但是那些情理之争的文学作品涉及的都是青年男女的爱情婚姻问题。寡妇能不能再嫁？这不仅仅是婚姻形式的问题，还涉及对伦理道德等中国传统文化的评判。这一话题似乎再大胆的文人也没有勇气提出来。《玉梨魂》能够提出这样的话题来，自然要引起人们的关注。

问题是提出来了，显示了时代性，但是徐枕亚给予的答案却很传统。他对

① “……《民权报》……与《中华民报》、《民国新闻》并以言论激烈著名，有‘横三民’之称。”方汉奇：《中国近代报刊史》，山西教育出版社1991年版，第706页。

白梨影的恋情表示了理解："韶华未老，欢爱已乖，莲性虽驯，藕丝难杀，深闺寂处，伤如之何？名士坎坷，佳人偃蹇，相逢迟暮，未免情牵，此不足为梨嫂病也。"[①]年轻的寡妇在长期的寂寞之中生出一点感情来是十分正常的。但是，也仅仅停留在理解的层面上，作者赞赏的不是这种感情，而是对这种感情的处理上。小说中尽管这对才子佳人的感情十分浓烈，但在行动上没有一点逾礼。在一个屋檐下生活，只见过两次面，见面之后，也是泪眼相对，不说几句话。"两下飘零，相怜同命，一身干净，未染点污。虽涉非分之机，要异怀春之女，发乎情，止乎礼义，感以心，不以形迹。还珠有泪，赠珮无心。其痴情可悯，其毅力足嘉，彼司马、文君，应含羞千古矣。"[②]发乎情而止乎礼，这就是徐枕亚通过这个寡妇恋爱的故事所表达出来的文化观念。值得提出的是，并没有什么外界的力量要求男女主人公这么做，发乎情止乎礼是男女主人公的自觉行为，是他们自觉地将自己纳入所谓的"做人"的规范之中，梨影固非荡子妇，梦霞亦非轻薄儿，不能不止乎礼义。他们生的是君子之情，言的是君子之语，行的是君子之路。小说表现的还是传统的情理之争。

然而，当时读者对小说所宣扬的情理之争并没有产生什么共鸣，反而对小说所表现出来的巨大的感情落差产生了强烈的反响。作者为了说明主人公"止乎礼"的毅力，在强烈地渲染了他们相恋的热烈和欢快之后，把他们全部赶上了死亡之路。"我死可以保全一己之名节，成就他人之好事，则又大可死也。"[③]为摆脱情网的纠缠，白梨影死了；在白梨影的行为感召之下，被白梨影"移花接木"的小姑崔筠倩也自怨自艾地死了。两位佳人死了之后，何梦霞负笈东渡，最后死于攻占武昌城的枪林弹雨之中。作者的原意似乎是赞赏他们为了斩断"情魔"，不惜以死相偿，而读者对这样的解脱之法却感到了悚然，并以此产生了很多联想和疑问：为什么有情人就不能成为眷属呢？难道寡妇就不能再嫁么？难道寡妇恋爱就一定是死路一条？他们这样的行为是否值得呢？这样的问题也许向前推一百年并不会提出来，但是在经过了政治、社会动荡的民国初年就自然会产生。人心思变正逐步成为社会的主要潮流。人们会在男女主人公命运中想到自身的处境，并由自身的处境为男女主人公洒一掬同情之泪。"天下有情人同声一哭"，既为小说主人公哭，又为自己哭，小说中所宣扬的"发乎情止乎礼"的文化观念也就被这些"哭声"而动摇。

《玉梨魂》流行的另一个原因是它构造的悲情的艺术氛围。中国传统文学中的悲剧文学都有一个喜剧的尾巴，或者化蝶双飞，或者化树相拥，或者泉下相

① 徐枕亚：《玉梨魂》，江西人民出版社 1986 年版，第 167 页。

② 徐枕亚：《玉梨魂》，江西人民出版社 1986 年版，第 168 页。

③ 徐枕亚：《玉梨魂》，江西人民出版社 1986 年版，第 152 页。

会，或者荫披后代，总是让读者在悲苦之中留有一点虚幻的宽慰。作品的结尾总给人一种“做出来”的感觉。《玉梨魂》则是一部彻头彻尾的悲剧小说。小说的结尾一片肃杀，没有给读者一点喘气的机会。这样的故事和这样的情感倾诉对中国读者来说也许并不适应，但它却以真实性和纯真性对读者产生了巨大的冲击力。《玉梨魂》调动了多种艺术手法构造了它的悲剧氛围。在小说的结构和情节安排上，它明显地受到了《红楼梦》和《茶花女》的影响。与《红楼梦》一样，小说也是运用象征性的手法以物喻人地展示人物的命运。一株梨树，一株辛夷，从盛开到花落，从叶落到枯死，两种植物的荣盛衰败与人物的命运紧密联系在一起；主人公的葬花焚稿，对诗相泣，有着更多的宝、黛相恋的影子。《茶花女》的影响主要表现在小说的结尾。它们都用日记的形式交代故事的结局；都运用“叙述人”的凭吊来渲染悲剧气氛。与《茶花女》相比，《玉梨魂》在渲染悲剧气氛上似乎更为浓厚。门外是“几株败柳，一曲清溪。老屋数椽，重门深锁。时值孟冬，百草皆死”，门以外“一片荒芜，不堪入目，境地至为幽寂”。院内是“枯干两株，兀然直立，枝叶皆化为乌有”，室内是“尘埃满地，桌椅俱无。窗上玻璃碎者碎，不碎者亦为尘所蒙，非复光明本质”[①]。肃杀的环境之中再加上两首词《解连环》和《送入我门来》，情景交融在一起，把悲剧气氛推向了极致。在小说风格上，随着故事情节的发展，“叙述人”不断地站出来发几声感慨、几声叹喟，再加上大量的充满自谴自责的诗词、书信，小说始终飘逸着一种“诉怨”的语气，它在抓住读者阅读兴趣的同时，也始终压抑着读者的感情。小说语言运用的是“骈赋体”。辞藻华丽，典故叠加，却朗朗上口，极利于感情的铺陈。

《玉梨魂》出现在新旧时代的交汇点上，有着很多时代的痕迹。从文化观念上说，作家的主观意图是守旧的，但他提出的话题是很具有时代性的，并由此引发的阅读效果是相当积极的。这种积极的倾向与五四时期鲁迅等新文学作家的作品结合起来思考就更为明显了。五四时期，鲁迅等作家通过妇女“节烈”问题（如《祝福》《我之节烈观》等）对扭曲人性的中国礼教展开激烈的批判。他们的这些观点能够在当时的社会得到大多数人的响应，《玉梨魂》这样的小说所作的先期的心理准备和情绪上的铺垫是功不可没的。从审美意识上说，《玉梨魂》所表现出来的悲剧意识是很具有现代性的，虽然它没有五四新文学提倡悲剧意识的自觉性，它的悲剧意识只是来自对外国小说的模仿，但是它首先去掉了中国传统悲剧作品的虚饰的结尾，使得作品更符合生活的真实性和客观性。从小说文本上说，它大概是中国最后一部“骈赋体”小说了，标志着一种文体

---

① 参见徐枕亚：《玉梨魂》，江西人民出版社 1986 年版，第 185—186 页。

的结束，但它又较早地将日记、书信插入小说创作中，标志着一种文体的开始。从这些意义上看，《玉梨魂》应该是一部由旧文学向新文学过渡的作品。

（二）周瘦鹃《欧美名家短篇小说丛刊》与言情小说创作

周瘦鹃（1895—1968），原名祖福，后改名国贤，号瘦鹃。江苏吴县人，生于上海。周瘦鹃幼年丧父，母亲靠为人做针线活把他养大。寡母幼子情结深深地印在他的脑海中，后来在他的小说中多次出现。穷困的家庭生活环境成了他奋发读书的动力，他从小学到初中均成绩优异，使得他有了少年才子的称号。1949 年以后，周瘦鹃创作不多。1968 年周瘦鹃死于动乱的“文化大革命”中。

周瘦鹃踏上文坛之路带有一点青年的冲动。他 16 岁时，时值辛亥革命，他一次偶尔的机会在地摊上买了一本杂志《浙江潮》，上面有一则记述法国一个将军的爱情故事。正在为时局变化激动着的周瘦鹃被这则故事所深深打动，于是将此故事加上一些革命的情节改编成五幕剧本《爱之花》，投给了《小说月报》，这个剧本居然发表了，后来春柳社又将此剧本改编为话剧正式上演，这使得周瘦鹃一举成名，也促使他走上了文学创作之路。1911 年 6 月他创作了《落花怨》，发表在《妇女时报》创刊号，这是他的小说处女作。1912 年他在《妇女时报》上发表他翻译的柯南道尔的小说《军人之恋》和马克思论述妇女问题的文章《妇女之原质》，从此一发而不可收，开始了他数十年的文学生涯。

周瘦鹃是通俗文学作家中为数不多的外文较好的作家，也是翻译外国文学最多的通俗文学作家之一。从 1911 年到 1947 年，周瘦鹃有 36 年之久的翻译生涯。根据现有资料，周瘦鹃共译外国文学作品大约 418 部（篇）。其中大部分为小说，其他为传记、杂谈、书信、诗歌等，涵盖了英、法、美、德共 27 个国家的作者。他还翻译或与人合译了 31 本小说或小说集，字数达上千万字。无论从翻译数量、题材、文类、涉及的国家等方面，周瘦鹃都堪称大家手笔。

特别值得提及的是周瘦鹃对短篇小说的翻译。中国真正现代意义上的短篇小说翻译，最早应是 1909 年周氏兄弟在东京出版的《域外短篇小说集》，但此小说集由于发行量小，在当时没有什么实质影响。对外国短篇小说成规模的翻译应该是从周瘦鹃开始。民国初年，周瘦鹃开始系统地翻译外国短篇小说，大多发表于《礼拜六》等刊物上，后来编成《欧美名家短篇小说丛刊》，共二卷，于 1917 年 3 月由中华书局出版，收入 14 个国家的 49 篇小说，其中意大利、西班牙、瑞典、荷兰、塞尔维亚等国的作品，被第一次介绍到中国。当时鲁迅正在教育部主持通俗教育研究会小说股的工作，曾与周作人共同报请教育部表扬这套译作，并充满热情地称赞此书：“所选亦多佳作。又每一篇告著者名氏，并附小像略传，用心颇为恳挚，不仅志娱悦俗人之耳目，足为近年来译事之光……

当此淫佚文字充塞坊肆时，得此一书，俾读者知所谓哀情、惨情之外，尚有更纯洁之作，则固亦昏夜之微光，鸡群之鸣鹤矣。”①

从翻译文风上说，周瘦鹃民国初年的译作比较随意，有些删增修改的现象，到 1920 年后，周瘦鹃的翻译风格慢慢定位在较严谨的直译上，对于原作的意思尽量表达完整，轻易不做添加删减。即使在某些细节处有改变，也是非常谨慎的。周瘦鹃喜欢在译作中对原作者和作品加以评点，如他对莫泊桑写作的特色总是用两个字概括：“冷隽”，并且说自己的水平还不能译出作品真正的内涵等。这样的评点不仅给读者一个导读，也说明了周瘦鹃的文化视野和文学修养逐步成熟。

民国初年的周瘦鹃主要创作言情小说，此时他大约有近百部言情小说先后发表和出版。与以徐枕亚的《玉梨魂》为代表的“文化模式”和以吴双热的《孽冤镜》为代表的“请命模式”不同，周瘦鹃的言情小说是一种“离别模式”。周瘦鹃似乎不太愿意触动中国传统的婚姻制度，他更多地写男女的离别之苦、分手之情。男女之间怎么分手呢？周瘦鹃小说中主要有三种模式：

一种是情感不合而离别，代表作品是《留声机片》。《留声机片》写了一个叫情劫生的人情场失意后，到“恨岛”整整度过了 8 年，临死前将自己的思念之情录在留声机上，寄给了他的情人。这段断断续续的临终遗言，一片爱意，一片深情，极为酸楚。他的情人听了这段遗言后不能自已，终于在自忏自艾中死去。

一种是因国家种族的仇恨而离别，代表作品是《行再相见》。小说写少女桂芳与英国上海领事馆秘书弗利门热恋，但是桂芳的伯父告诉她，这个弗利门就是庚子年间杀害她父亲的仇人：“你的情人就是你的仇人。”并要求她为国为父报仇：“你须知道你是中国人，不论怎样须服从你长辈的命令。明天你一定要下手，把他治死。”桂芳经过了反复的考虑，终于在咖啡中放了毒药，亲手毒死了自己的情人，然后自己自杀。

一种是生离死别，最有代表性的作品是《此恨绵绵无绝期》。《此恨绵绵无绝期》写的是新婚二月的新郎在战场受伤，回到家中死去。新娘深闺忆郎而亡的故事。为了突出感情的浓烈，作者采用了四种手法。一是人物心理刻画写得相当细腻和深入。丈夫出门之后，写念夫之情；丈夫回来之后，写感夫之情；丈夫去世之后，写忆夫之情。二是小说充满名士气息，写情写景都相当有品位。作者对自然景物的描写相当优美，目的就是要烘托主人公的情感的优美，如妻子携丈夫观梅等处，景美、人美、情美。三是生死对比。生时夫妻恩恩爱爱、

---

①《教育公报》第 4 卷 1917 年 5 月第 15 期“报告栏”。

相敬如宾，于日常生活中展现其美好情感，读来让人向往；丈夫临终前，嘱咐妻子改嫁给自己的老友，不必为他守节，遗言是“使君本无妇，罗敷已无夫，两两相合，宁匪良缘”，读来让人感动。可是一切美好都随人而逝，生死对比，令人唏嘘。四是呼唤。小说的最后是新娘对新郎的凄厉的呼唤，声声是泪，句句是血，在一声声的呼唤中将情感推向了极致。

周瘦鹃特别善于写情，而且是悲情，正如他自述广告所说：“吾满腔子里塞着的无非是悲思，无非是痛泪，提笔写来，自然满纸都是凄风苦雨。”当时鸳鸯蝴蝶派作家陈小蝶就曾评价他说“瘦鹃多情人也，平生所为文，言情之作居十九，然后多哀艳不可卒读”，并作了两首诗送之：“弥天际地只情字，如此钟情世所稀，我怪周郎一支笔，如何只会写相思”；“细写柔情泪未干，滴来纸上太心酸，鲛绡揾后还重揾，啼杀红鹃夜欲阑”[①]。因此，周瘦鹃有“言情巨手”和“哀情小说专家”的称号。

从故事情节上说，周瘦鹃小说概念化严重，有着明显的编造痕迹，他自己说过：“那天花板和帐子顶都是吾制造小说的机器，坐着望了天花板，一阵子胡思乱想，一篇小说就打成为草图了；躺着望了帐子顶，一阵子胡思乱想，又是一篇小说打成草图了。”[②]他的小说中的故事情节估计很多都是他翻译外国小说时所引申或者所感想，没有什么生活基础。好在正是外国小说的翻译使得他较早地学习了外国小说的表现技巧，他的小说较好地运用了日记体、书信体、心理分析体及抒情独白体等多种形式，使得他的小说有一定可读性。

周瘦鹃不仅是一位多产的作家，还是一位编辑大家。1920 年，他开始担任《申报·自由谈》的编辑。1921 年，他兼任了《礼拜六》周刊的主编。同年 6 月，他与赵苕狂合编《游戏世界》月刊。同年 9 月，他创刊《半月》。1922 年 6 月起，他还创办了他的个人小刊物《紫兰花片》月刊。1925 年至 1926 年期间，在《申报·自由谈》任内，他还主持过《上海画报》。同年 9 月，他又任《紫葡萄画报》编辑。1926 年，他出任《良友》画报主编。这些报纸期刊多是鸳鸯蝴蝶派的重要刊物，很多都是通俗期刊中的精品。

（三）韩邦庆《海上花列传》、张春帆《九尾龟》

近代中国，随着上海都市的崛起，新的市民阶层逐步形成，与之相适应的市民通俗文学随之兴起。1892 年韩邦庆创办了个人刊物《海上奇书》，并在其上连载自撰的长篇小说《海上花列传》。韩邦庆（1856—1894），江苏松江人（今

① 陈小蝶：《午夜鹃声·后记》，《礼拜六》第 38 期。
② 周瘦鹃：《噫之尾声·噫病矣》，《礼拜六》第 67 期。

属上海），字子云，号太仙，别署大一山人、花也怜侬。《海上花列传》显示出近代市民通俗文学的很多特征，它描述的是上海通商以来的“今社会”。小说不再是从历史的起承转合和人生悲欢中总结历史或感叹人生，而是直面当今都市生活进行人生劝诫和社会思考，有着与中国古代文学不同的思维取向；它是一部现代意义上的“移民小说”。小说不是写由于战争或者饥饿而出现的留民迁徙，而是记录了由于追逐财富而聚集的市民的形成，有着众多的中国“乡民”如何向“市民”转型的精彩篇章；它是具有浓厚的地域色彩的“都市小说”。小说不再写农耕社会的乡绅观念和田园、酒肆和客舍，而是写上海都市形成过程中的都市观念和物质变化，是中国都市现代化过程的文字记录；它是美学上有着自我特色和众多突破的“连载小说”，在现代媒体上逐日连载，这样的创作方式对小说的构思、结构的形成、情节的处理等美学表现都产生了深远的影响。特别是小说采用了叙述语言用官话，人物语言用吴语的双语系统，体现出作者对小说语言生动性、性格化的追求。

韩邦庆的《海上花列传》写了大量上海妓院妓女的故事，开创了中国现代狭邪小说创作之风。紧随其后的是张春帆的《九尾龟》。这部小说写上海妓院嫖客和妓女的故事，揭露了上海色情业的黑幕。张春帆（1872—1935），原名张炎，字春帆，别署漱六山房。《九尾龟》是张春帆 1906 年至 1910 年断断续续地创作的一本小说，1910 年，曾经将前 12 回结集出版，到了 1924 年又将后 12 回结集出版。24 回的《九尾龟》实际上还是未完之作。

小说取名《九尾龟》的用意，作者说：“大凡妇女不端，其夫便有‘乌龟’之号。在下这部小说，名叫〈九尾龟〉，是近来一个富贵达官的小影。”[①]这个富贵达官，名叫康已生，胸无点墨，却因会钻门路，在前清时居然爬到江西巡抚的位置，人称康中丞。后来被参丢官，卷了一笔民脂民膏，住在上海。他家有五个姨太太，两个姑太太，两个少奶奶，算起来是九个妇女，都是行为不端，生活放荡的，因此，“就有轻薄少年，把康中丞起了一个绰号，就叫作九尾龟”。但是小说的主人公并不是康中丞，而是风流才子章秋谷。章秋谷走南闯北，整日奔波于南北各大妓院。他是很受妓女们欢迎的既年轻漂亮又肯花钱的老嫖客。由于在妓院中很有地位，他又成为嫖界各种是非的审判官。章秋谷的所见所闻和所作所为构成这部小说的全部内容，同时也展示了清末民初上海妓院的各种内幕。“借着那青楼中冶叶狂花的姿态，做一部世界上劝人讽世的清谈。把那些上海滩上以前的四大金刚、以后的十二花神，都一古脑儿收聚拢来，做了这一

① 张春帆（漱六山房）：《九尾龟》上，荆楚书社 1989 年版，第 1 页。

部小说中间的资料，这也总算是现身说法，皆大欢喜。”[①]可见，作者是想创作一部有关上海妓院、妓女、嫖客的小说。事实上，这部小说最初的时候有一个副标题：“四大金刚外传”。“四大金刚”是指上海当时的四大名妓，她们是：林黛玉（别号）、金小宝、张书玉、陆兰芬。

对《九尾龟》，新文学作家评价不高，鲁迅将其作为“溢恶”狭邪小说代表。鲁迅在《中国小说史略》中说：“到光绪末年，《九尾龟》之类出，则所写的妓女都是坏人，狎客也像了无赖。”[②]胡适也曾在《海上花列传序》中评论道：“《海上繁华梦》与《九尾龟》所以能风行一时，正因为他们都只刚刚够得上‘嫖界指南’的资格。”[③]虽然作者拼命地打着“劝诫”的旗号，《九尾龟》的思想价值也就是嫖界的指南、花丛的历史而已，鲁迅、胡适的评价很准确。

这一时期是上海都市化全面发展的时期，也是上海的社会结构、文化心态发生重要变化的时期。《九尾龟》从思想价值上说，是十分低俗，甚至是卑劣的，但它从一个特殊的角度记录下了上海都市化进程中的一种文化情态。

清末民初之际，上海滩上妓院林立，名花如云，烟花女子之多，恐不光为中国之冠，在世界几个大城市中也是赫赫有名的，人称“洋场十里，粉黛三千”“妓馆之多甲天下”。《九尾龟》比较真实地反映了这段时期上海妓院、妓女的生活。小说的故事情节就是她们那些流传于社会的“事迹”。她们在小说中的“事迹”集中表现在她们与嫖客之间的关系上，小说中写到的嫖客大致分为四种：一种是人长得漂亮，又肯花钱的嫖客，像章秋谷那样，是她们最欢迎的；一种是人长得不漂亮，但肯花钱，看在钱的份上，她们也假作笑脸相迎；一种是既长得猥琐，又不肯花钱，偏又好色如命，他们往往是妓女们作弄的对象；还有一种是人虽没有钱，但为人诚恳，他们得到了妓女们死心塌地的爱，这样的故事往往是以悲剧告终。除了演绎各种故事之外，小说还比较详尽地介绍了当时上海色情业各种“规矩”。男子在喝酒或看戏时写上一张小红笺，上书某公寓某妓女的名字，请人送至妓女的妆阁，请其来陪酒取乐，这便是“叫局”；在妓院里摆酒开宴，由妓女相陪，这叫“吃花酒”；几人相伴到妓家喝茶，这叫“打茶围”；邀请妓女乘车兜风，是当时上海租界的一大景观，人称“出风头”；茶楼请妓女前来说唱，人们在茶楼前边品茗边听书，还可以临时点曲，这叫“听书”；有些有钱人到书寓里去，点名妓专为他演唱，这称为“堂唱”；公子哥与妓女在大街上或公园里徜徉冶游，这叫“吊膀子”。

---

① 张春帆（漱六山房）：《九尾龟》，荆楚书社 1989 年版，第 825 页。

② 鲁迅：《中国小说史略》，《鲁迅全集》第 9 卷，人民文学出版社 2005 年版，第 349 页。

③ 胡适：《〈海上花列传〉序》，《胡适文存》第 3 集，黄山书社 1996 年版，第 387 页。

《九尾龟》在当时成为畅销书是因为它符合当时上海的“色情观”。工商业的发展使得上海有了更多赚钱的机会，吸引了国内外各种“冒险家”和“淘金者”。这些外来者“捞一把就走”的移民心态使得这里相当商业化，也培养了趋利的社会心态。在这样的社会氛围之中，中国传统的性爱观念受到了极大的冲击。上海人所推崇和所适应的性爱观念与内地人形成了极大的反差。内地的风流士卿也寻花问柳、狎妓纳妾，但毕竟不是大张旗鼓的事，传统的道德观足以形成强大的制约力量，使人不敢妄自非为。而步入当时的十里洋场，男女在大街上打趣调笑的场面随处可见，调情者不避，旁观者不怪，一切形成新的“自然”。社会心态演变到这种地步，以至于开妓院、做妓女就像开店铺、做生意一样，非常平常。

同是狭邪小说的《海上花列传》写赵二宝随母到上海追寻陷在妓院里无法脱身的哥哥赵朴斋。谁知，到了上海以后的赵二宝觉得做妓女能赚大钱，自己也就“落到堂子”里。其母其哥表示支持。赵朴斋置家具、写牌匾，从此“趾高气扬，安居乐业”。他们的朋友也不觉其耻，不断结帮，前来哄抬。就像做生意出名商人一般，开妓院出名妓女。名妓女在当时的上海还有一定的社会地位。吴趼人在他的小说中曾这样介绍当时上海名花陆兰芬庆寿的情形：“门悬灯彩，雇警察兵为之弹压。至日，来祝寿者，或马车，或肩舆，红顶者，蓝顶者，晶顶者，盖无六品以下之冠服焉。”[①]曾任北洋水师提督的丁汝昌，一次前往上海，慕胡宝玉之名前往胡寓吃花酒。丁不懂行情，给了胡 100 元酬金。胡根本就没当回事，随手分给婢人。丁情知不妙，第二天送去 300 元方才了事。“笑贫不笑娼”，趋利的社会心态淡化了色情业的羞耻感，强化了色情业的商业性。《九尾龟》能够流传并得到当时读者的认可，其根本原因就是当时的读者并没有从中感觉到有伤风化，而是好奇于其中的各种黑幕的曝光，这些黑幕就同当时流传于社会上的各种政界、商界、文化界的黑幕一样，只不过小说的素材来自色情界而已。

《九尾龟》也采用了“双语”系统，即妓女的语言用吴语，叙述语言和其他人物语言用官话。用吴语写妓女的语言是为了显示“身份”。清末民初天下妓女以吴地为最，吴地妓女以一口纯正的吴侬软语为最。即使上海、苏州旁边的杭州的妓女，在当时的才子看来，也是“土货”。毕倚虹的《人间地狱》中苏州妓女薇琴看见杭州妓女程藕舲，是这样评价的：“杭州的土货十有其九斯为下品，像这个人倒是不可多得。可惜还是一嘴的杭州土话，未免有些土气。倘若换了

① 吴趼人：《我佛山人文集》第 7 卷，花城出版社 1989 年版，第 322 页。

苏白，以她的身段态度则看不出是杭州人呢！”[1]在《九尾龟》中，有一次，章秋谷在天津遇见了一个自称来自苏州的扬州籍的妓女，勃然大怒，当场揭穿，毫不留情。有意思的是，如果不做妓女了，语言马上就改过来了。《九尾龟》有个例子很能说明问题。小说中有个妓女叫陈文仙，昨天还挂牌，说的是苏白，今天嫁给了章秋谷为妾，马上就讲官话。为什么妓女要说吴语呢？这与吴语的传情达意有很大的关系。据方言学家研究，吴语在具体不同地区有七到八个调，分舒声和入声。有意思的是单字在组词成句时往往不再是单字调，而是变化成新的组合调。吴语音多、音清、音亮、音润、音简洁、音有节奏，组合起来又有新腔、有缘声、有飞度，所以吴语说起来抑扬顿挫，婉转流畅，像在唱歌。吴语不用肯定与否定相叠的正反问句，例如“好不好”“行不行”“可以不可以”等，而是用“阿好”“阿行”“阿可以”等。另外，吴语还有一些特殊的语气词，例如“嗄”字，就常常用于句尾。用这样的语言传情达意别有一番风味，柔弱之中却又含情脉脉，甜糯之间又有几分嗲味，而从女性的口中说出，似乎又多一些哀怨和娇媚的意味。

（四）毕倚虹《人间地狱》、何海鸣的“倡门小说”

毕倚虹（1892—1926），原名毕振达，江苏仪征人。15 岁时，随父赴京，任陆军部郎中一职。1911 年，他受命出使新加坡，但行至上海，辛亥革命爆发。于是他弃官从学，进入江湾中国公学法政科攻读法律。求学过程中，他结识了当时正在编《时报》的包天笑，经由包天笑推荐，毕倚虹开始了他的报人生涯。

毕倚虹在报人生涯里创作了大量的小说，短篇如《北里婴儿》《傀儡婚姻》《金屋啼痕》《崔将军之妾》等，长篇小说如《人间地狱》《写意朋友》《红粉金戈记》《猩红》等。其中，《人间地狱》堪称长篇杰作。《人间地狱》是毕倚虹 1922 年 1 月连载于周瘦鹃主编的《申报》副刊《自由谈》上的长篇小说，至 1924 年 5 月，共载 60 回，50 余万字，未完。1925 年，《上海画报》创刊，毕倚虹在其上续写了 3 回。1926 年，毕倚虹去世之后，包天笑将此书续完，共 80 回。这部小说由于写了几位上海名士在上海妓院中的冶游，是民初海派冶游小说的延续，但是活跃其中的这几位名士有着当时上海名人的身影，因此，这部小说当时很受人们关注。

作者笔下的人间地狱并非如广告所言是写“抢、绑、奸、杀”等地狱式的行为，而是写人的地狱式的痛苦感受。作家在小说第一回中就阐明了自己的观念：“凡世人所受用的苦恼即是地狱，快乐就是天堂。地狱、天堂不过是苦乐的

① 娑婆生（毕倚虹）、包天笑：《人间地狱》，上海古籍出版社 1991 年版，第 46 页。

一种代名词……因此，在下发一个心愿，将这些人间地狱中牛鬼蛇神、痴男怨女狰狞狡猾的情形，憔悴悲哀的状态一一详细的写它出来，做一副实地写真。”[①] 显然作者要写的是一种痛苦，而这种痛苦发生在妓院的冶游中。冶游妓院怎么会有地狱般的痛苦呢？因为冶游者在妓院中失恋了。这个冶游者就是小说主人公柯莲荪。他的恋爱对象是妓院中的“小先生”秋波。柯莲荪虽然出身中产之家，却无法满足妓院大笔的银钱要求，无法为秋波赎身，柯莲荪只能看着自己的红粉知己在“红粉地狱中熬刑”，而自己在“烟花之地煎熬”。最后，秋波死于传染病。柯莲荪买不到秋波的人，而要向老鸨买秋波的骨。一番痛苦的缠绵化成一掬痛苦悲怆之泪。

除了煽情之外，这部小说之所以吸引人，还在于小说故事背后的纪实的影子。小说的主干故事来自一件真实的事情。当时毕倚虹、包天笑与苏曼殊是好朋友。苏曼殊虽是和尚，每次到上海，都找他们两人吃花酒。苏曼殊碍于和尚的身份自己不叫局，却总是自己点名让他们叫。苏曼殊阅人众多，品味很高，每一次都能叫到一些上品的妓女来。有一次，他让毕倚虹叫了一位“小先生”，名叫乐弟。乐弟漂亮憨厚，让毕倚虹真的动了心。以后，毕倚虹每次叫局均叫乐弟，而乐弟也痴迷于毕倚虹。他们俩的关系也就在上海文人圈子里传开。毕倚虹想与乐弟进一步发展，却没有钱，受阻于老鸨。毕倚虹为之常常长吁短叹，备受煎熬。也就在这个时候，毕倚虹开始了他的《人间地狱》的创作，其情、其事、其境，他全部倾注于小说之中，小说中的主人公柯莲荪是他自况，秋波当然就是他心目中的乐弟了。毕倚虹是个才子，毕业于上海公学，气质儒雅，写得一手好诗文。因此《人间地狱》虽写妓院，却似《红楼梦》，虽写妓女，却有才情。至于那些冶游妓院的才子们当然都儒雅风流了。请看玄曼上人（苏曼殊）出场：“虽说是自称和尚，但见他诗酒风流，酒色不忌，性情孤洁，语言雅隽，并且文擅中西，诣兼儒佛，实在算得如今一位硬里子的名士了。”[②]连和尚都是风流才子，何况他人。一群风流才子冶游妓院，将妓女们视作小鸟依人的才女，作诗填词，感时伤情，《人间地狱》也就是现代版的《青楼梦》《花月痕》。

“倡门小说”是写妓女身心痛苦的社会批判小说，如果说毕倚虹仅仅写了《人间地狱》是完全不能与“倡门小说”同调的，而也就在《人间地狱》刚刚连载的时候，毕倚虹写了另一篇小说《北里婴儿》，就使得毕倚虹也成了“倡门小说”的作者之一。小说写妓女蕙娟怀孕也要挺着大肚子接客，生了孩子被老鸨抢走，生养不足一个月又要接客。有一天蕙娟被老鸨喊进屋，指着一个小婴儿说自己

① 娑婆生（毕倚虹）、包天笑：《人间地狱》，上海古籍出版社 1991 年版，第 1 页。
② 娑婆生（毕倚虹）、包天笑：《人间地狱》，上海古籍出版社 1991 年版，第 195 页。

刚刚收养了一个小男孩，让其称作弟弟。蕙娟明知这是自己的孩子，却还是称这个小男婴为弟弟。后来这个小男婴死了，蕙娟被喊去看一眼，可是就在蕙娟大哭伤心之时，叫局的催促声又逼着她接客。小说意在说明，妓女没有妻性（不知婴儿的父亲是谁），没有母性（不能称婴儿为儿子），没有女性（没有情感倾诉的权利），只是一个赚钱的肉体工具。这部小说没有《人间地狱》中那些缠绵和风流，具有很强的现实性和社会批判性。

“倡门小说”的另一个代表作家是何海鸣。何海鸣（1887—1944），湖南衡阳人，年轻时曾参加革命党。1911 年辛亥革命爆发时，他是汉口军分政府少将参谋长。他参加过辛亥革命、讨袁战争，袁世凯曾经用十万大洋买他的人头。后逃往日本，写下著名的《讨袁计划书》。袁世凯死后回到北京，卖文为生，取笔名“求幸福斋主”。起初写些掌故小说，后来写“倡门小说”。有了名气之后，他定居天津，开始打出旗号卖小说、卖字，1922 年 1 月在《半月》杂志上发表《求幸福斋主人卖小说的话》，并且在家门口挂上了一个招牌，上写“何海鸣鬻字直例”。他此举虽有广告之意，却在文坛上引起很多议论，成为批判通俗文学作家写作态度不严肃的重要依据。何海鸣在抗战期间的表现不光彩。他做了日本占领天津后办的机关报《庸报》的主笔和文艺部长，写过一些中日亲善的社论。后因报社内部倾轧，移居南京，写回忆录《癸丑金陵战纪》，记述他早年的事情，回忆录未完，1945 年 3 月在贫困中死去。

何海鸣的“倡门小说”较多，常为人们提及的作品有长篇小说《十丈尘京》、中篇小说《倡门红泪》以及短篇小说《老琴师》《倡门送嫁录》《妓债》等。何海鸣的“倡门小说”大致可分为两类，一类是将妓女写成沦落风尘的有情人，于是这类妓女往往成为落魄政客、落魄文人的精神慰藉所，当然，也就演绎成一对可怜人批判社会不公的平台。《十丈尘京》的主干故事就是写失意政客刘子壮与妓女冰尘之间的感情波澜，并从中批判社会的黑暗；《倡门红泪》写落魄文人“我”在妓女春红那里得到了温暖，帮助她从良而不得的痛苦。这一类小说常常将批判的矛头指向社会，认为社会造成娼妓，社会造成娼妓生活的窘迫与痛苦。如果说这一类小说还带有作者的理想型，另一类小说就更多的是娼妓生活的实录了。最有代表性的作品是《老琴师》。小说写一个颇有名气的老琴师培养了一个“小先生”阿媛。阿媛长相俊美，聪明异常，一副好嗓子更是出众。老琴师喜欢不已，倾囊相授。三年学成，阿媛才艺双绝。此时，老鸨开始逼着阿媛出局卖唱，老琴师跟随其后，虽然感觉阿媛唱给那些俗物听太浪费了，但是每次阿媛一唱，老琴师倒也是个慰藉。可是不到一年，老鸨却要让阿媛拍价卖身。结果卖给了一个克扣了 5 000 两军饷的军官。只是一夜，阿媛的嗓子就沙哑了，“咳！这个天生的女艺术家，给昨晚一宵轻轻毁了。可怜她人生问题中的两大部分——贞操和艺术，都被万恶的金钱断送给那军官大爷了”[①]。可是，悲剧还没完，军官偏要阿媛高声唱曲给他听。在老鸨的逼迫下，阿媛只唱了一句就大口吐血。看此情形，老琴师心如刀绞，扔下了琴，说：“我不干这个造孽的事，不吃这门害人的饭了。”说完，出门而去。小说显然是对妓院金钱万能现象的批判，其故事有很强的纪实性。

（五）张恨水及其作品

张恨水（1895—1967），原名心远，安徽潜山人，笔名恨水取自李煜《相见欢·林花谢了春红》中的“自是人生长恨水长东”。15 岁前家境优渥，15 岁时因父亲急病去世家道中落无法继续学业而自谋生路，1918 年被推荐到芜湖《皖江日报》做编辑，从此开始了他 30 年的报人生涯。张恨水一生创作了中长篇小说 120 多部，他的作品在中国具有很大的影响，老舍称他是“国内惟一的妇孺皆知的老作家”[②]。

张恨水是现代社会言情小说的代表作家。他的《春明外史》《金粉世家》《啼笑因缘》是现代社会言情小说的经典作品。《春明外史》是张恨水的成名作，全书约一百万字。作品从 1924 年到 1929 年在《世界晚报》上连载近五年，轰动京城，小说以杨杏园与纯真雏妓梨云和高洁才女李冬青之间的爱情故事来提领全书，以社会为经，以言情为纬，生动再现了当时北京纷繁复杂活色生香的世俗生活。《金粉世家》是张恨水的扛鼎之作。1927 年到 1932 年五年多的时间在《世界日报》上连载，百万余字，是他连载时间和篇幅都最长的作品。小说借北洋政府总理府子弟金燕西和美丽聪慧的贫民姑娘冷清秋的婚恋故事，揭示了金家豪门的盛衰史。《啼笑因缘》是应上海《新闻报》副刊主编严独鹤之邀创作的作品，1930 年 3 月到 11 月在《新闻报》副刊《快活林》上连载。《啼笑因缘》写的是富家子弟樊家树与鼓书少女沈凤喜的感情悲剧，与此同时还写了樊家树与豪门小姐何丽娜及江湖女侠关秀姑的感情纠葛。张恨水的言情小说与“鸳鸯蝴蝶派”时期的言情小说不一样，不再是单纯的男女之情，而是将男女之情与时代精神、社会批判结合起来，是言情和社会的结合，是“社会言情小说”。

张恨水的社会言情小说对中国通俗小说的现代化具有重要的价值和意义。

其一，张恨水的社会言情小说批判了社会黑暗势力，而最为可贵的是作家对市民的狭隘给予了否定和批判。通俗小说能够看到官宦权贵的冷酷与无情，

---

① 何海鸣：《老琴师》，范伯群编选：《鸳鸯蝴蝶——〈礼拜六〉派作品选》上，人民文学出版社 1991 年版，第 419 页。

② 老舍：《一点点认识》，《新民报晚刊》1944 年 5 月 16 日。

对市民给予更多的关注与同情，对市民自私自利、见利忘义、攀比寄生、患得患失等局限性容易忽视。张恨水的社会言情小说不但揭示了市民自身的局限性，而且指出这些局限性往往正是他们悲剧人生的诱因。《啼笑因缘》里沈凤喜悲剧的形成，除了军阀刘德柱残暴无情之外，沈凤喜自身的眼界狭窄、舅父沈三玄引狼入室、母亲姑息养奸、贪慕荣华富贵是最重要的诱因。

其二，张恨水受到新文学的影响，成功地塑造了一批鲜活生动的人物形象。《春明外史》里颇有君子之风的杨杏园是正直文人的典型形象，写出了他作为近代转型期知识分子徘徊于新旧之间的巨大内心冲突。《金粉世家》中金燕西虽然是个纨绔子弟，却用自己的真情才情俘获了平民才女冷清秋的心。《啼笑因缘》中樊家树是一个有情有义的读书人。张恨水在塑造人物的同时，并没有偏废讲故事，鲜活的人物与生动的故事相得益彰，构成了讲故事与写人物并举的创作模式，对中国通俗小说的创作产生了重要影响。

其三，张恨水小说中的女性形象塑造得很生动。这些女性身上虽然仍有许多个人、家庭、时代的局限性，但她们身上却散发着自尊坚忍、不甘命运安排的积极向上的动人精神。《春明外史》中的雏妓梨云虽身陷泥淖，但不甘就此堕落，仍然向往自立自主的幸福生活。李冬青的爱情更有时代新女性的特点，因为身有隐疾不肯接受杨杏园的爱，主动放弃了这份爱。在她看来，只有这样杨杏园才不会被她拖累，爱情也不会因为疾病的长期困扰而变味。杨杏园还可以重新寻找一位健康的女性，拥有幸福的生活，可以说李冬青对杨杏园的这份爱更真诚更博大也最难得。《金粉世家》中的冷清秋是平民女儿，她并非看重豪门的富贵荣华，而是因为爱情嫁给了金燕西，新式教育决定了她会接受金燕西的求婚，也因为新式教育让她难以忍受金燕西视女性为玩物的大男子主义观念。为爱情走进婚姻，夫妻平等，为爱而活的新观念与女人以男人为中心，妻子对丈夫绝对服从的旧观念相去甚远。当她看重的爱情化为泡影，期待的夫妻恩爱难以实现，金燕西不再珍视她时，她便在大火中黯然离开，带着孩子隐姓埋名独自谋生。《啼笑因缘》中的何丽娜大方率性，虽然出身富贵却从不摆架子，聪慧懂事又能体谅他人，对樊家树有好感时，敢于邀约，必要时大胆表白自己的想法，当樊家树令她难堪时，她会得体地应对过去，不能得到他的爱时，会努力调整自己，以待未来。可以说，她的这种个性养成离不开家庭环境和所受教育的熏陶引导。关秀姑虽然是一个传统文化浸染中的底层女性，但她又是一个豪爽的侠女，即使不能得到樊家树的倾心，她也愿意为他付出一切。沈凤喜是小说中的核心人物，她和樊家树的感情纠葛是小说的中心，内心柔弱无力又爱慕虚荣的性格使她不断地依附于男性，最终受制于男性，她的性格决定了她的悲剧命运和小说大的走向与结局。

其四，张恨水的社会言情小说加强了环境描写和心理描写，并将这些描写与人物形象的塑造结合了起来。《春明外史》中梨云的生存环境是声色犬马的欢场青楼，李冬青的生活环境是清洁雅致的家居环境，两种环境里的女性生活状态有着天壤之别。梨云是老鸨手中的棋子，李冬青始终是自己的主人。《金粉世家》中冷宅的平民化与总理府的奢华证明了门第的悬殊，人与人之间生活观念习性的不同以及隔阂必然产生。《啼笑因缘》中沈凤喜的家庭环境经历了由坏而好又由好而坏的变化。樊家树第一次去沈凤喜家时环境肮脏破败，他出钱给沈家租了一套小院子，生活环境大大改善；沈凤喜嫁了刘德柱后，沈家人也跟着搬进了更好的房子；沈凤喜失宠发疯后，又回到了樊家树之前为他们租过的院子，但已经物是人非覆水难收了，樊家树和沈凤喜的感情也就此了断。心理描写是西方小说技法。传统的中国通俗小说受话本的影响很大，很少有心理描写，主要通过人物语言、表情和动作暗示人物的所思所想。张恨水在小说中借助心理描写成功地塑造了人物，推动了情节的发展。《金粉世家》中金燕西和冷清秋的爱情悲喜剧自始至终都有生动的心理描写，暗示着他们爱情之路的不平坦和悲剧的结局。《啼笑因缘》中心理描写的使用更是自然纯熟。沈凤喜被刘将军的财势所惑，一方面想入非非，一方面又难忘樊家树的真情，其复杂的心理写得相当真实。沈母与沈三玄的势利与攀附心理写得更是惟妙惟肖。樊家树对沈凤喜难以忘怀的深情，对何丽娜生活奢侈糜费的不满，在感情上不愿招惹关秀姑的躲避心态，都有传神精妙的心理刻画。

其五，张恨水的社会言情小说改变了传统小说结构散漫的通病，成效显著。《春明外史》还有传统“儒林外史”的笔法与痕迹，从名称到素材都属于“鸳鸯蝴蝶派”式小说的文体，但张恨水这部小说转向了以写人为中心，以记者杨杏园与雏妓梨云、才女李冬青的感情故事为主线，将京城的秘闻轶事市井百态种种社会新闻串在一起，以线性的时间顺序展开，虽是单线叙事，但小说的结构得以完整体现。《金粉世家》由单线叙事变为复线叙事，金燕西的感情故事主要有两条线，他在准未婚妻白绣珠与新女友冷清秋之间徘徊犹豫，结婚后又与白绣珠藕断丝连，交织着他的滥情和金府人事的复杂与是非恩怨。到了《啼笑因缘》，结构已经成熟完善，发展为多线叙事，将樊家树和三个女性的爱情故事交织起来，以樊家树沈凤喜的感情纠葛为主线，感情起伏，危机不断，在制造许多悬念和伏笔的同时，能够做到主次分明，大大拓展了言情小说的表现空间，在看似陈旧的三角恋中隐含着时代的新风尚，对后来的小说影响很大。

特别需要强调的是张恨水除了社会言情小说创作成就斐然之外，他在现代抗战小说与社会小说创作上也有很大贡献。1931 年“九一八事变”后，张恨水奋笔创作了一系列抗战小说，其中《大江东去》《虎贲万岁》《弯弓集》《潜山血》

等作品都是代表作。此外，他的社会小说《八十一梦》《疯狂》《魍魉世界》《五子登科》等都产生了很大的社会影响。

（六）秦瘦鸥《秋海棠》

秦瘦鸥（1908—1993），原名秦浩，是20世纪40年代著名的社会言情小说作家，代表作《秋海棠》于1941年2月至12月在《申报·春秋》上连载，其引起的巨大轰动效应可与20世纪30年代张恨水《啼笑因缘》的连载盛况比肩。1942年出单行本，1943年被搬上了银幕，之后被改编为多个剧种。他的创作很有特点。

《秋海棠》取材于当时最为读者熟悉的“军阀戏子姨太太”模式，但又绝非渲染风流韵事的媚俗之作。它重在抨击军阀对百姓的强权霸道，揭露其生活的荒淫暴虐，深刻反映了底层百姓的困苦与不幸，旧社会艺人的屈辱与卑微，延续了《啼笑因缘》中言情+社会+武侠的创作模式。它要给人们奉献的是一曲爱情的悲歌，吴玉琴与罗湘绮都是被污辱者被损害者，他们一见钟情、纯洁热烈的爱情必然要受到罗湘绮和袁宝藩丑陋无情的婚姻制约。《秋海棠》还揭示了社会的复杂与残酷。袁宝藩为了报复吴玉琴，在他脸上划了一个十字，毁掉了他的一生。最重要的是作品于绝望和悲情中为人们留下了一丝美好的希望，吴玉琴带着女儿梅宝返乡种田为生，独自抚养女儿，人们期待他们一家人早日团聚。而这希望是由有情有义、有胆有谋的侠义之士带来的，小说中赵玉昆和袁绍文就是这样的人物，袁绍文用伶人洁身自好的办法将吴玉琴从袁宝藩的身边解救出来，师兄赵玉昆则帮他调包孩子，不断带信看望他们父女，为他们排忧解难。赵玉昆和袁绍文在污秽的社会泥淖中洁身自好，同时又在尽自己最大的力量帮助他人、成全他人，散发着迷人的温情。

这部小说有三个版本，三个版本最大的区别在于结局，分别写了秋海棠的三种死法。第一个版本是病故，第二个版本是自杀，第三个版本是累死在戏台上。第一个版本是1942年2月3日在《申报》副刊《春秋》上的“收梢”，可以说是生活化的结局，母女相认后，赶紧去看秋海棠，但他已经获得了安慰，瞑目而死。第二个版本是跳楼自杀。这个结局充分地体现了吴玉琴对美的追求，他不愿意成为她们母女的拖累，更不愿意让罗湘绮看到他的丑陋，所以自我了断，可以说这是一个非常艺术化的结局。第三个版本是1957年修改的。秋海棠最后累死在了舞台上，有明显的控诉与托孤的意味在里面，是一个政治化的结局。三个版本里秋海棠最后都死去了，由此可见，作家并不想让小说的结尾太过浪漫太过失真。

（七）徐訏、卜乃夫及其作品

徐訏（1908—1980），原名徐传琮，浙江慈溪人，1933 年毕业于北京大学哲学系，后转入北大心理学系读研究生，1936 年赴法国巴黎大学学习哲学，后获得哲学博士学位，专业的哲学学习与研究使他的作品更富哲学意味。他的主要作品有《鬼恋》《吉卜赛的诱惑》《精神病患者的悲歌》《风萧萧》等。1943 年其长篇小说《风萧萧》发表，该书当年就被列为“全国畅销书之首”，1943 年又被称为“徐訏年”，1944 年小说由成都东方书店出版，不到两年再版 5 次，这在当时的战争环境中实属不易。1950 年徐訏定居香港，被视为对港台和东南亚都有重要影响的作家。

徐訏作品多为传奇浪漫的爱情故事。受中国文化的影响，小说颇具传奇色彩，情节曲折，人物关系复杂莫测，通过悬念的设置，营造神秘的氛围，直到最后才将秘密揭晓，使读者恍然大悟。《风萧萧》中的“我”因美国军人史蒂芬的关系，先后认识了白萍、史蒂芬太太、梅瀛子、海伦·曼斐儿。围绕在“我”身边的这些女性基本上都是间谍，于是小说就展开了一个一边谈恋爱，一边进行间谍工作的传奇故事。《鬼恋》中“我”在街上邂逅了一个和“我”抽同一个牌子香烟的冰美人，在“我”的追踪和请求下，她同意让“我”称她为“鬼”，她称“我”为“人”。之后“我”就与她开始了梦幻诡异的人鬼之恋，小说让人觉得这就是一个神秘诡谲的现代聊斋故事。后来“我”在龙华赏桃花时不经意碰见了扮作尼姑的“鬼”，她告诉“我”为什么不做人要做“鬼”，因为她曾经献身于革命，遭遇了许多挫折，遂对革命和人世感到绝望，最后“鬼”留下一封信离“我”而去。《吉卜赛的诱惑》里“会算命”的吉卜赛姑娘罗拉和美丽神秘的潘蕊让“我”忘情于马赛，为了潘蕊，“我”和罗拉打赌并验证了潘蕊的身份，“我”和潘蕊开始了曲折的婚恋之路，最后“我”和她们一起去了南美做身心自由的吉卜赛人。

受法国文化的影响，徐訏小说充满了浪漫的罗曼蒂克精神，表达的是一种理想主义的爱情观。《风萧萧》中爱情更多的是一种精神之恋，而非肉欲之恋。虽然“我”同时与白萍、梅瀛子和海伦三个女性交往，但“我”抱定的是独身主义，所以对她们更多的是欣赏和尊重，尽管存在三角关系，却更像是纯洁友谊与理想爱情的杂糅。最后大家因战争时局的变化而离散，这一段曲折却又纯净的感情也就成了人们心中永远的怀想。《吉卜赛的诱惑》中自由与独立是爱情的生命与灵魂。爱情可以超越国界，当“我”和吉卜赛姑娘一起流浪之际也是自我放飞与自由精神获得之时。《精神病患者的悲歌》中爱情不再是个人化的小情感，因为爱的人海兰死了，即使仍有人爱“我”，“我”却只愿把自己的爱奉献给更广大的人群，把小爱上升为牺牲奉献的博爱。可以说，徐訏的创作是以西欧浪漫的人道主义精神为基底，与法国文学所表现出来的人文精神相通的，如果将莫泊桑、纪德、梅里美等人的小说与之相联系，将会明显看到徐訏小说中所宣扬的自由精神与奉献精神的来源。

徐訏小说往往有着浓郁的异域情调。《风萧萧》中的异域情调主要是烘托和渲染战争中间谍工作的复杂性和危险性。上海租界鱼龙混杂，人际关系复杂，很多人来自异域，盘踞的侵略者、美国人史蒂芬夫妇、费利普医生夫妇、日本长大的社交名媛梅瀛子、美国少女海伦·曼斐尔、高级舞女白苹，各色人等混杂其中，“我”惊险莫测的特工生涯就始于史蒂芬夫妇的派对邀请，之后不断地和白苹、梅瀛子去高档酒吧、餐馆吃饭，出入夜总会，疲惫之余少女海伦的钢琴演奏与歌声会让“我”完全放松下来，我甚至一度想和海伦结婚，去北京过安静的哲学研究生活。人物身上的异域色彩和环境的异域情调都是为了烘托特工任务的艰险，貌似挥金如土、纸醉金迷，实则变幻莫测、步步惊心。《吉卜赛的诱惑》完全在写异域情调，在法国遇到吉卜赛女郎罗拉，与四海为家的吉卜赛女郎潘蕊谈婚论嫁，最后献身于爱情，与潘蕊远走南非，可以说从感情模式到生活理念完全是吉卜赛式的。

人物对生命有着更高层面的意义探求。在看似轻松甚至放纵的生活中，不论男女都在积极地找寻人生的意义，努力地自我实现。《风萧萧》中“我”是一个知识分子，从无所事事流连于花丛到加入国际反战组织，最后成长为愿意为国家献身的革命者。白苹、梅瀛子看似是醉生梦死的高级交际花，实则都是反战同盟中的战士、国家特工。《鬼恋》中“鬼”的痛苦在于失去革命恋人，献身革命后又被革命同志背叛和出卖，她以为找到了人生的意义但又陷入了深度的迷失，所以只能暂时做“鬼”，远避现实。《吉卜赛的诱惑》虽不乏理想主义色彩，却高度肯定了个人对独立自由人格的追逐与实现。《精神病患者的悲歌》更是在献身大爱中升华了个人情爱的境界。

可贵的是，女性最终总是面向更开阔更自由更独立的未来。作品虽然是男性话语男性视角，可能因为作家学习了西方心理学和哲学，有过欧洲生活经历，所以作品中的男性更尊重女性，更懂得欣赏女性，对女性的思想观念更具现代性色彩。虽然作品中女性也会遭遇各种不幸，但她们最终几乎都能把握自己的命运，让自己走向更好的未来。《风萧萧》中白苹牺牲了，梅瀛子回归了革命队伍，海伦迷失了一段时间后还是决定回归真实的自己，不做日本人文艺宣传的傀儡。《鬼恋》中的“鬼”面对人生失意没有殉情也没有沉沦，而是在挫折中继续找寻着人生的意义。《吉卜赛的诱惑》中罗拉与潘蕊是吉卜赛女郎，和“我”一起回国生活的潘蕊才一两年就要如美丽的花朵一点点枯萎了，“我”没有自私冷酷地将她留在中国，为了挽救他们的爱情，“我”带着潘蕊回到欧洲，很快她又恢复了活力。正是因为男性愿意尊重女性，她们张扬的个性、坦白率性的人格才更具有吸引力，男女两性才能够一起寻找和开创幸福美好的未来。

卜乃夫（1917—2002），本名卜宝南，又名卜宁，笔名无名氏，祖籍江苏扬州，生于南京，毕业于北平俄文专科学校，创作多受俄罗斯文化的影响，因《北极风情画》《塔里的女人》享誉盛名。1943 年《北极风情画》在西安《华北新闻》连载，并附有木刻版画，一时风靡大后方，卜乃夫名声大振。1944 年《塔里的女人》继续保持热销，获得巨大成功。之后卜乃夫转向《无名书稿》的撰写，因深入的哲学理念探索和文体创新尝试，导致他作品的流行程度大大下降。1983 年他离开内地至香港，1985 年后定居台湾。

卜乃夫的小说总是一个男性对自己浓烈的爱情故事的回忆。他笔下的爱情总是喜欢从男性视角出发，在陌生怪客锲而不舍的追索之下，悲情地回顾他昔甜今苦的爱情，往往用西方或俄罗斯浪漫奔放的方式表达，这与中国传统小说中所写的内敛克制的东方爱情风格迥异。《北极风情画》由入了空门的韩国籍林参谋在华山山顶回忆自己的过往。林参谋侨居西伯利亚时，在元旦前一天的冬夜里与波兰裔少女奥蕾利娅邂逅，被奥蕾利娅误认为是自己的情人瓦夏，紧紧追赶，两个人在误会中以热烈的呼唤和拥吻开端，后来成为热恋的情人，浪漫的约会使他们的感情迅速升温，后来因林参谋回国，奥蕾利娅自杀殉情。《塔里的女人》由入了空门的提琴家罗圣提在华山山顶回忆他的爱情故事。他与黎薇相识于 C 女大庆祝建校五周年的音乐会上，后来黎薇与罗圣提热恋，拉琴、游园、浪漫的晚餐是他们的主要活动，再后来罗圣提负心，黎薇嫁得不幸，最终失智疯癫。

卜乃夫笔下的女主人公虽然拥有过轰轰烈烈的爱情，但最终多以悲剧结尾，有的自杀殉情，没死的也形同槁木。这些女性之所以结局悲惨，主要是因为将感情全部寄托在了男性身上，生活没有更高的目标，丧失了自我，一旦失去爱情，生活就失去了意义。《北极风情画》中俄罗斯姑娘奥蕾利娅自杀殉情了。《塔里的女人》中出身外交官家庭的大学生黎薇曾跳江自杀未果，最后精神错乱成为疯妇。不难看出，作品中女性的命运不乏男性作家的主观想象与刻意安排，再清高再矜持的女性一旦遇到长相英俊又有才华的男主人公，不管以后能否有结果，不管他是否婚娶，都会陷入情感的旋涡。而一旦离开了这个男人，女性就会难以自拔直至自残、自杀殉情。虽然作品讲述的是热烈缠绵刻骨铭心的情感、天长地久海枯石烂的诺言，似乎是在呈现以爱情为中心的现代人生，但本质上仍是才子佳人一见倾心似新实旧的爱情故事。最重要的是作家对女性的意识仍然非常陈旧，男性可以始乱终弃，但女性却必须从一而终。相比之下，徐訏的感情故事更现代更明朗也更积极。

男性主人公往往会受到一种不可抗拒的神秘阻力的影响与制约。“在生活里面，你常常可以碰到一种不可抗拒的神秘阻力。这种阻力，你年轻时，还不显得怎么沉重，有时候，只要你咬一咬牙关，摇一摇头，说一个‘不’字，它似乎就退开了。但是，随着你年龄的增加，额上皱纹的加深，它一天一天变得强大起来。到了最后，你连摇头说个‘不’字的勇气都没有了。”[①]这种神秘阻力不仅纠缠主人公一生，使他们陷入万劫不复的境地，同时还会像幽灵一样出现在他们清修的华山之巅和明月松林之间，在精神和肉体上折磨他们。在某种意义上，可以把这个不可抗拒的神秘阻力理解成一种无形的良知的力量。当主人公年轻时，认为可以和命运抗衡，漠视良知的存在，比如《北极风情画》中林参谋对爱情的接受更多的是为了填补他感情的空虚，所以军队开拔时他更愿意随军离开而不是留在苦寒的西伯利亚和奥蕾利娅过日子。《塔里的女人》中罗圣提更渴望征服漂亮高傲的黎薇，当他得到黎薇后就不再想牺牲自己的名誉与原配离婚，所以他狠心地抛弃了黎薇，但他总能不断得到黎薇的坏消息，这些坏消息又让他良心不安。可以说这两个男人最初都以为可以心安理得地离开热恋自己的女人，后来都被罪感折磨，最终陷入良心的自责，直至抛弃繁华到华山顶上清修赎罪。

男性人物在感情上有着强烈的忏悔精神与自惩情结。这种忏悔意识来自俄罗斯文化，以及俄罗斯知识精英们如陀思妥耶夫斯基、托尔斯泰、屠格涅夫等由来已久的罪感意识。忏悔的对象不是自我价值或社会和民众，而是自己曾经的恋爱对象，有更多的个人感情色彩。作者往往用倒叙的方法开头，在凄清孤独中男主人公回顾那段热烈而又梦幻的感情，与现在形成鲜明的对比，反衬出男性自惩的决绝。因为辜负了女性的一片赤诚，给曾经深爱自己的女性造成了严重的甚至是致命的伤害，逃避了感情责任的男性往往会主动背负感情的十字架，去远僻的山中清修赎罪，让身心处在孤独寂寞中，经受苦寒饥饿的折磨，通过这种自我惩罚减轻自己的罪孽感。而一旦遇到那个来山上放松，发现了秘密从而执着追踪的作者，就会忍不住将所有的秘密和盘托出，让自己从罪感的压抑中解脱出来。

（八）施济美等“东吴系”女作家

“东吴系”女作家从出现时间上看属于中国现代第三代女作家。五四时期诞生了以陈衡哲、冰心、庐隐、凌叔华、苏雪林等为代表的中国现代第一代女作

① 无名氏：《北极风情画》，华夏出版社 1999 年版，第 151 页。

家，之后是以丁玲、林徽因、萧红等为代表的第二代女作家，到了 20 世纪 40 年代则有了张爱玲、苏青、潘柳黛、“东吴系”女作家等，文学主流的中断，为她们提供了在文坛崭露头角的大好机会。南京中央大学肄业的苏青最先成名，出身香港大学的张爱玲成就最高，因躲避战火来到上海的“东吴系”女作家在 20 世纪 40 年代的文学创作是非常引人注目的，“最近，谭正璧先生编纂了一本《当代女作家小说选》，搜集了当代女作家的短篇小说十六篇，都是以前在各杂志上发表过的，其中‘东吴系’女作家倒占了半数”[①]。“东吴系”女作家毕业于东吴大学或东吴附中，大多家境优渥，她们是那个时代当之无愧的时代新女性。主要成员有施济美、汤雪华[②]、俞昭明、邢禾丽、郑家瑗、程育真[③]、杨依芙、杨秀珍、陶岚影、叶枚珍等人。她们的作品多受当时任教东吴大学的教师胡山源的热情指导和扶植推荐，发表在 20 世纪 40 年代上海的知名杂志《小说月报》《春秋》《万象》《紫罗兰》《幸福》等之上，她们的创作新旧兼顾，对市民读者有着很大的吸引力。

她们大多是业余作家。和诸多以市场为中心、商业目的明确的职业作家相比，“东吴系”女作家都有自己的职业，并不以写作谋生。由于她们大多数受过良好的教育，只有汤雪华因身体原因没有进入大学，其他人都有高等教育背景，因此知识涉猎广泛，中西兼顾。这种超脱于市场之外的状态决定了作品更多的是作家自己心声与理想的表达，不过分依附于市场，从而能够保持唯美而不媚俗的独立品格。

她们的创作态度积极严肃，追求真挚的爱情，关注女性世界，强调女性自我，反思女性生活，追求生命意义，不时关注反思各种社会现象。柔婉只是她们作品的表象，在生活的打击和艰难的时局中，刚毅不屈才是她们作品的内在精神质地。她们的作品多为女性视角，写的是女性的情感故事。她们笔下的女性性情多样，生动鲜活，不再是男性作家笔下刻板老套的女性形象。作为女性作家，“东吴系”走的是更加纯化的文学路径，作品普遍带有诗意柔婉刚柔相济的散文风格，行文舒缓，注重氛围意境的营造，注重环境对人物情绪的烘托，情节隐藏在各种情绪氛围之中。这类小说气质的形成原因大概有两个，一是由作家的身世经历所致。二是因为受到中国古典文学的濡染，将自身的情感寄托于文学作品，形成了重感情抒发，婉约细腻的感伤情调。

---

① 丹苹：《女作家集中之男作家》，载《海报》1945 年 4 月 1 日，1056 号。转引自王羽：《“东吴系女作家”研究（1938—1949）》，华东师范大学博士论文，2007 年 4 月。

② 汤雪华虽然没有上过东吴大学，但因为她的寄父胡山源是东吴大学教师，而且她在胡山源的鼓励下发表作品步入文坛并成名，故把她也纳入“东吴系”女作家之列。

③ 著名侦探作家程小青之女。

在“东吴系”女作家中，施济美（1920—1968）最早登上文坛，创作的数量最多，在读者心中影响最大。1946年初《上海文化》杂志做了一次读者调查，在“我最钦佩的一位作家”调查项中，施济美以31票位列巴金、郑振铎、茅盾之后，可见她在当时的影响力是很大的，而且投她一票的多为女性[①]。她的代表作有《凤仪园》、《鬼月》、《十二金钗》（原名《群莺乱飞》）、《悲剧与喜剧》、《莫愁巷》等。1920年施济美出生于北京的一个外交官家庭，在北京生活了7年，度过了愉快难忘的童年，1927年随父回到南方，此后她写过小说《古城的春天》《万里长城之月》《井里的故事》等来回忆赞美那座带给她强大精神影响的古城。

施济美的创作以追求美为目的，“她所需要的美，似乎是一尘不染的，对于丑恶，她具有一种固执的厌恶和鄙夷，甚至可说是恐惧，她决不让丑恶插足到她的作品中来”[②]。她用作品坚守着一个不受现实侵扰的理想世界，在这个世界里，爱情真挚，友谊纯洁，人和人之间更多的是和谐友善的相处，少了许多纷争嫉恨与伤害。“她的理想世界，似乎是一个美丽的柔性世界，一个兄弟姐妹式的世界，在那儿她要做一个大姐姐，用她的同情拣去了旁人的忧郁，在那儿，整个人类似乎结合在一起了，不再猜疑，不再嫉妒，大家欢欢喜喜的过日子。”[③]《三年》《凤仪园》《永久的蜜月》等作品对纯洁浪漫永恒美好的爱情的坚守，正是对上海都市婚恋功利浮躁、短暂滥情的讽刺和批判，与同时代多写露水姻缘和短暂激情甚至色情性游戏的海派作品大为不同。这种浪漫的理想爱情核心不再是肤浅的自由恋爱个性解放，而是用一种唯美的情感来抵制世俗之恶与人性的丑陋与不堪。

情感的创伤是施济美创作的重要来源。施济美特别执着于女性不幸的情感故事，本来女主人公都可以拥有非常幸福的生活，但因为世事无常、造化弄人而与爱人生离死别，不少作品在情节上有着高度的相似性。女主人公深切地缅怀过去，呈现出一种沉溺状态，即使有机会也会拒绝从过往中走出来，总是一味地希望旧日的感情永恒地存在下去。故事往往以回溯的形式呈现，女主人公主要靠持久的甚至是强迫性的回忆支撑自己现在的生活，现在只能在不断的闪回中获得意义。在不断的闪回与记忆的片断中，过去的美好总是与现实的残破及不堪形成鲜明的对比，小说《蓝园之恋》《凤仪园》《十二金钗》《莫愁巷》《圣琼娜的黄昏》《暖室里的蔷薇》等均是如此。

---

① 孙德镇：《你最爱：那一种报·那一种杂志·那一本书·那一位作家》，载《上海文化》1946年第2期。

② 谢紫：《施济美的作品》，载《幸福》第1年第6期，1947年2月25日。

③ 谢紫：《施济美的作品》，载《幸福》第1年第6期，1947年2月25日。

（九）苏青《结婚十年》

苏青（1914—1982），原名冯和仪，字允庄，苏青是笔名，浙江宁波人。主要作品有《结婚十年》《续结婚十年》《歧路佳人》等。

苏青的《结婚十年》从出版之日就引起了各种风波。它是20世纪40年代日伪占据上海时期的一部畅销小说。抗战胜利后人们对这部小说的内容以及作家的立场产生过怀疑。它是以女性结婚、离婚为题材的一部小说，它涉及私生活，因此小说是否健康也引起人们的非议。小说出版后，成为书店、书摊上的热销书，盗版也很多，使得人们猜测苏青究竟赚了多少钱。这些风波形成的原因很复杂，有政治立场、道德伦理的原因，也有嫉妒心理的原因，历史公案很难断定，但有一点相当明确，《结婚十年》在40年代是很有影响的畅销小说。这种影响一直延续至今。20世纪90年代，安徽文艺出版社重新出版了这部小说，同样相当畅销。

苏青在对那些非议提出辩解时说过："我所能写的文章还是关于社会人生家庭妇女这么一套的，抗战意识也参加不进去，正如我在上海投稿也始终未曾歌颂过什么大东亚一般。"[①]从作品的内容来看，这话是符合实际的。《结婚十年》的故事情节实在是毫不起眼。它就写了一个知识女性的婚姻经历，结婚、怀孕、生子、家庭搬迁、夫妻的口角、丈夫的外遇、离婚分手，这就是故事的情节线索，平常的饮食男女、琐碎的柴米油盐、絮絮叨叨的家长里短是故事中的主要事件。这是一部典型的少妇生活型的小说。这样的小说为什么能吸引大批的读者呢？

原因首先就在于这些毫不起眼的故事情节。它是琐碎的，却是日常生活必需的；它是平常的，却是人人所经历的。写的是天天都会发生的身边的事，说的是常常听到的熟悉的话。作家不追求多少文化内涵和社会批判，而是追求话语的亲近感和亲切感。这些事和这些话来自一个离婚女人的自述，其中有多少隐秘，有多少怨恨，又有多少的情绪发泄，读者并不想在思想观念上得到多少提升，只是在阅读中满足好奇心，在情感上得到共鸣。清末民初以来，写爱情婚姻的小说很多，在思想取向上，要么写恋爱不自由，两情相悦，却被棒打鸳鸯；要么写社会、经济对婚后家庭的压迫，家庭破裂，或走或亡，小说表现更多的是作家的社会观念和思想观念。《结婚十年》写的是实实在在的婚后的日常生活，是一部由于感情的破裂而造成男女分手的小说。因此，小说的故事情节是不起眼的，但对读者来说，是新鲜的，对文学史来说，也是新鲜的。

---

① 苏青：《关于我——代序》，《续结婚十年》，四海出版社1947年版，第3页。

实实在在的家庭生活展示的是那个时代的女性主要的生活空间，通过家庭生活的描写，作家反映的是家庭生活中女性的位置，以及女性的出路，再加之作家毫无遮拦的情感倾诉，《结婚十年》具有了很强的女性主义色彩。小说中的怀青与贤一开始的感情并不坏，但是没有经济来源的怀青为了生活只能一次次向贤要钱，次数多了，贤的笑脸就变成了鄙视；做了人家的媳妇，就要为人家生子，结果却生了一个女孩，公婆的呵护就变成了白眼；女性结了婚，也就失去了人格，丈夫有外遇，也只能忍受，稍有反抗，那一点夫妻之情便都化为青烟。苏青在小说里向读者倾诉着一个家庭妇女的不幸、痛苦和无奈，追问着家庭妇女的位置何在？苏青的这些倾诉对那些身受其事或害怕身受其事的女性读者来说有着更多的感情交流。小说中的怀青如果能够忍受屈辱，她可以维持破碎的婚姻，然而，她选择了离婚。离婚对当时的女性来说是相当激烈的反抗之途，大多数女性做不到，但怀青的举动却能得到理解，很多读者会在她的举动之中得到感情上的宽慰。小说中的怀青把夫妻之爱看成是一场梦："世间上没有永远的春天，也没有久长的梦，梦将醒时人家偏要来给你称赞上一阵贤慧美丽，那等于再催眠，徒然增加一番难堪，到头来还不是事过境迁？"离婚了，梦醒了，从婚姻的束缚中摆脱出来的女性身体是自由了，但精神上是不是就很快乐呢？怀青告诉读者并不是，这场婚姻已留下了永远不能割舍的牵挂，留下了永远也不能愈合的伤疤，它时时隐痛，咬噬着你的心。小说的最后把这样的复杂情感化成了祝愿："愿贤幸福，愿我的孩子们幸福，愿婆婆幸福呀！十年的往事都像云烟般消散了，忘记我，让我独自在永恒的光辉下悄悄地替你们祝福吧。"在小说后记中，苏青则站出来说："我带着十二万分惋惜与同情之感来写完这篇《结婚十年》，希望普天下夫妇都能够互相迁就些。可过的还是马马虎虎过下去吧，看在孩子份上，别再像本文中男女这般不幸。"怀青不是一个绝情的女人，而是一个得不到爱而走向绝望的女人；离婚并不是感情上的解脱，而是有了更沉重的负担。《结婚十年》不仅描述家庭女性的不幸，还描述了生为女人的不幸。这是这部小说最有价值的地方，也是小说中女性主义的阐述最为深刻的地方。张爱玲曾经这样描述苏青："轻易把人幻想得非常崇高，然后很快地又发现他卑劣之点，一次又一次，憧憬破灭了。于是她说：'没有爱。'微笑的眼睛里有一种藐视的风情。但是她的讽刺并不彻底，因为她对于人生有着太基本的爱好，她不能发展到刻骨的讽刺。"[①]说得相当到位。

这部小说吸引人的地方还有它生动的民俗风情描写。苏青是宁波人，写的是一个宁波女人在宁波结婚、生子、离婚的爱情婚姻故事。随着故事情节的展

① 张爱玲：《我看苏青》，载1945年4月《天地》月刊第19期。

开，自然要展现大量的传统的宁波民情风俗。然而，时代毕竟到了20世纪，宁波又是一个沿海城市，此时宁波的那些民情风俗开始了西洋化。苏青将这些不中不西的民情风俗写得生趣盎然。小说的第一章就写了一场“新旧合璧的婚礼”。为了追求时尚，这对新人将婚期定在10月10日“双十节”；为了显示自己是知识青年，他们将婚礼放在青年大礼堂举行。但是婚礼的整个程式又是传统的，上轿、抱轿、出轿、拜堂、闹新房，一样不少。更有趣的是，新娘穿的是长裙曳地的西洋婚服，脚上却穿着一双红缎绣花鞋。不中不西的婚礼写得有声有色，增强了小说的可读性，同时也是对小说中的两位主人公不中不西性格的暗示，为下面发生的不中不西的家庭生活奠定了基调。

第二节 中国当代言情小说

一、中国当代言情小说发展概述

中国当代言情小说按地域分布于中国大陆地区、台湾地区和香港地区。台湾地区的言情小说最早得以发展繁荣，香港地区和中国大陆地区紧随其后。

在台湾地区，虽然20世纪50年代已陆续出现言情文学作品，但开始流行却是在1963年皇冠出版社出版琼瑶的第一部长篇小说《窗外》之后。当时台湾地区的言情小说，琼瑶、玄小佛的作品最具代表性。到了20世纪80年代，台湾地区大量引进并翻译言情小说，这些外来言情小说的生产与行销为台湾地区的本土言情小说开了先河，并培养了一批忠实读者，这些读者后来也渐渐从对翻译的言情小说的关注转向了对本土言情小说的阅读。台湾地区的本土言情小说也因此在80年代末期逐渐走向兴盛。

90年代以后，本土言情小说作家数量剧增，出版社林立，出版数量突飞猛进。此时台湾地区本土言情小说市场已相当繁盛，不管是作家数量还是作品数量，数目都相当庞大。台湾地区言情小说百花齐放，从女主角个性方面来说，有以席绢为代表的刚柔并济女强人类，以古灵为代表的任劳任怨小女人类，以于晴为代表的潇洒恬淡无所求类，以凌淑芬为代表的自立自强男女平等类，以寄秋为代表的女性主义或俗称大女人类，每种类型的成功在扩大读者圈的同时，也引来了众多模仿者。21世纪台湾地区言情小说逐渐进入网络时代，出版社经营网站，作家也经营起博客（blog）并将其视为个人品牌的延伸，网络成了言情小说的重要发表平台。

从前“琼瑶”色彩偏向于纯粹的爱情主题，具体的社会历史条件只作为背景出现而不产生决定性作用，它强调传统性别序列里女性的柔弱善良的本性，等待着男性的启蒙与救赎。如果说琼瑶时代的言情小说，女主角还是以柔弱的形象依附于男性，那么到了90年代之后，大量言情小说的作品体现的则是女性意识的觉醒。在这些作品中，女性不再依附男性而存在，而有了自己独立自主的意识，因此她们迫切需要有独立的经济收入以保障在两性关系中的话语权，如席绢的《我的蓝》、古灵的《出嫁不从夫》等小说均具有较强的女性独立的奋斗意识。

小说家虽然经营自己的个人平台，但大多还是签约于出版社，配合出版社的宣传计划进行著作，因此经常有几个作家写一系列套书（如姐妹四人的爱情故事）的现象；出版社将作家进行包装，通过签书会等形式进行宣传；同时由专业的言情小说画家为言情小说绘制唯美封面，这样一整套的包装给人一个完整的印象，比如“《这个男人有点酷》（书名）-席绢（作者）-德珍（画家）-中国台湾万盛（出版社）”。以整体性的面貌出现在市场，是台湾地区言情小说重要的经营手段。

台湾地区代表性言情小说家除了琼瑶外，还有：郭良蕙，代表作有《心锁》等；华严，代表作有《智慧的灯》；玄小佛，代表作有《白屋之恋》；席绢，代表作有《交错时光的爱恋》等；典心，代表作有《极品淑女》等；苏浣儿，代表作有《瑶姬》；云乐，代表作有《江南娘子系列》；古灵，代表作有《引郎上钩》等；凌淑芬，代表作有《我的爱情浅》等；于晴，代表作有《亲亲我的爱》等；绿痕，代表作有《九龙策》等；左晴雯，代表作有《烈火青春》系列等；寄秋，代表作有《好吃女巫》等；郑媛，代表作有《思念都伤人》等。

香港言情小说于20世纪五六十年代开始盛行，以杰克（黄天石）、依达为代表，他们的写作受当时香港的传统文化氛围影响，大多脱胎于明清时期的言情小说，延续了“才子佳人”的言情模式。随着大众消费社会的形成与发展，展现商业时代爱情婚姻的都市言情模式深受读者欢迎。与台湾言情小说的纯情相比，香港言情小说更重视女性自主选择中的经济独立和人格独立。由于香港社会体制特殊又为世界性金融中心，大有开四方之境、来八面之风的商业气息，“它既是一种感性、自然的原生型文化，也是一种包容广泛的移民文化”[①]。香港女性有颇多机会接受高等教育，从家庭走向社会，在职场大展拳脚，因此也具备了更强烈的经济意识和更鲜明的自我实现的愿望，并产生了自己独特的女性观。香港言情小说作家基本为女性。她们在多元文化浸润下成长，笔下的女

① 刘登翰主编：《香港文学史》，人民文学出版社1999年版，第6页。

性也常常浮现出自身经历的明显印记，有着与中国传统生活环境中的女性不同的生存状态。20 世纪 80 年代以来香港言情小说广受读者喜爱，逐渐与武侠小说、历史科幻小说三足鼎立于香港文坛，其中有不少被改编成影视作品，为人津津乐道，风靡至今。

香港地区的言情小说代表作家除了亦舒、李碧华之外，还有岑凯伦，代表作有《春之梦幻》等；林燕妮，代表作有《青春之葬》等；梁凤仪，代表作有《誓不言悔》等；张小娴，代表作有《面包树上的女人》等。

大陆地区的言情小说主要体现在婚恋小说中。在中国现当代小说叙事中，婚恋问题和家庭生活给女性带来的命运变化一直是作家们书写的焦点之一。随着时代环境、文化观念和婚恋认知的变迁，女性在婚恋和家庭中的地位、角色和心理也会产生自然而然的差异和变化。20 世纪 90 年代以来，以王海鸰、六六等为代表的女性作家所创作的家庭婚恋小说在国内走红，小说内容多立足家庭现实，以家庭矛盾为重点，展现了改革开放之后当代婚姻中不同的存在状态及其隐含着的传统与现代、农村与都市伦理观念的不断交锋并走向整合的趋势。

二、中国当代言情小说主要作家作品

（一）琼瑶及其作品

琼瑶，原名陈喆，1938 年 4 月 20 日出生于四川成都，中国当代作家、编剧、影视制作人，中国电影文学学会会员。1949 年，琼瑶随父陈致平由大陆到台湾地区生活，其后步入职业作家行列，并相继进入电影、电视剧制作行业。琼瑶是最早在大陆引起轰动的台湾地区言情小说家之一，也是影响最大、最持久的作家之一。

琼瑶 16 岁时以心如为笔名发表小说《云影》，25 岁时出版了第一部短篇小说集《窗外》。1971 年和 1975 年，由琼瑶小说改编的电影《庭院深深》和《女朋友》，分别获得第 9 届、第 12 届中国台湾电影金马奖优等剧情片奖。琼瑶创作的小说作品大多已被改编成电影或电视剧，其中较为知名的包括《庭院深深》、《梅花三弄》系列、《还珠格格》系列等。琼瑶的主要代表作有《窗外》《潮声》《梅花烙》《水云间》《鬼丈夫》《一帘幽梦》《心有千千结》《海鸥飞处彩云飞》和《彩霞满天》等。她的作品在大陆流行了二十来年，作品囊括了从《窗外》到《鬼丈夫》五十多部，先后有作家出版社、花城出版社等出版过《琼瑶全集》，发行量近 5 万册。

纯情是琼瑶小说不变的爱的主题。爱情是永恒的话题，综观古今中外的畅销书籍，其中无不洋溢着爱的旋律。正如林纾所言：“小说足以动人者，无若男女之情。”琼瑶小说如此风靡，在于她紧紧把握了年轻人，尤其是年轻女性对于爱情的向往与追求。她所有小说的主题只有一个，就是爱情。琼瑶的爱情小说又是极其独特的，小说爱的主题不是建立在现实生活的基础上，而是根植于理想的王国。琼瑶笔下的那些“爱情神话”，往往不食人间烟火，单纯追求高雅纯洁的至纯之情。她笔下的爱情不受时间、金钱、地位等外在条件的限制。在她的第一部自传体小说《窗外》里，她这样写道：“‘爱’的本身是没有罪的，不是吗？这话好像是你以前说的。记得你自己的论调吧？爱，没有条件，没有年龄、金钱、地位、人种一切的限制。”《我是一片云》中段宛露也说：“他是强盗，我爱他；他是土匪，我爱他；他是杀人犯，我也爱他，没有他我就不要活了！”在琼瑶笔下有不同时代、不同阶层、不同年龄间男女的爱情故事，而他们无一不是爱情至上，为爱付出一切的。这种爱情至上、“爱”能够超越一切的观念，贯穿于琼瑶的所有作品之中。

与纯情相匹配的是完美理想化的人物塑造。神圣化的爱情离不开理想化的人物设定，琼瑶爱情小说里的男女主人公都是理想化了的。琼瑶对人物的外貌气质、性格、情感都加以美化处理。男主人公大都接受过高等教育且事业有成，既刚毅坚强又善解人意，既英俊潇洒又博学多才。女主人公则如花似玉，热情似火，冰清玉洁，楚楚动人，清丽脱俗，富有美丽的幻想，充满青春的气息。而无论男性女性，他们对于爱情都是义无反顾、痴心不改、忠贞不渝、至死不悔。琼瑶作品中的女子，大多善良聪慧又克己奉献，常常为了爱情牺牲自己，是深受传统道德观念浸染的中国女性。如《在水一方》的杜小双，虽然是个孤儿，但美丽聪慧，擅长音乐，在爱上文学青年卢友文之后，为支持卢友文的写作，她不仅依靠自己教课默默支撑起了家庭的重担，还要经常忍受卢友文的猜疑与暴力。但她对卢友文的爱情仍然没有减少，即使后来迫不得已与卢离婚也是为了激励他发愤图强。《彩霞满天》中的殷彩芹、《几度夕阳红》中的李梦竹等也都是如此。

琼瑶小说中理想化男性的典型特征是英俊体贴与痴情富有。如《一帘幽梦》里的费云帆即是一个代表。琼瑶把费云帆塑造成了一个守护神一般无所不能又痴情浪漫的形象。他是集团企业负责人，拥有巨额财富，在商场上无往而不利；他英俊潇洒，成熟有魅力；他有丰富的人生经验、有魄力、有担当、有个性、有才华，是许多女性的理想对象。围绕在他身边的女人不计其数，但他却对偶然相遇的少女紫菱痴心不改，在明知紫菱另有所爱的情况下仍然对她呵护备至，最终赢得了她的爱情。与费云帆相似，《在水一方》中的朱诗尧、《还珠格格》中的五阿哥永琪、尔康等也都是守护神般痴情浪漫的理想形象。

琼瑶的小说语言讲究而不矫饰，能以极经济的文字、极优美的笔调、极和谐的韵律表达出柔美之情，叙述起来娓娓动听，人物也唇吻毕肖，这也是其小说畅销的一个原因。如《冰儿》中有这样的描写："一个声音忽然冒了出来，一个高大的人影遮在他们的前面……"，阿紫"把他的心事，全叫出来了"，"她打开门，再抛下了一句：'再见！'""大门'哐啷'一响，有个人像阵风般的卷了进来"。句中"冒""叫""卷"等字，用得生动准确，传神地刻画出人物复杂的内心世界。多种表现手法在小说中起到了烘云托月的作用，使表达更生动、准确、完美。如琼瑶善于运用对比的细节描写，有人物自身的纵向对比，如《还珠格格》中皇后前后对比；有人物之间的横向对比，如小燕子的活泼与紫薇的沉静之对比；有善与恶的对比，如小燕子、五阿哥、紫薇等与皇后、容嬷嬷的鲜明对比。在对比当中，人物形象更加丰满。此外还善用各种修辞手法来丰富语言，如《却上心头》中"头发微卷的披泻在肩上，皮肤又细又皙又白，像刚出蕊的花瓣，粉粉的，娇娇的，她有对如梦如幻的眸子，雾雾的，蒙蒙的，静静的，水水的，总像在说话似的……"比喻、排比的修辞手法，使句子夸而有节，饰而不诬，动静互动，韵味无穷，一个超凡脱俗的惊人美女跃然纸上。

琼瑶的文学功底较为深厚，其小说的迷人也得益于她将古典文学的创作手法与现代理想爱情作巧妙的缀合，使人在关心人物命运的同时领略到古诗词的风韵和古典小说戏剧的哀婉与凄绝，感受到中国传统文化的魅力。这也是她的作品获得众多读者的重要原因。首先，作者创造性地引用了许多古典诗词曲令作为点缀，从而使作品具有浓郁的古典风韵，显示出中国古典文学所具有的含蓄、委婉的阴柔之美，既有助于表现人物的真情实感，又为作品增添了一种优雅、高贵的格调。如《在水一方》中"绿草苍苍，白雾茫茫，有位佳人，在水一方……"化用《诗经·蒹葭》；又如《庭院深深》中"庭院深深深几许？杨柳堆烟，帘幕无重数，玉勒雕鞍游冶处，楼高不见章台路"出自欧阳修笔下。这些古典诗词使琼瑶的作品蕴含在浓郁的诗情画意之中，给人一种朦胧含蓄之美。其次，中国古典文学强调"情"与"景"的统一，认为"景无情不发，情无景不生"，琼瑶认同这一传统的审美追求，如《我是一片云》开篇写了天蓝云适的悠然之景，暗示了段宛露当时无拘的心情，而当宛露知道自己是舞女的弃女，且陷入复杂难解的情网之中彷徨苦闷时，作者则又描绘了云厚天阴的萧瑟秋景，宛如主人公沉重压抑的心，也预示了主人公未来生活的悲凉，达到了司空图所谓的"思与境偕"的境地。

（二）亦舒、梁凤仪及其作品

亦舒（1946—　），原名倪亦舒，为香港著名作家倪匡之妹。祖籍浙江镇海，出生于上海，五岁时随家人到香港定居。曾任《明报》记者，担任电影杂志记者和编辑等。1973 年，赴英国攻读酒店食物管理课程，三年后回港，任职富丽华酒店公关部，后进入政府新闻处担任新闻官，也曾担任电视台编剧，之后成为专业作家，移居加拿大。1963 年，亦舒发表了首部个人小说集《甜吃》，正式开始了她的写作生涯，已创作小说数百部，是一位多产的作家。她的数部作品，包括《喜宝》《玫瑰的故事》《我的前半生》《流金岁月》等被改编为影视作品，与倪匡、金庸并称为“香港文学三大奇迹”。

亦舒小说的主人公有美貌惊人、颠倒众生的女孩，如《玫瑰的故事》中的黄玫瑰；有独立精干的都市职业女性，如《我的前半生》中的唐晶；也有自私世俗的上一辈的母亲形象，如《圆舞》中周承钰的母亲。其中数量最多，最深入人心的当属现代都市职业女性。她们事业有成，人情练达而不失善良，形容这些女性，亦舒用得最多的莫过于“通透”二字。她们不再是以家庭为中心的温柔体贴的传统女性，而是一群拥有高学历和体面工作，经济独立，寻求自我价值的现代女性。唐晶、蒋南孙、林无迈、徐佐子、焦日朗、婀娜等都是在职场打拼多年的精英人士。如《银女》中的林无迈，武能够替病人开肚子做手术，文能够吟诗写字，《我的前半生》中的唐晶手戴金灿灿的劳力士手表，身着华伦天奴外套，“什么都有，衣食住行自给自足；且不愁没有人陪，天天换个男伴都行”。用《天秤座事故》中立轩的话来说，“多年来我们苦苦经营，已经成功创造了自己的小世界，我们是太阳……不愿做附属品”。她们具有鲜明的主体意识，认为经济的自我保障是首位的，应先谋生，再谋爱，“非得练好本事不可，届时，爱嫁什么人就嫁什么人”。“等人家来给她一个家是非常渺茫的事，最好先置了家，才去找对象。”这无疑体现了女性对婚姻命运的自我把控。同时，她们对爱情不抱幻想，也不再向往奋不顾身的爱情，因此当目睹玫瑰与溥家明轰轰烈烈、生死相依的爱情后，一向淡泊的苏更生也不禁感叹：“见了他们，才懂得什么叫爱情，如此的盲目不羁，惊心动魄，我们只不过是到了时候结婚生子的下下人物而已。”不得不承认大多数都市女性没有机会体验“像瘟疫”般的爱情，能找到彼此合宜的对象足矣。婚姻必须是现实的，很可能“爱的是一个人，与之结婚生子的，又是另外一个人”。

在另一些从底层或失败的婚姻中重新站起来，勇敢地追求自我的女性形象身上，亦舒所要体现女性独立的精神内核也是一以贯之的。《银女》中银女受到林无迈的感化，与过去一刀两断，靠自己的本事开店谋生。《我的前半生》虽套用了鲁迅《伤逝》的原型，但结局大不相同。子君大学毕业后嫁给了涓生，过着寄生虫似的生活，遭遇涓生出轨离婚后，她痛定思痛，走上职场，并发现了自己的陶艺天分，成了一名制陶艺术家。《玫瑰的故事》里关芝芝从一个被丈夫抛弃的、彷徨痛苦失措的单亲母亲成长为干练时髦的职业女性，找到了新的归宿。

更为大胆的是，亦舒笔下的女性敢于怀疑男性的价值，解构男性权威，经常对各种男性评头论足。来自天秤座的外星女孩晨曦在地球生活多年后深深赞美“人类的女性其实相当伟大，刻苦耐劳，爱护家人”，她转而批判“地球上除了少数突出的男性外，一般普通男人好似无甚作为，随便做一份无关轻重的工作，养活自己，已经满腹牢骚”。更不用说周士辉、张熙、银女的父亲这类无法为婚姻负责，对感情忠贞的男人。这种对男性的信任危机也正是女性不再把婚姻和家庭当作最可靠保障的重要原因。

然而亦舒的小说也反映出一种令人矛盾的现象。她虽然绝对地强调女性的独立意识，但也时常流露出对女性身份的无奈和反思。女强人再强还是有其“命门”，即她是女人，她离不开对爱和归宿的向往，既怀疑男性又离不开男性。经济的独立为的是防身，生活无忧，它带来的安全感是有限的，并不能彻底解决女性对男性的精神依附和个人内心世界的空虚。她在《朝花夕拾》中说“女人一直向往有个体贴的配偶”，在《变形记》中说“片刻神气活现，并未能真正提升女性地位”，在《开到荼靡》中也说“时代再进步，进入太空也不管用，女人还是女人”。为此《银女》中林无迈曾悲观地断言：“女人有了职业，生活是不忧了，但感情生活同五十年前一般黑暗。”《她比烟花寂寞》中的姚晶出身低微，经多年打拼成为当红影星，嫁入豪门。她看似时尚独立，拥有一切，但当丈夫离弃她之后，她的人生轰然倒塌，抑郁而终，空留满屋华服珠宝和无边的凄清。现代都市职场女性人前风光，人后寂寞，为营营役役的职场生活身心俱疲的一面在亦舒那里从不讳言。

为适应香港生活的快节奏和消费习惯，亦舒小说的篇幅并不长，她擅长以简短幽默的对话和精练概括的叙述推动情节。人物大都谈吐不俗，直爽幽默。《银女》中无忧调侃姐夫附庸风雅，喜收古董时，指着一架睡榻问“杨贵妃睡过的？”无迈则笑答“秦可卿睡过的，名贵得多”。《痴情司》中美与慧说我们“净喝那万艳同杯”，乃意则答“这里只得可乐”。《阿修罗》中陈晓非回忆往昔，说彼时“花正香，月正圆，罗密欧还正爱着朱丽叶”。亦舒的文字个人风格浓厚，不乏贴切生动之处。《圆舞》中周承钰的母亲改嫁，家人对承钰不闻不问只顾玩乐，生活的压抑造成了她的早熟。小说写道“当大人像小孩的时候，小孩只得迅速长大”。《银女》中形容贫民窟里美貌而前途堪忧的女孩如同“阴沟里雪白的昙花”。《人淡如菊》描述过中国式的送礼，乔的母亲送准女婿家明一块名表，“家明一看之下，果然推让又推让，妈妈打架似地要他收”。亦舒还有不少作品直接借用经典，以旧瓶装新酒进行“故事新编”，如《镜花缘》《朝花夕拾》《仲夏日之梦》《玉梨魂》等，在《痴情司》中更是颠覆了古典名著《红楼梦》中宝黛的爱情悲剧，让历史人物化身为凌岱宇等人来到现代香港，通过对太虚幻境、预言元素的创新运用，演绎发生在现代大都市环境下的新“红楼梦”，体现出较为深厚的文学修养。但由于亦舒作品大多着眼于中产阶级及中产以上人群爱情趣味的描写，人物学历、职业、外貌和性格大同小异，具有明显的模式化倾向。

梁凤仪的作品和亦舒的作品一样都被视为女强人小说，不同的是梁凤仪的小说背景与商界联系紧密，素有财经小说之称，她借助财经的外衣，将女性置于商战背景之下，塑造出了一批颇具传奇色彩的商界女强人。由于自身的从商经历，她在创作中更多是从自己的生活经验出发来构筑小说人物与情节。

梁凤仪的小说始终有一位女主人公担纲全篇，女主角多出身于殷实的经商家庭，受过良好的教育，聪颖自持，才貌双全，处于香港社会的名流上层，在大家族的人事关系和职场商圈中摸爬滚打。而这位主人公都要经历一场精神上通常是情爱上的危机才能从幼稚无知走向成长和成熟。《誓不言悔》中许曼明出身于金融世家，过着优渥闲适的阔太生活，每天靠打牌、参加慈善活动来打发时间。她对于外部世界甚至丈夫、孩子都不甚关心，才华和灵气被慵懒的生活消磨殆尽。丈夫的移情别恋和孩子的冷漠疏远让她看清了自己可笑可悲的境遇，遂成长为精明能干的职业女性，赢回了丈夫和儿子的心。她最终意识到“唯是独立，才可以有权选择自己的伴侣、自己的前途、自己的生活”。《昨夜长风》中的赛明军在前男友再度回头求取复合，意欲金屋藏娇时，并不一味欣喜，而是衡量着自己辛苦营造的职业女性地位与成绩是否值得就此付诸东流，为一个见不得光的外遇身份所取代，是否可以为了自己深爱的人牺牲一切，毕竟“最可靠的人，还是自己”。《千堆雪》《九重恩怨》中江福慧遭遇情人的背叛，她借助自身的美貌，利用女性身份与优势，多方周旋设下圈套完成了复仇。梁凤仪小说的后半部多数呈现了女性重新建构自我价值的挣扎和奋斗，她们在将男性对手彻底击败，成功挑战父权制强塑的性别角色的过程中完成了女性主体性的生成与确立。

尽管如此，梁凤仪和亦舒一样，承认女人在两性情感关系中的弱者地位。恰如她在《大家族》中所说，“爱情对女人是生命，对男人是享受”。“男人从没有把感情放在第一位，这种天生的品性定夺了人的命运。”“这种古老女性情结与现代女性意识的交融一而再、再而三地衍生出梁凤仪财经小说的‘财经为纬，爱情为纵’的母题，孵化出一个个女性主义和女权主义对立统一的女性形象。”[①]而这种矛盾的交融性也是香港言情小说中的突出共性。

梁凤仪和亦舒的小说还共同涉及了在香港这样一个典型的工商社会中，金钱物质对人的异化。亦舒笔下的喜宝家境贫寒，她的金钱观十分明确：“如果有人用钞票扔你，跪下来，一张张拾起，不要紧，与你温饱有关的时候，一点点自尊不算什么。”“高贵的职业需要高贵的学历支持，高贵的学历需要金钱，始终兜回来。”为了有舒适的学习和生活条件，信奉享乐主义的她自愿成了足以当她父亲的男人——勖存姿的情妇，抓住了这个“堕落的好机会”。梁凤仪《花帜》中的杜晚晴也毕业于英国名校，温饱不愁，却仍然选择干起外婆和母亲的老本行，成为高级交际花，因为“年轻大学生捱它过十年八载，等到三十出了头，充其量也不过是大机构内一名受薪董事而已，收入都不及现今的杜晚晴多”。亦舒在《痴情司》中曾直言不讳地说：“俗世好比拍卖行，一切东西包括名、利、爱情，均系价高者得。”

（三）李碧华及其作品

李碧华，1959 年生，原籍广东台山。从事过记者、编剧、教师等多种职业，在文学、影视、舞台剧等艺术领域都颇有建树，在《东方日报》等多家报刊撰写专栏及连载小说。与亦舒等人的言情小说有所不同的是，李碧华所写的爱情多是奇情奇事，人妖、人鬼之间爱恨纠缠，人与人之间的爱情穿越古今，轮回不止。“她的想象穿梭于古今生死之间，探勘情欲轮回，冤孽消长，每每有扣人心弦之处。”[②]于是王德威将李碧华的小说与施叔青、朱天文、朱天心、李昂一起归为“新狎邪体小说”，刘登翰则将其列为“诡异言情小说”。狎邪诡异的题材，雅俗共赏的风格，别具一格的想象，诡谲瑰丽的文字是李碧华小说的典型风格，她也因此被冠以“文妖”“奇笔”“香港奇情才女”等称号。

李碧华对于爱情经典，总是以戏仿的方式加以改编，有明显的讽刺意味。《青蛇》中许仙不再是一心一意的丈夫，尽管拥有如花似玉的娇妻白蛇，却无力抵抗青蛇的娇艳魅惑。而千年后重获新生来到当代社会的白蛇依然难耐寂寞，将之前的惨痛教训抛诸脑后，穿上牛仔裤忙着到断桥上再勾引一个美少年。生死相许、海誓山盟的爱情经典被解构得面目全非，传统爱情的浪漫与永恒灰飞烟灭。在对男性批判的同时，也揭示了女性情感依赖的劣根性。小说写道：“每个女人，也希望她生命中有两个男人：许仙和法海。是的，法海是用尽千方百计博他偶一欢心的金漆神像，生世伫候他稍假词色，仰之弥高；许仙是依依挽

① 程乃珊、周清霖编：《上海人眼中的梁凤仪——梁凤仪作品评论集》，学林出版社 1993 年版，第 120 页。

② 王德威：《想像中国的方法：历史 • 小说 • 叙事》，生活 • 读书 • 新知三联书店 1998 年版，第 389 页。

手，细细画眉的美少年，给你讲最好听的话语来熨帖心灵——但只因到手了，他没一句话说得准，没一个动作硬朗。万一法海肯臣服呢，又嫌他刚强怠慢，不解温柔，枉费心机。”

《霸王别姬》这部作品也借用了“霸王虞姬”的原型故事，但仅仅是作为一种古典的背景符号出现，李碧华将这一历史传说改头换面为现代语境中扮演京剧名段《霸王别姬》的程蝶衣和段小楼的同性恋故事。扮演“虞姬”的男旦程蝶衣对扮演“霸王”的师兄段小楼一往情深，看似勇猛而骨子里懦弱的段小楼却一直佯装不知，照样娶妻过日子，甚至在批斗中为保全自己伤害蝶衣，最终辜负了蝶衣和妻子菊仙，再一次印证了爱情如同空中楼阁，缥缈无依。《潘金莲之前世今生》《秦俑》等作品中李碧华再次穿越时空，让男女主人公再续前缘，描绘了爱情与命运轮回之间的奇妙联系。时代变迁之于男女之爱的影响慢慢开始凸显，《秦俑》里武功盖世的护卫蒙天放在现代社会中手足无措，英雄气短。更令他不解的是冬儿与朱莉莉的强烈对比，“忠臣不事二主，烈女不配二夫”的世道也许早已不流行了。

在李碧华的作品中，《胭脂扣》是颇为独特的，其主题意蕴的丰富超越了一般的爱情故事。小说中，香港石塘咀的红牌妓女如花和富家子十二少相爱不成，约定双双服毒，然而十二少自杀未果，背弃诺言在人间苟活。阴间里找不到爱人的如花，五十年后以女鬼的身份重返故地寻找情郎。如花的出现带来了一段尘封的香港历史，胭脂扣、古董表、鼻烟壶、旧报纸、邮票等物件使往昔的香港生活渐渐清晰了起来。在这场追寻原乡之旅的过程中，饱含着浓厚的怀旧情怀。但如花的追寻是充满迷惑与失望的，金陵酒家、广州酒家没有了，熟悉的建筑和街道消失了，最使她震惊的是传统规矩的消亡和道德的沦丧。午夜场的叫床配音，电影院观众的意淫叫嚣，让这个传统妓女感到无所适从。旧时种种情怀早已雨打风吹去，《胭脂扣》里说“我们都不懂爱情。有时，世人且以为这是一种‘风俗’”。而逝去的不仅仅是传统爱情的忠贞，更是现代性带来的苍白浅薄的世俗社会，作者对香港现代社会的怀疑溢于言表。李碧华的许多小说并不以香港为背景，而这一部《胭脂扣》却从港人的本土意识出发缅怀过去，其“身份失落”的文化隐喻使小说中香港人对香港的自怜与怀旧显得格外意蕴深长。

（四）王海鸰及其作品

王海鸰，1952 年生于山东，1983 年调入总政话剧团开始话剧创作。1985 年创作中篇小说《她们的路》。1992 年她与王朔共同创作了爱情小说《爱你没商量》。主要作品包括爱情小说《牵手》（1999）、《不嫁则已》（2003）、《中国式离婚》（2004）等。她还有自传体小说《大校的女儿》，与《牵手》《中国式离婚》并称为“婚姻三部曲”。2010 年至 2014 年，她又创作了《新结婚时代》《懂得》《新恋爱时代》《新守婚时代》等家庭婚恋小说。王海鸰有“中国婚姻第一写手”之称，作品大多被改编为电视剧，受到观众的喜爱。作为一名女性作家，她认为这正是选择自己最敏感、最擅长的强项部分去耕耘。

王海鸰的婚恋小说擅长呈现当代中国人婚恋和家庭生活中种种真实而自带残忍的灰色状态。其主人公多来自教师、医生、公职人员、白领等人群。如《牵手》中的钟锐是一个北大毕业的软件高手，后自组公司成为老总，夏晓雪是北大校花。《中国式离婚》中的宋建平，硕士毕业，副主任医师，后成为外资医院的合伙人，副院长；妻子林小枫，名牌大学毕业，是所在中学里最早评上副高职称的优秀教师。《新结婚时代》中，何建国出身农村，清华大学计算机系研究生毕业，电脑公司骨干，娶到了来自高知家庭的杂志社女编辑顾小西。

男女婚恋中的问题首先很大部分依然来自男才女貌的传统观念。在小说《新恋爱时代》中，惠涓着急为 23 岁的女儿邓小可物色对象，“男人有事业就有一切；女人不行，世界对女人的永恒要求是貌”。男性的首要必需品是事业，如《大校的女儿》中所说，在男人那里，如果说事业是他的“锦”，女人只是这锦上的花，事业是“皮”，女人便是皮上的毛，皮之不存，毛将焉附？女人永远是男人主流生活的点缀。男人的主流生活是事业。没有事业的男人，女人不愿意要；有事业的男人，从根本上又不在乎女人。这就形成了一个怪圈，也是无数男女情感悲喜剧的一个重要源泉。在王海鸰的小说里，男性要事业有成，能够当仁不让地成为家庭经济的支柱，女性尽管受过高等教育，具有一定的独立意识，但往往还是为事业成功的男性所吸引，在婚姻生活中心甘情愿地成为男人背后的女人。《新恋爱时代》中除了魏山山以外，小可对海潮、沈画对向飞都有强烈的崇拜心理，而“崇拜是爱的基础”。其小说对婚后家庭生活的描写则经常呈现出男主外女主内、夫贵妻荣的关系模式。丈夫在经济和感情两个方面都对妻子占据绝对的优势。夏晓雪和林小枫原本都是品学兼优的大学生，有相当突出的工作能力，但面对事业家庭不可兼顾的情况，晓雪甘心留在清闲的工作单位直至下岗，小枫则自愿辞职相夫教子。女性最大的作用和价值仍然是家庭保姆和生儿育女。因此《新结婚时代》里顾小西无法生育是横亘在她与何建国婚姻间最大的障碍。

王海鸰认为，没有爱情的婚姻是不道德的婚姻，但仅有爱情的婚姻是不现实的婚姻。她十分强调现实因素对于爱情的影响和冲击。顾小西的母亲反对女儿嫁给农村出身的何建国时，曾明确指出：“你嫁给了他，就等于嫁给了他全部社会关系的总和。”果然，顾小西在婚后因无法处理好与何建国家人的关系而苦不堪言。在伦理本位、长幼有别的中国，不同的性别观念、家庭意识、消费习惯之间的冲突都为婚姻失和埋下了隐患。但婚姻危机中真正可怕而普遍的原因是日常性、重复性的生活以及男女性由此产生的不同的体验落差。“一天天的重复，日子像是复印机复印出来的，平静平淡的”家庭生活，它是“相当磨蚀”人的。这对男人来说似乎难以接受，他们渴望变化，渴望逃离。而女人“渴望永恒、渴望一劳永逸”、渴望白头到老。“永恒”二字透露出的是性别之分带来的女性情感困境。

钟锐、宋建平等人面对单调琐碎的生活和日渐平庸乏味的妻子厌倦不已。而妻子们始终留恋着婚姻和家庭，为自己的付出不被理解、不被认同而痛苦绝望。最终可能使婚姻走向和解的恰恰不是爱情——“爱情主要在婚前起作用，真结了婚，真想共度一生，起决定作用的还是那些相互妥协相互适应的共同岁月”。因此，没有永恒的爱情，从这个角度上说，王纯是理智的，她主动退出了钟锐和晓雪的婚姻，“用及时的结束换取了永恒”。《新结婚时代》中顾小西悲哀地发现丈夫在电梯停电后不似以往那样愿意背她上楼了，女性敏感、丰富、曲折而脆弱的情感心理展露无遗。对建国来说，“不是怕费劲儿，就是不想跟她有那样的亲密接触。肉体上、情感上，都不想。那会使他难受，使他觉着虚伪，同时也会觉着是对小西的欺骗”。这种矛盾的感觉是令人熟悉的，仿佛是鲁迅《伤逝》中涓生对子君情感日渐冷却的再次翻版。在《大校的女儿》中，王海鸰说：“生存和需要其实比爱情更接近于婚姻本质。”“找对象有时如同做买卖，不适当的要高价错过机会最终会使自己的商品大跌价的。婚姻远远不是你我所想象的那样神圣，有点像买生活必需品，买不着好的，就买次的，因为必需。”“擦出的那些感情火花就像电焊的光，亮、热、美，但是轻飘，薄脆，短命，没有根基到可以挥手即去。”

《中国式离婚》中王海鸰借刘东北之口提出了婚姻中三种背叛的观念，如宋建平对林小枫的“心”的背叛、刘东北对娟子的“身”的背叛，以及身心的背叛。但无论是哪一种，受到伤害最深的都是女性。女性通常难以抽离于原有感情状态，且不说晓雪和小枫，《大校的女儿》中的张雁南，尽管不满意丈夫，心中波涛起伏汹涌，但从未付诸过行动，相当传统自律，是一种“空想式的精神恋爱者”。相较而言男性更容易放下过去，走向新的生活。对此，王海鸰在作品中调侃男人的爱心之博大之宽广由此可见一斑，不像女人，胸襟狭窄还沾沾自喜，自诩为“爱得专一”。然而一旦女性坚强自立，完全不依靠男性，又易陷入另一种困境，即被判定为没有女人味，失去当女人的“资格”。《大校的女儿》

中韩琳聪明独立，但朋友却批评她不懂示弱，“身为女人而缺少女人味，无异于在‘女人’这个事业上被判了死刑”。传统观念和思维定势始终如同一张无形的大网束缚着女性的一言一行。

（五）六六及其作品

六六原名张辛，安徽合肥人，1995年毕业于安徽大学国际贸易系。1999年赴新加坡定居，从事幼教工作。2003年至2007年先后创作了《王贵与安娜》《双面胶》《蜗居》家庭伦理三部曲，作品聚焦中国当代都市青年的生存状态和生活方式，尤其是以爱情和婚姻作为主要角度进行观照，这几部作品均被改编为电视剧，社会反响强烈。六六也被看作继张爱玲、虹影之后具有影响力的第三代海外华裔女作家。从《蜗居》开始六六显示出将多种题材融合在一起的创作意图，《蜗居》不仅描述婚恋而且将触角伸向住房、职场和反腐问题，以看似琐碎平淡的家庭问题引出社会的热点和矛盾。后期她更明显地倾向把社会问题纳入自己的创作领域，对现实提出批判或揭露。2010年她敏感地意识到医患纠纷的严重性，在此基础上完成第四部长篇小说《心术》。2013 年出版了第五部长篇小说《宝贝》，集中关注婚姻生育和教育问题，对新时期不同代际间的家庭生育观念等进行深入剖析和反思。2020年，六六作为房产题材电视剧《安家》和抗疫时代剧《在一起》的编剧再一次进入公众视线。

当然，六六最擅长并奠定其文学地位的还是家庭婚恋题材的创作。《王贵与安娜》是六六出版的第一部小说。讲述了王贵与安娜夫妻俩充满矛盾而温情的婚姻生活。夫妻矛盾主要源于城乡差距造成的生活习惯差异和平淡的家庭生活。老实的王贵一度精神出轨于爱慕自己的同事肖桂芳，安娜也想在初恋情人涡轮司机那里寻求一点浪漫。小说写道：“婚姻是一碗牛肉面，浮在上面的寥寥几片牛肉，不过是为了使寡面下咽而已。”浪漫就是少见，所以“稀罕”。

和王海鸰的《新结婚时代》相似，《双面胶》也着眼于出身小地方的凤凰男和城市女孩的婚恋故事。只不过王海鸰的故事背景在北京，而六六的《双面胶》等故事发生在上海。《双面胶》中出身上海的丽娟、丽娟妈与来自东北的亚平父母互相看不上眼，关系剑拔弩张，一触即发。尤其是婆媳冲突完全上升到针锋相对、你死我活的地步。婆婆瞧不上丽娟及其家庭的尖酸霸道，认为媳妇就应该是贤妻良母，当牛做马地伺候丈夫。丽娟受不了婆婆的小气、保守，认为丈夫就应该服服帖帖宠着妻子。二者的生活理念和文化程度由于地域和时代差别格格不入，进而造成了亚平和丽娟的剧烈冲突，在愤怒中亚平失手打死丽娟，造成了无法挽回的惨痛悲剧。

小说《蜗居》则展示市场经济时代，物质与权力在婚恋关系之中的巨大影响。当海萍与苏淳小两口想在上海买房而捉襟见肘时，海萍逼丈夫跟家里要钱，能借到“4 万还是‘你妈’，6 万就成了‘咱妈’了”，如果两手空空，那恐怕就是“他妈的”了。小说中直截了当地说，“婚姻就是元角分。婚姻就是柴米油盐酱醋茶。婚姻就是将美丽的爱情扒开，秀秀里面的疤痕和妊娠纹”。而作为市长秘书的宋思明运用权力和关系网能够轻而易举地获取豪车别墅，并解决了苏淳和海萍的燃眉之急。海萍之妹海藻刚开始还为背叛男友小贝，成为宋思明的情人而羞愧自责，但在多次得到宋思明的帮助和恩惠之后，彻头彻尾地投入其怀抱，逐渐适应且满足于被包养的优渥的生活。

正因为婚恋关系中原本存在的种种问题，婚外恋的产生也就有了某种程度上的不可避免性。也因此王海鸰和六六对第三者形象的塑造超过了传统的道德评判，而着重突出了人物某一时期的情感需求，这些婚恋悲剧中的第三者如王纯、海藻都有其可爱善良之处，没有真正的恶人，只有弥足深陷的无奈和痛苦。

张洁在《方舟》开篇就曾说：“你将格外不幸，因为你是女人。”王海鸰和六六身为女性作家自觉地从女性利益出发关注女性在社会时代变迁中的生存困惑，着重表现“婚外恋”“夫贵妻荣”“婆媳冲突”“门当户对”等引发的家庭冲突形态，在现实生活中具有普遍性。小说还体现了女性想要成就事业和家庭的双重完美角色的极其不易，就如顾小西的母亲，既是受人尊敬的主任医师，又要为同时做好妻子和母亲而心力交瘁，最后因为超负荷运转而猝死。顾小西、简佳、丽娟等人在兼顾自我事业的同时，根本无力应付繁琐的家务，顾此失彼。而新世纪的男性如宋建平、王贵、顾小西的父亲、李亚平等人虽然已经做出承担家庭事务的努力，但所起的作用仍然是有限的。“‘男女平等’曾是一个神话陷阱……性别差异远不是一个应当抛弃的概念，而倒是寻找自己的必由之径。中国的妇女解放面临的尚然是无数历史和现实的挑战而不是理论的设想。”[①]阴阳互补互克，现实生活中男女二元关系如何构筑合理平衡的状态，依然是一个待解的难题。在王海鸰和六六的小说中我们所能得到的启发则是——爱是宽容宽厚，是通达，要懂得给予对方成熟的机会。王贵若缺乏幽默与谦让，安娜若少一分理智与大度，他们的婚姻便会岌岌可危；顾小西与何建国若没有达成最终的互相谅解，也难以破镜重圆。总之，“爱，是需要能力的”。

---

① 孟悦、戴锦华：《浮出历史地表——现代妇女文学研究》，河南人民出版社 1989 年版，第 268—269 页。

第三节　网络言情小说

一、网络言情小说概况及主要特征

网络言情小说顾名思义是在网络上发表的以爱情为主题的小说类型。它迎合了年轻读者对于美好爱情的憧憬与渴求，呈现完美的性别角色与爱情样态，细微表达女性的情爱体验。发轫期的网络言情小说可以看作是传统言情小说的网络化，后来随着网络言情小说进一步发展，其又显示出一些区别于传统言情小说的新的特质。

网络言情小说可以上溯至 20 世纪 90 年代末台湾作家蔡智恒的《第一次的亲密接触》，小说以新奇的网恋题材与纯情叙事拉开了网络言情小说的序幕。之后以“榕树下”为阵地，安妮宝贝等本土言情小说作者横空出世。明晓溪、辛夷坞、桐华、顾漫、匪我思存、九夜茴、天下归元、希行、吱吱等女性作家以晋江文学城、红袖添香、起点女生网等女性向文学网站为基地，将网络言情小说的创作与阅读推向高潮，网络言情小说呈井喷之势。

尽管网络言情小说在与其他网络小说类型的融合中不断更新，却也在继承传统言情小说遗产的基础上结合网络文学自身特点形成了一套相对稳定的叙事模式与审美风格。其主要特征如下：

1. 网络言情小说在人物设定上既延续了传统言情小说的“王子与灰姑娘”类型，又衍生出新型的“腹黑男与小白女”类型、“玛丽苏与杰克苏”类型等。“王子与灰姑娘”模式如明晓溪的《泡沫之夏》等，“王子”对“灰姑娘”情有独钟。“王子与灰姑娘”阶层的差异一方面可以增加叙事的曲折性，另一方面可以强化爱情的纯粹性与崇高性，传达创作者自身与读者对浪漫唯美爱情的追求。“腹黑男与小白女”类型的言情小说中往往男主腹黑高冷霸道却又深情，女主傻白呆萌纯甜，地位的差异与性格的互补既增强了戏剧冲突，又产生了幽默的喜剧效果。“玛丽苏”泛指过度理想与完美的女性角色，这类女性角色往往出身平凡却相貌出众，单纯善良且广受追捧。玛丽苏文的女主人公往往独立自主，然而这种独立自主却是以能配上有才、多金而专情的男主人公服务的。优异男性的宠溺是女性爱情幸福与人生圆满的源泉。这种无限夸大女性魅力的叙事迎合的是女性潜意识里渴望被重视、被宠爱、被追逐的深层欲望。“所谓玛丽苏模式的本质就是写作者白日梦的替身，其广受追捧更是受众自我想象、欲望膨胀的产物。而这种超级完美玛丽苏女主的流行，其呈现出来的不是现代社会女性自尊、自强、独立自主的明确主体意识，恰恰相反，它是对现代价值中个性解放、个人奋斗以及两性关系中平等自由观念的丢弃和丧失。”①

区别上述自恋式的“男追女”的典型模式，少量网络言情小说采用“女追男”模式，如顾漫的《何以笙箫默》、桐华的《被时光掩埋的秘密》、墨宝非宝的《蜜汁炖鱿鱼》等。或者即使不是“女追男”也是双方情投意合模式，没有扭捏被动，也没有道德负累，体现出女性的自尊自信。“女追男”的叙事模式一方面反映了部分作者与读者对套路化写作的抵抗，另一方面彰显了女性意识的初步觉醒。“长久以来形成的传统言情小说的读者期待视野——强调女性的从属地位，信奉男性权力，渴望男性救赎——正日渐被女性读者警惕及反思。”②女尊类言情小说的崛起将女性主导的爱情推向极端。早期的言情女尊文往往采用一女多男的叙事模式，不同类型的男性围绕在女主人公周围，满足了女性不同层面的爱情心理需求与期待，体现了女性作者与读者代偿式的“自恋”情结。后期的言情女尊文逐渐将非理性的情感宣泄沉淀为理性的爱情思考，专注讲述一女一男的爱情故事。“女尊文从一对多的言情模式转向一对一，实际上是一个从外部开拓走向内部收敛，由向外宣泄情绪以转移生活焦虑，更深入地转向内在的自我审视和自我对话以进行自我疗愈的过程。”③女尊类言情小说体现的是作者与读者的情感宣泄与心理补偿。

2. 网络言情小说在叙事视角上倾向于采用第一人称女主角视角，女性代入感强，即使不采用第一人称叙事，也采用第三人称女性内聚焦叙事视角。匪我思存的《千山暮雪》与《东宫》分别采用女主角童雪与小枫的第一人称“我”的视角。这种叙事视角的长处在于以亲历者的身份细腻真实地反映女性的心理欲望与情感体验，同时在一定程度上是对女性意识的彰显。第三人称女性内聚焦叙事视角往往围绕女性主人公的经历与活动，细腻真实地呈现女主人公爱情故事的心理历程。顾漫的《杉杉来吃》中叙述者的角色与女主人公薛杉杉的角色融为一体，是一种典型的第三人称体验式叙事。无论是女性第一人称视角还是第三人称内聚焦视角，都易于使女性读者产生强烈的代入感与心理认同。

3. 网络言情小说审美风格多样，大体可分为“暖文”“甜文”与“虐文”等。“暖文”与“甜文”营造现实中难以实现的爱情幻梦，给予读者强烈的欲求满足与精神愉悦。这类言情小说线索简单，人物单纯，阅读体验轻松明快，顾漫、八月长安等擅长此类清新暖文。“虐文”沟通的是读者的现实缺失感，引发

① 金赫楠：《在作者、读者和编辑的合力中生长——网络言情小说漫谈》，《博览群书》2015 年第 11 期。

② 詹敏、杜小烨：《试论网络言情小说的美学特征》，《暨南学报》（哲学社会科学版）2010 年第 4 期。

③ 王光东、常方舟编：《网络小说类型专题研究》，东方出版中心 2019 年版，第 141 页。

读者的共鸣。它运用各种巧合误会制造冲突，在冲突中塑造人物性格，丰富情节结构。桐华、匪我思存等擅长虐文。匪我思存的悲情小说受古典小说《红楼梦》的影响："我小时候很喜欢《红楼梦》，非常喜欢。到如今没有任何一本书，可以超越它在我心里的地位。《红楼梦》整个的氛围和文学构架，对我形成了深远的影响。所以我基本认为世事无常，最后都是白茫茫一片真干净。所以写小说的时候，我会不自觉地向这个中心靠拢，并没有刻意去写悲情或者虐恋。"①

4. 网络言情小说根据不同类型采用差异化的语言风格。网络古代言情小说一方面突出历史细节，丰富人们对历史的想象；另一方面汲取中国传统文化精华，大量引用古典诗词增强古典文化气息。《甄嬛传》的"甄嬛体"源于对《红楼梦》语言风格的效仿。网络都市言情小说在传承传统言情小说特征的同时又受到青年亚文化、后现代主义的影响。后现代手法如拼贴叙事手法的运用，网络段子、流行歌词的借用与化用等增强了小说新鲜活泼的阅读体验。青春校园类言情小说具有小白文的特点，叙述语言温馨直白，人物语言活泼俏皮、诙谐戏谑。

5. 网络言情小说的网络化传播方式给其带来了一定的问题与发展瓶颈。网络平台的虚拟性与匿名性助长了欲望化叙事，网络言情小说中"清水文"与"肉文"的提法正是欲望化叙事的表征。夸张而露骨的"肉文"式的描写往往忽视了欲望背后的情感因素与精神因素，停留于满足读者的欲望宣泄层面。"肉文"类的言情小说消解了传统言情小说的情感至上与道德宣教功能，解构了言情小说自身。另外，网络的传播方式加之作者生活经验的贫弱与想象力的匮乏，叙事的自我重复、融梗、同质化甚至跟风、抄袭等现象层出不穷。唐七公子的《三生三世十里桃花》、Fresh 果果的《仙侠奇缘之花千骨》与流潋紫的《甄嬛传》等作品皆涉嫌抄袭。

二、网络言情小说主要类型

网络言情小说的类型多且杂。网络言情小说的王牌网站晋江文学城将言情小说分为"古代言情""都市青春""幻想现言""古代穿越""奇幻言情""未来游戏悬疑""二次元言情""衍生言情"等各种门类。按照题材与风格的差异，网络言情小说大体可分为古代言情与现代言情。除了一般的古代言情，古代穿越言情也是古代言情小说的一个重要组成部分。现代言情小说可以粗略分为校园青春言情类与都市言情类。都市言情类还可细分为总裁类、世情类与高干类

① 匪我思存：《不能单纯的用对与错去评判这个世界》，新浪读书网，2009 年 7 月 17 日。

等。由于网络言情小说分类标准的不确定性，一些分类存在明显交叉，没有严格的界限。

（一）古代言情小说

网络古代言情小说是以互联网为载体，以某个正史朝代或虚拟架空朝代为叙事背景，在陌生化的环境中营造逼真的历史场景与真实丰满的人物，以相对完整的故事情节叙述爱情纠葛，传达作者爱情理念并与受众进行互动的网络类型小说。除了一般意义上的古代言情小说，我们还将影响较大、受众较多的“穿越文”与“后宫文”中的穿越言情小说和后宫言情小说纳入考察的范畴。

网络古代言情小说具有古典美学意蕴，一些古代言情小说直接以“同人文”的形式向《红楼梦》等经典小说致敬，形成了红楼同人文现象。另外还有一些作品对古典言情小说进行仿写，在故事框架、人物设定、环境设置、意境营造等方面进行借鉴，语言也采用典雅的文白夹杂，引用或化用古典诗词的形式。古代言情小说代表性的作品有匪我思存的《寂寞空庭春欲晚》《东宫》，“燃情天后”桐华的《大漠谣》《云中歌》《曾许诺》等。这些作品或以真实的历史朝代以及为大众熟识的历史人物为原型，叙事历史人物的爱情纠葛，增强历史的厚重感与传奇性；或虚构一个架空或幻想世界，合理设置情节与人物冲突，调动读者情绪，增强代入感，如 Fresh 果果的古代仙侠言情文《仙侠奇缘之花千骨》、唐七公子的《三生三世十里桃花》等。网络古代言情小说相较于古典言情小说，在现代精神、女性主体意识与西方现代、后现代艺术手法的借鉴等方面做出了尝试与改变。现代精神如自我反抗意识、平等意识等在古言小说中进一步强化，女性的欲望情感与主体精神追求进一步凸显，拼贴、戏仿、无厘头等后现代手法凸显了网络古代言情小说的网络特质。

女性向穿越小说以女性为主人公，其创作者几乎都是女性，这类作品在一定程度上可以看作是披着穿越外衣的言情小说。不过由于主人公的现代智慧和现代意识与古代历史环境的碰撞，小说具有区别于普通古代言情小说的审美趣味。2004 年，金子的《梦回大清》在晋江文学城连载，奠定了穿越言情小说的里程碑；《步步惊心》《鸾：我的前半生，我的后半生》《瑶华》《独步天下》《11 处特工皇妃》等紧随其后，以女性亲历者的视角讲述了现代女主人公穿越到古代或架空世界参与历史进程，并与著名历史人物发生缠绵悱恻的爱恋的故事。“现代”人对历史的了解以及“现代”的生活经验成为女主人公的金手指，赋予原本平凡的女主人公以独特的智慧与魅力，从而能赢得众多优秀男性的瞩目。

穿越言情小说对女性传奇爱情的叙述在一定程度上是对现代女性平淡感情境遇的补偿，使读者在阅读过程中产生想象性的替代满足。穿越言情小说《绾青丝》的主人公叶海华在穿越世界中寻求的爱情归宿在一定程度上是对现实生活中爱情创伤的纾解与补偿。值得注意的是，穿越小说发展到关心则乱的《海棠依旧：知否？知否？应是绿肥红瘦》等“种田文”后，其叙事重心发生了改变。小说尽管写了穿越女盛明兰的爱情抉择，但笔墨重心却放在其“庶女法则”上，侧重写女主人公忍辱负重依靠个人奋斗完美逆袭。

现代意识和传统文化的碰撞在穿越言情小说中表现得尤为突出。现代女性的独立自主意识与传统社会对女性的规范与束缚的矛盾，现代婚姻观念与传统婚姻制度的冲突等成为穿越言情小说的突出主题。一些大女主文如潇湘冬儿的《11处特工皇妃》、希行的《诛砂》《君九龄》等，穿越女主人公反抗两性的不平等，寻求自我意识与自我尊严，张扬女性自身价值。但是更多穿越言情小说的女性主人公的现代意识与现代智慧往往成为赢得更为强大的男性的手段，是为女性主人公美满爱情归宿服务的。穿越言情小说中的女性终究没能赎回自身。

后宫类言情小说往往与宫斗剧互相促进，有些是根据网络小说改编成电视剧，有些是根据电视剧改写成网络小说，如笑脸猫的《延禧攻略》。后宫言情小说女主人公适应环境走向成长与成熟，其成长的过程，也是丧失的过程。女主人公往往以丧失纯洁善良的道德品性，舍弃爱情、友情与亲情为代价，爬上权力的巅峰，然而其成就背后却深藏落寞与孤独。流潋紫在《甄嬛传》中流露出辩证的批判意识，书写女主人公掌握了权力却没有获得喜悦与幸福的悲剧。后宫言情小说一定程度上是现代人“权力的代价”的现实生存焦虑的折射。后宫权谋的动机表面是指向“爱情”，因为被宠而遭受嫉恨与陷害，因为得宠而逢凶化吉，因为失宠而举步维艰。这里的宠爱与其说是爱情，不如说指向权力，本质上是指向生存竞争与权力争夺。“‘宫斗’和‘宅斗’的封闭性和惨烈性把现代白领们的生存危机提高到生命危机，生存需要降至安全需要，活命尚且不易，何谈爱情？至此，‘穿越小说’真正形成了其‘反言情的言情模式’，虽然不谈爱情，却釜底抽薪地缓解了爱情的焦虑。”①

（二）现代言情小说

如果说古代言情小说是在一个虚构的时空背景中展开叙述，那么现代言情小说则直面当下时代与社会，从不同侧面反映女性在当下社会的情感欲望，折射大众的婚恋伦理与性别秩序问题。

现代言情小说可以粗略分为青春校园言情类与都市言情类。都市言情类还

---

① 邵燕君：《在“异托邦”里建构“个人另类选择”幻象空间——网络文学的意识形态功能之一种》，《文艺研究》2012年第4期。

可根据阅读接受度与流行度细分为“总裁文”“世情文”与“高干文”等类型。

网络青春校园小说大都描写学生时代的恋爱故事，聚焦青春体验、成长感受、怀旧记忆，代表作有明晓溪《泡泡之夏》、辛夷坞《致我们终将逝去的青春》、施定柔《沥川往事》、顾漫《微微一笑很倾城》、八月长安“振华三部曲”《你好，旧时光》《最好的我们》《暗恋·橘生淮南》、九夜茴《匆匆那年》、缪娟《翻译官》等。网络青春校园小说叙事线索一般遵循青梅竹马、相恋、误会分离、相逢再度相爱的模式。由于青春校园爱情较多源自内心真实的情感体验，较少受到社会功利因素的影响，因此这类小说与传统言情小说一脉相承，强化童话般爱情的温暖、美好与浪漫的特质。

网络都市言情小说指以都市青年男女的情爱故事为叙事中心，兼及都市人情世态的网络文学作品。《金瓶梅》、《红楼梦》、鸳鸯蝴蝶派小说、张恨水的社会言情小说、港台言情小说等都为网络都市言情小说的孕育提供了丰厚的营养。网络都市言情小说自 1998 年蔡智恒的《第一次的亲密接触》发表于网络正式崛起，后来安妮宝贝、宁财神、慕容雪村等进一步推动了网络都市言情小说的发展。他们或以小资情调见长，或表达网络社交对爱情的影响或以都市言情关注社会人生，开创了网络都市言情小说的叙事范例。随着网络文学网站的迅猛发展以及网络文学类型化的形成，晋江文学城、红袖添香等网站崛起了一批专业化的网络都市言情写手并开创了具有一定区分度的网络都市言情小说流派。如匪我思存的“虐恋”小说、丁墨的侦探言情等。2010 年前后，更为年轻的网络都市言情小说作家崛起，如叶非夜、姜小牙等。网络都市言情小说代表性的类型有“总裁文”“高干文”以及言情与其他类型的交叉类型等。

总裁文是现代都市版的“王子与灰姑娘”的言情小说，男主人公一般身世显赫，多金酷帅，高冷自恋腹黑，女主人公往往出身平凡，姿色中等，头脑单纯，却因各种机缘与男主人公相识并获得垂青与呵护。除了直接冠以“总裁”之名的各种情节俗套的总裁文，不少都市言情小说也吸收了总裁文的叙事模式与叙事元素。如顾漫的《何以笙箫默》奠定了霸道总裁文的基本模式，《杉杉来吃》更是集中叙述了大 BOSS 封腾与小职员傻白甜薛杉杉之间的甜宠爱恋。总裁文在某种程度上折射出消费文化背景下女性创作者和读者对于金钱与地位的崇拜以及女性对美好爱情的幻想。

与总裁文相对应的是高干文，讲述平凡女子与高干子弟的爱情故事。匪我思存的《佳期如梦》、缪娟的《翻译官》、梅子黄时雨的《人生若只初相见》等是典型的高干文。这类小说强调男主人公家庭背景所赋予的种种特权以及特权所带来的能力与魅力，迎合读者对特权的艳羡与崇拜心理。但另一方面，匪我思存等的高干文却多以悲剧结尾，这就使得高干文区别于“王子与灰姑娘”的爱情童话，表现出一定的社会批判意识与理性思考。爱情与权力所引发的纠葛纷争使得情节跌宕起伏，扣人心弦。同时，商场风云、官场争斗以及广泛的社会生活的融入也增强了作品的表现广度与内容的丰富性。应当指出的是，从性别维度来看，无论是总裁文还是高干文，其创作者和读者多自觉地遵守传统男权主义的价值观，臣服于男性的权威，缺乏自身独立意识与自我价值的认同感。

一些作者在言情小说的基础上进行开拓，将言情与社会世情、言情与侦探、言情与仙侠、言情与科幻、言情与电竞等进行杂糅，衍生出一些新的言情小说类型。阿耐的《欢乐颂》、唐欣恬的《女金融师的次贷爱情》《裸婚——80后的新结婚时代》等在言情文的基础上折射都市的阶层分野，聚焦都市女性的情感与婚姻生活，反映出社会生活的复杂性。以丁墨为代表的言情悬疑文《如果蜗牛有爱情》《他来了，请闭眼》《你和我的倾城时光》等将取材于现实的案件侦破与男女主人公的爱情发展并线叙事，案件破解时感情也获得圆满。此类言情悬疑小说一方面沿袭了传统言情小说“男强女弱”的甜宠模式与大团圆结局，另一方面表现了强烈的社会关切精神与人性关怀。

三、网络言情小说主要作家作品

（一）安妮宝贝《告别薇安》

安妮宝贝，原名励婕，浙江宁波人。1998年于“榕树下”开始文学创作。2000年出版首部短篇小说集《告别薇安》，收录《告别薇安》《七月与安生》等作品。同年告别网络，此后纸质出版《八月未央》《彼岸花》《莲花》《春宴》等。安妮宝贝擅长书写都市背景下女性的漂泊流浪主题，表现女性孤独、绝望的内心体验与隐秘的情感世界。充斥着物质符号与欲望气息的都市背景，渴望爱情却又怯懦逃离的异化人格，浓郁的小资情调与诗化唯美的文风使得安妮宝贝在早期的网络言情小说中独树一帜。

（二）阿耐《欢乐颂》

阿耐，浙江宁波人，职业经纪人，财经作家，出版作品有《大江东去》《回家》《欢乐颂》《都挺好》等。阿耐的《欢乐颂》以居住在繁华都市中档小区“欢乐颂”22楼五个不同出身、不同职业、不同性格与价值观念的女孩子的家庭、事业、生活、友情、爱情为线索展开叙事，折射出当下断裂时期社会形形色色的众生相，将因阶层区隔、背景差异所引发的命运的分野、性格的搏杀、人性的异变展示得淋漓尽致，体现了言情小说与都市社会小说的融合。《欢乐颂》中的五个女主人公经过职场的磨炼、爱情的洗礼与友情的浸润，在性格、情感追求、价值观念等层面都发生了一定的变化，体现出都市女性的成长主题。阿耐的作品超越了网络言情小说的单一模式，在言情中赋予作品多重内涵。

（三）顾漫《何以笙箫默》

顾漫，江苏宜兴人，晋江文学城的驻站作家。2003 年开始在晋江文学城连载《何以笙箫默》一举成名，其他作品还有《微微一笑很倾城》《杉杉来吃》《骄阳似我》等。《何以笙箫默》中父仇、误会、结婚等矛盾纠葛并没有成为何以琛、赵默笙感情路途中的绊脚石，七年的分离反而使他们更加坦诚地面对对方的感情，更懂得珍惜，“向来缘浅，奈何情深”。《微微一笑很倾城》将网络游戏与言情相结合，才子佳人式的恋爱模式，高度纯化的青春爱恋以及幽默温暖的文字使得小说收获了众多读者。《杉杉来吃》借鉴了总裁文的模式，却没有家族仇恨与勾心斗角，只有杉杉简单的生活和封腾对杉杉的宠爱。三部小说的男主人公的共性特点是外表清俊雅致，风采绝佳，气质傲慢疏离，事业成功，对女主人公护短、宠溺，对感情认真而执着。这些特征满足了女性读者对于完美爱情的憧憬与想象。顾漫的甜蜜三部曲体现了甜蜜与浪漫的童话特征，风格温馨，语言幽默风趣。

（四）辛夷坞《致我们终将逝去的青春》

辛夷坞，原名蒋春玲，广西人。2007 年出版现代言情小说《致我们终将逝去的青春》，开创“暖伤青春”系列言情小说，另有《原来你还在这里》《山月不知心底事》《许我向你看》《我在回忆里等你》《应许之日》《我们》等。辛夷坞作品的主人公往往从懵懂青春始，经历一系列的坎坷、迷茫、痛苦、禁忌后，在残缺的青春躯壳中破茧重生，重新确证爱情的价值与生命的意义。《致我们终将逝去的青春》以女主人公郑微与陈孝正、林静的两段感情为线索，融入大学时代的校园生活与职场境遇，呈现爱情从纯真走向成熟圆满的过程，体现“伤痛之处另有温暖”的“暖伤”风格。辛夷坞早期体验式的青春书写能够引发读者自身的青春体悟与共鸣，后期作品则不可避免地具有模式化、商业化与媚俗化的特点。

（五）丁墨的“悬爱三部曲”

丁墨，湖南人，毕业于北京大学，曾是晋江文学城驻站作家，后签约创世中文网。其作品擅长在言情中融入探案、推理、悬疑等元素，形成了独具特色的甜宠悬爱小说。她的悬爱言情三部曲《他来了，请闭眼》《美人为馅》《如果蜗牛有爱情》借鉴了TVB侦探剧模式，身处公安系统的男女主人公破获一个或多个案件，在探案过程中男女主人公的爱情也从试探、升温到确认与成熟，爱情线与事业线相辅相成。丁墨的小说既有悬疑文的刺激，又突出“男强女弱”的甜宠元素。尽管女主人公都被赋予独立自主的个性特征，但探案过程中一般由男主把握案件破解节奏，女主在男主的关注、引导下逐步成长，关键时刻男主的英雄救美促成感情的成熟，此后，“忠犬”型男主人公对女主人公无比宠溺。由于丁墨探案言情文中的案件往往取材于现实生活中真实发生过的案件，现实感强，与此同时她关注犯罪心理，从心理角度呈现对人性的透视与观照，丰富了网络言情小说的内涵。文风的诙谐幽默也是丁墨的悬爱小说区别于传统意义上的侦探悬疑小说的一大因素。

（六）桐华的“大汉情缘”

桐华，原名任海燕，陕西人。2005年，桐华开始在晋江文学城连载长篇清穿宫廷小说《步步惊心》，一举成名，后又相继出版《大漠谣》《云中歌》《曾许诺》《长相思》等古代言情小说以及《被时光掩埋的秘密》《那些回不去的年少时光》《半暖时光》等现代爱情小说，被读者封为“燃情天后”。《步步惊心》以穿越文的形式写现代人张小文穿越到清朝成为马尔泰·若曦与众阿哥之间的情感纠葛，在一波三折的情感书写中穿插政治权谋斗争，凸显女性在情感与政治层面无法把握自身命运的悲凉之感。“大汉情缘”三部曲已出版《大漠谣》与《云中歌》两部。《大漠谣》以汉代为背景，书写大漠狼女金玉因政变出走大漠，后与性格迥异的大汉将军霍去病及儒商孟九的三角情缘。《大漠谣》采用第一人称叙事视角，多有心理描写穿插呈现人物内心情感纠葛，凸显人物性格。《云中歌》延续《大漠谣》的故事背景，讲述霍去病和金玉的女儿霍云歌与汉昭帝刘弗陵及才子孟珏的爱情故事。《大漠谣》和《云中歌》同样将情感纠葛与政治权谋斗争结合，丰富了小说的内涵与审美维度。

一、思考研习

1. 张恨水的社会言情小说有什么特点？
2. 如何评价琼瑶的言情小说？
3. 试分析网络言情小说的叙事模式。

二、阅读延伸

1. 徐枕亚《玉梨魂》
2. 张恨水《啼笑因缘》
3. 无名氏《塔里的女人》
4. 琼瑶《在水一方》
5. 亦舒《我的前半生》
6. 王海鸰《中国式离婚》
7. 辛夷坞《致我们终将逝去的青春》

三、扫码听讲

第四章　中国现当代武侠小说与网络玄幻小说

第一节　中国现代武侠小说

一、中国现代武侠小说发展概述

中国现代武侠小说上承清代侠义公案小说，下启港台新武侠小说，在武侠小说史乃至现代文学史上具有重要地位。但现代武侠小说并非清代侠义公案小说的余续，而是在近代以来我国屡挫于西方列强，期望继承和弘扬中华民族的尚武任侠精神，在抵御外侮中重振民族雄风，在文化反思中重建民族自尊和自信，积极探求新民强国之路的背景下产生的。中国现代武侠小说的发展繁荣，与清末民初政治背景下的社会文化思潮和大众文化传播媒介的推动密切相关。

在 1894 年的甲午战争中，中国败于日本。一个自视为上国的老大帝国竟然败于一个蕞尔小国，中国自朝廷到百姓都极为痛心。随之而来的世界帝国主义列强开始深入中国内地经商、传教，激起了老百姓的反感和义愤，1897 年到 1899 年山东等地爆发了义和团运动。义和团是老百姓反感外来侵略者而实行自保、自卫的民间团体，他们的对外反抗意识被朝廷所利用，最后却被朝廷联合外来势力所剿灭。义和团运动具有反帝爱国的历史进步意义，也充满盲动和愚昧的行为，烧教堂、杀教民、扒铁路，反对一切与洋有关的事务。那些自称刀枪不入的拳民既自欺，也欺人。义和团运动的价值和意义，历史已有评价。义和团运动具有民间性、侠义性和技击性，是中国秘密社团的一次展现，是中国武术技击的一次普及，更是中国民间尚武精神的一次激发。

义和团运动激活的是民间尚武的火种，与此相应，当这种尚武的火种在理论界被点燃起来时，焕发为一种尚武精神。1897 年，章炳麟在《实学报》发表《儒侠》；1897 年，沈乎在《知新报》发表《侠会章程》；1902 年，马叙伦在《新世界学报》发表《原侠》；1902年，蔡锷在《新民丛报》发表《军国民篇》等。这些文章都将民力与国力相结合，对中国的侠义思想加以推崇。点燃这股理论之火最得力者当属梁启超。1902年，他在《新民丛报》上连载《新民说》，而《论尚武》被列为专节；1904年，他又撰写《中国之武士道》，专门阐发尚武思想，倡导尚武精神。

在民族情绪和革命思潮的涌动下，尚武精神作为一种社会思潮在清末民初流行起来。一些革命志士以侠客自许，如秋瑾自称为“鉴湖女侠”。尚武作为一种群众运动也在清末民初获得普及，其中标志性的事件是1910年6月在上海成立的“精武体操会”，延请霍元甲为总教练；1916年改名为“精武体育会”；1919年，精武体育会在成立十周年之际，出版纪念册《精武本纪》，孙中山为之作序，并题词“尚武精神”。清代民间社会一直有很多秘密团体，如天地会、哥老会等，但它们只能称作“帮会”。孙中山于1894年11月24日成立兴中会后，即与这些秘密团体联络。由于反清的宗旨一致，并讲究江湖规矩，尚武任侠，这些秘密团体开始与孙中山的兴中会结合起事。1903年，孙中山正式加入洪门致公堂。致公堂等洪门兄弟们也积极参加了孙中山、黄兴等革命党人发动和领导的多次武装起义。

在现代民族国家危难日益深重的背景下，出于一种民族自尊心和保国保种的时代需要，中国的侠文化和武功技击被大大激发，作为尚武精神和中华国术的象征与载体，获得新的生机与活力。1928年，“中央国术馆体育传习所”在南京成立，又称中央国术馆。该馆专门设置了“少林门”和“武当门”，首任负责人分别是“神力王”王子平和形意拳大师高振东，教授学员少林拳、八极拳、劈挂拳、查拳、弹腿、八卦掌、形意拳、太极拳等，后来又为部队训练士兵。该馆一直开到1948年，对于弘扬尚武精神、鼓舞民族士气起到了应有的积极作用。

中国现代武侠小说创作走向繁荣的另一个重要因素是大众文化传播媒介的推动。机械印刷自19世纪末进入中国，对中国大众文化的传播具有重要意义。随着国内对尚武精神的推崇和将武功技击奉为“国学”，一批武功技击的书籍被印刷出来，这为形体性要求极高的武功技击提供了普及推广的机会。1911年，朱鸿寿的《拳艺学初步》出版，成为一部较早的中国武功技击图书。1912年后，武功技击书籍在当时出版界掀起了一股热潮。1917年前后，出现了腾学琴的《女子拳法》、陆师通的《北拳汇编》、姚蟾伯的《潭腿》、王怀琪的《易筋经十二势图说》、向逵的《拳术》、王怀琪和吴志青的《双人潭腿图说》等。此时新式学堂开始普及，很多学校将武功技击作为一种体育项目纳入教学，一些有关武功技击的教科书也随之出现，如《实验拳法讲义》《剑术基本教练法》等。这些武功技击书籍，对著作者来讲是一种专业，对出版商来说是盈利的手段，对读者来讲是一种普及，对武侠小说创作来说就是秘籍。

作为大众文化传播和推广的重要媒介之一，电影对现代武侠小说创作的推动同样功不可没。1928 年 5 月 13 日，根据向恺然《江湖奇侠传》改编的电影《火烧红莲寺》刚上映就引起了轰动。电影《火烧红莲寺》的轰动效应不仅给中国电影带来武侠片的热潮，也有效推动了武侠小说创作和传播，拓展了武侠小说的想象空间。但在中国现代武侠小说创作走向繁荣发展的同时，其商业化色彩也越来越浓厚。

清末民初，一股武侠笔记小说创作之风在文坛兴起，它起源于 1908 年出版的林纾的《技击余闻》。[①]林纾创作《技击余闻》后，钱基博、雪岑、朱鸿寿、江山渊、顾明道、山宗、金惕夫等人继续创作技击类笔记小说，总量达数百篇之多，侠义精神、草莽英雄、传奇色彩是这些技击类笔记小说的鲜明特点，这些作品曾在当时文坛上刮起了一股“技击旋风”。

民初之际，武侠小说创作量最大的是陆士谔。陆士谔最早的武侠小说是 1912 年出版的《雍正剑侠奇案》，他最密集的创作期是 1917 年创作《八大剑仙》到 1922 年创作《血滴子》，陆续延续到 1931 年。他的武侠小说达 24 部，主要包括两大系列：第一系列为《八大剑仙》《血滴子》《七剑八侠》《七剑三奇》《小剑侠》等；第二系列为《红侠》《黑侠》《白侠》《三剑客》等。陆士谔的武侠小说蕴含反清复明、除暴安良、扶弱济贫等非常明确的侠义观念，侠客的武功也很清晰，侠客人物基本上包含八大剑侠和三剑客，他们的武功以剑术为宗、气功为辅。小说结构也较单一，围绕着故事设定的目标步步推进，情节没有什么特别之处，有些故事情节存在重复现象。可以说，单纯和清晰是陆士谔武侠小说的总体特点。此时，值得关注的武侠小说还有叶楚伧的《蒙边鸣筑记》。这部小说 1915 年在《小说大观》上连载，目录标注为“爱国小说”，杂志连载时标注为“侠情小说”。根据小说内容来看，可称之为具有爱国意识的侠情小说。该小说写的是江南生和侠女李朝阳（朝鲜人）在铁鹞王的帮助下捉拿日本间谍平小川（原名濑川平次）和田小吉（原名吉田）的故事，这是小说的主线，具有很强的爱国主义意识。平小川之父曾经想霸占李朝阳，杀死了李父。李朝阳为父报仇杀了平小川之父，母女躲至蒙边细柳林，却不想被来此地侦情的平小川得知。平小川欲为父报仇，李朝阳在江南生和铁鹞王的帮助下，杀了平小川，江南生和李朝阳喜结姻缘。小说充满侠情。

---

① 根据林薇考证，林纾的《技击余闻》最初的出版时间是 1908 年。见林薇：《林纾自撰的武侠小说——〈技击余闻〉最早版本辨正》，《新文学史料》1999 年第 3 期。

从20世纪初至20世纪40年代末，中国武侠小说作家多达一百七十余位，出版武侠小说千余部。最早被标为“武侠小说”的作品，是林纾1915年12月在《小说大观》发表的文言短篇小说《傅眉史》。该小说开了民国武侠小说的先声，但并非严格意义上的武侠小说。只有到了20年代，向恺然和赵焕亭的出现，才使武侠小说具有了现代性品质，中国现代武侠小说开启了历史的进程。

1923年，平江不肖生（向恺然）的《江湖奇侠传》掀起了中国现代文学史上的第一波武侠热，揭开了民国武侠小说大繁荣的序幕。经过发展，逐渐形成了以上海为中心的“南派”和以京津为中心的“北派”两大基本流派，武侠小说创作呈现为“南向北赵”竞相发展、共存并荣的格局。向即向恺然，赵即赵焕亭，他们成为民国武侠小说南北两派的代表人物。

1. 南派武侠小说。南派武侠小说真正走向繁荣的标志是1923年平江不肖生的《江湖奇侠传》和《近代侠义英雄传》的相继问世。《江湖奇侠传》写的是“江湖世界”,《近代侠义英雄传》写的是“侠义英雄”，共同掀起了现代武侠小说创作的热潮。平江不肖生之后，姚民哀、顾明道和文公直渐次登场，他们以各自的特色，共同构成了南派武侠小说繁荣发展的局面。

2. 北派武侠小说。北派武侠小说最早的代表作家是赵焕亭，他创作的《奇侠精忠全传》被认为是开了北派武侠小说创作的先河。到了1932年，还珠楼主的长篇武侠小说《蜀山剑侠传》横空出世，揭开了民国武侠小说第二波热潮的序幕。40年代，武侠小说达到了一个辉煌的巅峰，民国武侠小说发展进入成熟阶段，成熟的武侠小说大家和长篇巨著带动了整个“武侠热”。这一时期，不但真正形成了现代意义上的中国武侠小说，而且在北京、天津一带先后出现了“北派五大家”，分别是“奇幻仙侠派”还珠楼主、“悲剧侠情派”王度庐、“社会反讽派”白羽、“帮会技击派”郑证因、“奇情推理派”朱贞木。他们和赵焕亭（被誉为“风俗人情派”）一起，为民国武侠小说地图的绘制贡献了独特的“北派”景观。

二、中国现代武侠小说主要作家作品

（一）平江不肖生《江湖奇侠传》

平江不肖生（1890—1957），本名向恺然，原名泰阶，又名逵，字恺元，笔名不肖生。湖南平江人，故署平江不肖生，是民国武侠小说的奠基人。

1922年，平江不肖生应上海世界书局之约，开始专心从事武侠小说创作。

他的成名作《江湖奇侠传》1923 年 1 月在《红杂志》（上海世界书局创办）第 22 期上开始连载。1924 年 7 月，《红杂志》出满 100 期，改名为《红玫瑰》，继续连载。全书共 160 回，前 106 回为平江不肖生撰写，由于中途回湘，从第 107 回开始由《红玫瑰》编者赵苕狂以“走肖生”的笔名续写完毕。

《江湖奇侠传》是中国第一部叙写江湖帮派门户之争的现代长篇武侠小说。它以湖南平江、浏阳两地农民因争夺交界地赵家坪之归属问题引起械斗为主线，带出昆仑派、崆峒派之间剑侠争雄的故事。

小说的江湖味很浓，把武侠世界和民间社会相结合，融入许多湖南的乡风民俗、民间传说以及乡间野史，如湘阴、长沙的调龙灯，以叫化背米袋多少来划分等级的习俗，清末四大奇案之一“张汶祥刺马”和民间传说“火烧红莲寺”等，从而使故事情节离奇曲折、生动有趣。小说先写柳迟的传奇身世，他出生奇特，长大后又喜欢与乞丐为伍，恰遇笑道人，牵出红姑等侠义人物。后来他拜金罗汉吕宣良为师，作者再把故事转移到向乐山身上，接着又转移到杨继新身上。就这样层层铺陈，使故事发展步步推进、环环相扣。作者善于把许多奇人奇事有机联系起来，使每个故事都有惊险和离奇之处，显得不枝不蔓，起伏有序。人物塑造个性鲜明，如柳迟深沉稳健、坚守信念，向乐山仗义勇为、豪气干云，陆小青有情有义，杨继新书生呆气。

《江湖奇侠传》将武侠小说加以神魔化。书中的武打场面大类神魔小说，有飞剑和法宝，存在不少玄乎的迷信描写。如崆峒派董禄堂与昆仑派吕宣良交手时，打出两颗金丹，用金光紧紧罩住吕宣良。而吕宣良则用双鹰破了他的魔法，那只大鹰衔去了董禄堂的左眼珠。最后吕宣良居然治好了董禄堂的瞎眼。还有蓝辛石月下钉妖精，邓法官死后诛树妖，均带有神魔小说的色彩。《江湖奇侠传》的武技设计，可分为七个方面：一是辟谷导气，防身拳术；二是降龙伏虎，役鬼驱神，即所谓学道的看家本领；三是法术类的呼风唤雨，倒海移山；四是奇门遁甲，诸般变化；五是飞剑杀人，吐气殪敌，所谓“一口剑，要练得倏长倏短，吐纳自如；一股气，要练得倏远倏近，神化无方”；六是驾云御风，烧鼎炼丹，即到了半仙的地步；七是养性修心，脱胎换骨……这些情节，除第一种还属于拳棒技击的武艺外，其余都属于具有神魔色彩的“怪力乱神”。但这在神魔小说中是完全允许的，因为它们本来就是一个超现实的想象中的“世界”。它们是为平生不肖生的“奇”字服务的[①]。从武侠小说的发展历史来看，《江湖奇侠传》里的武术技击，已经由棍棒拳术、赤身肉搏发展到呼风唤雨、吐气飞剑，武术拳师已变成神魔式的人物，幻想丰富，构思奇特。

① 参见范伯群：《中国现代通俗文学史》，北京大学出版社 2007 年版，第 295—296 页。

《江湖奇侠传》在叙写湖南平江、浏阳两地农民械斗和昆仑、崆峒两派剑侠争雄事件上，虽然故事情节起伏有序，但由于铺展的枝节过多，造成人物出场犹如跑龙套。比较起来，倒不如“张汶祥刺马”与“火烧红莲寺”这两个故事显得有头有尾、生动有趣而又错落有致。张汶祥曾拜无垢和尚为师，性格豪爽，武功高超，是四川一带私盐贩子的首领。与郑时、施星标结拜为兄弟，后来他们想金盆洗手，恰巧抓住知府马心仪，马心仪出于无奈与张汶祥结为兄弟。后来马心仪升官，张等三人前去投奔。施星标当了巡捕，郑时、张汶祥娶了柳氏姐妹为妻。不料，马心仪垂涎柳氏姐妹的美色，便动了非分之想。马心仪诱奸得手，又诛杀郑时。张汶祥发誓报仇，最终行刺成功。小说从第 65 回《思往事借宿入丛林，度中秋赏月逢冤鬼》引出红莲寺，到第 86 回《张义士刺马报冤仇，郑青天借宿拒奔女》卜巡抚下令焚烧红莲寺，成为电影《火烧红莲寺》的情节主干。火烧红莲寺的故事主要写陆小青发现寺中机关遇险，所幸被柳迟所救，卜巡抚也误入红莲寺，方知道貌岸然的智圆和尚原来无法无天，柳迟奉师父吕宣良之命破了这个案子，最后卜巡抚发令举火焚烧红莲寺。“火烧红莲寺”被改编成电影，由当时著名影星胡蝶主演，引起了强烈反响。就小说《江湖奇侠传》本身而言，它在当年所引起的轰动，今天的读者甚至都难以想象。茅盾指出：“1930 年，中国的‘武侠小说’盛极一时。自《江湖奇侠传》以下，摹仿因袭的武侠小说，少说也有百来种罢。”[①]徐文滢认为：“最著名的《江湖奇侠传》（即《火烧红莲寺》）几乎是妇孺皆知的，这广大的势力和影响可以叫努力了二十余年的新文艺气沮。”[②]从晚清到民初十余年间，中国通俗小说几经变化，公案小说和谴责小说的热潮逐渐降温，哀情小说持续不久已遭人嫌，此时平江不肖生将充满地域特色的乡风民俗、民间传说和乡间野史引入武侠创作，赋予侠客义士以独立人格和精神自由，张扬民族文化的刚强凌厉之气，使武侠小说取得了独立的品格，自然会给当时文坛吹入一股清新健进之风，其引起轰动效应实乃情理中事。

当然，《江湖奇侠传》也存在许多缺陷。从思想上看，充满了浓烈的“天命观”和“宿命论”色彩。小说继承了游侠剑仙在两界之间自由穿行的传统仙道文化心理，却时时以“命运”“缘法”“来历”“因果”为“奇”字助阵，来解释人物命运的发展逻辑。如小说中许多人物的命运展开以后，往往出现该死的不死、不该死的却死了的结局。对前者，平江不肖生解释道，此人“命不该绝”“死期未到”；对后者，则说因他“恶贯满盈”才丧命。诸如此类，显示了“人

① 沈雁冰：《封建的小市民文艺》，原载 1933 年 2 月《东方杂志》第 30 卷第 3 号。

② 徐文滢：《民国以来的章回小说》，原载 1941 年 12 月《万象》第 1 年第 6 期。

力”是徒劳的，只有天命才是唯一的动力。在艺术上，由于小说在连载中信马由缰，对作品的结构章法顾及不够，致使小说结构稍嫌散漫，有时为了交代某个人物的来历，就抛开正在发展的情节主线，写了大量的旁文，顾此失彼。

除了《江湖奇侠传》之外，平江不肖生还有一部武侠小说代表作，就是比较现实的武术技击小说《近代侠义英雄传》。1923 年 6 月，这部小说在上海世界书局创办的《侦探世界》创刊号上开始连载，发表时间几乎与《江湖奇侠传》同步。全书共 80 回，虽然不如前者知名，但实际上却比前者更完整，思想上更进步。《近代侠义英雄传》在史实传奇和武林轶闻的基础上为近代侠义英雄们树碑立传，以大刀王五和大侠霍元甲为线索人物，叙写了侠士王五与戊戌六君子之一谭嗣同之间肝胆相照的深情厚谊，以及霍元甲誓死捍卫民族尊严、以中华武术为国争光的光辉事迹。小说以诚挚深厚的爱国热情和充满浩然正气的民族大义为魂魄，塑造了气贯长虹、铁骨铮铮的一代侠义英雄的群像。侠义、爱国交相辉映，赋予了“侠”崭新的时代内涵。尤其在对霍元甲反帝却不盲目排外的行动的描写上，显得难能可贵，体现了一种进步的现代性思想。

综观平江不肖生的武侠小说创作，不论是《江湖奇侠传》还是《近代侠义英雄传》，都没能够形成完善的神魔武侠小说或技击武侠小说的风格形态。他毕竟是一位从晚清到民国过渡阶段的作家，对此不能苛求。可贵的是，他不仅会写武侠小说，而且精通武术、会武功，有着深厚的武学理论功底。他把武功分为“内家”和“外家”，也就是现在所说的“内功”和“外功”，强调“内功”的重要性，这在古代武侠小说中是没有的。他的许多武学理论思想被后世武侠小说所继承并发扬光大，堪称现代武学理论的开创者。平江不肖生在民国武侠小说史上属于奠基立业的先行者，真正为民国武侠小说立了门户，其功绩在于开一代风气，施泽于后人。正是《江湖奇侠传》引起的巨大轰动，才吸引了更多读者关注武侠小说，推动报刊经营者、图书出版商和电影制造者竞相搜求武侠小说，带来武侠文化市场的繁荣局面。后起的还珠楼主、白羽、郑证因、王度庐、朱贞木等“北派五大家”都是在这种风气之下，受报刊之约才开始从事武侠小说创作的。同时他们的作品或多或少都受过平江不肖生的影响。从这个意义上说，平江不肖生作为民国武侠小说的开山鼻祖，当之无愧。

（二）姚民哀与现代会党小说

姚民哀（1894—1938），原名朕，又名肖尧，字民哀，江苏常熟人。民国时期著名报人，南社成员。九岁就随父在江浙一带乡间流动演出，混迹江湖。早年参加光复会和中华革命党，辛亥革命爆发后，曾加入敢死队与清军作战。民国建立后，他一面重操说书旧业，一面编辑报刊并从事小说创作。

姚民哀善于将武侠和会党（帮会、党派）融为一体，形成风格独特的会党武侠小说，亦称现代会党小说。其武侠小说作品主要有《山东响马传》《四海群龙记》《箬帽山王》等，都充满了浓厚的江湖帮会色彩。

《山东响马传》是姚民哀1923年创作的第一部长篇武侠小说，取材于发生在山东临城（今枣庄市薛城区）的“孙美瑶临城劫车案”，这是当时震惊世界的大劫案。在这个震惊中外的民国第一案发生了3个月之后，姚民哀抓住时机在《侦探世界》上连载了以这次大劫案为背景的《山东响马传》。小说以车夫“赶脚史”口述抱犊崮匪部的内情作引线，为孙美瑶等绿林豪杰树碑立传，把他们写成罗宾汉一样的人物。《四海群龙记》以倒叙手法结构故事，讲的是清末镇江一位帮会首领姜伯先行侠仗义，喜好结交天下义士，颇有孟尝遗风。他曾留学东瀛，文武兼备。回国后痛见官场腐败、社会黑暗，于是毅然组织革命团体“三不社”，私蓄军火，招募志士，劫富济贫，惩恶扬善。后遭人暗算，被官府正法。他的朋友闵伟如联络四方帮会首领，齐心协力为姜伯先复仇。《箬帽山王》是《四海群龙记》的续编，小说另起炉灶，单独成篇，以“四海群龙队中的一条大龙”杨龙海为主角，写了这个“箬帽山王”组党的故事。

姚民哀的现代会党小说对帮会聚众、江湖内幕及江湖黑话与秘诀，写得栩栩如生、历历在目。书中的武打场面描写，虽然怪异却近乎真实，文笔冷隽流畅，可读性较强。他之所以会大大走红，主要在于他创造性地将武侠与会党两种题材结缘，加上他与革命党人曾有一段生死与共的历史，使得他的小说张扬着一种反抗意志和叛逆精神，因此，他的小说体现出一种关注民生、同情下层社会的民间立场。但其小说的武侠味不是很浓，对于帮会知识的某些细节描写如报流水账，给人以卖弄之嫌。

（三）顾明道《荒江女侠》

顾明道（1897—1944），原名景程，别署正谊斋主、石破天惊室主，又号虎头书生，江苏苏州人。顾明道的一生可谓才高、命蹇、情真、志坚。在做人上，他是一位正直、爱国的知识分子，“一·二八”事变后，他愤然创作了《国难家仇》《为谁牺牲》等抗争小说。在创作上，他受到平江不肖生等人的武侠小说影响，从1923年开始便在《侦探世界》上发表武侠小说。1929年，应《新闻报》副刊《快活林》主编，也是星社文友严独鹤之约，在《快活林》上连载长篇武侠小说《荒江女侠》，到1940年写毕。此作一经问世，便蜚声文坛。

《荒江女侠》是顾明道的代表作，共91回，120万字。在此之前，顾明道多创作言情小说，1922年出版的早期作品集《啼鹃录》中多为婚恋哀情题材。1929年后陆续发表的长篇悲情小说《美人碧血记》《红蚕织恨记》《哀鹣记》等，或取材于历史，或取材于现实，里面已经存在侠客的影子。顾明道是由言情小说而进入武侠小说创作的，这使《荒江女侠》具侠情相结合的特点，开了现代言情武侠小说之先河。

《荒江女侠》写女侠方玉琴为报父仇，上昆仑山拜师学艺，苦练武功剑术，艺成下山，在寻找仇人的过程中，得到从未谋面的同门师兄岳剑秋相助。两人一见钟情，从此二人形影相随，勠力同心，纵横江湖，行侠仗义，除暴安良，构成了“剑”胆“琴”心相偕联手、惩恶扬善的基本故事框架；中间铺叙男女侠客之间的误会磨合和武林流派之间的恩怨情仇，为写情创造了条件；又以反抗清廷统治为一大关节，使得故事情节更加多彩多姿；最后“剑”胆“琴”心良缘和鸣、昆仑峨眉弃嫌修好。小说采用了此前武侠小说从来没有的第一人称限定叙事，使得靠想象构成的武侠世界呈现出真实可信的审美风貌，这给后世武侠小说提供了可资借鉴的艺术资源。由于缺乏武术知识，作者在设计武打场面和技巧套路时，写得不够淋漓尽致。同时小说结构松散，多脂粉气。这些都是小说的缺陷。

（四）文公直与“碧血丹心”系列

文公直（1898—？），号萍水若翁，江西萍乡人。生于一个世家，其母博通经史，对他影响颇深。他自幼读经读史，打下了扎实的古学基础。十三岁离家北上，考入军校。军校毕业后，血气方刚的文公直走上了军旅生涯，参加过讨袁、护法等斗争，追随孙中山投身革命，成为同盟会会员。后来为形势所迫而弃武从文，受聘为《太平洋午报》编辑。在编报之余，他致力于武侠小说创作。

文公直善于把武侠和历史相结合，以某个真实的历史事件为背景，在其中渲染或虚构侠客们的活动，形成独特的历史武侠小说。他的代表作是“碧血丹心”系列，包括1928年开始创作并于1930年出版的《碧血丹心大侠传》、1933年先后出版的《碧血丹心于公传》《碧血丹心平藩传》，原来计划中还有《碧血丹心卫国传》，未能完成。“碧血丹心”系列以明朝名臣于谦的事迹为主线，塑造了许多豪气干云、为国尽忠的侠客形象，同时抒发作者的内心郁结，表达作者对历史、对政治的看法。前三部在明成祖朱棣、明仁宗朱高炽和汉王朱高煦父子、兄弟之间争夺政权的事件中展开侠客们的活动，由朱棣夺取政权起笔，至朱高煦谋反，经过错综复杂的残酷斗争和悲欢离合的命运纠葛，最终在侠客们的参与帮助下，于谦擒获了朱高煦，平息了叛乱。第四部准备以“土木之变”到于谦遭陷冤死为主线来结构故事，却没能完成。小说歌颂了于谦保家卫国的忠烈精神，实则借古喻今，弘扬中华民族同仇敌忾、抵御外侮的抗争精神，因为20世纪二三十年代日、英、美等帝国主义列强不断干涉中国内政，制造了一系列惨案和事变，同时中国日益面临日本侵略的危险，这就使作品具有强烈的现实针对性。更可贵的是，小说把历史上实有的一个正直大义的民族英雄于谦写入武侠世界，并借于谦之口道出了在爱民与忠君的关系上爱民第一的观念，同时肯定了侠客的地位，指出爱护百姓是侠义行为。虽然小说中侠客义士的行为仍是为了维护封建统治，但作者把忠君和忠于社稷（国家利益）、维护民族利益联系在一起，这就超越了清代侠义公案小说的思想境界，是对其“忠义”观念的一大突破。

在写法上，文公直受传统章回体小说影响较大，总是在历史上实有的真人真事基础上加以想象并虚构出侠客形象，来展开情节、结构故事，人物和战争场面众多。缺点在于战争场面的描写多于江湖场面，削弱了武侠小说的传奇性和趣味性，同时人物的心理描写不够细腻深刻。

（五）赵焕亭《奇侠精忠全传》

赵焕亭（1878—1951），原名绂章，河北玉田人，生于一个正白旗汉军官宦之家。他是北派武侠小说“风俗人情派”的代表作家。

赵焕亭是一位职业作家，从事小说创作前后达三十多年。1911 年他就曾为上海商务印书馆创办的《小说月报》写过短篇小说。1915 年《小说海》创刊，他又曾在第 11 号上发表短篇小说《铜驼恨》。进入 20 世纪 20 年代后，他的长篇武侠小说在天津《益世报》上陆续连载，《英雄走国记》和《大侠殷一官轶事》等先后均由益世报馆集为单行本出版。30 年代，他在上海《明星日报》连载《侠骨红妆》，在《小晨报》连载《鸿燕恩仇录》。1939 年，赵焕亭为《新天津画报》创作长篇武侠小说《白莲剑影记》，连载到 1942 年 1 月 8 日中断。他最著名的武侠小说是《奇侠精忠全传》，正集八册出版于 1923—1925 年，续集八册出版于 1926—1927 年，恰好与平江不肖生的成名代表作《江湖奇侠传》同时问世。

赵焕亭是一介书生，不会武功，但他懂武学理论。在武学理论上，他和平江不肖生一样，重视“内功”的基础作用。他把“内功”称为“罡气”，强调人要加强内在的修为作为“外功”的基础。更重要的是，他把这些搏击修炼之术进行了归纳总结，统一命名为“武功”。与武术、中国功夫相比较，“武功”的外延更为宽广，内涵更为深厚。和平江不肖生一样，赵焕亭对武侠小说这一文类“武”和“侠”两个支点的理论建构和创作实践，有筚路蓝缕之功。自此之后，武侠小说创作除了内在的精神诉求——“侠义”之外，也具备了统一的外在表现形式——武功，从而构筑了后世武侠小说创作的基本框架。

《奇侠精忠全传》全书共 218 回，135 万字。小说一开始从主人公们的降生写起，还用一个带有神话色彩的故事来写两杨侯（杨遇春、杨逢春）的异禀来历。尤其是杨遇春，由于多吃了岁久通灵的深山肉芝，不仅智慧大增，而且力大无穷，这为他日后的智勇绝伦作了铺垫；同时他又在一个神秘山洞中得到了一部兵书《玉真玄女兵法秘笈》，被识得此书朱篆文字的道人葛玄一视作珍宝，于是答应留在他们蛟腾村设馆授徒。葛玄一共收了四个学生，分别是杨遇春、杨逢春、于豹儿（于益）和冷田禄。他们四人在童年时代都个性鲜明，长大后三正一反，各行其道。他们的命运沉浮、恩爱情仇共同支撑着这部小说的统一架构。杨氏兄弟刻苦学艺，练成绝技，侠肝义胆，精忠报国，在平定苗疆叛乱和镇压白莲教起义中屡建奇功，受到朝廷封赏。在第 218 回的大团圆结局中，杨遇春等再平回疆叛乱，受赏封侯，逝世后，被皇上赐谥忠武。同门师兄弟冷田禄却是好色之徒，在家乡因桃色事件杀人，弃家逃到京城投奔杨遇春。在平苗胜利班师回朝时，冷田禄把俘虏的苗女偷带在军中淫乐，杨遇春等发现后将苗女处死。冷田禄弃义不顾，割袍断交，离开杨遇春去寻找表妹田红英。田红英是白莲教主朱仙娘的正式接班人，不断扩张邪教势力，野心勃勃地想登位称帝。冷田禄的投靠使他们成为狼狈为奸的同盟者，一个淫荡凶狠，一个孤傲偏激，他们在朝廷平定教乱中不得善终。于益在朝廷平乱中跟随杨遇春大显身手，却无意功名而入山为道。赵焕亭是个编故事的能手，小说的故事情节处处摄人心魄，再加上鲜活灵动的说书人口吻和上乘的古文诗词功底，使得此书在当时就十分畅销，引起轰动。

《奇侠精忠全传》的缺点在于：思想上将报国与忠君连在一起，侠士最后成为统治阶级的鹰犬，缺乏独立的人格，有清代侠义公案小说的余续之嫌，如小说主人公杨遇春的命运结局；结构上显得有些拖沓粗疏。

（六）还珠楼主《蜀山剑侠传》

还珠楼主（1902—1961），原名李善基，后名李寿民，四川长寿（今重庆市长寿区）人。民国武侠第二波热潮的领军人物，“北派五大家”中“奇幻仙侠派”的代表作家。

自 1932 年至 1949 年期间，还珠楼主共创作武侠小说 37 部，包括本传《蜀山剑侠传》（正传 50 集 309 回，后传 5 集 20 回，共 329 回）、前传《长眉真人专集》等、别传《青城十九侠》等和外传《青门十四侠》等，构成了一个规模庞大、气势恢宏的“蜀山系列”。其中，以本传《蜀山剑侠传》最负盛名。

《蜀山剑侠传》最早于 1932 年在天津《天风报》上开始连载，一直到 1949 年出到 55 集。小说主要描述了以峨眉派为代表的正派众剑仙与各种邪派异教之间的纠葛和斗争，包括正派老一辈剑仙“三仙二老”（玄真子、苦行头陀、妙一真人齐漱冥和追云叟白谷逸、矮叟朱梅）大破为邪派异教所把持的慈云寺，正派小辈英雄“三英二云”（李英琼、余英男、严人英和齐灵云、周轻云）学艺斗魔等情节。在结构故事的过程中，作者将现实社会、神话世界、自然胜境、诗情哲理错综交织，构建了一个由神仙佛道、妖魔鬼怪、鸟兽虫鱼组成的超现实的奇幻浪漫的化外剑仙世界，这个世界堪称集中国传统文化之大成，神话志怪、博物传奇、风俗民情、阴阳五行、风水八卦、武术气功、剑仙法术、医卜星相、琴棋书画、儒释道魔、歌舞乐曲等无所不包，呈现出鲜明而强烈的文化精神；同时以正邪、善恶、是非的明辨使小说带有入世情怀，把神话志怪、武侠剑仙、人情人性糅为一体，将哲理精义融入诗情描述，显得亦真亦幻，精妙绝伦。这就使作品呈现出汪洋恣肆、气势雄浑的艺术特色，更因其丰富深刻的思想文化内涵而凌盖古今、卓尔不群。

一方面，在作者的奇特想象和玄妙构思之下，各种灵禽怪兽、奇花异草、海魅山精、飞仙异人、飞剑法宝、仙境魔域等的描写无不形象生动，各类修道历险、正邪斗法、天人交战等场面的呈现更是气势磅礴、引人入胜。另一方面，还珠楼主几乎把自然风光的描写提升到文学本体的地位。一般武侠小说作家总是把情节结构和人物刻画作为叙述的重点，大多把自然风光作为环境背景略加勾勒。而还珠楼主超越时俗，与众不同，他常常把自然风光作为重点描述对象，同时结合各地山川风土民情，把自然胜境和神话仙境融为一体，使小说进入一种诗化境界，与情节结构和人物刻画相得益彰。

更重要的是，作者在小说中对中国传统文化进行了创造性整合，构建了一个三教合一的价值体系，形成了颇具现代性的超越生命观，以艺术的方式形象地表达了中国传统文化的独特魅力。其中，儒家的忠孝仁义、拯世济民、惩恶扬善等基本伦理观念构成了小说人物面对世俗社会的基本价值体系；释家普度众生的胸怀、我心即佛的愿力、金刚般若的慧境等悲天悯人的精义构成小说人物面对自我内心的人格价值体系；道教则为小说人物提供了外在行为体系，从“道家四九天劫”，即每四百九十年一次的劫难，到峨眉三次斗剑过程中仙佛魔道修真，均基于道家宗教神话而来。经过创造性整合，形成了儒、释、道三位一体的价值观、文化观。小说表层描写的是正派剑仙同邪派怪魔之间斗争的故事，但从剑仙、怪魔都要逃脱“道家四九天劫”来看，文本结构深层却蕴藉着形而上的意义，剑仙靠行善来避免劫难，怪魔用作恶来逃离劫难，隐喻着人不断抗争命运，通过艰苦漫长的挣扎、奋斗，冲破个体生命的有限性，去追求无限永恒和身心自由，这是一个企求超越有限获得生命拯救而逍遥于天地之间的生命历程，体现了鲜明的现代意识。在如何成仙、渡劫实现生命超越上，小说提供了两条路经：一是修身养性蓄积内功，即无为；二是降妖伏魔积累外功，即无不为。二者总归于大悲悯，这就融汇了儒、释、道三教精义而浑然一体。

《蜀山剑侠传》问世后，引起强烈的轰动，“在40年前的中国通俗文学界，还珠楼主的大名，真是妇孺皆知。他的读者，上至名公巨卿，下至贩夫走卒，莫不一卷在手，废寝忘食。即便在今日，中年以上的‘还珠迷’仍念念不忘他的成名作《蜀山剑侠传》，对其出入青冥的玄思妙想、如火如荼的魔幻笔力、以及浩若烟海的博学杂识，再再拍案叫绝，叹为观止”[①]。民国年间，徐国桢作《还珠楼主论》，给《蜀山剑侠传》以很高的评价，此为国内第一部研究武侠小说作家的专著。《蜀山剑侠传》气势恢宏、规模庞大、人物众多、情节复杂，难免存在首尾不顾的毛病，使得结构松散、枝蔓丛生。

在民国武侠小说史上，还珠楼主可谓承前启后、继往开来的人物。他是前期武侠小说的集大成者，成为民国武侠开山鼻祖平江不肖生的继承者和新一代的开拓者，揭开了民国武侠第二波热潮的大幕，后继的北派其他四大家无不受到他的影响而具有独特的自我追求，以至于在20世纪40年代掀起了民国武侠小说发展的高峰。与平江不肖生相比，他的武侠小说更能显示鲜明的现代意义，从而带动北派武侠超过南派。在思想观念和艺术操作上给后世武侠小说作家以深刻启示，一直影响到以金庸、古龙、梁羽生为代表的港台新武侠的出现，还珠楼主不愧是民国武侠第二波热潮的领军人物。

（七）王度庐与“鹤—铁”系列

王度庐（1909—1977），满族，原名葆祥，后改名葆翔，字霄羽，北京人。他是“悲剧侠情派”的代表作家。

抗战爆发后，王度庐以“度庐”为笔名创作《河岳游侠传》，这部武侠小说未产生较大影响，接着他又创作了《鹤惊昆仑》《宝剑金钗》《剑气珠光》《卧虎藏龙》《铁骑银瓶》，即“鹤—铁”系列。一经问世，王度庐蜚声文坛，跻身于武侠小说名家之列。

王度庐善于把武侠和言情两种因素紧密融合，写武侠豪气扑面，写言情缠绵悱恻，由于多写武林豪侠的爱情悲剧，使小说带有一种撼人心魄、感人至深的美学效果，形成了“悲剧侠情”的审美风格。“鹤—铁”系列是王度庐的成名作和代表作，也是他的“悲剧侠情”的奠基之作。五部小说各自独立，又互相联系，共包括三个悲剧侠情故事，分别是江小鹤（后称江南鹤）和鲍阿鸾、李慕白和俞秀莲、罗小虎和玉娇龙这三对恋人之间的爱情纠葛与悲剧结局。五部小说的人物互相关联：江南鹤是李慕白的师父；杨豹是罗小虎之弟，因偶得大

① 凌云：《记〈蜀山剑侠传〉作者：还珠楼主》，《春秋杂志》（香港）1987年4月1日第714期。转引自陈夫龙：《千古侠魂的现代回声——现代中国文学与侠文化》，上海三联书店2010年版，第89页。

内宝珠而引起江湖动荡，宝珠后被李慕白和俞秀莲追回；玉娇龙盗“九华秘籍”而被李慕白和俞秀莲围追。从而构成一个完整的“鹤—铁”系列。造成江小鹤与鲍阿鸾爱情悲剧的是“世仇”：鲍阿鸾的祖父鲍昆仑杀害了徒孙江小鹤的父亲。尽管青梅竹马，却因爱恨交织、情不敌仇，最终还是落得悲剧结局：鲍阿鸾自刎而死，江小鹤万念俱灰。李慕白和俞秀莲的悲剧源于“义”对“情”的虐杀。他们本来两相爱慕，只因俞秀莲已与孟思昭有婚约在前，再加上孟思昭为了成全他们而赴敌身死，于是李、俞二人遂以“大义”为重，背负着精神的十字架无法冲破心理和道德的障碍而比翼双飞，只能终身以兄妹相称。罗小虎和玉娇龙的悲剧首先在于门第偏见，他们早年私订终身，只因玉娇龙是京城九门提督之女，而罗小虎是个强盗而难成眷属。到后来，玉娇龙之子（韩铁芳）被人调包换为女孩（春雪瓶），韩铁芳长大后千里寻亲，在荒漠遇亲生父母而浑然不知，父母辗转死在亲生儿子面前。他们都曾是陷入情海而不能自拔的“大侠”，但在世仇、大义、门第偏见和命运捉弄的压抑之下，情却惨遭蹂躏而玉石俱焚，小说的笔力深入到人性深层，获得社会悲剧、命运悲剧、性格悲剧和心理悲剧错综交织的综合美感。

言情武侠，并非王度庐首创。前有清代文康的《儿女英雄传》，民国初年也出现了不少“侠情”“情侠”类小说，但它们大多未超出才子佳人的窠臼。恰恰是王度庐在情的内涵上有了新开拓，他深入人物的性格和心灵世界，开掘人物的灵魂与人性的内核，注重揭示个人与社会的矛盾，展示人物内心的冲突和挣扎，表现出丰富而复杂的人性内涵，从而使得通俗的言情武侠小说真正进入五四以来“人的文学”序列。

（八）白羽《十二金钱镖》

白羽（1899—1966），原名宫竹心，白羽是其笔名，山东东阿人，生于天津，是“社会反讽派”的代表作家。

白羽小时候爱读《水浒传》《施公案》《三侠五义》等，1913 年到北京进入新式学校学习，开始接触新文学作品。五四时期结识鲁迅、周作人，并有书信来往，多承教诲，受新文学影响颇深。代表作有《十二金钱镖》《联镳记》《武林争雄记》《偷拳》等。

《十二金钱镖》是白羽的成名作，以“劫镖——寻镖为主线”，引出武林儿女的是非恩怨、爱恨情仇。江南镖师俞剑平以拳、剑、镖三绝威名远震，晚年隐居，寄情山水。因无法拒绝老友借镖旗押镖的请求，命大弟子程岳同往护镖。途中遇劫，劫贼指名道姓要会俞剑平，俞剑平不得不重出江湖，经查方知劫镖的飞豹子是他 30 年前的师兄袁振武。袁振武妒恨俞剑平，一是师父丁朝威废长立幼，将掌门之位传给了俞剑平；二是他苦恋的小师妹丁云秀嫁给了俞剑平。袁振武离开丁门之后，历尽千辛万苦，遍访名师，练就了一身好武艺。此次劫镖，就是为了报仇。于是，在劫镖者和寻镖者之间展开了一场生死大搏斗。最后，俞剑平挫败了袁振武。故事中还穿插了柳兆鸿、柳研青、杨华、李映霞的情节，描写“杨柳情缘”。小说中的侠客都是现实生活中的平常人物，作者没有把武侠世界理想化，在叙写镖师敬业、诚信、英武、侠义的同时，也写出了他们现实中可怜、可笑、可悲、可叹的尴尬处境。俞剑平作为武林泰斗、一代宗师，在官府面前却不免忍气吞声；官府在镖行武师面前作威作福、不可一世，遇到强盗却显得无能狼狈。总起来看，小说的开头起势甚大，而中间和结尾却不够精彩。

侠义道讲究宽恕仁德，但现实社会却人心叵测，武侠思想和社会现实之间出现了矛盾，侠也不免陷入生存困境和可悲结局，从而使小说带有“反武侠”色彩。这在《联镳记》和《偷拳》中都有所反映。《联镳记》中的大侠林廷扬因讲侠义道宽恕败者，反遭对方突袭而亡。《偷拳》既肯定了杨露蝉三年装哑偷拳所表现出来的侠者忍辱负重、坚忍不拔的精神，又批判了武侠世界鱼龙混杂、名不副实的一面：杨露蝉被太极陈拒之门外 5 年，在偷拳之前曾到处拜师学艺，遇到了不少违背侠义道的“伪侠”。

白羽深受新文学现实主义创作方法的影响，立足于现实，借武侠故事来表达他对社会、人生的看法和真实的生命体验。在他笔下，武侠都是在现实社会背景下活动的，他在《偷拳》中首创“武林”概念，把武侠从奇幻的剑仙江湖世界拉回到现实的人间武林社会，按照现实规律描摹世态，抒写人情冷暖，反讽社会现实，具有强烈的现实批判精神，形成社会反讽的鲜明特色。因此，他的武侠小说具有鲜明的现代性。

（九）郑证因《鹰爪王》

郑证因（1900—1960），原名郑汝霈，天津人，“帮会技击派”代表作家。他懂武术，曾在“北平国术馆”许禹生门下学太极拳，能使九环大刀，并公开表演献艺。白羽邀他代写《十二金钱镖》初稿，他请白羽校改《武林侠踪》，堪称文坛佳话。《武林侠踪》使郑证因在文坛崭露头角，1941 年《鹰爪王》在《三六九画报》上连载，则使他闻名遐迩。其所作 88 部武侠小说大都与《鹰爪王》有联系，形成一个规模庞大的“鹰爪王系列”。

郑证因的武侠小说以刚健勇猛见长，完全不写侠情，善于描写江湖帮会的内部秘密、帮会的复杂仪式和争斗场面，同时把武功技击融入小说。仅就拳法掌法而言，他创造出混元掌、排山掌、龙形八掌、鹰爪手、天罡手、金刚指等二十余种；轻功则有草上飞、飞鸟凌波、燕青十八翻等十多种。从而形成“帮会技击”的鲜明特色，使小说充满阳刚之气。《鹰爪王》是郑证因的武侠小说代表作，描写凤尾帮与淮阳派、西岳派结下仇怨，争夺江湖霸权地位，凤尾帮三发请柬，要与淮阳派、西岳派在十二连环坞决一死战的故事。小说塑造了“鹰爪王”王道隆、万柳堂、杨文焕、武维扬、陆七娘等个性鲜明的人物形象，对江湖帮派、技击格斗的描写独具特色，武功技击偏于写实，并由实到虚，进而达到艺术化境地。郑证因笔下的侠义，和白羽相通相类，侠客遇到官，显得低声下气，顾虑重重。当鹰爪王提起狗官“吴剥皮”时也曾想为民除害，但考虑到恩兄杨文焕正遭他陷害，如除掉他，担心杨文焕难脱重嫌。侠客们并非不痛恨官府，只是顾虑官府势力强大，害怕报复，是现实生存的顾虑束缚了他们为民除害、惩恶扬善的侠义行为。在作者笔下，侠客是普通人，既有侠肝义胆，也存在世故、懦弱等弱点，虽写的是侠客的世俗人生，但在人性的层面上把他们写实了、写深了。

郑证因的武侠小说有自己独特的风格，特别在武功技击方面有重大发展，但存在文学性不足、想象力不够丰富、过分渲染武打场面而影响人物内心刻画的深度等缺点。

（十）朱贞木《七杀碑》

朱贞木（约1905—？），名桢元，字式颛，浙江绍兴人，“奇情推理派”代表作家。

朱贞木的武侠小说布局诡异，以推理见长，善于描写离奇恋情和侠义之事，并铺写边疆异俗，附会历史事件，形成“奇情推理”的独特风格。他的传世之作近20部，包括《飞天神龙》《龙岗女侠》《苗疆风云》《罗刹夫人》《千手观音》《闯王外传》等，其中最著名的是1949年发表的《七杀碑》。

《七杀碑》写明末权奸当道，国势衰颓，张献忠占据蜀地，洗村屠城，生灵涂炭。小说有两条线索：一是川南七雄抵抗张献忠入蜀杀戮，包括与华山派争斗；二是杨展仗义除凶，抒写侠义精神和儿女情长，并在二者的有机结合中彰显英雄本色。小说塑造了川南七雄的群体形象：华阳伯杨展、雪衣娘陈瑶霜、女飞卫虞锦雯、僧侠七宝和尚晞容、丐侠铁脚板陈登皞、贾侠余飞、赛伯温刘道贞。其中，杨展是一个文武双全的侠义英雄，他考中了秀才再转考武举后成为武进士。他对待朋友义薄云天，对待敌邪严惩不贷，在惩罚敌邪之前他总有一番仁至义尽的劝诫，可谓英雄本色。小说写了杨展与四个美貌的奇女子（雪衣娘陈瑶霜、女飞卫虞锦雯、三姑娘、齐寡妇）之间的关系，雪衣娘陈瑶霜与杨展青梅竹马、夫妻恩爱，其他三位也都对杨展一见钟情，卷入情感风暴之中，知道杨展结婚后，都觉得相见恨晚。在对待女性的态度上，杨展顶天立地、正派可掬，但不迂腐，且很人性化。他虽是明末武举人、武进士，但不满朝廷现状。以他为首的川南七雄一心要挫败张献忠，挽救他给四川带来的大劫，显示出侠者拯世济民的风范。在“英雄肝胆，儿女心肠”之间，小说成就了一个侠义英雄的辉煌壮举。

朱贞木的武侠小说不再拘守传统的章回体式，对传统章回体进行了现代性改造，如《七杀碑》的回目以《新娘子步步下蛋》《玉龙街单身女客》《铁琵琶的韵律》《齐寡妇》等为题，这是以前武侠小说回目中不多见的。同时他的武侠小说也喜欢使用新名词，如《罗刹夫人》中的“观念”“意识”“主体”“计划草案”等，用得颇为自然妥帖。但书中多议论，喜欢卖弄学识，这是其武侠小说的缺点所在。

朱贞木是“北派五大家”的最后一位，但其文学史地位却不容忽视。他对人物情感的理想化描写、对武功细节的现实化营造、对“一男多女”爱情模式的浪漫化架构，可以说，开了港台新派武侠小说创作之先声。

第二节　中国当代武侠小说

一、中国当代武侠小说发展概况

1949年后，武侠小说被严禁出版，民国时期的武侠小说作家也受到不同程度的批判，除了向恺然之外，还珠楼主、王度庐、白羽、郑证因、朱贞木等都受过不公正的待遇，这一时期武侠小说创作也出现了断层，但并未彻底销声匿迹。一方面，武侠的因素隐含于当时的主流文学创作中，如《铁道游击队》《林海雪原》《红旗谱》《敌后武工队》《大刀记》《智取威虎山》《奇袭白虎团》等，这说明“侠文化经过革命性的改造、转化和利用，以一种现代变体沉潜于革命英雄传奇小说和一些革命样板戏之中”[①]；另一方面，武侠小说以其娱乐性、休闲性和趣味性在消费文化语境特质彰显的港台地区得以继续萌芽开花结果，极大地提升了武侠小说的类型品质，并以鲜明的中国气派、民族风格波及东南亚各国，港台新武侠小说由此诞生，中国武侠小说的发展也进入了一个新的阶段。“文革”结束后，大陆武侠小说创作才得以重新勃兴。20世纪80年代，随着港

① 陈夫龙：《侠文化视野下的中国现代新文学作家》，人民出版社2019年版，第289页。

台新武侠小说传入，大陆掀起了新的武侠热。同时，大陆作家也陆续发表或出版武侠小说。如残墨的《风尘洗剑录》《神州擂》、刘孟洪的《海灯法师》、柳溪的《大盗燕子李三传奇》、冯骥才的《神鞭》、冯育楠的《津门大侠霍元甲》、刘绍棠的《草莽英雄》、聂云岚的《玉娇龙》等，都产生了一定影响，但既没超出民国武侠小说作家的总体水平，也未达到港台新武侠小说的艺术成就。

1. 中国香港地区武侠小说。1954 年，香港《新晚报》连载梁羽生的《龙虎斗京华》，揭开了中国当代武侠小说发展的序幕，这部小说也成为港台新武侠小说的滥觞。1955 年，金庸的《书剑恩仇录》也开始在《新晚报》连载；1957 年，金庸开始写作《射雕英雄传》，奠定了其“武林盟主”的地位。中国香港地区武侠小说代表作家除了梁羽生、金庸之外，还有黄易、蹄风、张梦还等人。

2. 中国台湾地区武侠小说。1949 年后，武侠小说在海峡两岸长期不被承认，不仅在大陆遭受批判和否定，而且很长时间内在台湾也受到防范与排斥。武侠小说虽然在台湾境遇不好，但仍有人在写，如郎红浣最早树起新武侠小说的旗帜。到了 60 年代，随着新武侠小说的浪潮在香港涌起，台湾才陆续出现几个大家，如古龙、司马翎、卧龙生、诸葛青云、柳残阳等，把台湾地区的武侠小说推向高峰。代表作家还有温瑞安、上官鼎、云中岳等人。

3. 大陆新武侠。随着梁羽生、金庸、古龙、温瑞安等港台新武侠小说作家逐渐退出江湖或其创作趋于式微之际，当代大陆一批深受武侠小说影响和浸润的年轻作家正在茁壮成长，世纪之交的大陆文坛掀起了一股“大陆新武侠”的创作浪潮。“大陆新武侠”代表作家有步非烟、沧月、凤歌、小椴、燕垒生、沈璎璎、王晴川等。

二、中国当代武侠小说主要作家作品

（一）梁羽生及其作品

梁羽生（1924—2009），原名陈文统，广西蒙山人。陈家世代书香门第，陈文统从小深受中国传统文化的熏陶，又接触过新文学思潮，曾醉心于历史研究，对古典诗词特别喜好，打下了扎实的国学根基，知识结构不乏现代文化意识，这为他日后武侠小说创作中浓厚的历史感和诗化色彩奠定了坚实的基础。

1954 年，陈文统以笔名“梁羽生”在《新晚报》上连载其武侠处女作《龙虎斗京华》，由此带动了港台武侠小说的发展和全面繁荣，被誉为港台新武侠小说的“开山祖师”。从 1954 年开始写武侠小说，到 1984 年宣布“封刀”，梁羽生共创作武侠小说 35 部，合计 160 册，字数达一千多万。其中，《萍踪侠影录》

《女帝奇英传》《云海玉弓缘》是其代表作。

梁羽生在创作伊始就明确了自己的奋斗目标，在对武侠小说的定义及与此相关的主题、艺术手法的创新等方面，他都有自己的独到见解和大胆实践。关于武侠小说的定义，当然包括“武”和“侠”两个方面。民国武侠小说作家的笔下，常常把武的神奇魔力发挥得淋漓尽致，偏于武的描写和渲染。在梁羽生看来，武侠小说有武有侠，“‘侠’比‘武’应该更为重要，‘侠’是灵魂，‘武’是躯壳。‘侠’是目的，‘武’是达成‘侠’的手段。与其有‘武’无‘侠’，毋宁有‘侠’无‘武’”①。至于什么是侠？他认为侠即正义的行为，也就是对大多数人有利的行为。因此，他的小说往往强化侠而淡化武，写侠多于写武，侧重于对侠客精神世界的审美观照和对侠义行为本身的开掘。在梁羽生笔下，侠士往往是正义、公道、智慧和力量的化身，他颂扬具有侠义精神的人，揭露和鞭挞反动统治阶级代表人物的贪婪、腐败、暴虐与虚妄，从而体现出对民国武侠小说的承传和现代超越。

综观梁羽生的35部巨著，不难发现其思想艺术上的三大鲜明特色：以武侠故事折射历史现实；以理想之光塑绘具有传统美德的侠义英雄形象；继承中国传统小说艺术，汲取新文学艺术手法。

（1）在历史事件的宏大背景下，以忠奸侠邪的斗争来编织极富历史感和现实感的历史武侠故事，表达爱国主义和民族主义思想。

梁羽生的武侠小说大都有清晰的历史背景，政治斗争主题非常鲜明。他的35部小说贯穿唐宋元明清各个朝代，《龙虎斗京华》《草莽龙蛇传》以晚清义和团运动、八国联军入侵为背景；《塞外奇侠传》《七剑下天山》《江湖三女侠》《冰河洗剑录》《侠骨丹心》《牧野流星》等叙写的是清初至清中叶的历史传奇；《白发魔女传》《还剑奇情录》《萍踪侠影录》《散花女侠》《联剑风云录》等写的是明朝统治阶级内部斗争和农民起义反抗暴政的故事；《狂侠·天骄·魔女》《鸣镝风云录》《瀚海雄风》《风云雷电》《武林天骄》《飞凤潜龙》等描写辽、金、宋、元时期的民族矛盾和民族冲突；《大唐游侠传》《龙凤宝钗缘》《慧剑心魔》《女帝奇英传》等展现的是唐代的历史风云。在这些历史武侠小说中，梁羽生不仅以历史为叙述背景，而且让历史人物走进小说营构的传奇世界，与虚构的侠义英雄发生各种各样的矛盾纠葛和爱恨情仇。同时以真实的历史事件来结构故事、铺排情节，让人物活动游走于由民族矛盾、阶级斗争、宫廷争斗和改朝换代等画卷构成的历史浮世绘之间，完成感时忧国的侠义英雄形象的塑造。这就

① 佟硕之（梁羽生）：《金庸梁羽生合论》，韦清编：《梁羽生及其武侠小说》（增订本），香港伟青书店1980年版，第96页。

使得梁羽生的武侠小说具有恢宏的气势、高远的境界、严肃的政治主题和高大的人物形象，从而整体上呈现出写实的风格。梁羽生的小说注重写侠义和正义，表现特定历史时代的民族矛盾和阶级斗争构成了小说的基本题材，不仅具有人民性，而且带有政治色彩，其思想基调是爱国主义和民族主义，他笔下的侠客义士始终站在民族斗争的最前列，构成了以爱国思想、正义情感和民族精神为主旋律的多重变奏。可以说，偏好历史题材、注重政治理念使梁羽生小说呈现出厚重的历史感、鲜明的道德感和深刻的政治寓意。但结构故事方面对历史的过分依赖，特别是追求现实主义的写实倾向，无形中对作者的想象力和创新性造成束缚，也不利于武侠小说本体的浪漫情调和传奇色彩的深入开掘，这势必影响小说在历史事件和英雄传奇两大元素上的深入完美结合。

（2）以理想主义的激情塑造具有中国传统美德的侠义英雄形象。

梁羽生在创作中明确了武与侠的辩证关系，对于一个大侠而言，侠是第一位的，武是第二位的。在这种进步武侠观的指导下，他的小说充满了理想主义的激情和昂扬向上的基调，这也就促使他塑造了一大批作为正义、公道、智慧和力量化身的具有中国传统美德的侠义英雄形象。这些带有理想主义色彩的人物大都品格高尚、道德完美，他们关心民族和国家的命运，当个人恩怨和民族大义发生矛盾的时候，他们敢于牺牲个人利益来服从民族和国家的利益。如《萍踪侠影录》中的张丹枫，原是明朝世仇的后裔，但他能够战胜内心的魔障，把国家社稷和芸芸众生置于家仇私恨之上，不恋荣华富贵，不辞辛劳奔走于大漠和中原之间，为中华民族的团结和睦稳定而殚精竭虑；而当政局稳定之时，他又能够审时度势，悄然隐身。张丹枫就是作者笔下儒道结合的具有完美道德人格和高尚节操的理想侠士。再如《女帝奇英传》中的李逸，他是唐朝后裔，是时，武则天坐镇天下。对李逸来讲，无论观念还是情感上都无法容忍和接受异姓且女性篡坐李姓江山。为恢复李姓大唐，他广泛结交江湖人士和武林豪杰，但当他看到武则天把国家治理得井井有条时，开始不断陷入仇恨与叹服错综交织的情感矛盾之中。他最终放弃了推翻武则天的想法而远走他乡。在突厥国入侵中原的危急时刻，李逸经受住了考验，与内奸外敌、武林恶徒展开生死搏斗，以生命代价告慰了李唐先人的灵魂和女皇武则天。小说通过李逸这个悲剧侠义英雄形象实现了对传统观念的突破与超越，李逸这种以国家利益为重的侠行壮举已经超越了狭隘的个人家族恩怨，从而带有崇高的悲壮色彩。同时，在表现侠义英雄的爱情方面，作者善于把爱情与民族国家的命运有机结合、错综交织，既体现他们以爱情服从民族大义的牺牲精神，也书写他们历尽磨难后终成眷属的喜悦，如《萍踪侠影录》中张丹枫和云蕾之间“盈盈一笑，尽把恩仇了”，《女帝奇英传》中李逸和上官婉儿、长孙碧、武玄霜之间的爱恨情仇。

（3）继承中国传统小说艺术，汲取新文学艺术手法，尽显名士之风。

梁羽生深受中国古典文化浸润，又接受过新文学思潮影响，不仅具有深厚的古典诗词修养和丰富渊博的历史知识，而且具有一定的现代意识，这就使得他的武侠小说兼具历史小说的特色，又呈现一定的现代性因素。他小说中的主人公大都文武双全、诗剑风流，不仅武功高强，而且颇富文采，诸如张丹枫、李逸、吕四娘、冒浣莲、卓一航等，他们大都集一流的人品、文品和武功为一身。他的小说全部采用中国传统通俗小说的章回形式，小说的诗词回目内容充实且对仗工整、含蓄雅致，具有独特的审美价值。在武功技击描写上善于将神奇的剑术和优雅的古诗词结合，诗中有剑，剑中含诗，武艺和诗意融为一体，韵味无穷。同时在情节叙述、人物塑造、心理刻画、环境描写和气氛渲染等方面，借鉴和汲取了新文学的表现手法，善于把传统文化思想与民情风俗融会贯通，人物形象既有传统底蕴也富于现代意识。但从整体上看，梁羽生的武侠小说传统因素多于现代创新。

梁羽生开创的新武侠小说在旧派武侠小说的基础上有继承也有超越，特别是他提升了侠义对民族国家的意义和对社会的影响，强化了侠与人民的联系，这对中国武侠小说开始步入文学的神圣殿堂功不可没。但梁羽生毕竟是旧派武侠小说向新武侠小说过渡时期的作家，存在着影响的焦虑，只有当金庸小说横空出世，才真正实现了中国武侠小说由旧派向新派的全面转型。

（二）金庸及其作品

金庸（1924—2018），原名查良镛，1924 年生于浙江海宁。海宁查家是当地显赫的望族，祖先查升曾获康熙帝题赠堂名“澹远堂”，查家被康熙帝誉为“唐宋以来巨族，江南有数人家”，在清代曾有过“一门七进士，叔侄五翰林”的辉煌。深厚的家学渊源，使金庸从小饱读诗书，深受传统文化的耳濡目染。《易经》讲求的君子自强不息的精神，儒家强调的正义勇敢和修身齐家治国平天下的思想，道家的自由精神，佛家禅宗的悲悯救世情怀，都内化为金庸的精神品格。江南名门世家的人文传统，良好的启蒙教育，尤其是祖父查文清“舍身救民”的英雄气概和正义之心，对金庸的一生影响深远。

1955 年，金庸开始在《新晚报》连载武侠小说处女作《书剑恩仇录》，至 1972 年写完《鹿鼎记》封笔。他的武侠创作生涯历时 18 载，共写了 12 部长篇武侠小说、两部中篇武侠小说和一部短篇武侠小说《越女剑》，代表作有《射雕英雄传》《天龙八部》《笑傲江湖》《鹿鼎记》。他花了 10 年心血对这 15 部小说进行重新修订，2007 年又出版了最新的世纪修订版，也进行了大胆修改。金庸小说继承古典武侠小说之精华，融入现代精神，雅俗共赏，风靡全球，开创了

20世纪中国文学史特别是中国武侠小说史上的一个奇迹，奠定了其新武侠小说“武林至尊”的地位。

金庸小说创作从1955年起大致可分为三个时期。1959年前后，创作思想和艺术成就的跨度很大，这一年之前的小说有《书剑恩仇录》（1955）、《碧血剑》（1956）、《雪山飞狐》（1957）、《射雕英雄传》（1958），大都强调救世思想，生活中遵守正统文化的道义要求，以“知其不可为而为之”的大义处世。从1959年的《神雕侠侣》开始，作品的批判性加强，时时流露出作家对中国文化中虚荣和虚伪习气的深恶痛绝，对丑恶人性的憎恨，并意识到善良正义所处的困境，爱情描写步入黄金时期，并彻底反省早期不成熟的民族观念。代表作还有《飞狐外传》（1959）、《白马啸西风》（1960）、《鸳鸯刀》（1961）、《连城诀》（1963）、《倚天屠龙记》（1964）、《天龙八部》（1965）。从1965年到1972年的《侠客行》（1965）、《笑傲江湖》（1967）、《鹿鼎记》（1969—1972）分别采用反讽、隐喻、讽刺等手法，对生活、政治、历史作进一步深刻描绘与反省，对人性和历史的没落进行深刻剖析与批判；同时，这三部作品反映了作家已经从过于入世的人生观中摆脱出来，在对繁琐喧嚣、互动干戈的外部世界的观测中，寻求与发掘健康活泼、朴素自由的人生与人性。

尽管每个时期的创作思想都发生了很大变化，但作家始终不忘对真善美的追求，文本深层潜藏着对侠义精神和人间真情的呼唤与眷恋。无论是为国为民的大侠郭靖还是个性张扬的大侠杨过，无论是侠肝义胆的大侠乔峰还是自由逍遥的游侠令狐冲，无论是替天行道的大侠胡斐还是混迹于朝廷与江湖之间的小人韦小宝，都曾被作家赋予行侠仗义、扶危解困的救赎使命，同时又写到他们对理想世界的归隐。在他们身上，融注了作家的人性思考，体现了作家世事洞明后对理想人生的诗意探寻，寄托了作家悲天悯人的博大情怀。

（1）金庸以现代知识分子的精英意识创造性地改造和融会了各种通俗小说类型，使之雅俗共赏，成为通俗小说创作的集大成者。他的小说以武侠为底色，不仅有纵横捭阖的历史叙事，还有精彩纷呈的武打场面、缠绵悱恻的爱情描写、扑朔迷离的案情追踪、深刻犀利的人性揭示。于是，金庸武侠小说同时兼备了言情小说、历史小说、侦探小说和社会小说的文化元素，也充满了文化反思、灵魂拷问和人性探询的精英意识，从而将武侠小说的容量和文化内涵提升到了极致。

（2）金庸在武侠小说创作中不断求新求变求突破。他的15部武侠小说，每部都有自己独特的思想主题和艺术风格，在单调的武侠小说类型中开拓出一片广阔的新天地，探索和尝试武侠小说写作的各种可能性。侠义和爱情是金庸小说的两大主调，不仅将侠义精神提升到民族大义的高度，同时赋予侠客义士独立人格和自由精神，而且使爱情成为一种自由平等的理想情爱，实现了爱情和武侠的完美结合。文本深层蕴含着迷人的文化气息、丰厚的历史知识和深刻的民族精神，涉及儒、释、道、墨等各家文化精髓，涉及千百年来中华民族众多的文史科技典籍，涉及传统文学艺术的各个门类如诗、词、曲、赋、绘画、音乐、雕塑、书法、棋艺等。作者通过充分调动各方面学养，将武侠小说提升到一个很高的文化层次，可谓通俗文学创作领域追求立意深切和格式特别的典范文本。

（3）金庸小说充满了独立批判精神和现代理性思考。他以现代意识对传统武侠小说的落后思想观念如“快意恩仇”“任性杀戮”“尊夏贬夷”“正邪对立”等进行了反思、批判、改造和全新阐释，从而将武侠小说的思想水准提升到了现代高度，体现了金庸小说的现代性。

（4）金庸小说在故事情节设置、人物塑造和语言运用方面匠心独运，全面提升了武侠小说的艺术水准。金庸小说的故事性极强，善于设置扣人心弦的悬念，情节曲折生动，一波未平，一波又起，场面异彩纷呈。他的小说大都为长篇，卷帙浩繁，人物众多，事件繁琐，但都能做到舒缓有致、不枝不蔓，使得结构严谨，线索清晰。虽然有的故事情节不乏疏漏之处，但大都合情合理。金庸小说语言上有的使用古白话，有的使用现代白话，兼融传统小说和现代小说的语言之长，典丽流畅而生动传神。金庸笔下的人物，大都个性鲜明，既揭示人物性格形成的基础，更写出了人物性格的发展和深层变化，使得人物形象栩栩如生，真实可信，为现代中国文学画廊贡献了不可或缺的典型，如东邪西毒、南帝北丐、丘处机、江南七怪、郭靖、黄蓉、杨过、小龙女、令狐冲、岳不群、左冷禅、任我行、东方不败、张无忌、灭绝师太、李莫愁、乔峰、段誉、虚竹、韦小宝等人物，都已成为不朽的典型。金庸写人，既写人生经验、生活情趣，也写人情世态、爱恨情仇，不仅拉近了武侠小说和现实生活的距离，还使人物充满了人情味和人性的深度。

（三）古龙及其作品

古龙（1938—1985），原名熊耀华，祖籍江西南昌，生于香港，1950 年举家迁居台湾。1955 年前后，因家庭变故，古龙离家出走，一度混迹黑社会，饱经磨难，养成了坚强、倔强而孤僻的性格。在求学期间，古龙爱读欧美小说，开始写作，在纯文学圈转了几年，没有名气，转向写武侠。古龙写武侠时，台湾正在掀起“武侠热”，司马翎、卧龙生、诸葛青云等已经很有名气了，他曾经为这些名家代笔续稿，逐渐掌握了武侠小说写作的规律，并跃跃欲试，开始走上独立创作武侠小说之路。

古龙的武侠小说处女作《苍穹神剑》发表于 1960 年，最后一部作品《猎鹰·赌局》完成于 1984 年，1985 年因酗酒过度去世。整整 25 年间，古龙共创作武侠小说达 71 部，两千五百余万字，在台湾武侠界独领风骚十余年，成为新武侠小说的掌门人。在港台新武侠小说领域，古龙可与金庸、梁羽生分庭抗礼，甚至有人将古龙的成就排在金梁之上。

古龙的武侠小说创作历程，大致可以分为四个阶段。第一阶段是 1960 年至 1964 年，为探索期。主要作品有《苍穹神剑》《月异星邪》《剑气书香》《孤星传》《失魂引》《浣花洗剑录》《情人箭》等。因古龙初涉武侠小说创作，深受金庸和司马翎、卧龙生、诸葛青云的影响，艺术上尚不成熟，情节上落入俗套，语言上不够老练，没有形成自己的风格。第二阶段从 1965 年至 1967 年，为成熟期。代表作有《大旗英雄传》《武林外史》《绝代双骄》《名剑风流》《铁血传奇》等。这些武侠小说体现了古龙独特的艺术风格和革新武侠的娴熟的艺术技巧，标志着他的创作已趋于成熟，地位堪与司马翎、卧龙生、诸葛青云并列，且后来居上。第三阶段是 1968 年至 1974 年，为巅峰期。古龙凭借新颖的构思和超人的才气，陆续发表了《多情剑客无情剑》《萧十一郎》《流星·蝴蝶·剑》《大人物》《欢乐英雄》《陆小凤》《边城浪子》等。这些小说使古龙在台湾武侠小说作家群中脱颖而出，独占鳌头，其影响已经超出了台湾文坛，古龙成为新武侠小说的一面旗帜。此时港台新武侠小说作家的排序已然变成金庸、古龙、梁羽生，可见古龙的影响和声誉已在梁羽生之上，其气势直逼金庸。第四阶段为 1975 年至 1984 年，为衰退期。此时，古龙的武侠小说创作在走下坡路，数量逐渐减少，质量也出现了明显的下降，甚至存在部分作品请他人代笔续写的现象。主要作品有《三少爷的剑》《碧血洗银枪》《英雄无泪》《新月传奇》《猎鹰·赌局》等。

在武侠小说创作中，古龙一直遵循并坚持“求新求变求突破”的创作原则和写作理念，力求在前人创作经验基础上，谋求新的更大发展。梁羽生、金庸、司马翎、卧龙生、诸葛青云等新武侠小说作家之“新”，主要体现为他们在民国武侠小说基础上的探索、改良和创新。而古龙之“新”，则表现为对民国武侠小说进行了彻底改革和大胆颠覆，将戏剧、推理、诗歌等元素融入传统武侠，又将自己独特的生命体验和人生哲学灌注其中，集西方现代哲学和东方神秘浪漫色彩于一炉，形成了脱胎换骨的独特风格，从而将武侠小说创作推向新的巅峰。

其一，在叙事结构上，独辟蹊径，自成一格。古龙不局限于传统叙事，不太讲究结构，他有意识地借鉴欧美文学和电影蒙太奇的表现手法，制造悬念，演绎案情，引人入胜。一般传统武侠小说基本都要交代历史背景，而古龙的武侠小说则完全抛开历史，小说中设置的环境没有明确的历史年代，故事的发生没有清晰的时代背景，也无可查的历史人物，这就摆脱了历史的限制，有利于作家主体想象力的发挥、人物形象的塑造和小说技艺的创新，呈现出鲜明的现代气息。《楚留香》和《陆小凤》中的系列故事，其推理性非常强，自始至终都是环环相扣，疑云密布，情节曲折，跌宕起伏，结局在情理之中，又在意料之外，增强了趣味性。

其二，在人物形象塑造上，注重现代人性探索，追求自由和反叛。与金庸笔下的郭靖、乔峰等旷世大侠不同，古龙笔下多浪子，他更擅长描摹风流人物的机智、洒脱、自由任性、豪放不羁，充满人性色彩而不避讳人性弱点，如楚留香、李寻欢、陆小凤、江小鱼等。在古龙看来，武侠小说创作“应该从‘武’，变到‘侠’，若将这句话说得更明白些，也就是说武侠小说应该多写些光明，少写些黑暗；多写些人性，少写些血”[①]，以此创造武侠小说的新意境。他首先将武侠视为“人”，他建构的武侠世界推崇的不是“武功”，而是“人性”。古龙武侠小说并不按照传统道德和社会习见来判定人之善恶，人性正常与否是他对人物进行好坏划分的标准，人物的道德底线为是否刻意伤害他人。这就突破了传统武侠的侠义观念的局限，体现了宽容和理解他人的现代人性意识。《边城浪子》借助传统武侠复仇的叙事外壳，揭示并还原了复仇背后的人性本真。傅红雪从小以复仇为人生的唯一目的，在与杀父仇人不断接触中，他终于明白了父亲被杀的原因，神圣的父亲形象遭到不断解构，在父亲形象从神性到人性的不断还原建构过程中，他的复仇的合法性被严重质疑，他的行为价值和存在意义也不断受到挑战甚至否定。在他明白父亲不过是个该死的恶人之后，陷入了存在的悖论，这是他无法拒绝的悲剧。他最终放弃了复仇，既是对父亲更为全面人性化的还原和体认，也是对生命的维护和对人性的尊重。《情人箭》中的苏浅雪，为了报复武林，丧失理智，制作情人箭，滥杀无辜，成为一个人性泯灭的爱情悲剧者。《多情剑客无情剑》中的李寻欢有人性的弱点，但他正视自己的弱点，不放弃独立品格，所以他能战胜太计较得失、太在意个人声誉和输赢的上官金虹。古龙的武侠小说不仅注重人物人性的发掘，还特别强调侠客的“游走”状态，表现他们浪迹江湖的自由意志和反叛精神。他笔下的江湖浪子式的侠客身上很少看到金庸、梁羽生笔下大侠的那种“民族大义”，他追求的是侠客自由自在、独立逍遥的生命精神。《血海飘香》中的楚留香、胡铁花，《多情剑客无情剑》中的李寻欢、阿飞，《萧十一郎》中的萧十一郎、风四娘，《陆小凤传奇》中的陆小凤等，都是这种江湖浪子式的侠客。在他们身上，既熔铸了古龙自己的生命体验，也体现了他的小说创作的现代意识。

---

① 古龙：《说说武侠小说（代序）》，《欢乐英雄》，珠海出版社 1995 年版第 1 页。

其三，在语言运用上，追求诗化、散文化，饱含哲理和禅意。古龙的武侠小说的语言在中国传统小说基础上脱胎换骨，融入欧化语言技法，形成了简洁、洒脱、空灵飘逸的语言风格，句法多变，短句较多，擅长分行，且伴有大量对话，体现出诗化、散文化追求。可以说，古龙的语言，熔中国文学和西方文学于一炉，不仅优美，而且富有哲理和禅意。

（四）温瑞安及其作品

温瑞安（1954—　），原名温凉玉，祖籍广东梅县，出生于马来西亚霹雳州。他从小接受严格的家庭教育，崇拜英雄，敢于反抗，爱好幻想，其父爱好武术，这对温瑞安走上武侠小说创作道路有很大影响。温瑞安在台湾求学期间开始创作和发表武侠小说，尤其是《四大名捕会京师》发表后，一鸣惊人，广受赞誉，确立了他在武侠小说领域的地位，成就了侠名。

温瑞安的武侠小说创作较早，1970 年年仅 16 岁便在《武侠春秋》第 72 期上发表了第一部武侠小说《追杀》。1973 年负笈台湾求学，1975 年开始构思创作“四大名捕”系列，先在报上连载，后来由台北长河出版社、香港明远出版社、台北万盛出版社先后出版。1981 年后，温瑞安到香港发展，继续写武侠小说，创作了《杀人者唐斩》《侠少》《杀了你好吗》和“神相李布衣”系列、“杀楚”系列、“神州奇侠”系列、“白衣方振眉”系列、“七大寇”系列、“说英雄•谁是英雄”系列等作品。“四大名捕”系列强调官府应维持正义，这是对法家“侠以武犯禁”理论的矫正与革新，开创了港台新武侠小说书写“名捕”系列的先河，既是温瑞安的成名作，也是其代表作之一。“神州奇侠”系列先后以萧秋水、方歌吟等为核心人物，重点刻画了萧秋水等人逆境中的侠义本色，描写了他们在极限困境下完成并超越自我的生命历程。“白衣方振眉”系列阐明民族大义，表明“汉贼不两立”的爱国情操，气节高昂，动人心魄。“神相李布衣”系列以出身奇特、义薄云天的李布衣为核心人物，纵横驰骋于官场和民间，借助星相命理之学，暗含教化世道人心之旨。“七大寇”系列颠覆了正邪二元对立的简单划分，深入细致地描摹了人心的变幻莫测。“说英雄•谁是英雄”系列是温瑞安最出色的作品，叙写六分半堂和金风细雨楼两大帮派的争斗，塑造了王小石、苏梦枕、白愁飞等侠客形象，其中王小石最为出色，他淡泊名利，豪放洒脱，重情重义，表现出大侠风范，成为自由人格的象征。

温瑞安的武侠小说在汲取金庸、古龙等新武侠小说营养的基础上，标新立异，自成风格，到 90 年代，他终于和梁、金、古三大武侠小说作家齐名，成为古龙之后港台新武侠小说的领军人物。

首先，温瑞安以现代派语言艺术尤其是诗意化的语言来表现传统题材，既讲究悬念营造，又注重刻画人物形象。古龙的武侠小说具有散文化、诗化特征，温瑞安有所借鉴，力求语句短小精悍、优美从容，并伴有警句格言，但在故事发生的时代背景上与金庸相通。“四大名捕”“神相李布衣”“说英雄·谁是英雄”等系列将故事背景设置在宋朝，对历史人物的书写也有据可依。他善于设置悬念，运用情节的惊险曲折、扑朔迷离来架构并推进故事。《四大名捕会京师》由五个单独的故事组成，叙写了京城武林高手诸葛先生的四大弟子冷血、追命、铁手、无情除暴安良、匡扶正义的故事。这五个故事单独成篇，又互相联系，每一个故事以一个名捕为主角，都面临一个神秘的悬案，武打场面惊心动魄，人物心理描写细腻入微，身陷绝境却逢凶化吉、劫后余生，惊险迭起，曲折离奇，掩卷深思，令人拍案叫绝。

其次，温瑞安在武与侠二者关系的处理上，趋向现代化、生活化、人性化，颇具特色。温瑞安重视武功的描写，既注重武打场面的细腻描述，又不拘泥于一招一式的打斗，而是以环境氛围的营造和心理描写来烘衬武打场面的紧锣密鼓与起承转合。与武功描写相比，温瑞安更重视侠的建构及其内涵的阐释与张扬。在他看来，侠义精神并非一怒拔剑，而是一种仁爱与伟大的同情，现代人如果能平等待人，为朋友和周围的人量力而行做些事，就可以称为侠。他始终把侠放在第一位，与金庸和梁羽生笔下为国为民的大侠和古龙笔下的浪子奇侠不同，温瑞安写的是小侠，他沿着古龙开创的方向继续前进，在表现现代生活、现代人性的基础上，关注普通人甚至小人物的喜怒悲欢，通过精心塑造那些不是大侠的侠客，来揭示普通人的复杂人性，表现现代人的价值观。《说英雄·谁是英雄》中的王小石，是一个平常踏实的普通人，但他身上具有一种爱人和同情人的高贵品格，淡泊名利，不畏生死，俨然一派侠者风范。《四大名捕逆水寒》中的铁手，虽为四大名捕之一，但当他发现官府并不维护正义时，他就按照自己的正义感来处事做人，为戚少商打抱不平、主持正义，而不惜解官弃职，自动卸去功力受绑，如此义薄云天的好汉却落入卑鄙小人之手，受尽了酷刑。这些人物都是有本事有侠义心肠的平常人，组成了温瑞安武侠小说独特的人物画廊。这些人包括捕快、盗匪、相师和暗恋者，他们或行侠仗义，或为自己的爱人舍生忘死，只要所作所为是侠行，乐于助人，舍己为人，就可以算作侠客。

最后，温瑞安秉持纯文学的创作理念，突出“文学是人学”的艺术特点。他将武侠小说和现代小说文体有机融合，引入现代主义、后现代主义的一些核心观念，不仅取消了传统的正邪对立模式，也颠覆了绝对价值体系的稳定结构，小说中逐渐表现出荒诞、闹剧、幻想等形态，注重人物心理的细腻描写和人性的刻画。他善于将自己的个性和独特的生存感受与生命体验融入作品中某个大侠身上，体现侠之为人的特点。温瑞安对文学、历史、美学、宗教、相学、武术等都有研究，他把这些知识运用到创作中，丰富了作品的内涵。无论在思想内容，还是在艺术形式上，温瑞安的武侠小说都在不断靠近现代小说。在他的小说中，情节迷宫似乎永无终止，四大名捕永远无法成为最后的胜利者，侠仍然是正义的象征，但已不是解决的方案，只是一种江湖制衡的力量。

（五）黄易及其作品

黄易（1952—2017），原名黄祖强，1952 年生于中国香港。1986 年 11 月，他看到香港《武侠世界》杂志的征稿启事后，以“黄易”的笔名寄出了一篇一万多字的征文，然而接下来却八个月没有消息。1987 年 6 月，杂志社的编辑打电话来说准备刊用这篇稿子，这就是黄易的处女作《破碎虚空》。生生之谓易，“易”是变化；而金庸的“庸”，却是中庸不变。相对于不变的“庸”，变化的“易”接下来要给武林带来一番风云。

继武侠处女作发表之后，号称“名家荟萃，猛稿如云”的《武侠世界》又发表了黄易的《荆楚争雄记》。但博益出版社社长李国威觉得传统武侠已经式微，要求他“以科幻小说挑战倪匡”，这就是 1988 年 11 月的《月魔》。出版社对黄易进行商业包装，要打造一个不同于香港以往任何作家的独特的黄易品牌，也就是从《月魔》起，黄易小说的封面上显著标识了“黄易玄幻小说系列”。

当金、古、梁先后退出江湖之后，人们需要新的武侠江湖。因为前辈的身影太高太大，阳光斜射下来的阴影，遮挡了后人前行的路。温瑞安以他超强的人格性情，对金庸小说进行了一种类似抵抗的“后现代突变”，金庸写的是事业有成的救国的大侠，温瑞安写的则是在有所不为与有所必为之间无可奈何的艰难苦斗。温瑞安的性情是激烈的，相比而言，黄易则更加沉静平和，他以及他的出版人，干脆避开了金庸。他的第一个目标甚至仅仅只是倪匡，他要在别人没有走过的本没有路的地方，自己走出一条路来。

如果将黄易太太每月印的那些小册子称为卷，黄易的作品可能已经达到了近二十部，二百余卷，一千多万字，从而建构了他宗师级别的武侠世界。就像《周易》所区分的阴阳两种宇宙动能，黄易的世界也是由“玄幻”与“异侠”两种创作的动能推动展开的。

领军“玄幻”军团的，是“凌渡宇”系列，包括《月魔》《上帝之谜》《湖祭》《光神》《兽性回归》《圣女》《迷失的永恒》《域外天魔》《浮沉之主》《异灵》《尔国临格》《诸神之战》，另还有《幽灵船》《龙神》《时空浪族》《超级战士》《文明之秘》等作品。

“玄”兼容并包了悬念玄机与玄学神秘两个层面，悬念玄机是就情节设计而言的，在悬念中表现了某种玄机，与 007 系列的悬念尚有区别。玄学神秘是就情节动力而言的，悬念的根源正在于神秘，而神秘的文化实质则是玄学，涉及超物理的或超经验的事物。在《月魔》中，月魔借“幻石”为媒介，将超能力寄生到超级特工红狐身上。月魔的苏醒，形成了邪恶力量与人类的斗争，最终凌渡宇制服月魔，将幻石放回大金字塔内安全的地方。《月魔》封底称，其人物“具有洞天悉地之能力”，其情节“把玄学奥秘及自然界之谜展示开来”。所以黄易的玄学就是以“非科学”方式思考人类与地球甚至宇宙的由来，通过洞天悉地的超能主人公，将自然之谜逐层展开。黄易的“玄幻”就是中国传统的“玄学”与西方“科幻”的结合，这样的结合，将凌渡宇们由大地带向宇宙，由人间的侠客变成星际的浪子，它又是出自中国传统的武侠，是对“星球大战”“蜘蛛侠”“蝙蝠侠”等西方科幻故事作出的回应。

黄易的“异侠”系列包括《破碎虚空》《荆楚争雄记》《乌金血剑》《灵琴杀手》《覆雨翻云》《寻秦记》《大唐双龙传》《边荒传说》《日月当空》等作品。

“异侠”终归是“侠”，其核心元素与传统武侠并无本质性的差异。“异侠”之“异”体现在三个方面：一是表现风格之“异”。黄易置身于“现代”环境里，加上他本人出身于艺术院系，了解声光图像等新传媒，了解电子游戏，使他能将武侠、电游、卡通、漫画等折中在一起，变化出新风格。二是背景之“异”。金庸、温瑞安反映的是大历史时代的命运和冲突，黄易则想要跳出来纵横整个人类历史。金庸笔下的大侠是历史的参与者，黄易笔下的“异侠”则并不想要改变历史，他们主要站在历史见证者的立场之上，无论是《荆楚争雄记》里的孙武（郄桓度），还是《寻秦记》里的项少龙、《大唐双龙传》里的寇仲和徐子陵，他们的角色都主要是一个历史的见证者。三是人物之“异”。异侠们更注重追求个人幸福，比如《月魔》中的凌渡宇就更接近詹姆斯·邦德而离楚留香稍远，异侠身上没有郭靖和四大名捕那样的道德重负，黄易注重对异侠个人的精神解析，参禅悟道、弗洛伊德、原始宗教等多种神秘文化杂合成一个精神解析的综合体。

黄易武侠世界的核心观念是“道”。“玄幻”与“异侠”，正如同“道”之“阴”“阳”。武有“武道”，侠有“侠道”，而黄易超越于武侠之上追寻文明本质，提出了“借道以窥天道”。何谓“天道”？黄易并未明言，但结合黄易的作品可以看到一些端倪。黄易的“天道”在总体上是建立在“天人合一”基础上的，又可细分为三个层次：第一个层次是对生命本源性和终极性的探究。在《破碎虚空》中，黄易提出“最后一着”的命题，即终极归宿的命题。人类有没有终极归宿？终极归宿可能为何？黄易的玄幻小说运用科幻手法，写了比实体生命更加高级的精神生命，且支配着地球人类的实体生命。理解了这一点，就可以飘然而去无所牵挂了。第二个层次是对武道可能性和无限性的探究。在传统武侠中，武道主要是和人格结合起来的，分别朝正向和反向发展，从中生发出人格论和认识论的双重意义。在黄易看来，金庸小说的这种武道只是浅层次武道，真正的武道直通“天道”，是以破除现有伦理障碍和知识障碍为前提而获得升华的。第三个层次是对天道无常性和必然性的探究。“人”与“天”是世界的两个极端，“道”的极致即在于天人合一，但人类却从来未能够把握天，天因此对人具有永恒的神秘性，人因此将探索天的奥秘作为自身的永恒使命，而人亦得以顺应天进行可持续发展。金庸小说强调以内力的深湛来进行体悟，而《星际浪子》里的联邦研究院院长夫秀清则把自己的肉体生命与超级电脑爱神合在一起，悟道的主体不是内力而是精神力；在实践论方面，在星际斗争中提出了地球人、改造人、黑狱人等不同生命形态的伦理问题，在更大的场域内阐释古老的真理，寻求人生与人类的真谛，进而上升到“道”的层次。

黄易在小说中提出了一种思维方式：不是非得辅佐明君才是唯一出路，不是非要成为一代大侠才能人人敬仰，人的价值在于相信自我、感受自我。他的小说中的主人公都有明确的目标，并历经磨难，向着这个目标前行。在前行的道路上绝不太固执，该圆滑时圆滑，该坚持时坚持，灵活而又持之以恒，与现代人生相吻合。自我、前行、现代是他的小说的关键词。正是凭借着这样的人生观念，他的小说与金、梁、古、温的小说有了明显的区分度。

黄易是中国网络武侠小说的先行者。“玄幻”与“异侠”的互动，产生出不同风格、不同类型的作品，今天的网络小说之中传统意义上的武侠小说，已经像黄易笔下的“云梦泽”一样，分解成“科幻”“玄幻”“魔幻”“武侠”“穿越”“盗墓”等不同的类型。如果将它们合并到一起，就会形成一个正在变动中的声光电影、光怪陆离的网络武侠小说的“江湖世界”，这种变是由黄易开始的，将之称为“网络文学的宗师”，其原因也在此。事实上，新武侠自民国肇始，就包含着平江不肖生的江湖奇侠、白羽与郑证因的技击武侠、王度庐的情侠、还珠楼主的仙侠等不同风格，而被金庸、梁羽生聚焦为历史武侠。从这个层面上来看，黄易的“大武侠”是对民国武侠的继承与还原，是题材的解放。

1994 年，黄易开始创作《寻秦记》，这部 25 卷的超长篇，是黄易最有名的作品之一。20 世纪的特种兵项少龙，通过现代的先进科技手段，“穿越”到战国末年，任务是见证秦王嬴政的登基大典，见证秦王统一天下的历史进程。根据黄易原著改编的同名电视剧《寻秦记》由 TVB 摄制，2001 年 10 月首播，2003 年暑期在大陆播出，一度成为与《还珠格格 3》争夺观众的主要对手。2000 年，《寻秦记》漫画版由廖福成绘制完成，2001 年底，智冠公司网游《寻秦记》上线，也是网游的经典作品。

穿越小说是当下中国网络小说的重要类型，《寻秦记》被看作穿越小说的手旗。“穿越”作为一种文学类型，倒不是开始于黄易。此前，李碧华创作了《秦俑》，1989年被程小东改编为电影《古今大战秦俑情》，由张艺谋、巩俐等主演，是“穿越”文学的首部经典作品。此后，席绢于1993年出版《交错时光的爱恋》，并改编为电视剧《穿越时空的爱恋》，首次使用了“穿越”一词，掀起了收视高潮。而黄易与上述以言情为主线的穿越不同，《寻秦记》有着更丰富的内涵，尤其是关注历史命运与人类命运的文化内涵。正是从黄易开始，穿越成了一种重要的文学类型风行一时。更值得注意的是，黄易的穿越具有技巧上的复杂性，他更注重历史内涵和人类内涵，黄易的穿越毋宁说是与他的“玄幻”意识结合的“时空穿梭”。

《大唐双龙传》紧接着《寻秦记》的脚步，从1996年1月开始出版，历时5年，到2001年1月大功告成，长达63卷四百多万字，成为黄易无可争议的第一代表作。《大唐双龙传》将焦点转移到对天道无常性和必然性的探究，通过玄侠对生命的思考，表达黄易对社会与历史的思考，其具体表现就是所谓隐秘的魔门、圣门之争与现实的群雄逐鹿天下两者的纠结。黄易本人非常重视这部作品，完成之后反复修改，在2004年推出了修订版。《大唐双龙传》同样获得了巨大的市场成功，先后由黄玉郎改编为长达252卷的漫画，由智冠科技改编为角色扮演类单机游戏，由TVB改编为42集电视剧，影响了世纪之交长达10年之久的一代学子。打开现在的中国网络小说，满眼尽是《大唐双龙传》式的玄学思考、玄向构思和玄侠表现，它们已经有了一个固定的名称：玄幻小说。

（六）步非烟及其作品

步非烟（1981—　），原名辛晓娟，四川成都人。2004年开始，陆续在《今古传奇·武侠版》《武侠故事》《新武侠》等刊物上发表作品上百万字，主要作品有“华音流韶”系列：《紫诏天音》《风月连城》《彼岸天都》《海之妖》《曼荼罗》《天剑伦》《雪嫁衣》《梵花坠影》，外传《蜀道闻铃》和《凤仪》；“武林客栈”系列：《武林客栈·日曜卷》《武林客栈·月阙卷》《武林客栈·星涟卷》；“天舞纪”系列：《天舞纪·摩云书院》《天舞纪·龙御四极》《天舞纪·清凉月宫》《天舞纪·苍蓝圣雪》；“六道”系列：《人间六道·修罗道》；“九阙梦华”系列：《九阙梦华·解忧刀》《九阙梦华·绝情蛊》。其中，“华音流韶”系列是步非烟的代表作。

步非烟的武侠小说承魏晋风骨，有古龙遗风，形成了以武侠和魔幻色彩交相辉映见长的艺术风格，空灵飘逸，诡异细密。在各大系列小说中，她运用古典文化文学资源，大胆借鉴魔幻小说的创作手法，在把握新时代的武侠文风方面显得舒缓有致、游刃有余。“华音流韶”系列故事隐含着一个神话背景，源自印度传说中破坏之神湿婆与创生之神梵天的一个赌约，因为该赌约，诸神转世降临人间，引出了这个系列的诸多因缘。小说以这个神话传说为蓝本，糅合了武侠、奇幻、推理、悬疑和惊悚等多种要素，使文本充满了悬念和想象空间，引人入胜，可读性强。小说主要讲述了华音阁主人卓王孙和杨逸之这两大武林高手之间的种种恩怨与尖锐对抗，卓王孙和杨逸之双峰并峙，分庭抗礼，但他们之间的争斗最终都是为了让武林变得安宁。步非烟写武侠，虽然强调注重“写神”，但“人性”的发掘仍是其写作的归宿。卓王孙近乎神灵，相当完美；杨逸之也带有神奇色彩；但从人性角度来看，他们都存在人性的弱点，这是无法回避的。步非烟追求“侠即逍遥”的境界，其笔下人物尽管有完美的一面，但不能摆脱世俗欲望的纠缠而达到逍遥佳境。通过叙写武侠与世俗欲望斗争的艰难历程，可发现步非烟对人性的可贵探索。

（七）沧月及其作品

沧月（1979—　），原名王洋，浙江台州人。主要作品有“云荒”系列、“鼎剑阁”系列、“听雪楼”系列等，其中“听雪楼”系列是沧月的武侠小说代表作，包括《血薇》（含《血薇》《风雨》《神兵阁》《病》《火焰鸢尾》《铸剑师》）、《护花铃》（原名《拜月教之战》）、《指间砂》（含《指间砂》《荒原雪》）、《忘川》（上下两卷）。

沧月之所以能够在众多的大陆新武侠作家中脱颖而出，特立独行，根本原因离不开三个重要因素：对抗和颠覆男性主宰的性别政治秩序的女性视角；在虚拟的江湖极限情境中开掘人性内涵；传统文化因子和现代时尚元素有机结合的语言艺术。

第一，对抗和颠覆男性主宰的性别政治秩序的女性视角。沧月真正打破了男性主宰的性别政治秩序笼罩的阴影，对抗和颠覆男性主宰的性别政治秩序的女性视角成为她观察世界、体悟人生的理论支点和现实依据。不同于传统男性武侠写作，沧月的小说以女性侠客为主人公，女性从被动走向主动，从欲望客体成为叙事主体，女性第一次真正成为武侠小说的第一主人公，形成了女性武侠的独有特色。《东风破》里的慕湮、《剑歌》里的谢鸿影、《碧城》里的华瓔、《夜船吹笛雨潇潇》里的金碧辉等都是这样决绝的独特的女性。特别是《血薇》中的舒靖容，她有着江湖厮杀、快意恩仇的血腥气，更有刀光剑影中的温情和善良。在听雪楼主萧忆情要手刃已被灭帮的毒蝎帮帮主石鹏飞十二岁的女儿石明烟的时候，她内心深处生发出的怜悯之情，阻止了自己的行为。沧月笔下的女性，留给男性和整个江湖世界的，是美好的情愫，也是义薄云天的豪情。

第二，在虚拟的江湖极限情境中开掘人性内涵。沧月以武侠小说的方式创建了一个异样的江湖，作者在这个虚拟的江湖，塑造了一个个性格情感甚至人生往往被推向极端的人物形象，讲述着他们的悲欢离合、爱恨情仇，在这种极限情境中开掘人性内涵。在沧月笔下，极限情境所导致的往往是人性的异化。她的成名作《血薇》借血薇剑之口道出了江湖如何将一个正常的“人”逼成非常的“魔”这样一个人性主题。还有《风雨》中雷家惨遭灭门将雷楚云推向极限情境，恐惧、仇恨、江湖追杀，一步步将尚存恻隐之心的雷家公子逼成了最大暗杀组织的老大。沧月小说除了讲述人如何成魔的故事外，还给我们诠释了魔如何回归人的意义。《护花铃》中的主人公迦若深陷极限情境，他是一个活了几百年的鬼将，失去了自我意识，完全被宿主控制，成为杀人工具。在魔性与人性的斗争中，人性逐渐占了上风，最后他舍身饲鬼的壮举使他获得了人性的复苏，这就使人在绝望压抑之中看到了人性的希望和光明前景。由魔到人，魔度众生，这就超越了侠而至禅的境界。

第三，传统文化因子和现代时尚元素有机结合的语言艺术。沧月小说的语言瑰丽古雅洁净，节奏明快轻盈，层次感较强，颇有深度，加上动漫的影响，她的笔端常常呈现出色彩鲜明、精美雅致的意境，使得小说整体上新颖别致，异彩纷呈，内敛而又充满艺术张力，彰显出一种灵动和生气。这种语言效果归功于传统文化因子和现代时尚元素的有机结合。

第三节　网络玄幻小说

一、网络玄幻小说概况及主要特征

网络玄幻小说一方面与武侠小说有千丝万缕的关系，另一方面又对外来特别是西方的幻想小说有比较多的借鉴和参考，并将其杂糅在一起，构成了一种既不同于传统的武侠仙侠，又与外来翻译小说有所不同的小说新样式。网络玄幻小说的兴盛和武侠小说的没落同时发生。在幻想世界的尺度上，玄幻小说有更大的自由，大幅超越了武侠小说中局限于身体条件的“武”之设定。在“侠”之抗争精神上，武侠小说也因着现代社会庞大严密的科层制难以突破，而呈急剧衰落的气象。网络玄幻小说的主流是追求个人世俗意义上的成功。

“玄幻小说”的叫法，最早来源于香港，“聚贤馆”的出版人赵善琪在为黄易《月魔》写的序中将之命名为融合科学、玄学和文学的新品种小说“玄幻小说”，并宣告其诞生。黄易的小说虽然不是网络小说，但在20世纪90年代的网络空间风行。由此，这也影响到了网络玄幻小说的兴起。广义上的玄幻小说包含了“奇幻”“魔幻”小说在内，狭义上的玄幻小说指东方偏向的幻想小说。本书采用广义的玄幻小说概念，将奇幻和魔幻纳入其中，但将武侠、仙侠、修真和都市元素为主导的小说排除在外。玄幻小说在网络文学中占据了非常大的比重。原先玄幻小说的网络阵地有黄金书屋、龙的天空等，2002 年后名气最大的阵地为起点中文网。2003 年左右，玄幻小说因其超高点击量和频繁出现，开始引人瞩目，此后其体量一直是网络文学中最大的。

早期的玄幻小说，以模仿外来特别是西方的魔幻小说为主，异域情调浓厚。不过二者的差异也比较明显。西方魔幻小说由于带有西方文化中的宗教信仰模因，所以经常会探讨一些终极命题，如正义与邪恶的较量，个体对命运的恐惧、对神的敬畏，以及个人和神祇的冲突等。而中国文化传统中因为缺乏宗教信仰因素，所以很难写出那种宗教感，故而造成了即便有神和宗教，也经常只是披着西式外壳的中国灵魂，人物的行为、处事和思考问题的方式经常是中式的，只是模仿着西方的奇幻来赋予故事宏大的命题。如以《悟空传》闻名的网络作家今何在，其玄幻小说《若星汉天空》就虚构了一个由人族、亡灵族、魔族及矮人和精灵构成的若星汉星空，并别有寓意地将主人公取名“康德”，康德的身份虽然几经转变，但始终坚守与命运抗争的勇气和精神。读书之人的《迷失大陆》采用了西方的“剑与魔法”模式，虽然也有亡灵和魔法，但作为魔法师的主角的奋斗历程却并没有那么乐观，反而不断地在失去一切自己所珍视的。跳舞的《恶魔法则》模仿德国的浮士德故事，让主人公将灵魂卖给魔鬼，然后穿越到一个有着魔法鬼怪的类西方世界。《术士的星空》（银灰冰霜）中的康斯坦丁穿越到异世界的封闭体系中，发现漏洞并斗天斗地斗世界，最后逆天改命。可以说，早期玄幻小说的主流是模仿西方为主的奇幻小说。其在 2003 年前后发展到最为成熟的阶段，作家们能够借用西方奇幻的多元世界设定，较为老练地对中古西欧人物和故事进行编排想象，探讨一些终极命题。

不过，由于奇幻小说的偏西方叙事模式，与中国本土文化始终存在着较大的隔膜，虽然有外来游戏为中国读者开辟一定的认知基础，但在竞争日益激烈的网文世界，要获得读者认可，必须与中国特殊的时代精神有融通之处，所以其发展面临着进一步本土化的必然要求。于是，大致在 2004 年后，玄幻小说的创作发生了比较大的转变，本土化的进程加快，中国传统的玄学思想及现代生活方式和观念开始在小说中占据主导，诸如“异世界”和“魔法”之类的外来元素开始与本土元素深度融合，网络玄幻小说的中国特色突显。即便各种元素混杂的状况延续至今，有时甚至无法将其与武侠仙侠截然分开，但其内核上的中国色彩却可一眼辨识。

其中，延续西式外壳的奇幻小说，在设定上进行了大幅的简化，如“D&D庞杂的多元宇宙被简化为大陆、魔界、亡灵界等几个版块，九大阵营划分的神祇谱系被缩减为‘光明神’独尊，而基于魔网的超自然力量体系也被简化为等级制”[①]，《魔运苍茫》（瑞根）、《亵渎》（烟雨江南）、《大魔王》（逆苍天）等均如此。其中《亵渎》在奇幻小说中首创了无底线、无原则，但是善于寻找体制裂缝并能进行反抗的“恶人”主人公罗格，对既有玄幻和武侠小说中的反抗者要么是英雄好汉，要么是韦小宝式的小人物的情形，是一种有力补充，也体现了一种新的时代价值观念趋向——牢不可摧的社会秩序体系内，最接近成功的人正是能抛弃道德底线、善于投机钻营之人。然而，即便这种人，要想对抗最高威权，最后的结果也只能是失败后逃遁到小世界中自成最高统治者。除了西式奇幻的本土化之外，由于二次元文化的兴盛，日式奇幻也冒了出来，如《魔王奶爸》（盘古混沌）每卷都是一个完整的单元故事，所有单元连缀而成一个大故事，叙事结构上非常类似日本的轻小说。《无限恐怖》（zhttty）借鉴了日本漫画和各种恐怖小说，各种元素的融入为玄幻小说贡献了“无限流”。

玄幻小说中爽文特别多，爽文中写成小白文的也不可胜数。将离奇想象世界与战争或军事相结合的小说中，比较出名的有《小兵传奇》（玄雨），小说用第三人称叙述的方式，讲述一名小兵唐龙参军进入一个诡异的军营，然后渐渐适应并成长为出色的军官，且参加了宇宙大战。小说属于较早将离奇想象与军事题材相结合的作品，当时引起的反响热烈，开头写得比较出色，但后面渐渐沦为幻想色彩过于浓烈的爽文。猛虎的《猛虎王朝》给孤儿丹西设置了一个“角斗士”的身份起点，让其在阴谋、战争与争议中成为猛虎帝国的开创者。小说采用了仿史写法，对社会政治经济文化的描写比较扎实，善写战争场景，但对数量过多的出场人物却未能很好地驾驭。

老猪的《紫川》颇有些史诗的味道，以紫川家族的兴衰传奇来写西川大陆风云变幻，小说设定并不新奇，但主要人物都很饱满立体，性格鲜明，在网络小说中比较难得。说不得大师的《佣兵天下》有点新历史主义小说的味道，以三个小人物雇佣兵的眼光来看一场延绵两百多个世纪的旷世大战。《风姿物语》（罗森[②]）则大幅发挥调侃风格，啼笑皆非地将历史人物串联在一起，且赋予既定认知之外的角色设定，比如爱因斯坦变性为女魔法师，多尔衮是皇太极在人世的二度再生，王羲之是居住在耶路撒冷的刀剑双绝高手等。语言上偏爱长句，

---

① 邵燕君主编：《网络文学经典解读》，北京大学出版社 2016 年版，第 52 页。

② 罗森为台湾网络作家。

常常将各种句式组合在一起。梦枕貘的《阴阳师》则是日式风格，平安时代的阴阳师安倍晴明与“乐神”合力驱魔驱鬼。

《奥术神座》（爱潜水的乌贼）中将拥有知识多寡作为衡量奥术等级的标志，穿越者夏风凭借自己从前一个世界带来的数理化知识，和在后一个世界获得的能力开辟了一片新的天地。沧月的“镜”系列也试图去描述一个横跨七千年历史的世界，不过却将民族家国之争局限在了男女爱情纠葛上，没有更大的格局。类似的还有《法师三定律》（笑狮弹剑）将魔法与工业化体系杂糅。《第七颗头骨》（凤凰）仿西方游戏的色彩浓重，以第一人称叙述者作为法师的“我”讲述了一个充满尸体、骷髅、亡灵的世界。《异人傲世录》（明寐）也是西式奇幻类作品，故事的主体部分是在异度空间的外星球，满身缺点的主人公死后到异度空间大展风采。奇幻小说是男性向的小说，西式的人名、地名、设定和翻译体文风充斥其间。《魔运苍茫》（瑞根）是奇幻小说中的种田争霸流，主人公依靠邪恶力量建立了自己的势力范围。

可以说网络小说类型文中读者最多的是玄幻小说。天蚕土豆、我吃西红柿、爱潜水的乌贼、唐家三少都以玄幻小说出名，虽然有些故事发生在架空世界，人设和世界观有所不同，但高幻想的性质及套路都极其相似。并且，在这类小说中，世界是等级化的，且是可以用数据衡量的，人物在能力、武器、天赋等各个方面都是可以用等级和数量进行比拼的，这种设定可以完全脱离现实世界的自然规律和法则，但要自成体系。故而，在玄幻升级小说中，小说一开始就会将人物和设定列出来。这样一种玄幻的方式，其前身是网游文，现今依然是玄幻文的主流写法。比如天蚕土豆的《斗破苍穹》中拼的虽然不再是“魔法”，但仍然需要“斗气”，要修炼斗气的段位，小说主人公萧炎从小勤奋好学，但突遭不测后又成功逆转。唐家三少的《斗罗大陆》主人公是名字与作者高度相像的唐三，因为被唐门不容所以穿越到斗罗大陆来修炼武魂，一步步终得复仇。我吃西红柿的《星辰变》以升级节奏之快、世界设定之大著称，主人公的内在修真和外在的宇宙意义对应，最后终于将宇宙也突破了。当然主人公也并非凡人，他是秦始皇的后人秦羽。人神仙魔妖界和星系世界全都包罗在内。耳根的《我欲封天》是在网上连载的同时，被读者自发翻译到国外英语网站获得了国际传播的玄幻作品。梦入神机的《黑三老妖》在升级文上的贡献是开创了诸子百家类型的升级模式。辰东的《神墓》直接跨越到有文字记载前的远古时代，让主人公辰东寻找万年前的爱人，探索秘闻传奇，揭开惊天故事，开局磅礴大气，可惜收尾略有草率。高楼大厦的《寂灭天骄》把武学之争扩展到了星际争霸领域，故事空间采用了天体学的知识架构。

带有本土色彩的玄幻小说，除了升级文之外，还有少部分写的是在架空世界里的反抗生活。《逍遥•圣战传说》（林千羽）以想象将西方的创世神和中国的女娲放置在一起，但以出色的手法在二十多万字的篇幅内，在三界的时空转换中完成了对自由、爱情等诸多主题的深刻思考。猫腻的玄幻小说在相当大程度上摆脱了升级爽文的程式，其《庆余年》《将夜》《间客》都推崇自由、民主等现代社会的启蒙理念，主要人物塑造上也特别推崇有正义感的人物。特别是其《间客》中塑造的人物许乐，是网络小说中非常难得的正面英雄，是弱者的代言人，他勤奋、刻苦，敢于反抗，总是为别人复仇，能洞察权力系统的不公，并在罗网密布的星球体系中奋力开拓出一条自由民主之路来。

虽然本土化的玄幻小说是2004年后玄幻小说的主流，但仍有借用西方设定的奇幻小说出现。比如血红的《神|魔》以化用圣经中的创世纪故事开始，着意在西方骑士传奇上架构小说，时间却定格到了一个虚构的远古时代，写了一个小孩子参战，是比较纯的西方风格奇幻小说，借用了魔法与剑的体系，里面有些反套路描写。方想的《五行天》亦是到了没有历史记载的五行天时代，虽然小说是偏东方风格的人物和体系设定，但也很容易从中发现魔法、帝圣等西方元素。

网络女作家写的玄幻小说一如既往地喜欢以爱情为主题，即便到了高幻想的异域空间或神话空间依然是爱情为上。大风刮过的《桃花债》采用的是玄幻小说写作中少用的第一人称叙述，“我”原是天庭散仙宋瑶元君，得到了一个飞升的机会，后又到人间设劫惩戒，缠绵出一段跨界的爱情。《三生三世十里桃花》（唐七）也是第一人称叙述，且在故事情节设计上与前者如出一辙。

从网络玄幻小说短暂的历史来看，早先是以受外来文化尤其是西方文化影响较大的奇幻小说为主，后出现了由外向内转的倾向，纯粹西式的奇幻小说不再是网络玄幻小说的主流。取而代之的是主题和设定上以中国本土文化为主，外来因素为辅的玄幻小说，称之为玄幻小说，可以区别于那些具有强烈的异域色彩的奇幻小说。但此时的网络玄幻小说又与武侠修真类小说有了比较明显的分别，其构成元素不再那么纯净，而是动辄就有外来元素夹杂其中，在世界观、人物设定和动植器物上都呈现出比较大的文化跨度。

网络玄幻小说的主要特征有：

1. 多种文化元素交错杂糅的奇观世界。玄幻小说属于网络文学中的高幻想型小说，之所以为“高幻想”，原因在于其素材来源十分庞杂，相比现实世界，玄幻小说中的世界是“神游八极”而来，但又在小说内部重新整合为一个系统。与现实主义文学相比，玄幻小说“因文生事”的自由度更高，受现实事件的束缚更少，可以更大程度地由着写作者的性子来削高补低。从素材上看，玄幻小说将通常不搭的元素杂糅一起，然后又设定出一个无法落实到某个文化时空的、较为完整的内在体系。除却上文所述的承继自黄易的向现代科技和中国传统玄学开拓想象的路径外，还有更多向别的文化和文明借鉴素材的类型。比如，网络奇幻小说的祖师经常被追溯到英国作家托尔金（John Ronald Reuel Tolkien），其《魔戒》三部曲描述的精灵魔法世界为国人打开了新的想象空间。此外，来自美国的大型在线角色扮演游戏《魔兽世界》2004 年起在全球发行和风靡，也成为玄幻小说重要的想象来源。可以说玄幻小说的跨文明多源头是其在题材上的特色，而这也使得其故事世界的建构更加宏阔、无远弗届。中国远古神话、道教典籍、魏晋玄学均是取材对象，西方中世纪十字军东征、骑士传奇也成为偏爱的对象，日本的漫画和港台剧，以及印度的神魔鬼怪故事也成为创作素材来源。而杂糅的方式，以可以辨识的外在素材杂糅为主，有些是表现在事件拼贴上，有些是表现在语言命名系统上，有些则是表现在地理景观风貌、服饰装扮和礼仪上。每一种杂糅的玄幻小说背后都有支撑的一套知识谱系，而这个知识谱系是跨文化甚至是跨文明的。可以说，现代社会教育体系对小说作者和读者知识系统的拓展，联系紧密的国际社会，不同文化文明间的频繁交流及冲突构成了玄幻小说繁盛的社会大语境。

大致来说，玄幻小说的素材来源有以下几个方面：

其一，中国远古神话、志怪小说和道教。《山海经》《淮南子》中的方志和妖魔鬼怪是常见的来源。动辄将小说置于远古洪荒之时，于是记载在神话传说中的地名、人物和神怪就成了网络玄幻小说的默认素材。比如《三生三世十里桃花》中的青丘国就来自《山海经·海外东经》中的记载，而玄幻创作需要的各种神奇植物和异兽珍禽也经常从《山海经》中选取，比如九尾狐、饕餮之类。由于很多玄幻小说需要“魂兽”，而兽和人在现代社会的接触本来就少得可怜，记载丰富的古典文献中的各种种类复杂、长相奇特的禽兽就自然成了可取资源，如九州世界体系和云荒世界体系①。玄幻小说也经常将道教的修仙体系融入其中，将其与游戏升级的套路相关联。

其二，西方神话、宗教历史故事和魔幻小说及游戏影视剧。古希腊文化和古希伯来文化作为西方正统的“二希文化”，被借用到玄幻小说中理所当然。除此以外，产生于 20 世纪的克苏鲁神话亦纳入其中。西方的奇幻小说设定中经常使用的体系有：罗伯特·欧文·霍华德（Robert Ervin Howard）开创的“剑与魔法”世界体系②，托尔金《魔戒》类小说开创的中土世界体

① 九州世界体系并非一人所创，而是由江南等作者设计搭建的东方架空体系，在“九州”这九片世界构成的体系中，有人、羽、蛮、河络、夸父、鲛、魅等族。云荒世界体系也是由沧月等众人依据《山海经》中的记载，充分发挥想象力搭建的一个世界想象体系，其中的族类有空桑、鲛人、翼族等。

② 该体系经常将冷兵器与魔法巫术等神奇力量相结合，故事讲述中偏重塑造人物的英雄色彩。

系[①]，乔治·雷蒙德·理查德·马丁（George Raymond Richard Martin）的《冰与火之歌》系列小说开创的暴力中世纪体系[②]，想象新技术构建的蒸汽朋克世界[③]。西方的基督教神职体系和吸血鬼传说也经常被用到玄幻小说的建构中。

其三，日本神话、动漫与港台及好莱坞电影。日本动漫是二次元文化的主要推动力，也是当今流行文化中并列于好莱坞电影和韩剧的另一重要构成部分。如《银河英雄传》、宫崎骏动漫等的影响非常大，玄幻小说中也经常调用这方面的素材，有时直接就作为日本动漫的同人作品出现，如《火影风神传》（六角棱）。史莱克七怪、樱桃小丸子之类的影视角色也经常出现在玄幻小说中。比如沧月的写作就有日本动漫的影子。日本神话虽然不如动漫影响大，但如《古事记》中的神话人物也经常被拿来作为素材。

多种元素杂糅的架空世界，是玄幻小说的主要特色，也是其高幻想的主要特征表现。随着玄幻小说数量的大幅增加，作者调用的素材范围也在不断扩大，印度、阿拉伯世界的知识系统也渐渐进入写作者的视域范围之内，并与中国本土的元素相结合，这构成了玄幻小说创作上混杂的跨文明景观。如《摩合罗传》（飞花）中阿修罗族、乾达婆族等八族的设定就来自印度神话和宗教传说。

在诸多玄幻小说中，从人物的命名到装扮，都可以看出这种杂糅的痕迹，比如《斗破苍穹》中与男主人公萧炎结为伴侣的是美杜莎。美杜莎是来自西方神话系统的蛇发女妖，小说也大体上延续了这一设定，赋予其美艳冰冷的特质，并将这个人物融进了小说的斗气体系中，小说里还有一个“迦南学院”[④]。单从小说人物的命名体系看，也可以发现小说中的人物“土味”和“洋味”相结合。《将夜》（猫腻）的架空体系中则将类孔子师徒体系、大唐、西域诸国和最高神明昊天都揉到了一起。

玄幻小说杂糅各种元素之后建构的世界，时间上偏爱尚没有历史记载的蛮荒时代，并且常会对这段没有记载的时间再进行划分。于是玄幻小说的故事世界就成了没有依托的架空世界，架空世界的规则由作者来定，超自然的事情可以理所当然地发生，人们的行为举止也可以迥异于现实世界。意念、元神、精神力、灵魂、神识、念力等关于人主观精神方面的天分，以及这些天分的修炼

① 这个体系包含了与现实世界中最像的普通人类、精力充沛的人类亚种霍比特人、擅长挖矿冶金的矮人族、拥有各种超凡能力的精灵族，以及半兽人族、兽族。中土世界体系与“剑与魔法”世界体系融合，通过《龙与地下城》（Dungeons & Dragons）桌面角色扮演游戏，及其衍生的小说动漫画和中国仿作类游戏《无冬之夜》《冰风谷》等发挥重大影响，从而构成了种种中土世界背景下多族争斗的剑与魔法故事。

② 暴力中世纪体系指马丁着重渲染的、血腥暴力的中世纪维斯特洛大陆体系。

③ 蒸汽朋克世界指将工业革命的新技术和当代社会的朋克亚文化融合一体，想象出来的平行世界。

④ 迦南是圣经中的应许之地。

提升及较量成为小说设定的重要方面，由此使得小说带有比较强的唯心色彩。精神力的使用和禁止有一定的套路，比如用“法决”加强精神力的功效，用“封印”阻止某种精神力。玄幻小说对这些元素的细分和等级化，与道教的魂魄观有一定的关系，但在玄幻小说中经常外化为可以发生效用的力量，小说人物可以单凭意念就来一场生死搏杀。轮回转世的情节设计也频繁出现在故事中，特别是言情成分比较重的玄幻小说。由于玄幻小说主要以想象力取胜，所以与其他类型的小说相比，读者对其语言文字要求不是太高，这样就造成了玄幻小说整体上文笔不高的情形。

2. 升级式的成长与轮回转世的爱情。在网络玄幻小说的发展过程中，早期小说的游戏色彩还不是特别明显，以偏男性向的奇幻小说为主。但后来随着玄幻小说的繁盛，其在构建情节模式时男女性向的分别变得非常明显。男性向的玄幻小说，主要以主角的成长及事业有成来推动情节的进展。女性向的玄幻小说，则在离奇想象的世界中编织爱情故事，最为常见的模式是将爱情纠葛扩展至前生后世、几生几世来刻画。总体而言，男性向占据了玄幻小说的绝对主导地位。

男性向的玄幻小说虽然元素多样，但单主人公模式居多，且以编年的方式写单主人公修炼磨砺的多。顺叙为主的叙述方式便于写作者时时更新调整，也符合中国传统小说的叙述模式，因此构成了玄幻小说的主要叙事方式。并且，为了给各种高度幻想的世界作铺垫，很多玄幻小说开头会加上一个穿越的楔子，将穿越的起点设置在和现实世界较近的可能世界，然后再安排主人公穿越到一个较远的高幻想世界中去。但这并不意味着悬念全部来自未来向度，主人公过去未曾言明的身世也成为悬念构成的主要方式，比如《庆余年》中范闲的身世就是故事展开的重要方式。单主人公为主的小说占据了玄幻小说的大半壁江山，小说主人公处于不同的级别中也会碰上不同的人物，因此除了主人公和有限的几个核心人物之外，其他人物会更换得比较快。这在后来《斗破苍穹》《斗罗大陆》等的爽文中表现得尤其明显，也被称为“升级流”①，次要人物的快速更替与情节的快速推进和场景的快速转换相一致，“打怪升级换地图”式的游戏色彩浓重。升级流小说中的族类虽然都会比较多，但其对世界秩序的想象则要简单得多：升级的法则是明确的，如果要突飞猛进就需要“金手指”来作弊，或者依靠偶然的机遇来获得加持。这在相当程度上反映了读者群体对现实世界体系单纯化的想象，对明规则的渴望和对“特权”的向往。

游戏需要很多的道具装备，也需要有明确的升级规则，这些在玄幻小说中

① 也有很多人将之称为“升学流”，把之类比为一个人从小到大各个阶段的上学升级过程。

也基本上成了标配。小说人物需要各种属性装备，也需要勤奋修炼，然后在十分复杂的升级阶梯上一关关前进，每次上升就会碰到新的对手和困难，需要去克服。也正因为这种模式，玄幻小说很容易一直写下去，主人公奋斗不止，小说也保持更新不断。同样，为了能够体现一点升级的乐趣，也为了使读者有更好的代入感，小说有非常明显的成长小说套路。主要人物一般从少年开始，一点点地修炼升级，这种模式在2010年左右的玄幻小说中反复出现——从名不见经传的小人物一步步升级到顶级大神。

因为有成长小说的特质，小说对人物性情的描写，相对而言比较简单，扁平人物居多，人物性格鲜明，缺乏变化但辨识度很高。主人公往往具有超凡的天赋或超好的机遇。小说的发展模式依循主角定律[①]，配角会将主角视为自己整个生命的价值所在，如《庆余年》中数个位高权重的人物，都争先恐后想让主角范闲来接自己的衣钵。主角总有机会发光发热并且被人赏识。由于玄幻小说和游戏有“近亲”关系，所以玄幻小说很容易成为游戏改编的对象。玄幻小说中，作为个人的主角的成功，取决于努力奋斗和“金手指”的助力[②]，叙述保持着有规律的“抑—扬—抑—扬……”循环上升节奏，以至无穷。

女性向玄幻小说[③]的内核依旧是爱情，但与传统言情不同的是，爱情和“灵魂不灭”“轮回转世”合在一起之后，便超越了“一辈子”。男男女女跨越前世今生的爱恋几乎成了一种套路，如《桃花债》（大风刮过）、《三生三世十里桃花》（唐七）、《香蜜沉沉烬如霜》（电线）都是在上古神话的几重转世中铺排爱情故事。这种爱情套路中，经常使用“人鬼仙三界”的设定[④]。作为爱情隐喻的“桃花”作为“债”或者“运”，即便在下界或升仙中都没有办法摆脱，都是要还的，或者要成就的，尽管不得不还的情会消耗掉大量的修为。

二、网络玄幻小说主要作家作品

（一）萧鼎《诛仙》

萧鼎（1976— ），福州仓山人，1976 年生于福州一个普通工人家庭，从

---

① 主角定律指泛滥于小说及影视剧中的一些基本规律，比如主角不死、主角总是正确的、主角总是麻烦不断、主角总会成功等。

② 参见黎杨全、何榴：《中国网络玄幻小说的叙事语法》，《中国文学批评》2018 年第 3 期。

③ 较有名气的女性向玄幻小说主要出自晋江文学城。

④ 参见葛红兵、刘赛：《三界模式与异大陆模式——玄幻小说的两种基本叙事模式及其“世界观”比较》，《当代作家评论》2019 年第 4 期。

小就喜欢看武侠小说，毕业于福建工程学院。2001 年接触网络，在玩网络游戏的同时，无意中闯进玄幻武侠小说的网站，于是开始写作，并逐渐成为网络玄幻小说写手。2002 年 6 月第一部长篇作品《暗黑之路》在台湾出版。2003 年 3 月《诛仙》在台湾出版，2005 年 5 月大陆版《诛仙》正式面世。2007 年 4 月诛仙同名网络游戏问世。2007 年 5 月由萧鼎、步非烟、小椴、林千羽主编的《幻想盟》杂志正式创刊，总共出版了两辑。2007 年 6 月 12 日《幻想盟》正式宣布停刊，月底《诛仙 8 大结局》出版。沉寂多年后，萧鼎又陆续创作了《诛仙》（第二部）、《戮仙》、《天影》等作品。

《诛仙》从 2005 年 5 月出版以来，在内地销售量已逾百万册，成为国内玄幻小说最畅销之作，是最早连载于幻剑书盟网站上的一部网络仙侠小说。《诛仙》情节跌宕起伏，人物性格鲜明，书中反复探究的一个问题就是“何为正道”。“天地不仁，以万物为刍狗”是这部小说的主题思想。《诛仙》与《飘邈之旅》《小兵传奇》并称为“网络小说三大奇书”。

《诛仙》的大致故事情节为：草庙村普通少年张小凡在机缘巧合下认识了普智高僧，普智临终前将天音寺不外传的真法“大梵般若”传授给小凡，希望能在张小凡身上圆自己佛道双修、参透生死的梦想。后来草庙村遭到血腥屠杀，张小凡和林惊羽被名门正派青云门收留。资质愚钝的张小凡进入大竹峰后，武艺修行进展缓慢，在一次伐竹过程中，为追一只三眼灵猴，获得了一件以精血炼成的至凶至邪之法宝——“烧火棍”。在之后青云的“七脉会武”中，最不被看好的张小凡凭运气和“烧火棍”的邪气，竟然进入前四，达到了“大竹峰”历史以来最好的成绩。在比武中，他邂逅了小竹峰中冷艳绝俗的陆雪琪并败在她手下。后来比试的前四名去空桑山调查魔教异常之事，小凡、雪琪落入死灵渊，在危急时两人不离不弃，互生情愫，后被黑水玄蛇打散。张小凡落入滴血洞，在洞中认识了魔教鬼王宗宗主的女儿碧瑶，并无意中习得魔教天书。第一次正魔大战中，困扰小凡多年的草庙村血案真相大白，小凡伤心激愤。又因碧瑶不顾生死以痴情咒为他挡下诛仙剑阵，张小凡叛出青云加入魔教，更名鬼厉。十年间，鬼厉杀人无数，冷漠嗜血同时他走遍大江南北，寻求复活碧瑶的良方。十年后，鬼厉与雪琪再次相遇，在多番生死患难中相爱越来越深，但苦于正邪两立，不得不兵刃相向。在此之后，鬼厉结识并解救了因偷玄火鉴而遭囚禁的九尾天狐小白，两人潜入苗疆寻求使碧瑶复活的方法。历经艰难找到苗疆大巫师，无奈大巫师油尽灯枯，还魂术并未成功。期间南疆兽妖开始大举北进，天下生灵涂炭，正魔中人纷纷攻打兽神。镇魔洞中，鬼厉、雪琪合作，历经艰险最终战胜兽神。在苗疆的夜空下，两人不管明天，忘却世间的牵绊，轻轻地相拥。鬼王不顾众人死活，炼就四灵血阵。后在四灵血阵大功告成时，引发狐歧山崩塌。碧瑶肉身从此失踪，下落不明，只留下一角绿色衣裳。张小凡因此大受打击，后在陆雪琪的呵护以及小白的打骂下重新振作，在古剑诛仙的召唤下来到幻月洞府，成为诛仙剑的新主人且同时习得天书第五卷，在第二次正魔大战中，杀死了鬼王，挽救了世间百姓，与陆雪琪失散后，回到草庙村，不过两人终又重逢。

长篇系列小说《诛仙》以其天马行空的想象、雄健恢宏的叙事迅速成为华语奇幻文学巅峰之作，扬名海内外。整部小说可谓波澜壮阔，爱情、亲情、友情与佛、道、魔、妖以及波澜壮阔的正邪搏斗、命运交战汇集在一起，文笔优美，故事生动，令人不能释卷，被称为“后金庸时代武侠圣典”，以网络点击量超过三千万人次，被誉为可媲美还珠楼主《蜀山剑侠传》的国内新一代有浓郁中国风骨的奇幻精品巨著。

爱情是文学永恒的主题，而让人流连忘返、扼腕叹息的爱情多半又是以悲剧收场的。小说给我们展现了张小凡坎坷的情感之路。青春期的小凡一直处于自卑、孤寂、凄楚的处境，活泼好动的红衣女子灵儿给他单调无味的生活增添了无尽的乐趣，小凡爱恋师姐，心中汹涌澎湃却又无法说出口，尽管青梅竹马、两小无猜，张小凡始终敌不过才貌俱佳的齐昊，这段青春期的萌动只能在小凡的心痛中无疾而终。直到那个绿衣女子——碧瑶的出现，她对小凡倾注了纯粹的爱，然而这种感情却让小凡左右为难，一方面，感于碧瑶的真诚，小凡也逐渐倾心，但是两人所处立场截然相反，正魔两道从来势不两立，作为天下第一名门的弟子又如何与一个魔教女子相爱呢。这个情节像极了《倚天屠龙记》中的张翠山与殷素素，不过张小凡却没有张翠山的勇气，尽管他也对正、魔两道的界限动摇过，却迈不过那道坎，无法从根本上真正接纳碧瑶。不过诛仙剑阵下，碧瑶为拯救小凡全然不顾生命，那一曲悲情咒为他们的爱情谱写出了最强音，却也为他们的爱情画上了休止符。美丽纯洁的碧瑶成为小凡心中永远的痛，从此他的人生也发生了逆转——叛正入魔。白衣女子陆雪琪虽然冷若冰霜，却对小凡芳心暗许。尽管小凡与雪琪也是真心相爱却注定不能相守。一个是正气凛然的正道维护者，一个是杀人如麻的魔教人物，这段爱情又再次陷入了正魔对立的怪圈，使得两个有情人不得不成为生死相搏的敌人。如果说碧瑶的爱是炽烈的，那么雪琪的爱是伟大的。碧瑶可以爱得义无反顾，而雪琪却只能左右徘徊。碧瑶虽死，却始终活在小凡的心里，赢得了他的一生；雪琪虽生，却咫尺天涯，相思入骨却又无缘相守。小说里面没有完美圆满的爱情，却充满了绝望与艰难，甚至像妖兽与玲珑之间因爱而衍生出人世的浩劫来。而这些爱情悲剧也都超越了那种两情相悦、恶人作梗的俗套，更多的是从人物性格、社会环境中挖掘出更为深刻的原因。

此外，与传统武侠小说善恶分明的二元对立模式不同，作者有意解构正邪之间的界限。为了达到这种效果，作者构思精巧、缜密布局，不仅从人物形象入手，不惜笔墨使每个人物都复杂多变起来；而且也从故事情节进展中设置逆转，使得故事的发展总是出乎读者意料。就小说中的人物而言，无论是正道中德高望重的道玄掌门、苍松道人、焚香谷云易岚、佛门高僧普智还是主人公张小凡或是魔教中不起眼的野狗道人乃至南疆土地的玲珑和兽神，对他们的评价都不能简单地从正邪两面来作简单划分。正道中人如苍松道人平素威严公正却能在关乎青云存亡的第一次正魔大战中叛出青云，投靠魔教。同样，天音寺四大神僧之一——普智是何等的得道高僧，素来慈悲为怀，但居然为了实现自己参悟佛道的理想，制造出耸人听闻的草庙村惨案，拉开乱世序幕。而残忍邪恶的兽神为了复仇，发动邪恶妖物几将天下生灵屠尽。但他对深爱的玲珑却充满了柔情蜜意。主人公张小凡的改变更是不必说，从维护天下道义的名门弟子摇身变成冷酷、邪恶的魔教人士。可以说小说中没有绝对的好人与坏人，也没有绝对的真理，就像那把震古烁今、被正道人士封为至尊的诛仙古剑也杀戮了无数生灵，毁掉了无数人的性命，世间哪有什么正道邪道。就像张小凡说的，错的不是那些邪恶的法宝，而是人心，一切都是由人心来决定的。所有的外力都不是我们退缩的理由和借口，正邪仅在一念之间。小凡的一句“什么正道？什么正义？你们从来都是骗我。我一生苦苦支撑，纵然受死也为他保守秘密，可是，我算什么？……”道出了他对所谓正道的强烈质疑。的确，一切不过都是谎言。那些所谓权威定下来的传统只不过是用来维护他们利益的工具罢了。作为普通个体，人往往会被这些条条框框束缚住手脚，而一旦发现那些表面的义正辞严只是为了掩盖内心的龌龊时，个体的生命价值从此将大不相同。小凡的人生即如此。

《诛仙》作为一部影响深远的网络玄幻小说，较之传统武侠小说，它的童话色彩更加浓厚。小说中的人物个个都本领非凡，除了拥有武林人士精湛的武艺外，还都能驾雾腾空，法宝功力了得。小说中出现了名目繁多的神兵仙器如诛仙古剑、噬魂魔棒、天琊神剑、琥珀朱绫、伤心花、合欢铃等，这些器具赋予了人物上天入地的超能力，比起武侠人士飞檐走壁的本领高超了许多，因而打斗的场面也更加精彩。现代生活的程式化、竞争的激烈很大程度上挫伤着人的成功感，而人总是幻想自己是英雄拥有强大的力量去征服外面的世界。《诛仙》则给了人们这种满足。此外，作为一部网络小说，其结构也别具一格，只有中心主人公而无中心事件，从总体来看，小说情节是以小凡的成长推进的，而每个阶段又有很多扑朔迷离的小故事，各个小故事既相连又彼此独立，形成网络式格局，使小说具有了开放式结构。《诛仙》文笔细腻，语言优美，作者用他天马行空的想象征服了无数读者。不过小说也存在明显的不足，很多悬念直到最后作者也没有给出答案，最为读者诟病的当是结尾处理有失妥当，有虎头蛇尾之嫌。

（二）天蚕土豆《斗破苍穹》

天蚕土豆（1989— ），本名李虎，四川人，高中毕业起就在网上发表玄幻小说，一开始只是自娱自乐。2008 年的处女作《魔兽剑圣异界纵横》成绩欠佳，但也使其获得了当年起点中文网年度新人王的荣誉。2009 年在起点中文网开始连载的第二部作品《斗破苍穹》则让天蚕土豆一跃成为起点中文网的白金级作家。小说在连载期间就受到千万读者追捧，点击率过亿，热度高居不下，即便十多年后的今天依然雄踞起点中文网畅销榜前列，成为网络玄幻小说中里程碑似的存在，2020 年被国家图书馆永久典藏。2011 年连载完结后，天蚕土豆又陆续创作了《武动乾坤》《大主宰》《元尊》《万相之王》等一系列玄幻小说，在全网始终有极高的传播量和热度，作者本人也被认为是最具商业价值的网络文学作家之一。

《斗破苍穹》的故事情节大致如下：本是修炼天才的萧炎一朝陨落，沦为萧家众人的笑柄，更被从小指腹为婚的未婚妻纳兰嫣然登上门来当众退婚。自尊心被践踏的萧炎与纳兰嫣然定下了三年之约，“三十年河东，三十年河西，莫欺少年穷”，约定三年之后上云岚宗与纳兰嫣然比武。随后萧炎发现原来他并非失去了修炼天赋，而是三年来辛苦修习的斗气都被母亲留给他的戒指中的药老吸收了。在药老的帮助下，萧炎成了在斗气大陆颇受尊崇的炼药师，踏上了离家历练的修炼之路。经过在迦南学院的刻苦修习、魔兽山脉生死一线的磨炼、“异火”及诸多宝物的搜集运用，萧炎终于踏上云岚宗，挑战纳兰嫣然并将其打败，扬眉吐气。此后萧炎继续修行，并在途中结识了许多红颜知己，最终击败了远古八族中魂族的族长魂天帝，而他也从当初名不见经传的一名斗者成长为闻名天下的斗帝。

单从情节梗概来看，《斗破苍穹》的故事似乎乏善可陈。但在当时，这部小说在尚未开始收费阅读时的成绩就已让作者本人都十分惊喜，历时两年的连载过程中更是起点中文网的“霸榜”作品，风靡青少年读者群体，可以说几乎所有喜爱阅读小说的中学生都或多或少地读过《斗破苍穹》。这部小说开创了在男频网文中影响深广的“退婚流”，且在完结十年后的今天，依然有许多“小白文”写手视其为教科书级别的“写作宝典”，阅读、揣摩文本中“爽点”的埋伏铺陈，学习天蚕土豆对情节节奏的把控。

商业上的巨大成功自然有其背后的道理。《斗破苍穹》是典型的“小白文”，作者不以人物塑造、文字内涵和思想深度为写作追求，而是力图让读者沉浸在他所描绘的斗气大陆这个充满了奇幻色彩的异世界中，将自己代入“我命由我不由天”的看似“废柴”实则天才的主角，通过一次次被人欺辱、鄙夷和看轻后刻苦修炼、大开“金手指”和遭逢各种奇遇继而不断变强，反过来将鄙夷者踩在脚下这一堪称“经典”的叙事套路，从而营造出巨大的阅读快感。这种快感虽然虚幻，但又极其强烈，足够让年轻的读者深陷其中，每日追更，欲罢不能。《斗破苍穹》全书虽然有五百多万字，但最吸引读者的就是这套不断制造爽感的核心机制，所以哪怕作者只是更换了修炼等级和人物地图，实际上讲述的情节高度相似而缺乏一定的新鲜感，读者依然沉浸在萧炎从斗者到斗宗，从斗皇到斗帝，不断“打怪升级”，结识一个又一个红颜知己的成长故事中不能自拔。

这套叙事策略可以说是来自“玄幻”一词的发明者、创作达洋洋洒洒千万字的武侠宗师黄易。像《大唐双龙传》《边荒传说》这些数百万字的长篇小说，对后世网络文学的影响无疑是巨大的。一部数百万字的超长篇，写到后面难免有才思枯竭、情节难以为继的情况出现，这时黄易往往就让他的主人公遇上新的美人，如此一来，有了新的人物，也就有了新的情节和期待，故事得以继续开展，读者也能津津有味地读下去。后来的玄幻小说发表在网络上，传播广，受众多，但竞争同时也更加激烈，作者只能比早已成名、不缺读者的黄易更加“卖命”地将故事写得引人入胜，才能保证自己的小说有人看，有人每天守在屏幕前追更。每天定量的更新字数要求又让作者无力寻词炼字，只能进行文字量产，构思情节的时间同样少之又少。如此一来，舍弃一些文学和故事层面的和谐与美感、追求最吸引读者的“爽感”的创作方式，在一部小说里如法炮制出现成百甚至上千遍，这样才能够顺利地完成一部几百万字的玄幻小说，完结后又在下一部小说中重复这一文本生产过程，这种写作方式成了大部分网络写手不得已而为之的“日常”，虽然无趣，但是有效。因为市场要求他们这样做，读者要求他们这样做。

《斗破苍穹》就是这种创作模式下的集大成之作。可以说，玄幻小说自黄易始，直到天蚕土豆才真正成熟起来，建立了一套可供任何人借鉴且行之有效的叙事策略和快感机制。虽然在文学审美上不见得比黄易高明，甚至还有所退步，但在网络时代，《斗破苍穹》的出现代表着网络文学的渐趋成熟，其所带来的商业价值更是难以估量——因为一部《斗破苍穹》，后来也有了无数部“《斗破苍穹》”，而读者都愿意为它们买账。天蚕土豆后来写的《武动乾坤》等作品也活脱脱都是《斗破苍穹》的翻版。除了这种自我模仿之作，其他写手的模仿更不计其数了。也正是由于这个缘故，《斗破苍穹》堪称“小白文”中的典范，时至今日，已经成为“经典”，无法动摇了。

总的来说，《斗破苍穹》行文流畅，作者对于故事节奏的把握近乎完美，如果读者不拒绝“小白文”，那么它就是一部优秀的可以帮助读者消磨时光的玄幻小说。萧炎虽非逆袭的草根，但努力拼搏的少年心气也激励了许多年轻读者。天蚕土豆在写作此书时不过20岁出头，他面向的读者也正是他的同龄人和更年轻的中学生，不能奢求小说包含深妙的人生哲理。从这个意义上讲，玄幻小说是另一种青春小说，只不过主人公离开了现实中的校园，来到了异世界开始修炼斗气，他身上仍然承载了年轻人渴望通过奋斗功成名就、出人头地的梦想，如果在奋斗的过程中还能够得到异性垂青、贵人相助，自然再好不过。小说就像是作者制造梦境，《斗破苍穹》一类的“小白文”就是作者给读者制造的一场场美好的幻梦。

一、思考研习

1. 结合社会文化语境，分析中国现代武侠小说产生的原因。
2. 论述中国当代武侠小说在港台地区兴盛的背景及原因。
3. 网络玄幻小说有什么特点？

二、阅读延伸

1. 平江不肖生《江湖奇侠传》《近代侠义英雄传》
2. 姚民哀《山东响马传》
3. 顾明道《荒江女侠》
4. 文公直《碧血丹心大侠传》
5. 赵焕亭《奇侠精忠全传》
6. 还珠楼主《蜀山剑侠传》
7. 王度庐《卧虎藏龙》
8. 白羽《十二金钱镖》
9. 郑证因《鹰爪王》
10. 朱贞木《七杀碑》
11. 梁羽生《萍踪侠影录》《七剑下天山》
12. 金庸《射雕英雄传》《笑傲江湖》《天龙八部》《鹿鼎记》
13. 古龙《绝代双骄》《武林外史》
14. 温瑞安《刀丛里的诗》

15. 黄易《寻秦记》
16. 步非烟《曼荼罗》
17. 沧月《东风破》
18. 萧鼎《诛仙》
19. 天蚕土豆《斗破苍穹》

三、扫码听讲

第五章 中国现当代侦探、公安小说与网络悬疑、盗墓小说

第一节 中国现代侦探小说

一、中国现代侦探小说发展概述

侦探小说是外来的小说类型。《时务报》英文编辑张坤德最早翻译了英国作家柯南·道尔的《福尔摩斯探案》中的4部小说，刊载在1896年至1897年的《时务报》上。张坤德翻译了柯南·道尔的侦探小说以后，引起了人们对西方侦探小说的关注，接踵而来的是对美国侦探小说作家爱伦·坡小说的翻译。1905年周作人将爱伦·坡的小说《金甲虫》翻译成中文，并且易名为《玉虫缘》发表在《女子世界》的5月号上，而向周作人介绍这篇小说的正是当时在日本留学的鲁迅。1907年、1908年外国侦探小说在中国掀起翻译热潮。到1911年左右，中国作家几乎将当时世界上所有的侦探小说都翻译了进来。用阿英的话来说："当时译家，与侦探小说不发生关系的，到后来简直可以说没有，如果说当时翻译小说有千种，翻译侦探要占五百部以上。"[①]在这些侦探小说翻译作品中，柯南·道尔的《福尔摩斯探案》还是占据主要地位。1916年5月，中华书局出版了《福尔摩斯侦探案全集》，这是中国第一部按全集出版的柯南·道尔的作品。这部全集是用文言翻译，收了44个案子，汇成12册。1925年，大东书局又用白话翻译这部全集，并增加了柯南·道尔的9部新作，名称为《福尔摩斯新探案全集》，全书共4册。同时，大东书局还出版了《亚森罗频案全集》。亚森罗频是个侠盗，是法国作家勒白朗为福尔摩斯设计的一个强劲的对手。勒白朗以此人为主人公写了一系列与福尔摩斯斗智斗勇的故事，被称为"反侦探小说"。

---

① 阿英：《晚清小说史》，人民文学出版社1980年版，第186页。

从思想文化层面上说，外国侦探小说的引进符合当时正在发生变革的中国思想界的需求。作家周桂笙有一段言论很有代表性："至若泰西各国，最尊人权，涉讼者例得请人为辩护，故苟非证据确凿，不能妄人入罪。此侦探学之作用所由广也。"[①]侦探小说宣扬的是一种法制，而不是人治；要求的是科学实证，而不是主观臆断；讲究的是一种人权，而不是皇权，这样的一种思想内涵的小说体裁，输入的正是时代所需要的"西洋文明"。在认识到侦探小说的思想文化价值的同时，中国作家们以惊叹的眼光注视着这一中国传统说部中从未有过的类型。这种建立在严密的科学推理和合理的逻辑设证之上的"层出不穷，千变万化"，做到了"奇"而合理，"荒"而不谬，对正在热衷于小说创作的中国作家们产生了极大的吸引力。它对中国小说出现第一人称、倒叙以及插叙、补叙等创作手法，起到了示范作用，对中国小说走向现代化产生了深刻影响。

侦探小说译作一统天下的局面一直到了20世纪20年代初才开始有所变化。中国作家创作的侦探小说开始登上文坛。其中成绩突出者有俞天愤的《蝶飞探案》、陆澹安的《李飞探案集》、张碧梧的《宋悟奇家庭侦探案》、赵苕狂的《胡闲探案》、张无铮（张天翼）的《徐常云侦探案》。

这些作品虽然各有特色，但是总体上水平并不高。这些作品也就是作家们在翻译和阅读外国侦探小说的过程中，模仿和学习外国侦探小说的创作技巧写了一些中国人的生活铺衍而成。不过，虽然这些作家步履蹒跚、踉踉跄跄，但毕竟中国侦探小说创作有了勇敢的"学步者"。

二、中国现代侦探小说主要作家作品

（一）程小青及其作品

程小青（1893—1976）出生在上海淘沙场一个小职员家庭。原名程青心，号茧翁，曾用名福林（乳名）、程辉斋等。程小青十多岁时在上海亨达利钟表店当学徒。学徒期间自学外语，并开始了小说创作。1914年秋，他参加《新闻报·快乐小品》征文，写了一篇侦探小说《灯光人影》，给小说中的侦探取名"霍森"。可是排字工人误植，将"霍森"排成"霍桑"。程小青一看，"霍桑"也不错。干脆将他的大侦探取名"霍桑"。

程小青是现代中国不多的侦探小说翻译、评论和创作多面手。1916年，程小青参加了中华书局组织的文言本《福尔摩斯侦探案全集》的翻译，其中第6、

① 周桂笙：《歇洛克复生侦探案弁言》，《新民丛报》1904年第55号。

7、10、12 册中均有他的译作。1930 年，程小青应邀再次为世界书局用白话重新编译《福尔摩斯探案大全集》。他是这次翻译活动的组织者和主要翻译者。

程小青曾发表过《谈侦探小说》《侦探小说的多方面》《侦探小说史》等文章。这些文章都不长，所论也主要是作家的创作感想，却是中国作家对侦探小说最早的学术探索。

在翻译外国侦探小说的同时，程小青创作了大量的侦探小说，取名《霍桑探案》。1946 年，世界书局陆续出版了他的《霍桑探案全集袖珍丛刊》，共计 30 种：《珠项圈》、《黄浦江中》、《八十四》、《轮下血》、《裹棉刀》、《恐怖的话剧》、《舞后的归宿》(又名《雨夜枪声》)、《白衣怪》、《催命符》、《矛盾圈》、《索命钱》、《魔窟双花》、《两粒珠》、《灰衣人》、《夜半呼声》、《霜刃碧血》、《新婚劫》、《难兄难弟》、《江南燕》、《活尸》、《案中案》、《青春之火》、《五福党》、《舞宫魔影》、《狐裘女》、《断指团》、《沾泥花》、《逃犯》、《血手印》、《黑地牢》。1949 年之后，他还写了一些小说，但他的小说成就无疑还是《霍桑探案》。

程小青是柯南·道尔的《福尔摩斯侦探案全集》中译本主要翻译者之一。他的侦探小说有着较强的"福尔摩斯"痕迹。程小青曾对他的小说结构作过这样的介绍："我觉得这一种自叙体裁，除了在记述时有更真实和更亲切的优点以外，而且在情节的转变和局势的曲折上，也有不少助力。譬如写一件复杂的案子，要布置四条线索，内中只有一条可以达到抉发真相的鹄的，其余三条都是引入歧途的假线，那就必须劳包先生的神了，因为侦探小说的结构方面的艺术，真像是布一个迷阵。作者的笔尖，必须带着吸引的力量，把读者引进了迷阵的核心，回旋曲折一时找不到出路，等到最后结束，突然把迷阵的秘门打开，使读者豁然彻悟，那才能算尽了能事。为着要布置这个迷阵，自然不能不需要几条似通非通的线路，这种线路，就须要探索中的辅助人物，如包朗、警官、侦探长等等提示出来。"①从文本的目的上说，侦探小说就是写怎样辨认凶手，而侦探小说的可读性就在于凶手的最后辨认往往在一般人的预料之外，同时又在逻辑推理的力度之中。侦探小说作家为了达到这样的效果，在写作过程中一方面大量设置迷局，而另一方面又为他最后确认的结局作铺垫。他们常用的方法就是"多线索障眼法"，即设置多条近似的线索，让读者发挥自以为是的想象，得出错误的结论，而作者却指出一条读者难以置信的线索，通过推论让读者确认这是正确的。这是一种侦探小说创作的传统手法，在爱伦·坡和柯南·道尔那里被大量地使用过。在中国，对这种手法使用得最为娴熟的就是程小青。

---

① 程小青：《侦探小说的多方面》，芮和师等编：《鸳鸯蝴蝶派文学资料》(上)，福建人民出版社 1984 年版，第 71—72 页。

程小青小说的传统性特点，还表现在对私人侦探的刻画和整部作品的谋篇布局上。和爱伦·坡的杜宾、柯南·道尔的福尔摩斯一样，程小青也有一个助手包朗，小说的叙事角度是由私人侦探霍桑和助手包朗搭配互补而成。小说中的私人侦探霍桑在整个案件侦破过程中表现出了超乎寻常的智慧和神勇。与他相比较的是那些官方侦探，他们思维简单，行动迟钝，常为小利而大喜，他们每前进一步都来自霍桑的启发。小说的结构也是传统的设谜——破谜——说谜三段式，先设悬念后释义。涉嫌者和读者在悬念之中自然会产生众多的疑问，随着这些疑问被一一剖析，涉嫌者解脱了，读者也就在其中获得阅读快感。这样的小说结构和叙事方式同样是延续着爱伦·坡和柯南·道尔作品的基本的创作模式。

但是，程小青毕竟是中国的侦探小说家，小说之中处处显露出时代特征和中国的道德标准。他的小说故事发生的背景基本是上海，小说人物大多是小职员、舞女、学生、仆人等，具有很强的平民气息。程小青笔下的霍桑孜孜研求的决心和缜密过人的智慧与西方的那些私人侦探一样。但是，他有两个独特之处，一是他爱憎分明的观念。“你瞧我几时曾向人家讨过功？我所以这样子孜孜不息，只因顾念着那些在奸吏、土棍、刁绅、恶霸势力下生活的同胞们。他们受种种不平的压迫，有些陷在黑狱中含冤受屈，没处呼援。我既然看不过，怎能不尽一分应尽的天职？我工作的报酬就在工作的本身。”[①]他扮演着一个惩恶者的角色。二是他的“道德观念”。“在正义范围之下，我们并不受呆板的法律的拘束。有时遇到那些因公义而犯罪的人，我们往往自由处置。因为在这渐渐趋向于物质为重心的社会之中，法治精神既然还不能普遍实施，细弱平民受冤蒙屈，往往得不到法律的保障。故而我们不得不本着良心权宜办事。”[②]什么是“良心”，那就是中国道德。他又扮演着一个教化者的角色。惩恶者和教化者不仅使得霍桑为人谦和，行为规范，彬彬如一君子，还直接影响了他的办案。他常常以道德代替法律。凶手犯罪只要“事出有因”，他或者只查原因，不追究责任；或者隐瞒真相，惩恶助善；或者私放真凶，另寻出路。为善者即使行凶也有善报，作恶者即使被杀也死有余辜。这些法律上决不允许的做法，霍桑屡屡犯之。霍桑的形象和行为迎合了中国读者的阅读心理，有较强的思想启蒙倾向，却不符合侦探小说的法律性；小说人物的正邪分明也影响了形象的生动性，小说成为一部单纯的案件侦破始末记。这一现象表现在程小青的霍桑身上，根源却在中国的道德文化与侦探小说美学追求的差异上。

---

① 程小青：《逃犯》，《霍桑探案集》十一，群众出版社 1987 年版，第 60 页。

② 程小青：《白纱巾》，《霍桑探案集》七，群众出版社 1987 年版，第 133 页。

（二）孙了红及其作品

在现代侦探小说作家中能与程小青比肩的也就是孙了红。孙了红的小说虽然也是跟风欧美侦探小说，却有了更多的中国文化的表现。孙了红（1897—1958），浙江宁波人，原名咏雪，小名雪官。他最初涉足文坛大概是1925年左右，此时，他参加了大东书局出版的《亚森罗频案全集》（“亚森罗频”又译作“亚森罗苹”）的白话翻译，并在《侦探世界》上发表《傀儡剧》等小说。《傀儡剧》是孙了红第一次出现“东方侠盗鲁平”形象的小说。从小说艺术上说，《傀儡剧》等小说并不出色，因此，此时的孙了红与当时众多的侦探小说作家一样，只是一个“学步者”。孙了红的小说真正成熟，并自成一家，是在20世纪40年代初《万象》时期。他在《万象》杂志上发表了《血纸人》《三十三号屋》《鬼手》《蓝色响尾蛇》《窃齿记》等小说。此时他的小说几乎篇篇都是精品，使得他跻身于中国侦探小说一流作家的行列。

和程小青走“福尔摩斯——华生”的路不同，孙了红学习的是法国作家勒白朗的《亚森罗苹奇案》[①]的创作模式，塑造了一个东方侠盗：鲁平。别人以侦探为主体，他是以侠盗为主体；侦探破案为了正义，侠盗破案却常揩油沾光；侦探破案正大光明，侠盗窥情却不择手段。所以说孙了红的小说又可以称为“反侦探小说”。

侦探小说是“舶来品”，自清末民初进入中国以后一直受到读者的欢迎。但是，将外国侦探小说的翻译作品和中国作家创作的侦探作品相比较，就会发现，中国作家的创作有很多“外国味”。这就说明了一个问题，侦探小说在中国的本土化问题还没有真正解决。而本土化的问题不解决，就很难说侦探小说创作在中国已经成熟了。孙了红的贡献就在于努力地将中国传统文化渗透于侦探小说的创作之中，代表作是《血纸人》。这部小说讲述了一个难以置信的故事：靠囤积粮食发财的“米蛀虫”王俊熙在12年前杀人发了不义之财，受害人临死前曾发出毒誓：“谁是害死我的，谁要遭更惨的报应！”12年后王俊熙果然被人杀死。12年前的毒誓在12年后准确地应验了。人间有情，历史无情，小说充满了戏剧性。悬念和巧合的情节发展、血淋淋的杀人场面、活灵活现的血纸人、爱恨交织的谋杀，小说对读者有强烈的吸引力。但是这些在其他侦探小说中也能看到。《血纸人》与其他小说不同的是在离奇的小说情节中表现出了中国传统的文化思想：因果报应。小说一开始就由雪性大师说出这样的做人的警句：“因果间的关系，如同形影一样，世间决没有离形独立的影，也决没有远离影子的形。”

---

①《亚森罗苹奇案》，由上海中华书局1918年出版。

因果报应就像一只巨大的手操纵着小说中的人物，让他们各自扮演着自己的角色。王阿灵为了获取别人的钱财，置人于死地，结果自己难逃一死，双手空空而去；王阿灵的妻子为父报仇理所当然，但手段过于歹毒，所以也未得多少财产。作者试图告诉人们：人生在世，应该行得正，坐得稳，不义之财不可取，不善之举不可做，否则难得善报。因果观念是中华民族的道德观，对人们的行为举止有很强的束缚力和支配力，孙了红把它放在如此曲折离奇的小说中表现出来，其感染力是不言而喻的。把小说的价值观念扎根于中国传统的文化之中，《血纸人》实际上为中国侦探小说的本土化开启了一条很有价值的创作道路。不仅有中国的人名、中国的事情，还要有中国人的思想，只有这样，中国人才会认为这样的小说是中国的小说。致力于传统文化的诠释可以看作中国侦探小说走向成熟的一个标志，孙了红的小说对此有着重要的贡献。

除了对传统文化的诠释之外，孙了红的小说还有两个特别之处。一是他的小说不讲究现场勘察和实事推理，常常是通过心理分析追寻犯罪事实，探究罪犯真凶。从心理分析中寻找出为什么，这也是他的作品引人入胜的一个重要原因。小说展开的是故事情节，着重分析的是犯罪心理。小说揭破的一个个案件，实际上是人的心态的一次次曝光。黑幕被揭开了，但究竟是谁之过呢？大概已不是道德败坏所能概括的了，作者促使人们向更深层次思考，要求人们在扭曲的心态中寻找答案，在人欲横流的现实社会之中追溯原因。无钱就要被人鄙视，自然就要不择手段地弄到钱，就是谋财害命也不顾，既然你用不义的手段弄到不义之财，我又为何不能用同样的手法，让你交出别人的血汗钱呢？这些做法只不过是以其人之道还治其人之身，是你咎由自取，这就是《血纸人》给我们的心理分析。鲁平和霍桑不同，他不是侦探，只是一个“侠盗”，他并不需要将罪犯绳之以法，而只要揭破犯罪事实就可以了。然而，如果作品仅仅停留在犯罪事实的曝光，也只是揭开了黑幕而已，除了满足人们的好奇心之外，很少有内心的感召力。孙了红的高明在于在这些被曝光的犯罪事实的背后又演绎出一个个令人可叹可感的辛酸的故事，描画出了一个个令人同情的扭曲的心灵。以此批判社会就要比那些仅仅批判社会风气的作品深刻多了。二是孙了红一般不直接介绍案件，更不是平铺直叙地说明破案过程，他很注意制造神秘而恐怖的场面，在气氛的极度渲染中演绎出离奇古怪的事件。《血纸人》具有强烈的压抑感和悲剧意识。从场景上说，小说所选取的都是四面密封的场所：讲经堂、电影院、空荡的客厅、时刻出现血纸人的卧室以及四面堵塞着人的杀人现场；从故事情节上说，是血淋淋的场面穿越时空一个接一个地并联在一起；从人物命运上说，似乎谁也不是最后的胜利者；从语言上说，一句句充满宗教色彩的语言不断地掷向读者的心头……所有的这一切构成了一张密不透风的网压在读者的心头，使人透不过气来。孙了红常常用一种“定格”的手法突显一些神秘而恐怖的场面。那只半夜摸人颈脖、冰冷而僵硬的带着锋利指甲的鬼手（《鬼手》）；大雨滂沱的半夜，窗户被大风刮得咣当咣当响，空旷的大厅中间，晕黄的手电筒灯光下出现了一具面带笑容的尸体（《蓝色响尾蛇》）；停尸房间，两位姑娘正在给尸体化妆，忽然窗外传来了一阵阵嘘嘘的声音（《窃齿记》）……这些被绘声绘色地写得十分逼真的场面使得读者感到震颤，留下了极其深刻的印象。为了加强小说的阅读效果，孙了红还把神秘而恐怖的气氛和人物的心理状态结合在一起描写。《血纸人》中那位发了大财的暴发户整日在恐怖的气氛中喊着“忏悔”，既可怜亦可恨；《窃齿记》中那对青年男女在旁倾听鲁平笑谈他们的犯罪过程，不听不忍，欲走又不甘，既害怕又愤怒；《囤鱼肝油者》中那位海上“闻人”似醉似醒、似死还活地漫游了半条街，不断地问自己是谁，既神秘亦可怖。把小说人物心理崩溃的状态推向了极致，紧张的气氛就自然形成，读者很容易进入作者所设计的感情境界之中。读者随着作品中的人物紧张而紧张，愤怒而愤怒，激动而激动，视觉、听觉、嗅觉和触觉均被充分地调动起来了。可以明显地看出，孙了红受电影表现手法的影响很深。民国时期，英美的恐怖电影在中国很是流行，孙了红的小说有着这些恐怖电影镜头的痕迹。

与他的小说中的人物很相似，孙了红很少出现在大众视界中，显得很神秘。陈蝶衣在《万象》1942 年第 12 期上曾作这样的介绍，此人“不修边幅，金钱到手辄尽，爱过漂泊的生活；他结过婚，但是没有妻子，却又有一个名义上的儿子”①。这是并不多见的描述孙了红的文字材料。

第二节　中国当代公安小说

一、中国当代公安小说发展概述

公安小说是侦探小说的当代延伸。之所以称为公安小说，是因为侦探小说中私人侦探、犯罪分子和警察呈三足鼎立的格局，而公安小说则演化为公安与犯罪分子二元对立的局面。

1. 公安侦破小说（1949—1976）。1949 年至 1976 年为公安小说的第一阶段，这一阶段的公安小说主题是“肃反反特”，代表作品有叶　峰的《一件杀人案》、

① 陈蝶衣：《编辑室》，见于《万象》1942 年第 12 期。转引自申东顺：《在“说”与“不说”之间——上海沦陷区杂志〈万象〉研究》，中国传媒大学出版社 2012 年版，第 148 页。

白桦的《无铃的马帮》(后改编为电影《神秘的旅伴》)、姚冷的《带警犬的“帕把”》、沈默君的《荣军锄奸记》、国翘的《一件积案》、陆石和文达合作的《双铃马蹄表》、林欣的《“赌国王后”牌软糖》、公刘的《国境一条街》、史超的《黑眼圈的女人》和《擒匪记》、赵鹜的《手电筒的秘密》、高歌的《孤坟鬼影》、石方禹的《天罗地网》等。

“文化大革命”期间,公安小说创作虽不多,但是主题很明确:反敌反苏。反敌小说既有叙述与渔霸、海匪等反动势力作斗争的小说,例如黎汝清的《海岛女民兵》,也有描写擒获那些破坏“文化大革命”成果的敌人的小说。这些敌人既有隐藏很深的阶级敌人,也有刚刚被打倒的“走资派”,例如伍兵的《严峻的日子》。反苏小说则是提醒人们苏联对我们国家的破坏的小说,特别是 1971 年“珍宝岛事件”之后,反苏小说出现了一股创作的热潮,代表作有尚方的《斗熊》等。与公安小说创作的凋敝状态相比较,地下“手抄本”倒不少。“据不完全统计,1974—1976 年短短三年间,社会上广泛流传的‘手抄本’就达三百多种,其中大多以侦破和反特故事为主,代表作如下:《一只绣花鞋》《绿色尸体》《火葬场的秘密》《梅花党》《叶飞三下江南》《第十三张美人皮》《地下堡垒的覆灭》等。其中尤以张宝瑞创作的《一只绣花鞋》最为著名,广为流传,并出现了许多不同版本。‘文革’后的电影《雾都茫茫》便是取材于《一只绣花鞋》的故事。”[①]

由于此时公安小说主题是“肃反反特”“反敌反苏”,且遵循发案、破案、结案的叙述模式,侦破也就成了公安小说主要的叙事模式,它们被称为公安侦破小说。这类小说具有很强的意识形态倾向,彰显崇高的历史责任感和时代使命感,具有强烈的政治性、阶级性和道德化倾向;人物塑造上以建构伟岸的警察英雄为要务,重在表现无产阶级革命战士的智慧和胆量;创作手法比较单一,以坚持革命现实主义和革命浪漫主义相结合的原则为主,具有较明显的模式化特点。

2. 公安伤痕反思小说(1977—1985)。“文化大革命”结束之后,公安小说驶上了快车道。王亚平的短篇小说《神圣的使命》于 1978 年获评首届全国优秀短篇小说。此作控诉“文化大革命”时期造成的冤假错案。老公安王公伯将维护法律的尊严当作自己的“神圣的使命”。继《神圣的使命》之后,王亚平又创作了长篇小说《刑警队长》。这部作品继续甄别冤假错案,但已将甄别放置于党的干部组织路线上,因此小说反映的问题很深刻。从维熙的《大墙下的红玉兰》同样对“文化大革命”进行了反思,产生了很大的影响。

① 汤哲声主编:《中国当代通俗小说史论》,北京大学出版社 2007 年版,第 242 页。

这些公安小说均是将“文化大革命”作为悲剧历史，讴歌公安战士的坚贞不屈，正义与邪恶的较量往往呈公开化和白热化。它们属于当时流行的伤痕反思小说一部分，只是写的是公安题材，而被列入公安小说。

1985 年，海岩的长篇小说《便衣警察》问世，标志着公安小说由写案时代过渡到写人时代。《便衣警察》的贡献是将写人与重大时事政治问题结合在一起考虑，使得公安小说从对社会的批判反思转向对刑警战士精神层面的探索，从苦难的人生经历中传达出崇高的人生境界。譬如小说主人公周志明不仅是一位公安战士，也是一个活生生的人，他被塑造成一个平凡英雄的形象。

3. 公安人性小说（1986 至今）。从 1986 年至今是公安小说的新时期。如果说之前的公安小说是以政治话语的范式作为主导叙事，那么，新时期的公安小说则注重“去政治化”“去阶级性”“去英雄化”，大步迈向“平民叙事”，人间烟火气渐浓，即小说中人民警察不再是一个工具或符号，而是一个“人”，且小说对人性和人心进行全方位、多视角、深层次的观照。因此，它们可以被称为公安人性小说。

在公安人性小说中，海岩小说是个重要的文学现象。他的小说将爱情生活与社会斗争结合在一起，并在其中追寻人性的本质。他曾这样评述《便衣警察》：“我的《便衣警察》与那些伤痕小说又有些不同，很光明，很英雄，很正面，结局也很完美。我也写了少男少女的情感，但特别乐于并自觉地写了政治风云对个人命运的主宰与影响。”[①]写“政治风云对个人命运的主宰与影响”，写出人的命运沉浮和人的悲欢离合，这应该是海岩小说最重要的特点。

公安小说中以“打黑除恶”题材居多，其中的“案件”大多属于经济犯罪和带社会性质的团伙犯罪，这些犯罪又与官场腐败紧密相连。公安人性小说在写案件侦破的过程中，特别注重人物的人性挖掘、人性争斗和情感纠葛，能产生震撼力，读之令人难以忘怀。这类小说中，有的涉及重大题材，例如张平的长篇小说《十面埋伏》、陆天明的长篇小说《大雪无痕》《高纬度战栗》等。这些小说均写到公安司法机关的反腐，也可以归入社会小说中的“官场反腐小说”。众多公安人性小说作家来自公安系统，他们往往以某一项公安专项行动为题材，并以公安人员为主人公，所以，小说所揭示的人性比较深刻。如朱维坚的《绝境》《暗算》《渗透》《沉默》《深黑》《一战到底》《水落石出》《黑白人生》《第一目标》等“打黑除恶”系列，武和平的《掩盖》《预备警官》，邵明渠的《真相》，张成功的“三黑系列”（《黑冰》《黑洞》《黑雾》），库玉祥的《险象环生》，刘兆华的《黑白盐》，张西的《爱别离》《国家荣誉》，王仲刚的《喋血大动脉》

① 海岩：《我笔下的七宗罪》，文化艺术出版社 2002 年版，第 320 页。

《风流警察亡命匪》等。

值得一提的是新时期还有不少精英小说作家跨界写作，他们借公安题材来表现人性的善恶，代表性作家作品有余华的《河边的错误》、刘醒龙的《威风凛凛》、余同友的《白雪乌鸦》、刘继明的《小米》、李辉的《游戏规则》、周建新的《一个下午，逃离》和凡一平的《寻枪记》等

公安小说虽然是职业化、类型化很强的小说，它的变化与中国社会的思想情绪、传统与外来文化的影响、小说创作的美学思潮息息相关。但是公安小说皆高扬时代主旋律，都与社会主义文化的发展方向相一致，与时代的主流文化方向相契合。换言之，公安小说大力彰显人民警察核心价值观："忠诚、为民、公正、廉洁"，所有的警察英雄都肩负着神圣的使命，对公安事业忠诚无比，他们不怕牺牲，勇于奉献，敢于斗争，且意志坚韧。

二、中国当代公安小说主要作家作品

（一）海岩及其作品

海岩，原名侣海岩，1954 年生于北京。海岩的小说创作可以分为前后两期。1985 年他创作的《便衣警察》在当时众多的公安小说中就显得相当突出。之后，海岩搁笔将近 10 年，从 20 世纪 90 年代中期开始，他陆续推出了《一场风花雪月的事》《永不瞑目》《玉观音》《拿什么拯救你，我的爱人》《河流如血》《五星大饭店》等，与电视剧联袂而行，他的每一部作品都产生广泛的影响。

海岩是一个讲故事的高手，且讲得很煽情。毋庸讳言，海岩走的正是通俗小说最典型的创作路径："案情"加上"爱情"，并将爱情提升到至纯至尊的地位，所有背叛爱情者都没有好归宿。对于这样的创作路径，作者有这样的说明："我的内核，我实际上想表达的不是爱情本身，我想表达的是人性的那种美好啊，肮脏啊，无奈啊，这是社会性的，这是这个小说社会性的部分，我同时想表达人物命运，和人物思想在我们这个时代很容易出现的走向。想表达人性中美好的一面，以及这个时代和我们的文化背景，还有我们国家的现实中不太美好的现象，以及我们这个民族的集体无意识，两者之间的这种冲突的悲剧，我对这个感兴趣。"[①]显然，作者是像写爱情那样写人性，并将之提升到国家和民族的层面思考。

海岩所有作品都富含英雄主义或理想主义。《便衣警察》中主人公周志明所

① 海岩：《我笔下的七宗罪》，文化艺术出版社 2002 年版，第 17—18 页。

处的年代适逢地火在焚烧、岩浆在喷涌，真理与谬误、光明与黑暗的搏杀处于白热化状态。周志明蒙受极大的冤屈，但他初心不改，九死而无悔。正是从这个文本开始，公安小说完成了从重写“案”到重写“人”的过程。周志明这个人物与1985年之前小说中“高大全”的警察英雄形象相较，显得更真实，更富人情味，更接地气。“在周志明的形象里，我们可以辨识出保尔·柯察金式的忠诚、执着，也可以看到林道静式的对真理追求的热情。”①

海岩公安小说大都是明暗两条线，主人公都是年轻人，其中一个主人公必定家世显赫，生活优渥，且比较单纯。主线是案情，副线是爱情。爱情纯洁、唯美，皆因案情引发。《便衣警察》主线是“311”和“1117”两起间谍案，副线是主人公周志明与肖施萌及严君的情感纠葛。《一场风花雪月的事》主线是小提琴失而复得，副线是警察吕月月与潘小伟的悲欢离合。《永不瞑目》明写贩毒，暗写女刑警欧庆春和肖童的爱情。《玉观音》明线是警察与贩毒分子作斗争，暗线是杨瑞与安心的爱情。

海岩小说除了表层叙事与深层叙事结合到位之外，还十分注重因果逻辑，也就是遵循传统：人物性格鲜明；情节相对完整；善恶是非明了；情节进展的速度较快，且富节奏感。不过，有些情节编造痕迹比较明显。

另外，一些小说过于注重言情，公安小说的痕迹很淡漠了，例如《你的生命如此多情》《拿什么拯救你，我的爱人》《五星大饭店》等。

（二）朱维坚及其作品

朱维坚堪称“打黑除恶”的专业写手，著有长篇小说《绝境》《黑白道》《渗透》《沉默》《深黑》《使命》《暗算》《终极罪恶》《一战到底》《水落石出》《黑白人生》《第一目标》等，曾多次获得公安部“金盾文学奖”，其中大部分小说还被改编为影视剧，具有广泛的社会影响。

《渗透》中女尸案刚刚发生，各种看不见的力量就齐聚公安局局长李斌良身边，意在使绊子阻挠他办此案。“一高”校长程玉芳开始与他套近乎，免费为他提供房子，收买人心；江泉市年市长点名要他到拆迁工地亲自督战，以此来分散他办案的精力；大学的同学、以前的恋人和校长程玉芳沆瀣一气来做其说服工作；前妻王淑芬也在一旁晓之以理，动之以情，并以姑娘苗苗（李斌良的女儿）相要挟：“这件事，你不能再深究下去了，现在，已经满城风雨了，说公安局抓了好几个老师，说江泉的高考出事了，你再这么干下去，还想不想在江泉呆了？你不想呆，我和苗苗还要待下去呢……”甚至是主管教育的副市长也求

① 李欣：《海岩小说创作漫评》，《文学评论》1998年第5期。

他适可而止。这些人就是企图让李斌良放弃侦查高考舞弊案。两难困惑折磨着李斌良，一面是亲情的考验，一面是良知的拷问。

《沉默》系《渗透》的姊妹篇，均系反腐打黑的力作，其间的反腐主力是人民警察，典型代表就是李斌良。他在《渗透》中任江泉市公安局副局长。如果他在江泉同流合污或随波逐流或保持沉默，公安局局长的位置非他莫属，但他却牢记人民警察誓词，顶住多方压力，最终让高考舞弊案大白于天下。因为他在江泉得罪了诸多权贵，只能调到奉春公安局春城分局任局长。春城黑恶势力猖獗，人民正盼着像李斌良这样的包青天。

《沉默》中李斌良在春城分局上任仅 10 天，就接到一个陌生的电话，说有重要情况向他反映。毫不设防的他孤身一人大胆地前往约定的地方，结果遭遇不测，当场被击昏。初来乍到的公安局局长遭人暗算的同时，还有一具尸体相伴，分明是公然挑衅。敢于碰硬的李斌良义愤填膺，他发誓一定要侦破此案。《暗算》中的李斌良年轻气盛，在侦查山阳原县领导郑楠妻子和女儿被害的案件时，面对记者的提问，他负气地表态：不破案就辞职。如今的李斌良成熟多了、沉稳多了。他已知晓社会的复杂，政治斗争的残酷，他必须讲究策略，包括谈吐。

因为公安机关里面出了内鬼，经常跑风漏气，使侦查工作非常被动。内鬼为黑恶势力撑腰壮胆，才导致肉霸、沙霸横行，老百姓敢怒不敢言，只能“沉默”。李斌良不畏艰难险阻，毅然决然打破“沉默”，与犯罪分子展开殊死搏斗，并重新启用曾被黑恶势力整下台的鲁鹏副局长，让他全权负责此案的侦破。

鲁鹏副局长刚被提拔重用，就遭到身边人的非议、领导的反对。在举步维艰的关键时刻，侦查工作一度陷入僵局，好在媒体及时发挥监督的职能。原来是前任女友、媒体人苗雨在默默地关心李斌良。在《渗透》中苗雨已离他而去，因为他的执着不仅让腐败分子胆寒，连女朋友都觉得没有安全感，那时的李斌良一个人孤军奋战，而在《沉默》中，李斌良则有几个心往一处想，劲往一处使的战友。他们结成统一战线共同对付身边危险的敌人，与黑恶势力展开不屈不挠的斗争。

尽管当下的物质主义正在逐渐深入人们的骨髓，但从李斌良身上迸发出的却是一股浩然正气。在喧嚣纷乱、物欲横流的世界上，他那生命不息、战斗不止的精神是引领读者前行的航标；他那不怕牺牲、忘我投入的工作姿态是激励读者向上的动力。

朱维坚是基层一线的刑警，从警数十年之久，十分熟悉公安工作，正如他自己所言：“从某种意义上说，我和《使命》中的林荫，《黑白道》中的李斌良一样，和他们跳动的是一颗同样的心，或者说，他们的胸膛中，装着我的心。

如果作者没有强烈的正义感和同情心，怎么能塑造出有血有肉的、具有强烈正义感的人物，怎么能写出充满正义感，感人至深的作品呢？”[①]由此可见，朱维坚笔下的警察形象融注着他太多的心血。

第三节 网络悬疑小说

一、网络悬疑小说概况及主要类别

悬疑小说是以悬而未解的事件推进故事情节的一种小说。整篇小说以“悬念”的制造为核心艺术技巧，由悬疑而起，由探疑而进，由解疑而结束，让读者在紧张与期待的心情中获得阅读愉悦。

2001 年蔡骏连载于“榕树下”的《病毒》被以为是中国网络悬疑小说的起点，这部小说以主人公的朋友接连自杀开篇，通过追查所有死者都登录过的一个名为“古墓幽魂”的神秘网站，发现网站隐藏的关于一百年前的清代女尸“寻头”之秘，最终主人公冒险为百年女尸阿鲁特小枝寻找到头颅，阻止了命案的继续蔓延。这篇小说虽然写作手法较生涩、人物形象也不够立体，但仍旧能明显看出网络悬疑小说不论是题材还是语言都不同于以往民间流传的恐怖故事以及古典小说《聊斋志异》中的鬼故事。《病毒》因 2000 年底网络爆发的“女鬼病毒”现象而创作，着力以语言设疑吸引读者注意力，注重恐怖氛围的营造，这些都是网络背景下的文学新特质。在《病毒》获得实体出版之后，蔡骏的创作进入勃发期，但是此时的网络文学创作总体上还是言情小说的天下，为人熟知的悬疑小说家也就是蔡骏一人。

2005 年是悬疑小说崛起的重要年份，整体创作生态发生了巨大变化。造成这种重大变化的主要原因有两个方面：一是 2003 年起，文学网站盈利模式的确立。起点中文网从 2003 年开始实行原创文学作品网络版权签约制度，经过两年的调试，至 2005 年已经进入稳定运营阶段。这一事件标志着文学网站可以成为作家们养家糊口的工具，网络作家成为一种新兴的职业。这一时期，大量新的写手加入网络创作队伍之中，继而成为签约作家，为网络文学的后续良性发展提供了可能性。二是 2004 年末，丹·布朗的《达·芬奇密码》在全球风靡。小说和电影《达·芬奇密码》的问世是形成国内悬疑写作与阅读热潮的关键事件。

① 朱维坚：《用心灵和思想征服读者》，《人民公安报》2018 年 4 月 13 日。

《达·芬奇密码》2003年3月出版后连续40周高居《纽约时报》畅销书榜首，2004年出版中文版，2005年电影上映，《达·芬奇密码》的全媒体火爆效应引发了中国大陆关于悬疑小说的创作和阅读热潮，且持续数年热度不减。越来越多的人加入悬疑小说的写作行列，新浪、腾讯等门户网站的阅读专区都开设了悬疑专栏，出版商更是以高频率不断推出悬疑作家的作品单行本甚至丛书。

悬疑小说崛起的一大表现就是，后来被视为悬疑小说代表作家的写作者此时纷纷登场：继一枚糖果在天涯社区“莲蓬鬼话”版块开始写作生涯，七根胡成为新浪网专栏作家之后，2005年，周浩晖创作了其第一部长篇小说《凶画》；写过科幻、奇幻、历史、灵异、推理、动漫各种题材的“鬼才”马伯庸开始创作《风起陇西》，这是其被称为“考据型悬疑文学”的第一部作品。这一年，蔡骏的原创悬疑惊悚作品《荒村公寓》《地狱的第19层》，半年内热销40万册，其新作《荒村归来》起印数即10万册，鬼古女的悬疑小说《碎脸》，以及谷小妮的情感悬疑小说集《窒息》均成功实体化，一切都显示出中国悬疑小说创作的汹涌势头。

成立于2005年的“黑猫社”（全称为“黑猫悬疑创造社”）可以视为悬疑小说摆脱最初的探索，进入新的发展阶段的标志。“黑猫社”是当代中国唯一一个以悬疑、惊悚小说为创作特色的原创文学社团。“黑猫社”以天涯社区“莲蓬鬼话”版块的版主莲蓬为首，由他和麦洁、成刚、李异、庄秦、聊聊、七根胡、大袖遮天、嫣青、老家阁楼共十位成员组成。“黑猫社”是一个封闭性的文学组织，从未吸纳外部人员入社，其内部管理松散，成立之初也并没有宣言或规章。社员之间互动主要靠网络，成立6年后方才举行第一次线下聚会，但即使如此，凭着他们对于悬疑小说的热爱，在2005年至2011年，他们共出版三本《黑猫社文集》，平均每人出版三本单行本，与二十多家出版社和杂志社保持稳定联系，可谓成绩斐然。

2013年前后，持续数年的悬疑小说热逐渐落潮，进入发展的低谷期。当时几位主流的悬疑小说家都出现了“减产”甚至“停产”现象。以蔡骏为例，截至2017年，他共出版27部长篇作品，其中22部出版于2002年至2012年，平均每年两部，自2013年开始变为每年一部。上官午夜于2013年出版最后一部小说《致命差评》；宁航一2014年推出长篇小说《超禁忌游戏》后转行做了影视编辑；鬼古女2014年推出《焚心祭》后再无新作；而七根胡和一枚糖果则分别于2010年和2011年就已经不再发表新作。

这一低谷期的到来有多方面原因：相对其他类型小说而言，悬疑小说的写作虽然门槛不高，但若想创作出优秀的、经典的作品却非常不易。如国外优秀的悬疑小说《达·芬奇密码》里涉及大量艺术史、宗教知识及历史掌故或野史内容，结合了密码学、数学、宗教、文化、艺术与符号学等诸多方面的知识，对作者的知识积累、逻辑思维能力要求都非常高。悬疑小说毕竟是舶来品，创作者也大多年纪尚轻，缺乏充足的知识积累和创作经验，对于学步期的中国作家们来说，长久保持井喷期的旺盛精力和较高的作品质量绝非易事。

网络悬疑小说的低谷期一直持续到2017年才得以缓解。在网络小说整体的IP化机遇下，中国网络悬疑小说有了再度繁荣的机会。

2014年，受美国网络自制剧《纸牌屋》的成功的启发，国内视频运营商相继宣布投入网络自制剧行列，这一年被称为“网络自制剧元年”。就悬疑小说而言，自2004年国家广电总局下发《关于加强涉案剧审查和播出管理的通知》后，悬疑犯罪类剧情片归于沉寂，悬疑小说的影视改编之路也被封锁。网络自制剧以其制作、审批及运营形式的特殊性为悬疑小说的改编带来了新的生机。

2017年，由指纹同名小说改编的网络悬疑剧《白夜追凶》不仅收到豆瓣评分9.0的极高评分，上映后不久就被世界最大视频收费网站Netflix买下播放权，成功“出海”。它与同期热播的同类题材网剧《无罪之证》一同引爆了一波悬疑推理热。悬疑剧的热播反向影响了悬疑小说的创作，打破了数年来相对沉寂的状态，许多久违的悬疑作家回到创作一线。2017年，“黑猫社”成员麦洁以“黑猫社”为名，在天涯社区“莲蓬鬼话”版块发表作品《秘镜天使之地裂》，他上一次发表作品是在2012年5月。2017年6月14日，蔡骏在起点中文网连载新作《镇墓兽》，并于2017年9月至2019年12月由四川文艺出版社出版《镇墓兽》1—5部，(《镇墓兽》《金匕首》《地下城》《鲛人泪》《无字碑》)，且由《镇墓兽前传》改编制作了网剧《云海传》。长期转为编剧的七根胡2020年在火星小说网推出悬疑新作《爱情悬案旅行记》，同年宁航一将旧作《必须犯规的游戏》改编为电影《不能犯规的游戏》。2020年可谓悬疑小说的丰收年。总体来看，中国大陆的悬疑小说创作的兴起与网络的发展进程息息相关，其发生及发展都与网络及网络文学的发展具有密切的交联性。

悬疑小说自出现以来，各大网站和出版公司纷纷对其进行类别划分，根据小说的题材、内容、写作手法等不同标准，划分出惊悚悬疑、推理悬疑、心理悬疑、言情悬疑、社会悬疑等诸多名目。若以题材来说，大陆网络悬疑小说大致可分为现代悬疑小说和历史悬疑小说两类。近年来，在媒体的推动下，泛悬疑小说成为融合性悬疑小说类别代表，为悬疑小说的创作开拓了一条新的方向。

1. 现代悬疑小说。现代悬疑小说以现代以来及至当下的社会生活为背景，描述现代人的生活、工作、情感中的悬疑故事。现代悬疑小说以其题材来看，有都市职场生活、校园生活、社会生活等不同题材，随着社会城市化的发展，人群向城市聚集，社会问题层出不穷，最近几年，以社会问题为题材的悬疑小说比重明显增大。正如蔡骏所说："我们现在生活在一个世界所有国家都无法复制的'大时代'，用悬疑推理小说也可以展示对于生命与死亡的思考。"[①]这一类型的小说受日本社会派小说的影响，故事情节被放到广阔的社会背景之中去展开，改变了以往的悬疑小说脱离社会背景的不足，以社会问题去探寻人性善恶、思考人与人的关系，由此也反映了网络悬疑小说家们的社会良知。此类悬疑小说有蔡骏的《生死河》《最漫长的那一夜》，紫金陈的《谋杀官员》《无证之罪》《坏小孩》《长夜难明》，雷米的《心理罪》，作品涉及强拆、贪腐、单亲家庭、校园霸凌、青春期心理等社会热点问题。

2. 历史悬疑小说。历史悬疑小说以历史上真实的人或事为基础，将真实的历史与虚构的悬疑情节相结合，以此讲述一个曲折的故事，以马伯庸的《风起陇西》《长安十二时辰》，冶文彪的《清明上河图密码》、唐隐的《大唐悬疑录》等作品为代表。以冶文彪的《清明上河图密码》为例，作者以张择端的名画《清明上河图》为核心，以宋代东京为背景，以《周易》六十四卦为轴线，将画中呈现的 824 个人物一一写入小说，揭露所有画中人的真实身份和复杂背景，其中甚至有来自金、辽、西夏、高丽等国的间谍和刺客，以此说明大众眼中《清明上河图》所呈现的北宋社会太平盛景，其实早已危机四伏。《清明上河图》这幅国宝级名画，多年来受到艺术学、文学、史学界诸多学者的重视，先后有几百篇文章探讨相关问题，但至今一些关键问题还没得到解答。冶文彪从悬疑小说的角度对此进行挖掘，以画为轴对朝代更迭的关键时期进行文学想象，通过破案过程追溯宋代的文化、经济、社会等诸多方面，引发读者对历史的探寻和思考。另一位历史悬疑小说作家唐隐的《大唐悬疑录》是系列丛书，目前已出版四部，分别针对"兰亭序""璇玑图""长恨歌""大明宫"四个主题进行解谜，每一个谜题的创作起始点都有相关的学术研究作为支撑。如"兰亭序"就是以郭沫若 1965 年发文指出《兰亭序》并非王羲之所作这一学术事件为故事背景，作者选择以波云诡谲的宫廷权力争夺为情节核心，揭示"兰亭序"作者谜题——现存的《兰亭序》是将王羲之《兰亭序》真迹前半部分和其七世孙智永的《俯仰帖》伪造而成，伪造者正是唐太宗李世民。

早期悬疑小说注重悬疑带来的阅读快感，写作手法上以学习西方为主，风格和内容都欠缺中国本土特色和元素，历史悬疑小说正是努力将中国的传统文化融入作品，这种尝试对网络悬疑小说的发展显然大有裨益。

总体上看，不论是现代悬疑还是历史悬疑，当下的悬疑小说已经摆脱了学步期的稚嫩青涩，对于网络文学早期受到诟病的作家社会责任感缺失、颠覆历

① 《蔡骏曝"社会派"悬疑小说的几大特质》，《北京晚报》2013 年 7 月 21 日。

史的严肃性和崇高性等方面有所纠偏，选材上注重对社会现实问题的思考，不盲目追求惊悚感与短暂的阅读快感，对作品的社会价值和思想深度有所要求。

3. 泛悬疑小说。泛悬疑小说是在媒体融合的大环境下，近年来各大文学网站纷纷提出的悬疑小说概念。所谓泛悬疑主要指悬疑创作的“类型+”及悬疑文学 IP 的多媒体转化。具体来说，一方面指在创作过程中悬疑小说与相关类型建立交叉互联，如“悬疑+社会”“悬疑+历史”“悬疑+科幻”“悬疑+言情”，以此来完成悬疑小说的创新化写作；另一方面指在创作完成后积极孵育悬疑小说的影视、游戏、动漫的多媒体改编。在跨媒体改编方面，悬疑小说与影视作品的关系更加亲近，尤其是 2015 年以后，悬疑剧《他来了，请闭眼》《余罪》《白夜追凶》及《隐秘的角落》等一系列悬疑小说改编的影视剧上映之后，悬疑影视剧以其融合科学、法治、人文于一身的特质，吸引了当下越来越专业化的观影群体的关注。在此背景下，各大网站都开始大力助推悬疑小说的泛悬疑孵化，尤其是影视化改编的孵化。以悬疑小说专门网站“九域文学网”为例，网站在成立之初就瞄准悬疑类型影视剧方向，成立后不到两年的时间内完成悬疑 IP 储备超过 120 部。2017 年九域文学网开展了“泛悬疑小说大赛”，公布了 30 部泛悬疑精品 IP，涵盖了刑侦探案、爱情悬疑、历史悬疑、文化悬疑、科幻悬疑、秘闻探险等类型。比赛发布会邀请了众多影视公司及制作方参加，这次泛悬疑小说大赛绝非传统意义上的文学大赛，而是一次悬疑小说影视 IP 的孵化大赛。与此同时，元老级文学网站 17k 小说网也专门设置中文 IP 库，以中文在线集团 IP 内容为核心，精心筛选优质的 IP 作品，第一时间推送适合影视、游戏、漫画、出版等衍生方向的小说作品，作者可直接在平台中投稿，由网站专门人员为其打造 IP 孵化。在多媒体融合度日渐增强的当下，文学网站已从文学阅读和创作的平台，转变为文学生产、促成合作的双向互惠平台。

网络悬疑小说创作的“泛悬疑化”对其发展而言可谓有利有弊。泛悬疑化在促进悬疑小说发展的长久性、提高悬疑小说的接受度方面固然功不可没，但同时也会造成悬疑小说创作的“IP 向”增强，影视改编目的性增强。影视作品与文学文本具有不同的表现形式和侧重点，如果一味追求影视化改编的盈利目的，对于小说的文本魅力显然会有所损害。

二、网络悬疑小说主要作家作品

（一）蔡骏及其作品

蔡骏，1978 年生于上海，中国作家协会会员。22 岁开始创作，同年获得“人民文学·贝塔斯曼杯文学新秀奖”。2001 年开始创作悬疑小说，目前已出版中长篇悬疑小说三十余部，可谓高产。自称“灵感的宠儿”，靠上帝赐予的灵感吃饭，常常担心脑子被各种突如其来的灵感撑破。

蔡骏的悬疑小说创作开始较早，2001 年创作《病毒》，产生了很好的影响。他紧接着创作了《诅咒》(2002)、《猫眼》(2002)、《神在看着你》(2003)、《夜半笛声》(2003)、《幽灵客栈》(2004)、《荒村公寓》(2004) 等一系列悬疑小说。难能可贵的是，蔡骏创作之初很快形成了清晰的自我创作定位。蔡骏对悬疑小说的创作具有理性的分析和精准的定位，他的早期作品受到日本恐怖电影的影响，注重惊悚氛围的描写，其《病毒》就是在《午夜凶铃》的影响下的创作，为了达到骇人的目的有时会通过描写一些超自然现象来达到目的，如《猫眼》中空房间中梳头发的女鬼，穿着旧式服装的午夜舞会等情节。到了 2004 年，蔡骏的写作发生了变化，开始明确定义自己的小说是“心理悬疑小说”，并将其与恐怖小说区分开来，认为悬疑小说不一定要有恐怖或刺激的情节，而是通过设置一个悬疑性的开头，让这个悬念自始至终地抓住读者，并逐步解开悬疑，从心理的角度影响读者。蔡骏的“心理悬疑小说”摈弃了传统民间鬼故事和恐怖传说为了恐怖而故弄玄虚的技巧，更加注重心理暗示、氛围引导，让读者的情绪伴随小说情节而起伏变化。

2011 年，以《谋杀似水年华》为标志，蔡骏的悬疑小说又发生了新变，这部小说引入对社会热点问题的拷问，将悬疑与社会问题融为一炉，开启了中国社会悬疑小说之先河。后续的《地狱变》《生死河》以及《偷窥一百二十天》都表现出作者对社会题材的关注。蔡骏的社会悬疑小说与日本的社会派推理小说相似，作家试图通过分析一桩充满悬疑的事件去反映一个或多个社会问题，最终引起对人性或社会的反思。蔡骏通过社会悬疑的写作，展现了其作为一名网络青年作家的社会责任感和作者良知。正是带着这样的责任感，他在不同场合反复强调:“现实是最精彩的小说，人生是最大的悬疑。”他在其 2019 年新作《蔡骏 24 堂写作课》最后一章中强调作家的社会责任，认为好的小说一定能给人带来启示。蔡骏的作品从“惊悚”到“心理”最终走向“社会现实”的创作历程较为典型地反映了中国现代悬疑小说的发展进程，其对于社会问题的关注以及对人性的思考，是未来悬疑小说长久良性发展的关键所在。

（二）周浩晖及其作品

周浩晖，1977 年生于江苏扬州，毕业于清华大学环境科学与工程系。处女作是 2003 年在水木清华论坛上发表的长篇小说《套子里的人》，引起热烈反响，从此开始悬疑小说创作生涯。短短十几年间，周浩晖共创作了长篇小说五部，中、短篇小说二十余部。

周浩晖创作了一系列优秀的探案类悬疑小说，其悬疑探案小说摒弃了网络悬疑小说常用的血腥、暴力、装神弄鬼等手法，注重表现犯罪的周密性和探案的科学性，小说中的犯罪手法因技术含量高被称为“高智商犯罪”。更重要的是，在践行科学性与逻辑性的同时，他的小说也不失对大时代和小人物的观察与思考。以其代表作《死亡通知单》为例，作者不仅对案件设置精巧，对警方探索侦查的过程也描写细致，情节经得起琢磨与推敲，小说涉及的爆破、暗杀、犯罪心理、法医检测、密码、痕迹检测等犯罪与侦破细节都让读者在阅读过程中体会“烧脑”的快感，与此同时，小说还不断通过人物的交谈和内心独白等形式，思考社会、法律和个人之间复杂交错的矛盾和关系，引发读者对司法公正、是非对错的关注与思考。周浩晖在悬疑小说如何兼顾故事的生动性与思考的深刻性方面，做了有益的示范作用。

周浩晖的另一贡献在于塑造了以“罗飞”为代表的个性化侦探形象。罗飞自《凶画》起出现在周浩晖的绝大部分作品中。他拥有一个优秀侦探的素养：超群的记忆力、出色的逻辑思维能力、富有正义感。但他并非我们平常观念中正襟危坐的完美警长，他有他的困惑、无助和犹豫，在面对因惩罚罪恶而触犯法律的罪犯时，作家没有简单地处理为罗飞对罪犯毫不留情的拘捕，而是对罗飞内心的矛盾进行细致入微的描写，小说以大段的内心独白表述他对职业和法律的责任感与对罪犯的同情感甚至认同感之间形成的情感纠结，对其自我说服的动态心理过程予以呈现。另外，周浩晖注重对警员群像中的个性予以区分性描写，对他们不甚完美的性格进行展现，从不追求以“高大全”的完美形象示人，小说中有黑脸组长韩灏、高冷毒舌穆剑云、“暗黑萝莉”梁音、“警界耻辱”尹剑、“网游超人”曾日华以及能动手就不动口的熊原……每位刑警都是具有独特个性色彩的。周浩晖笔下的警员在“人民警察”这一共性特征下的个性得到最大程度的凸显，从而也让人物形象更加丰满立体。

（三）紫金陈及其作品

紫金陈，本名陈徐，生于1986年，毕业于浙江大学水利工程系，因大学就读杭州城西浙江大学紫金港校区取笔名“紫金陈”，意指“紫金港的陈同学”。2010年在天涯社区连载长篇恐怖小说《浙大夜惊魂》，引起轰动效应。2012年在天涯社区以一个月26万字的速度连载完《高智商犯罪》，以其出色的推理能力获得广泛好评。

紫金陈作为悬疑小说家最为出色的就是他的逻辑思维能力。逻辑思维能力可谓悬疑小说家最重要也是最难提升的基础能力。从小热爱数学的紫金陈对自己的逻辑思维能力充满自信。的确，不论是早期的《浙大夜惊魂》还是《高智商犯罪》系列，无一不是情节环环相扣、悬念迭起、逻辑缜密。另外，紫金陈具有敏锐的对于社会问题的观察、分析和总结能力，他的小说走的是蔡骏后期选择的“社会悬疑”的风格，不论是《谋杀官员》系列的贪腐问题，还是《坏小孩》中的青春期困惑、单亲家庭教育问题，都是社会发展过程中人们所关注的重点问题。

紫金陈的小说虽然逻辑性强，但大家对其文笔的评价却褒贬不一，他本人还曾不无委屈地在豆瓣发文回应网友说他文笔差，让其封笔的信息。客观来看，紫金陈的悬疑小说在人物形象的塑造及文字魅力的展现方面确实不甚出色。如其经典作品《长夜难明》中描写保安时写道：“保安伸出大手，像张印度飞饼一样拦在了他面前。”《坏小孩》（改编网剧名为《隐秘的角落》）中描写女主人公伤心落泪时写道：“叶驰敏停顿了一下，过了几秒钟，眼泪就如兰州拉面般滚了出来。”这些描写确实水准不高。紫金陈的走红主要得益于悬疑小说的 IP 改编。网剧剧本与小说创作是完全不同的两种文学形式，对于网剧剧本（尤其是悬疑剧）而言，情节是最重要的内容，人物形象和细节描写都可以再制作，文笔更是能够忽略的小问题。紫金陈小说正是以其出色的逻辑推理严密性和题材的社会关注度两方面获得影视改编的青睐。紫金陈作为 80 后悬疑小说创作的代表人物，其小说在很大程度上反映了新的网络和媒体背景下悬疑小说创作的转型，不仅具有文学史的研究价值，而且具有社会文化研究的价值。

第四节　网络盗墓小说

一、网络盗墓小说概况及主要特征

关于盗墓的故事在中国并不鲜见，早在《西京杂记》《太平广记》《搜神记》《稽神录》《录异记》《夷坚支庚》《博物志》《神异录》《三国志》等书中皆有记载，只是这些故事重点不在“盗墓”，而在“墓师”“鬼”或者“狐妖”，他们基本都有非凡神力，能为人之所难为甚至不能为[①]。大部分作品以“鬼”或者“狐妖”的身份诉说自我悲苦以及人鬼（妖）之间的情爱纠葛等，写作者的目的亦旨在教化，表达“善恶因果”等伦理观念。当代小说关于盗墓题材亦不缺，多

① 参见张玉莲：《墓葬与古小说》，南开大学博士论文，2009 年 7 月。

数散见于《故事会》《民间传奇故事》《民间故事》《今古传奇》等期刊杂志，不成规模。新世纪以来，在商业、市场主导下，文学生产与消费都发生了深刻变革，传统意义的作家创作格局被打破，传统出版与网络媒介互相渗透融合，共同推动依托于新媒体平台的网络小说大势发展。网络小说经由最初的模仿、转载，逐渐成自己独特的话语体系，走向成熟。2004 年玄幻小说的出现标志着网络写作进入新的发展阶段，这一阶段最显著的标志是网络小说类型化，先后出现了各种类型化写作[①]。

小说创作的类型化是市场经济深入发展的结果，并逐渐形成潮流[②]。各大文学网站如起点中文网、红袖添香网、潇湘书院等纷纷在首页以题材标识将小说分类，其标准虽然不尽相同，但为创作者与读者的双向选择提供了极大便利。2006 年 1 月，由天下霸唱创作的《鬼吹灯》开始在起点中文网连载，并迅速占领惊悚悬疑类小说榜首，创下千万点击量的战绩，开启了网络盗墓小说写作先河。随后，《盗墓笔记》《天眼》《藏地密码》《星际盗墓》《摸金令》《青囊尸衣》《盗墓之王》《茅山后裔》等盗墓小说陆续跟进，这些盗墓小说与悬疑、探险、灵异、恐怖等类型小说题材交织，借助中国古典文献与墓葬文化，依托网络媒介提供的互动功能，为广大读者开启了一个神秘诡异、惊险刺激的奇特世界。

目前在当当与京东两大图书网站在售的“盗墓小说”中文图书有三百余种。然而在众多的盗墓小说中，基本框架、人物设置都有雷同之嫌，创新性不强。佼佼者当属天下霸唱与南派三叔。虽然南派三叔创作的第一部小说《七星鲁王宫》也是以《鬼吹灯》的同人文出现，但很快建立自己的独立体系，并赢得更多的粉丝追捧。

盗墓小说能在众多类型小说中独领风骚，在具备一般网络文学特点的同时，亦形成了自己独特的文本结构与叙事特征：

1. 批判传统文化劣根性，引发读者对人类终极命运的思考。盗墓小说往往用调侃的姿态对传统文化的劣根性予以鞭挞，尤其是对那些恐惧死亡，执着于长生不老而对他人生命任意践踏的权力者加以嘲讽与不屑。盗墓小说对人心的考量，人性的拷问，人生存意义的探究以及对友谊、爱情的诠释，启发广大读者关照现实，引发读者对自己、对人类终极关怀的思考。

2. 糅合中外古典文化元素，从典籍文献中摄取资源。天下霸唱的《鬼吹灯》系列小说之《精绝古城》的故事母本取自《汉书•西域传》，《云南虫谷》则取自《史记•西南夷列传》，并运用《周易》《大唐西域记》《橐龠引异考》《八经注疏

① 参见朱栋霖、朱晓进、吴义勤主编：《中国现代文学史 1917—2013》（第三版），高等教育出版社 2014 年版，第 193 页。

② 参见葛红兵：《小说类型学的基本理论问题》，上海大学出版社 2012 年版，第 2—3 页。

详考》等进行辅助阐释；南派三叔的《盗墓笔记》则运用《葬经》的“寻龙点穴”、《穆天子传》中周穆王的故事等推动情节，同样也用到《汉书》《史记》《周易》等相关记载；大力金刚掌的《茅山后裔》则依托于道家文化，穿插《北斗经》《典论》《梦溪笔谈》《明史纪事本末》《大明律》等进行叙事；飞天的《盗墓之王》则以欧洲中世纪法国“预言家”诺查丹玛斯的《诸世纪》入手，开启对“大七数”的探寻。这些古典文献的运用使盗墓小说读起来充满历史的神秘感与厚重感，相较于其他类型小说既有创新性又有承接性。不仅如此，盗墓小说的创作者将这些文献与大家熟知的神话传说、民间传说结合一起叙事，使小说既充满传奇性又不失亲切。

3. 杂糅考古学、古代墓葬学等相关知识，呈奇特地域风貌。因盗墓题材本身的特殊性，盗墓小说必然涉及考古学、文玩古玩等相关常识，以及地下墓室建筑的整体构造、主室陪室的设计、墓中物品的样式色彩等，皆有详细描写，这一点，几乎是每一位盗墓小说作家必备的能力。盗墓小说所写之地无不奇特、惊险、刺激，充满神秘感。《藏地密码》主打西藏奇特的地理与人文；《鬼吹灯》系列从内蒙古到昆仑山，从陕西楼兰到新疆扎格拉玛山谷，走遍大江南北；《盗墓之王》则由《创世纪》的预言开始，所到之地从日本、古埃及到美国等地。暗红的岩浆、刺鼻的硫磺，有着两米长舌头的霸王蝾螈，到处爬满了蛆虫与蚂蚁的腐烂尸体。奇特的地理与奇异的生物，加上当地独特的民间信仰以及见所未见的奇闻异事，对读者有着极大的吸引力。

4. 小说叙事与影视叙事融合。盗墓小说叙事方式大多用第一人称或者第三人称，很少用全知视角。叙事大多按时间顺序，偶尔用插叙。受现代武侠小说与好莱坞电影影响较大，盗墓小说中打斗场面颇有金庸小说风格，注重悬念设置，追求刺激，比如主人公在遭受极端困境时，往往不会很快脱离险境，而是在最后一刻得救，这显然受好莱坞电影“最后一分钟营救”模式的影响。

盗墓小说不仅丰富了当代文坛的文学类型，而且带动了动漫、游戏、影视、有声读物，甚至文物古董等一整条文化产业链的发展。《鬼吹灯》出版发行之后，便由“城漫漫画有限公司”出版漫画，并在日本等国发行。随后，《鬼吹灯》电影三部曲，《鬼吹灯 online》网络游戏相继启动。2016 年，天下霸唱以向上影业 CCO 身份出席向上影业战略发布会，全力打造“天下霸唱+”文化产业模式。南派三叔自不闲着，于 2014 年成立南派影视投资管理公司。次年，投资启动“盗墓笔记大计划”，市场价值预估超 200 亿。之后，《盗墓笔记》系列以网络剧、手游、漫画、话剧形式陆续呈现。与此同时，喜马拉雅 FM、蜻蜓 FM 听小说、微信读书、天天评书网等有声读物网站纷纷加入，并设有“盗墓小说”频道。此外，《鬼吹灯》《盗墓笔记》《藏地密码》等小说纷纷与好莱坞合作，走出国门，加入世界文艺潮流中。

盗墓小说自有网络小说的通病，即受利益驱使，不断加长小说篇幅，出现情节重复、内容注水现象。《鬼吹灯》以一本祖上遗留的秘籍残卷开始，之后便出现一连串的“祖上秘籍”引发的盗墓之文。文中所描述之地，都有自我雷同现象，包括天下霸唱、南派三叔等人也未能避免。大部分盗墓小说的场景描写、人物塑造都基本类似，对于墓地的“开发”，国内写完之后便延伸到国外，但并无新意，全靠碎片化知识粘贴、拼凑，文献书籍堆砌，内容驳杂，让人眼花缭乱，就是一份缺乏营养的大杂烩。情节设置则生搬硬套，语言文字更谈不上推敲、雕琢。另有批评者指出了盗墓小说对青少年的不利影响、对封建迷信的宣扬、对历史的曲解等，这些也确实存在。部分创作者为获取更多点击量，根本无暇顾及文学作品应有的教育功能，而是一味迎合大众的猎奇心理，追求简单粗鄙的感官刺激，缺乏应有的艺术追求与精神引领。十多年的盗墓文学潮流，能够引起广大读者注意的仍然是《鬼吹灯》与《盗墓笔记》两个系列，足见大部分盗墓小说的创作者经验不足，能力有限，创新意识不强。

二、网络盗墓小说主要作家作品

（一）天下霸唱及其作品

天下霸唱原名张牧野，天津人，学美术出身。天下霸唱是他的笔名，来源于网络游戏。天下霸唱被各大网站宣传为“中国最具想象力的作家”。他的代表作品有《鬼吹灯》系列：《鬼吹灯之精绝古城》《鬼吹灯之龙岭迷窟》《鬼吹灯之云南虫谷》《鬼吹灯之昆仑神宫》《鬼吹灯Ⅱ之一黄皮子坟》《鬼吹灯Ⅱ之二南海归墟》《鬼吹灯Ⅱ之三怒晴湘西》《鬼吹灯Ⅱ之四巫峡棺山》《鬼吹灯之牧野诡事》（因版权问题，已改为《牧野诡事》）；《迷踪之国》系列：《谜度踪之国之一雾隐占婆》《谜踪之国之二楼兰妖耳》《谜踪之国之三神农天匦》《谜踪之国之四幽潜重泉》；其他作品有《河神·鬼水怪谈》、《吹灯录》、《贼猫》（又名《金棺陵兽》）《死亡循环》、《我的邻居是妖怪》、《摸金校尉之九幽将军》等。

《鬼吹灯》以一本家传《十六字阴阳风水秘术》残卷为引，以第一人称叙事，讲述了“我”与王胖子、Shirley 杨三位摸金校尉奇特的盗墓经历。全书分为八卷两部，所涉及盗墓地点有内蒙古黑风口关东军要塞、新疆精绝古城、陕西龙岭盘蛇坡地宫等，涉及时间上至五帝时期，下至改革开放初期 80 年代。作者首创摸金、卸岭、发丘、搬山四大盗墓门派，四大门派囊括了“风水、方术、外力”三大体系以及“济世、寻药、求财”三大动机。其中摸金派是技术含量最高、规矩最多的门派。祖师爷所定活人与死人之契约“人点烛，鬼吹灯”，千年传承，不得违背。

作者虽然一再强调自己文化水平不高，也拒绝与人谈文化，但对小说人物形象的塑造却毫不逊色，每一个人物都各有特点，充满个性。主人公胡八一，也就是“我”，没有具体肖像描写，仅提及身高一米八、体重 80 公斤左右；有明确的职业身份：知青、军人、摸金校尉、个体户。胡八一有一个远大的理想，就是凭自己的本事倒个大斗，发一笔横财，然后金盆洗手。如果仅是为了实现自己私欲的话，胡八一这个人物形象就难以立足，然而胡八一盗墓的缘由是义气，是为了死去兄弟们的家属，这一设置让胡八一形象充满感召力。作者通过人物心理、行为、语言让胡八一这一形象丰满而真实。胡八一经常会想起自己那些已经故去的战友们，并常做噩梦梦到鲜血淋漓的他们。胡八一一直感慨自己的生命是这些战友用鲜血换来的，所以每次盗墓分的物资自己那份必是寄给战友家属，而为了让战友家属继续过上好日子，胡八一不得不再去盗墓，这种人物设置既能突出胡八一的重情重义，又可推动故事情节发展，不失为一种绝妙的写作手法。

胡八一不仅重情义，且富有责任感。受雇于 Shirley 杨寻找精绝古城，作为队长深感责任重大，在黑沙漠中万般担忧，暗暗发愿要把他们带回去。然而随着郝爱国、萨帝鹏等人的突然死亡，胡八一越来越感力不从心，直到叶亦心去世，胡八一内心几近崩溃，在逃离精绝墓室时发生幻听。叶亦心凄楚、哀怨的哭声萦绕耳边，一声声刺入胡八一心中，让胡八一心中发酸，甚至忍不住要放开爬行的手陪同叶亦心永远待在墓中。按文中所述，读起来犹如“鬼上身”，实际上这是胡八一内心的一种折射：对逝者的不忍，对年轻生命的不舍。叶亦心的哭声、发沉的身体，都来自胡八一内心的愧疚，作为带队者，胡八一倍感失败，虽然这些人的死与胡八一并没有直接关联，但胡八一却自感应该承担这份责任。军人出身的胡八一有着极强的原则，虽然盗墓是为了钱财，但对于胡八一来说，钱财远没有生命重要。因为战友的逝去，胡八一想要多搞些钱给他们的家属，因为战友生命的失去，胡八一内心不安于不收 Shirley 杨的酬金。文中王胖子几次面临生命危险，胡八一都是舍命相救，他内心告诉自己，如果王胖子因此死去，他愿意与王胖子一起死。这样重情重义，极具原则性、责任感的男子，在任何年代都具有非凡魅力。作者并没有将胡八一这一形象概念化、高大化，而是将其普通化、日常化。这点主要通过与王胖子的对话体现，作为胡八一的死党，王胖子也出自部队大院，两人从小一起长大，一起经历了特殊的年代，两人在一起犹如说相声的捧哏与逗哏，耍嘴皮子，逗乐子，捅马蜂窝，打架，使坏。王胖子较之胡八一更为世俗化一些，爱吃、贪财，大大咧咧，也恰是王胖子的存在，让整部作品更有趣味性。

对于“铁三角”之一的Shirley杨，文中着墨并不多，然而其性格特征突出，果敢、坚毅，有着矫健的身手，继承了搬山道人独特的秘技。《鬼吹灯》系列作品正是从Shirley杨的出场开始，围绕Shirley杨追寻父亲足迹、探寻种族诅咒秘密等所发生的一系列事件展开。Shirley杨的存在，使胡八一的形象更加丰满、真实，如胡八一对美国的偏见、对基督教父的调侃，也恰是特殊时代成长起来的一代人对外界认知的一种体现。除三位核心人物之外，作品中其他人物都有着鲜明的性格。贪财胆小、世故圆滑但不乏真诚的大金牙，慈祥可亲、痴迷考古而疯癫的陈教授，固执、孤僻，身负家族使命的孙教授等，每一个人物在作品中都不可或缺，每一个人物都在推动故事情节发展。即使是只出现几次的人物，同样性格鲜明，如不修边幅的穷酸知识分子郝爱国，爱财、狡黠，信仰胡大的安力满，爽朗、胆大的狩猎奇女子英子等，这些人物个个鲜活，无一重合。

类型化小说能够畅销的最突出原因是讲好故事。《鬼吹灯》能够引领盗墓小说之风，自有其过人之处。全书近二百万字，八卷两部，作者将探险、惊悚、灵异融汇一起，运用冲突、危机、悬念等手法，虚实结合，引人入胜，让读者犹如身临其境，兴趣盎然。爱听故事、猎奇心理几乎是人类共性，作者抓住这一点，让主人公一次次陷入危险境地，遭遇如同坦克般千斤重的野猪、密密麻麻尾巴血红色的漆黑蚂蚁、上古奇花尸香魔芋的魔力迷惑等，主人公多次命悬一线，而又转危为安，让读者为之揪心担忧。文章将真实与虚构结合，以假乱真，让读者一时难以区分。胡八一等人所到之地，几乎都有迹可循。如第一部第一卷的精绝古城位于塔克拉玛干沙漠，现称为尼雅遗址，与楼兰古城齐名，玄奘大师在《大唐西域记》有载；九层妖楼是青海省都兰县察汗乌苏镇出土的血渭一号大墓；昆仑山地狱之门也是真实存在的，因其神秘难测，又被称为“死亡谷”，人与牲畜误入基本难以生还，谷里四处布满了动物皮毛残骸、猎人的钢枪以及孤坟荒丘等；黑风口野人沟虽是虚构的，但日本关东军地下要塞却是真实存在的。这些古墓、遗迹，本身就充满神秘性，再加上作者的渲染、加工，更为其增加恐怖色彩。此外，作者将新闻事件、神话传说穿插叙事，让读者更加迷惑。

《鬼吹灯》的语言充满时代性与幽默感，并多处运用方言、歇后语，更适合今天的网民读者阅读。胡八一与王胖子出身军人家庭，成长经历由“文革”步入改革开放，两人话语都充满时代感。类似“接受了最高指示来农村接受很有必要的贫下中农再教育”“漫天皆白，雪里行车情更迫”等比比皆是，他们对革命歌曲由衷热爱，遇到危险或者团队松散时，胡八一都会用革命歌曲激励自己与队友。进入改革开放，胡八一转业复员，“万宝路”“邓丽君”“个体户”“盗版磁带”这些极具年代感的词语替代了曾经的革命用语。许是受相声影响，天下霸唱的作品总是在最紧张处抖个包袱，让人开怀一笑，消除了恐惧。在黑风口野人沟遭遇人熊，性命攸关之际胡八一却称黑熊为王胖子的“二大爷”；魂魄飘荡的“童男童女”本让人很是恐怖，胡八一在埋葬时却一本正经道：“两位古代小朋友，很遗憾你们没有生活在文明民主到处充满阳光的新社会，……我回去之后一定给你们多烧点纸钱，希望你们早去西方极乐净土，不要再来纠缠我们。我们的工作也很忙，能为你们做的只有这些了，贪得无厌欲求不满的可不是好孩子。”[①]除了人物对话，心理描写、叙述语言一样幽默，胡八一第一次拿到盗墓所得钱财时激动的心理和颤抖的手，读来让人忍俊不禁。此外，方言、歇后语运用也颇到位，到了东北，人物对话就是东北方言，回了北京就是京片儿，去了新疆就是新疆普通话的味道。文中多处运用诸如“盲人骑瞎马，夜半临深池”，“阎罗殿上充好汉——闭着眼等死”，“要饭的起大早——穷忙活”等谚语、歇后语，增强了文章的幽默感，吸引了更多的读者。

《鬼吹灯》贯穿中国传统的易学风水，然作者并没有迷信于此，而是认为风水并不能左右吉凶祸福。作者通过马六河家族的兴衰说明一个道理：人自己就是风水本身，如果人不义，即使占据了最好风水的房屋、墓地，最终也会走向败落，甚至丧失身家性命。作者探讨的是人性贪欲与人之风水。凡是贪婪者，无论动物还是人类，都必惨死，如村民马大胆、船老大阮黑，以及盗墓途中所遇各色奇特动物等。即便是尊为王者，如不尊王道，荼毒生灵，同样会遭天谴。作者认为各行各业之所以有规有矩，亦是对人类贪欲的一种挟制。第六卷《南海归墟》中说：“摸金校尉求财取利虽是铤而走险，可也有‘鸡鸣灯灭不摸金’以及‘三取三不取’的铁律，实际上那不是因为什么尊重墓主亡灵，而是尽力不让自己变得太贪婪。古今盗墓掘冢败事者极多，有多少盗墓贼就为了这个‘贪’字而送了性命！非是智不足，亦非技不能胜，唯‘利’昏其心。贪婪之心，是天祸之所伏，乃事败命丧之根由，摸金摸到适可而止，给自己留下余地和清醒的头脑，有命才有财，无命都是空。”[②]也正因此，胡八一等人虽盗墓，但皆非贪婪之人，而合“道不盗，非常盗，盗亦有道，盗不离道”的绿林英雄之道。

作为网络盗墓小说的开山之作，《鬼吹灯》自有其缺憾。第一部第一卷虽叫《精绝古城》，然“精绝古城”部分只占全书三分之一，可见最初作者并没有打算构架一部网络长篇，写作较为随意。从第二卷可以看出，作者有意安排插叙，通过 Shirley 杨口吻，引出鹧鸪哨、了尘长老等盗墓前辈的恩怨，为后续长篇作

① 天下霸唱：《鬼吹灯 1 精绝古城》，湖南文艺出版社 2019 年版，第 142—143 页。

② 天下霸唱：《鬼吹灯 6 南海归墟》，湖南文艺出版社 2019 年版，第 132 页。

铺垫，但是叙事转化比较生硬，心理描写莫名其妙。这一点作者在后记中也谈到："每一卷也都同样存在着不足和缺陷，如果重新修改一遍，会好很多，可是那样一来难免会有匠气，也就失去了即兴创作的乐趣。"[①]然而这并不影响小说自身的价值，作者运用非凡的想象力创作了一套完整的盗墓小说体系，详细描述了盗墓渊源、派别、手法等，使盗墓小说独立成类型，提供了盗墓小说创作经验模式，在当代文坛掀起了一股盗墓小说风潮，其存在的价值不言而喻。

《鬼吹灯》之后，天下霸唱因版权转让，无权再用"鬼吹灯"三字，并因《鬼吹灯之牧野诡事》引发官司。《鬼吹灯之圣泉寻踪》等系列小说，虽挂了天下霸唱之名，然非天下霸唱所作。《金棺陵兽》称为《鬼吹灯》前传，主讲摸金校尉前辈张小辫的传奇一生；《摸金校尉之九幽将军》仍以胡八一、王胖子、Shirley杨为主要人物展开，但整体水平不佳。《谜踪之国》系列讲述以司马灰为首的缅共游击队员被胁迫加入了山匪玉飞燕带领的探险队，由此而展开了一段惊心动魄的探险之旅。《迷踪之国》延续了《鬼吹灯》的创作风格，被称为《鬼吹灯》姊妹篇。人物设置与《鬼吹灯》相似，父母为右派，主人公司马灰十五岁混迹社会，后参军，有勇有谋，身手敏捷。有出生入死的兄弟罗大海，因从小在东北把嘴冻坏了，绰号"罗大舌头"。主题、基调与《鬼吹灯》基本一致，谚语、歇后语用得比较频繁，添了些江湖口令和冷门杂学，少了《鬼吹灯》的惊心动魄。其他如《河神·鬼水怪谈》延续"铁三角"设置，"崔老道捉妖"系列、"天坑"系列、"死亡循环"系列等都各有特色，但都未出《鬼吹灯》的写作套路模式。

（二）南派三叔及其作品

南派三叔，本名徐磊，1982年出生，浙江嘉兴人，毕业于浙江树人大学。2006年6月开始在百度贴吧写《鬼吹灯》同人小说《七星鲁王宫》，受网友热捧，拥有固定粉丝后从贴吧转向起点中文网。2007年1月，代表作《盗墓笔记》系列第一本《七星鲁王宫》由中国友谊出版公司正式出版。之后《盗墓笔记贰——秦岭神树》《盗墓笔记叁——云顶天宫》《盗墓笔记肆——蛇沼鬼城》《盗墓笔记伍——谜海归巢》《盗墓笔记陆——阴山古楼》《盗墓笔记柒——邛笼石影》陆续出版，2011年12月，《盗墓笔记捌——大结局（上）》《盗墓笔记捌——大结局（下）》上市，首周销量破100万册。至此，《盗墓笔记》系列完结，实体书共九本，单本销量平均过百万，九本总销量超过1 200万册。其他作品有《大漠苍狼》系列、《怒江之战》系列等。

---

① 天下霸唱：《鬼吹灯8巫峡棺山》，湖南文艺出版社2019年版，第449页。

《盗墓笔记》完结后，南派三叔分别又出了《盗墓笔记》前传《藏海花》、《盗墓笔记》后传奇《沙海》《老九门回忆录》《吴邪的私家笔记》《盗墓笔记十年》等，使《盗墓笔记》系列成为盗墓类型小说的经典之作。其衍生品从电影、漫画、游戏、话剧到网络剧，形成一个庞大的多维 IP 生态圈，而南派三叔的身份也有了作家、编剧、商人之称。2011 年南派三叔以 1 580 万元版税收入荣登“第六届中国作家富豪榜”第二位。2012 年 11 月 29 日，《盗墓笔记》系列获第七届中国作家富豪榜最佳冒险小说奖；2016 年 1 月 22 日，南派三叔位列 2015“当当年度影响力作家”类型小说家榜前五名；2017 年 7 月 12 日，《盗墓笔记》获猫片 • 胡润原创文学 IP 价值榜第二名。

最初作为同人小说出现的《盗墓笔记》吸纳了《鬼吹灯》的基本创作模式，“铁三角”的设置、调侃的语言、惊悚的探险等。独特之处在于《盗墓笔记》推动情节发展的不是事件，而是人物，即主人公吴邪，整套《盗墓笔记》也可以看作是吴邪的成长史。吴邪，生于盗墓世家，长沙老九门吴老狗之孙，按照爷爷的计划，吴邪一直在长辈的庇护下长大，心性单纯、为人和善。作品并没有直接交代吴邪的五官面貌，而是通过他人转述，如胖子说他五官好看，手指修长，是玉树临风小郎君、出水芙蓉弱官人；吴邪大学同学评价其脸很安静，让人看着不烦；黑眼镜说其眼睫毛长，颈部曲线比女人还女人。可见这是一位温润如玉、面相俊美，带有书生气的男子。从小养尊处优的吴邪，既没有盗墓常识，也没有敏捷的身手，他盗墓不是为钱，而是好奇，或者为救人。第一次跟着三叔去盗墓因不懂规矩或者说控制不了自己的好奇心，差点命丧积尸地，之后盗墓遇险基本都是被救者，属于团队里最弱的一个。然而正是这样一位文弱书生，是心灵最干净的人，是为亲人、为朋友可以舍命的人。老痒有难，他可以出钱，钱不够就跟老痒冒险盗墓；闷油瓶、胖子被困，明知自己实力不足，但仍然努力前行。虽然因太容易相信人而被利用，虽然也想要改变自己，但内心的善良与真诚让他一如既往。吴邪正是现今社会大家都渴望“归来仍是少年”的那个人。

从《盗墓笔记》第一部诞生，到后来的前传、后传奇，可以看出南派三叔写作风格的转变。前几部基本靠巧合、悬疑、诡异、惊悚刺激读者，后来则更侧重文学性描写，尤其是对人物心理描写比较突出。大结局（上）第一章吴邪戴上三叔的人皮面具时“混合着一种逃脱感和恐惧感”，“好像借着这张脸逃脱了身为吴邪的命运”。然而终究不像，被提醒面具需戴在心上时，吴邪内心颤抖：“戴在脸上的面具能撕下来，戴在心上的，又会如何？”[①]作者也正是通过吴邪

① 南派三叔：《盗墓笔记　大结局》上，上海文化出版社 2011 年版，第 3 页。

传达一种哲学要义：比鬼神更可怕的，是人心。经历多次盗墓，吴邪见证了太多的生死，“利来而聚，利往而散”的生存法则让吴邪倍感人生悲凉。让吴邪颓丧的是他发现自己正在向这些人靠拢，在潘子喊一声“三爷”之后，吴邪“忽然觉得自己开始失去了什么，那失去的东西一定是我平时没有注意到的。就在这一刻，我忽然觉得无比沮丧”[①]。对于潘子的安危，吴邪一直在问自己：“是否真的关心？”他惊讶“自己已经是一个彻头彻尾的盗墓贼了”[②]。

南派三叔无疑是讲故事的能手，日常口语化的语言，近乎聊天式的写作，对读者心理把控非常到位，几乎每一部作品，都有一个吊人胃口的开头。《大漠苍狼》开篇便是地质勘探队员告诉你一个“你永远也不可能在档案资料中看到，那都是一些‘不应该存在’的事实，被永远封存起来了”的故事；《勇者大冒险：黄泉手记》第一句是“作为一个贼，被发现之后的第一反应当然是跑，我反应过来，翻窗的时候直接从二楼摔下了去，后脑磕在地上，不省人事。等我醒过来，我就发现自己已经被铁锁铸住，锁在了这个房间里”。读者自然会想看看到底是什么故事被封存了？这个贼后来到底怎么样了？当然，吸引读者不能仅靠“故弄玄虚”，而是靠人物性格的塑造、情节发展的推进，以及细节的描写等多种手段合力而成。南派三叔的语言经常会有网络流行语、广告语的插入，并会在中间插入一句类似“我给你举个例子”的话语，似乎是与读者面对面聊天讲故事。南派三叔细节描写也很到位。《盗墓笔记》大结局（下）中，闷油瓶与吴邪道别，吴邪不舍，从杭州一路追随到长白山，两人话语极少。闷油瓶一脸严肃几次告诫吴邪不要再跟，吴邪内心窝火又焦灼：“我就要跟着。”[③]并向小花、老爹求助。几句话、几个行为动作，立现吴邪的性格特征。即使经历了无数生死，见惯了太多的人情世故，吴邪仍然是胖子眼里的那个“天真”，是闷油瓶愿意“用我一生换你十年天真无邪”的那个人。

一、思考研习

1. 清末民初侦探小说的译作对中国现代小说美学的现代化有何影响？

2. 为什么说中国当代公安小说的发展与中国社会政治文化的发展紧密相连？

3. “泛悬疑小说”概念对网络悬疑小说发展的利与弊是什么？

4. 如何评价网络盗墓小说？

---

① 南派三叔：《盗墓笔记　大结局》上，上海文化出版社 2011 年版，第 8 页。

② 南派三叔：《盗墓笔记　大结局》上，上海文化出版社 2011 年版，第 192 页。

③ 南派三叔：《盗墓笔记　大结局》下，上海文化出版社 2011 年版，第 149 页。

二、阅读延伸

1. 程小青《舞后的归宿》(又名《雨夜枪声》)
2. 孙了红《血纸人》
3. 海岩《便衣警察》
4. 朱维坚《绝境》
5. 蔡骏《镇墓兽》
6. 周浩晖《死亡通知单》
7. 紫金陈《高智商犯罪》
8. 天下霸唱《鬼吹灯》
9. 南派三叔《盗墓笔记》

三、扫码听讲

第六章　中国现当代历史小说与网络历史小说

第一节　中国现代历史小说

一、中国现代历史小说发展概述

中国古代不乏历史小说创作，明清时期尤以历史演义作品居多，艺术形式也相对比较成熟。而现代历史小说的兴起，则与晚清时期梁启超等人倡导的“小说界革命”有着密切的关联。在这一时期，作为作家的吴趼人在推动历史小说的发展方面作出了较大的贡献。而到了民国时期，历史小说创作更为繁荣，就通俗历史小说而言，在创作方面形成一定社会影响的主要是蔡东藩等人创作的历史演义小说和许指严等人创作的掌故小说与历史宫闱小说等。

20 世纪初，“历史小说”这一命名在中国开始被广泛运用。1902 年，梁启超主持的《新小说》杂志创刊，其创刊号上便设置有“历史小说”栏目。在此之前的明清时期，历史演义创作繁荣，但在“演义”的性质方面难以形成共识，有人提出演义应被视为正史的补充，故而强调其真实性，也有人认为应将其视作小说。“历史小说”的命名提出之后，得到的回应较多，如《醒狮》杂志（1905）、《月月小说》杂志（1906）、《小说林》杂志（1907）等，皆设置有“历史小说”栏目。而既有此栏目，则所刊登的相应作品，则应当以小说视之。《新小说》等刊物的栏目设置，在关于这个问题的讨论方面，实际上又向前推进了一大步。

历史小说在梁启超的“新小说”体系中处于较为重要的位置。在《论小说与群治之关系》中，梁启超说：“今日欲改良群治，必自小说界革命始；欲新民，必自新小说始。”[①]梁启超认为，要想“新民”，就必须“新小说”，他的“新民”

① 梁启超：《论小说与群治之关系》，《新小说》1902 年第 1 号。

诉求与“新小说”的关系由此可知。在他主持的《新小说》中，历史小说的地位得到了较为充分的彰显。对于这一类小说的理解，梁启超在《中国唯一之文学报〈新小说〉》中说：“历史小说者，专以历史上事实为材料，而用演义体叙述之。盖读正史则易生厌，读演义则易生感……故本社同志，宁注精力于演义，以恢奇俶诡之笔，代庄严典重之文。”[①]就这一定义而言，可见其所强调的两个重点，一是历史上的事实，一是恢奇俶诡之笔，简而言之，一是真实的内容，一是小说的形式。《中国唯一之文学报〈新小说〉》对于《新小说》杂志即将登载的内容作了介绍，其中历史小说所占篇幅尤重，几乎与政治小说相近。该文还列出了拟刊载的历史小说目录，如《罗马史演义》《十九世纪演义》《自由钟》《洪水祸》《东欧女豪杰》等，多为外国历史的演绎，这与梁启超等人的新民思路也较为契合。就这篇具有办刊计划性质的文章来看，无论是关于小说门类的编排顺序，还是介绍内容所占篇幅，都可以感受到以梁启超为代表的《新小说》同仁对于历史小说的看重。《新小说》将历史小说置于这一位置，就意味着，在梁启超的眼中，历史小说是“新小说”的一个重要组成部分。

《新小说》所刊载的历史小说在一定程度上显现出“新小说”的新意。《新小说》创刊号刊载了两部历史小说，分别是《洪水祸》和《东欧女豪杰》。《洪水祸》，雨尘子著，未完，存五回，从法国国王路易十四执政讲起，是一部描写法国大革命的作品。《中国唯一之文学报〈新小说〉》介绍这部作品时，言其题目取自法国国王临终之言“朕死后大洪水将来”[②]。小说通过对法国大革命历史的叙写，与国内形势巧妙对比，传达了特定的社会认识和政治理想。《东欧女豪杰》，岭南羽衣女士著，谈虎客批，未完，存五回，主要叙写俄国虚无党人苏菲亚等人的革命活动，刻画了苏菲亚这个反对专制的女英雄形象。《中国唯一之文学报〈新小说〉》评价说：“以最爱自由之人，而生于专制最烈之国，流万数千志士之血，以求易将来之幸福，至今未成，而其志不衰，其势且日增月盛，有加无已。中国爱国之士，各宜奉此为枕中鸿秘者也。”[③]在反对封建专制方面，《东欧女豪杰》与《洪水祸》在主旨上有重合之处，这是小说在思想上最突出的新意，应该也是《新小说》最想传递给读者的东西，启蒙色彩较为明显。而《东欧女豪杰》对于女英雄的描摹，在推动当时女性意识的觉醒方面，有积极的意义。

《新小说》刊载的几部历史小说，将传统形式与新思想较好地结合在一起。这些小说采用传统的章回体形式，尊重读者的阅读习惯，体现了小说创作发展的惯性。而小说的批语更多显现出“旧中有新”的特点。《新小说》中的不少眉

① 梁启超：《中国唯一之文学报〈新小说〉》，《新民丛报》1902 年第 14 号。

② 梁启超：《中国唯一之文学报〈新小说〉》，《新民丛报》1902 年第 14 号。

③ 梁启超：《中国唯一之文学报〈新小说〉》，《新民丛报》1902 年第 14 号。

批，通俗易懂，诉求明确。如《东欧女豪杰》第一回的第一则眉批便写道：“著者是望人皆为英雄的意思，我辈不可不勉，便不做大的也要做小的，不做有名的也要做无名的。”第二回的总批写道：“生计问题，是现在地球上第一大事。中国人未蒙产业革命之影响，于此事犹懵然也。十年以后，必有大大波动。”这样的批语，其目的大抵是将国外难解的革命事实纳入国人传统的阅读视野，通过通俗的表达，使国人能充分感知，以在潜移默化中接受小说试图传递的政治思想。《洪水祸》每回后有附记，寥寥数语，以录本章所涉正史史实。这一方面是传统形式的延续，另一方面也回应了《新小说》关于历史小说“专以历史上事实为材料”的承诺。

梁启超作为一个政治活动家，毕竟不能专注于文学，历史小说的发展还要依赖于专业作家。在这一时期，吴趼人对历史小说的创作和传播颇为用力。吴趼人（1866—1910），广东南海人，号我佛山人，晚清时期著名小说家，他创作的历史小说《痛史》《两晋演义》《云南野乘》以及历史小说理论文章《历史小说总序》《两晋演义序》等，在当时影响较大，成为继梁启超后影响现代历史小说发展进程的又一大家。吴趼人创作的《痛史》始载于《新小说》1903 年第 8 号，共 27 回，未完。《痛史》从蒙古建元朝讲起，主要叙述南宋灭亡的故事，其中既有对文天祥等顽强反抗的英雄壮举的赞扬，也有对贾似道等卖国求荣行径的揭露，以及对刘秉忠、张弘范等背叛者的讽刺。在小说中，吴趼人开门见山地说道：“莫笑我这一片是呆话，以为从来中外古今历史，总没有全国人死尽方才亡国的。不知不是这样讲，只要全国人都有志气，存了个必要如此，方肯亡国的心，他那国就不会亡了。”由此可知，他这部小说的创作，明显与当时国族存亡的危机有着紧密的关联。

《两晋演义》始载于《月月小说》1906 年第 1 号，共 23 回，未完，主要写惠帝昏昧、藩王争权等事。在这期杂志上同时还登载了他撰写的《月月小说序》《历史小说总序》《两晋演义序》等，较集中地阐述了他的历史小说观。了解他的历史小说观，对于理解现代历史小说的创作及发展，有一定的作用。吴趼人强调历史小说应该有教育的功能。在《月月小说序》中，吴趼人说：“吾于是欲持此（历史）小说，窃分教员一席焉。”[①]在《两晋演义序》中，他又说：“则寓教育于闲谈，使读者于消闲遣兴之中，仍可获益于消遣之际，如是者其为历史小说乎！”[②]这里可见吴趼人对于历史小说“教育”功能的重视。如何发挥历史小说的教育功能？在《两晋演义序》中，吴趼人借蒋氏函曰：“撰历史小说者，

① 吴趼人：《月月小说序》，《月月小说》1906 年第 1 号。

② 吴趼人：《两晋演义序》，《月月小说》1906 年第 1 号。

当以发明正史事实为宗旨，以借古鉴今为诱导，不可过涉虚诞，与正史相刺谬，尤不可张冠李戴，以别朝之事实，牵率羼入，贻误阅者。”[①]“正史事实”当然是历史小说“教育”功能的合法性基础，而“借古鉴今”则是吴趼人认为的历史小说创作的目的之所在。“教育”之外，吴趼人强调的另一历史小说的功能就是“趣味”。关于“趣味”，吴趼人是在考察正史书籍和以往历史小说阅读效果后提出的。在他看来，中国古代尽管史册繁重，但读者寥寥，在《历史小说总序》中，他甚至一口气列出了其六大弊端，并干脆断言：“有此六端，吾将见此册籍之徒存而已也。”[②]他指出，有一些历史知识之所以能够深入人心，实在是因为历史小说演化的功劳。“隐几假寐，闻窗外喁喁，窃听之，舆夫二人对谈三国史事也；虽附会无稽者十之五六，而正史事略亦十得三四焉。蹶然起曰：道在是矣，此演义之功也。”[③]演义如何能够促成如此之功劳呢？关键就在演义小说比史册通俗、有趣味，“无他，趣味为之也”[④]。因为趣味，所以更容易被读者接受；而要想被读者接受，就必须要有趣味。教育与趣味，是吴趼人历史小说观的两个核心词汇。

除了吴趼人的历史小说之外，黄小佩的《洪秀全演义》在这一时期也产生了一定的影响。黄小配，又名黄世仲，同盟会成员。《洪秀全演义》1905 年始载于香港《有所谓报》和《少年报》，共 54 回。在小说的《自序》中，黄小佩说：“经三年而是书乃成，其中近三十万言，皆洪氏一朝之实录，即以传汉族之光荣。”[⑤]小说叙写太平天国起义故事，塑造了洪秀全、李秀成、石达开等一批太平军英雄形象，宣传了反清革命思想。章炳麟在小说的序言中说：“夫国家种族之事，闻者愈多，则兴起者愈广。”[⑥]这也从侧面说明了小说的创作目的在于发动民众，传播民族革命思想。

晚清时期，历史小说经典作品虽然并不算多，但立场鲜明，于小说的教育功能，尤为看重。而到了民国时期，这一状况有所变化。以蔡东藩历朝通俗演义为代表的一类小说，依然重视小说的教育功能，而以许指严历史掌故为代表的另一类小说，则在小说的趣味方面着力更多。

1921 年通俗小说走向市场化之后，宫闱秘史小说大量出版，成为现代历史小说的重要文学现象。宫闱秘史小说的主要作品有：许啸天的《清宫十三朝演

---

① 吴趼人：《两晋演义序》，《月月小说》1906 年第 1 号。

② 吴趼人：《历史小说总序》，《月月小说》1906 年第 1 号。

③ 吴趼人：《历史小说总序》，《月月小说》1906 年第 1 号。

④ 吴趼人：《月月小说序》，《月月小说》1906 年第 1 号。

⑤ 黄世仲：《洪秀全演义 • 自序》，湖南人民出版社 1981 年版，第 9 页。

⑥ 章炳麟：《洪秀全演义序》，《洪秀全演义》，湖南人民出版社 1981 年版，第 6 页。

义》，共 100 回，1926 年出版，从清朝始祖的事业开创说起，直至宣统皇帝退位，主要写皇帝轶事与宫廷生活。许啸天还著有《明宫十六朝演义》《唐宫二十朝演义》等。此外，徐哲身的《汉宫二十八朝演义》、张恂子的《隋宫两朝演义》、许慕羲的《宋宫十八朝演义》《元宫十四朝演义》等在当时都产生了较大的社会影响。这些小说，就其形式而言，依然是采用演义体。但与蔡东藩的历史演义不同的是，现代宫闱秘史小说的着重点在历代宫闱生活、宫廷秘史的描述上。蔡东藩的历史演义中匆匆带过的一些内容，在这里往往加以渲染，故而可读性强，受欢迎程度高。如果说许指严揭示清朝统治者的宫廷、官场秘闻的掌故小说的问世，部分归因于时代的变化，宫闱秘史小说的流行，则说明大众已经以更加明确的消遣态度来阅读小说、窥探秘闻了。

二、中国现代历史小说主要作家作品

（一）蔡东藩及其作品

蔡东藩（1877—1945），浙江萧山人，自 1916 年开始创作《清史通俗演义》，此后分别创作出版《元史通俗演义》《明史通俗演义》《民国通俗演义》《宋史通俗演义》《唐史通俗演义》《五代史通俗演义》《南北史通俗演义》《两晋通俗演义》《前汉通俗演义》，到 1926 年《后汉通俗演义》，在十年的时间里，共出版 11 部通俗演义，1 040 回，作品的时间跨度从前汉到民国，字数达 600 多万，总称“中国历代通俗演义”，被认为是“中国通俗史学和历史系列演义小说的一块伟大的丰碑”①。

关于创作这些演义的目的，蔡东藩在小说中有所提及。在《清史通俗演义》的第一回中，他说：“现在清朝二字，已成过去的历史，中国河山，仍然照旧，要想易乱为治，须把清朝的兴亡，细细考察，择善而从，不善则改，古人说的‘殷鉴不远’，便是此意。”由此可见，蔡东藩创作历史演义的初心，在于能为当时的人提供历史的借鉴。而到了《后汉通俗演义》，在其所撰自序中同样指出：“举前辙所以戒后车也。”②一头一尾，可以看出蔡东藩不变的创作立场。

基于以上目的，蔡东藩对自己作品的定位就很好理解了。在《清史通俗演义》的自序中，他有这样的一段论述：“窃谓稗官小说，亦史之支流余裔，得与述古者并列；而吾国社会，又多欢迎稗乘。取其易知易解，一目了然，无艰僻

---

① 范伯群：《中国现代通俗文学史》，北京大学出版社 2007 年版，第 211 页。
② 蔡东藩：《后汉通俗演义・自序》，浙江人民出版社 1981 年版，第 1 页。

渊深之虑。书籍中得一良小说，功殆不在良史下；私心怦怦，爰始属稿而勉成之。”[①]从这段话可以看出，蔡东藩明确了自己作品的“史之支流余裔”的地位，所以要以更容易为人理解接受的语言，部分行使传播历史知识的功能。总的来说，蔡东藩是把他的小说当成正史的通俗读物而作，通俗性是他关注的重点，但真实性同样也为他所强调。在《后汉通俗演义》的自序中，蔡东藩这样说道：“本编续《前汉演义》之体例，……事必纪实，语不求深，合正稗为一贯，俾雅俗之相宜。”[②]“事必纪实”是蔡东藩创作的一条重要原则，为了达到这一境界，蔡东藩采取的方式是“以正史为经，务求确凿，以轶闻为纬，不尚虚诬”[③]。这一点，在《元史通俗演义》中表现尤为明显。为写好这本书，蔡东藩不仅对国内有关史籍材料进行对比考证，还参考了国外的史籍译本，一方面强调“事皆有本，不敢臆造，语则从俗，不欲求深”，另一方面，还注意史料的用法，“凡正史之所已载者，酌量援引，或详或略，正史之所未载者，则旁征博采，多半演入”。[④]蔡东藩在小说的真实性和可读性的协调方面，是有自己的思考和探索的。

蔡东藩的小说采用章回体加批注的形式，这有助于作者理念的传递。他的小说是标准的章回体历史演义，章回体是非常传统的一种小说形式，而他自己又在小说中撰写了大量的批注，并在每一回目的结尾加上了总批。相比小说正文，这些批注更加跳脱，更为直白。如《清史通俗演义》第一回，开头诗刚说“帝德乾坤大，皇恩雨露深”，作者自己马上加了一句批注：“开场白若庄若谐，寓有深意，读者莫被瞒过。”又如第一回写到列强占我土地，作者又加了一句批注：“这便叫作国耻。”同样在第一回，当叙爱新觉罗氏之始祖生时，以朱果呈祥、天女产子等故事来解释其出身不凡。尽管在正文中已言之凿凿，但在第一回的总批中毕竟还是视其为谬论。当言必有据与生活常识产生冲突的时候，蔡东藩选择了这样的处理方式，可见他也不是唯史书为上的。由于这些批注和总批的存在，为蔡东藩的思想提供了一个表现空间，也有利于帮助读者建立正确的历史观。

蔡东藩在“中国历代通俗演义”的批注中还有大量关于小说艺术的表达。如《元史通俗演义》第二回的总批中写道：“本回夹叙夹写，斐然成章，而命意则全为成吉思汗蓄势，如看山然，下有要穴，则上必有层峦迭嶂；如观水然，后有洪波，则前必有曲涧重溪，大笔淋漓，不落小家气象。”第六回的总批中写

① 蔡东藩：《清史通俗演义·自序》，浙江人民出版社 1980 年版，第 2 页。
② 蔡东藩：《后汉通俗演义·自序》，浙江人民出版社 1981 年版，第 2 页。
③ 蔡东藩：《唐史通俗演义·自序》，浙江人民出版社 1981 年版，第 2 页。
④ 蔡东藩：《元史通俗演义·自序》，浙江人民出版社 1981 年版，第 2 页。

道："得半而止，独见首不见尾，此是作者蓄笔处，亦即是示奇处，名家小说，往往有此。"从这些文字可以看出，作者在文学艺术方面是有自己的追求的。他的这些批注，也有利于提升读者阅读和赏析的能力。

蔡东藩的"中国历代通俗演义"在普及历史知识、传递民主思想和提升阅读能力方面，都有其一定价值。

（二）许指严及其作品

民国时期的另一种历史小说创作是历史掌故小说。历史掌故小说篇幅较短，往往叙写历史掌故和野史逸闻，现代历史掌故小说创作最有成就的作家是许指严。

许指严（1875—1923），江苏常州人，南社社员。善于撰写历史掌故小说，主要作品包括《南巡秘记》《十叶野闻》《新华秘记》等多种。许指严的祖父本为官员，对宫廷和官场中的事情了解较多，许指严从其祖父那里听得许多这一类故事，郑逸梅云："所纪十九出于祖父口述，他一一追记，非虚构也。"[①]

许指严的《南巡秘记》分正编和补编两个部分，分别出版于 1915 年和 1916 年，共 32 篇，主要围绕乾隆皇帝南巡，记录统治者的各种铺张奢华和官场的秘闻故事，涉及社会的方方面面。如《幌子僧》《水剧场》等，从各个方面谈上有所好，下必投之，以及造成的问题，话语间，多有批评。在《幌子僧》的文末，许指严说："此亦绝无仅有之事。上之所以取于下，下之所以媚其上，奇谲至此，洵一部十七史中所未见也。"[②]作者的批判立场由此可知。而在《南巡秘记》的自序中，许指严又说："然非值民国，则不覆瓿，祸亦不测，谁复刊之，而谁复播之哉！"[③]更是表达了对封建统治者在言论控制方面的不满。

因《南巡秘记》所叙故事主要局限于乾隆一世，许指严因而又撰写《十叶野闻》，罗列清代十世的掌故，全书共 43 篇，出版于 1917 年。书中同样记载了不少重要的清朝宫廷及官场秘闻，如《九王轶事》叙多尔衮与博尔济太后之事，《礼部堂议和》写清恭亲王与英法联军议和时的自大，《圆明园修复议》则叙写慈禧后宫争宠的经过与喜爱圆明园的原因，诸如此类。其中，《九汉外史》述少林僧、甘凤池、白泰官等人事，其水准不输林纾、钱基博"技击余闻"类作品。

许指严的《新华秘记》分前后两编，共 63 篇，主要写袁世凯复辟帝制过程中的各类秘闻轶事，1918 年出版。这本书得到了较多肯定。蒋抱玄在为其作序

---

① 郑逸梅：《许指严的〈南巡秘记〉》，《民国笔记概观》，上海书店出版社 1991 年版，第 100 页。

② 许指严：《幌子僧》，《南巡秘记》，山西古籍出版社、山西教育出版社 1999 年版，第 18 页。

③ 许指严：《南巡秘记・自序》，山西古籍出版社、山西教育出版社 1999 年版，第 3 页。

时云其“事事得诸实在，不涉荒诞。与坊间行本之宫闱秘史等，有天壤之别”①，吴绮缘则云其“于袁氏家庭及政府之种种琐闻，无不列入，结构之精，文词之雅，以较前作，且有过之。虽属野史，而即以当洪宪一代之信史观，亦无不可也”②。以上评价，既谈到了其作品内容的可信度，也论及其作品的艺术性，可为参考。

许指严以上作品，皆用文言，文字简练，表达清晰，故事生动，字里行间有明确的态度和立场，具有一定的进步性。在行文过程中，作者又往往摆出历史考据的姿态，强调自己所写故事的真实性，平添了几分阅读趣味。

除此而外，许指严还曾撰写《石达开日记》。《石达开日记》以日记的形式，主要记录石达开的征战过程及内心所思所感。在该书的“弁言”中，许指严记录了他获得该日记的过程，并称其所得副本“中多脱落讹舛，不利览观，因考订各家记载，联缀其事，润色其辞，将以便同好者之涉猎也”③。但一般认为，该日记为伪作，可作小说看。

第二节　中国当代历史小说

一、中国当代历史小说发展概述

从20世纪50年代到80年代前期，通俗文学在大陆处于低潮期。这一时期的历史小说创作，以农民起义题材为主。1963年，姚雪垠的长篇历史小说《李自成》第一卷出版，第二卷出版于1976年，第五卷出版于1999年。在其影响下，1977年之后，冯骥才、李定兴的《义和拳》，刘亚洲的《陈胜》，凌力的《星星草》、蒋和森的《风萧萧》、鲍昌的《庚子风云》等陆续出版，形成一股潮流。这些小说主要叙写农民起义的历史故事，着重表现农民起义者与封建统治者的矛盾。姚雪垠曾就历史小说的创作问题提出“历史现实主义”的原则，其内容包括：“历史科学与小说艺术的有机结合；指导它的哲学思想是历史唯物主义，艺术风格上强调中国的民族传统，在创作方法以现实主义的根本，容纳积极的浪漫主义。所有以上种种方面，我认为历史小说家最重要的一个任务是通过小说艺术写出历史事变的基本真象，它的运动规律，它所包含的错综复杂的因果

① 蒋抱玄：《蒋序》，《新华秘记》，山西古籍出版社、山西教育出版社1999年版，第6页。

② 吴绮缘：《吴序》，《新华秘记》，山西古籍出版社、山西教育出版社1999年版，第10页。

③ 许指严：《石达开日记・弁言》，世界书局1928年版，第1—2页。

关系，以及它向后人提供的历史知识和值得重视的经验教训。”[①]姚雪垠的这一陈述，可以概括以上历史小说作品共同的艺术追求。

20 世纪 80 年代，通俗文学在中国大陆再次兴起，与此同时，历史小说创作也产生了较大的变化。以封建帝王为主要表现对象的帝王历史小说开始大量出现，如吴因易的《唐明皇·宫闱惊变》与二月河的《康熙大帝·夺宫》均于 1985 年出版，凌力的《少年天子》则于 1987 年出版。这一创作潮流延续到了 90 年代，有更多作品问世，二月河的《雍正皇帝》和《乾隆皇帝》均出版于 1990 年以后，《康熙大帝》《雍正皇帝》《乾隆皇帝》这三部作品被统称为“落霞三部曲”。凌力的《倾城倾国》和《暮鼓晨钟——少年康熙》也分别于 90 年代初出版，这两部作品与《少年天子》所写历史从明崇祯年间到清康熙年间，故而称为“百年辉煌”系列。帝王历史小说在大众中影响非常广泛，以它们为底本改编的电视剧进一步拓展了小说的受众面，这一类创作逐步成为当代历史小说中最引人注目的部分。帝王历史小说的流行，从一定程度证明了 80 年代以来大众文化对于通俗文学创作的重要影响。

20 世纪 80 年代到 90 年代，当代历史小说创作呈现更为丰富的态势，文化历史小说在这一时期也形成较大影响。文化历史小说，主要以历史上的文人墨客等知识分子为主要表现对象，着重叙写其思想与生活，文化意蕴较为浓厚。此时期的文化历史小说中较为突出的，是刘斯奋的《白门柳》和唐浩明的《曾国藩》。

台湾地区最重要的历史小说作家是高阳。高阳的作品较多，其中有不少作品，如《慈禧全传》、《胡雪岩》系列等，都产生了较大的影响。此外，李敖的长篇历史小说《北京法源寺》也是得到较多关注的作品。《北京法源寺》主要叙写康有为、谭嗣同、梁启超等人的故事，他们为民族国家存亡而心怀忧虑、探寻出路，发起戊戌变法，最终走向失败。这些活动通过北京法源寺串联在一起，寺的存在意义，在于它是先驱者的精神寄托。在作品中，人物通过大段的对话，来讨论作者所关注的生死、家国、君臣等主题，作者在《我写〈北京法源寺〉》中说，之所以以大人物为表现对象，集中阐述思想，一是因为要突破其他历史小说“替杨贵妃洗澡”“替西太后洗脚”的无聊境地，一是要克服传媒时代以来小说在视觉映像上的落伍和在传播媒体上的败绩，通过加强仅能由小说来表现的思想来加固小说的地位。[②]

香港地区历史小说的创作也一直在延续。从 20 世纪 50 年代开始，香港涌

① 姚雪垠：《从历史研究到历史小说创作——从〈李自成〉第五卷的序曲谈起》，《文学评论》1992 年第 4 期。

② 参见李敖：《我写〈北京法源寺〉》，《北京法源寺》，中国友谊出版公司 2004 年版，第 284—286 页。

现了一批较有影响的历史小说作家，如南宫博、董千里、高旅、石人、金东方等。南宫博作品较多，有六十多部，如《圆圆曲》《武则天》《杨贵妃》等，多以历史上的女子为主要人物。他往往以一个人为中心，来反映一个时代，也重视事实的考据，而他的较为独特的追求，是模拟德国历史小说家勃鲁诺·法兰克、英国历史小说家米契生夫人等，“尝试着以欧洲的历史小说风格有系统地写长篇中国历史小说”。在《杨贵妃》中，作者试图人、事皆求其实，然后再以小说的技巧来组织情节，并在小说最后缀上两篇论事和考据性的附录。他希望通过这样，“开创历史小说的另一条路”，“以欧洲历史小说风格而归淳于中国情调”①。这一尝试，是有其价值的。

二、中国当代历史小说主要作家作品

（一）二月河及其作品

二月河（1945—2018），本名凌解放，河南作家。二月河是帝王历史小说创作的代表作家，代表作是《康熙大帝》《雍正皇帝》《乾隆皇帝》，它们被称为“落霞三部曲”。三部小说中，《雍正皇帝》是二月河自述更为看重的作品，在二月河看来，雍正“活着是个悲剧人物，死了后的二百多年间依旧是个悲剧历史人物”，而雍正十三年的统治是“嵌在大悲剧中的一幕激烈的悲剧冲突”②。

基于作家的以上认识，《雍正皇帝》以雍正争皇位、登位后革新、离世这一过程为主线，将雍正与他人的关系或矛盾作为小说着力描写的对象，重点书写了雍正和李卫等的君臣关系、雍正与诸王爷等的兄弟关系、雍正与小福等的男女关系等，以人与人之间错综复杂的关系来编织小说的情节网络。通过这些关系的书写，小说着重刻画了雍正的理想人格。

小说强调了雍正与儒家文化之间的关系。他手下的大臣张廷玉修身养性、调和阴阳、辅佐君王治理国家，全身心为政权稳定而工作；布衣大臣方苞也是忠于国家、忠于君王的大儒的代表。这两个人互为补充，体现了“善其身”“济天下”的儒家处世法则。雍正对于他们的倚重，正体现了对中国几千年来传统文化主体的尊重。

小说突出描写了雍正的正面形象。在民间记忆中，雍正的形象并不好，表现有三：一是雍正篡改康熙遗诏谋权夺位；二是雍正大兴文字狱；三是雍正待

① 南宫搏：《作者序》，《杨贵妃》，文汇出版社 2005 年版，第 1—2 页。

② 二月河：《新年杂想及雍正》，《二月河作品自选集》，河南文艺出版社 1999 年版，第 225 页。

臣下过于刻薄。针对这些印象，小说一一进行辩解。关于篡改遗诏事，小说花了较长的篇幅，从几个方面来论证了雍正是理想的皇位人选：康熙对诸皇子品行的考察，特别是对皇孙的青睐有加，以佳孙可保三代繁盛的理由为雍正登基造势；邬思道以超乎常人的智慧为雍正谋划，每个动作均深得君心；雍正努力于国家政务，而其他诸皇子则致力于争权夺利，合法性输雍正一筹。从这几个方面入手，小说得出结论，雍正登基是水到渠成，绝无矫诏的可能。关于雍正待臣下刻薄一事，小说也从两个方面来为他辩护：一是天下赃官甚多，被雍正惩罚乃天经地义；一是通过雍正大段大段的内心独白，强调他为天下民心而谋、为天下福祉而谋的出发点。小说略写了文字狱这一部分，明写的一处文字狱，也强调了相关人士在道德上的问题。不仅如此，小说还刻意在雍正刚性性格的基础上添加了部分柔情的元素，这进一步提升了人物形象的亲和力。

《雍正皇帝》着重叙写了雍正登基之前的夺嫡之争和登基之后所推行的吏治、赋税等改革，同时也突出表现了利益被触动的改革对立面在多个层面所开展的各种形式的对抗，巧妙设置矛盾冲突，故事情节发展紧锣密鼓、跌宕起伏，可读性强。一般认为，所写雍正改革的举步维艰，是为了突出强调改革的艰辛。二月河自己也曾说，他的创作目的是：“替古人画相，让今人照镜子。”[①]二月河所撰写的“落霞三部曲”从1986年开始出版，到1999年出版最后一本，后又多次再版，显现出兴盛的势头，受到读者的喜爱和市场的追捧。

（二）刘斯奋及其作品

刘斯奋，1944年出生，广东中山人。刘斯奋所著的历史小说《白门柳》是文化历史小说的代表。《白门柳》共三部，分别为《夕阳芳草》《秋露危城》《鸡鸣风雨》。《白门柳》选择了钱谦益、黄宗羲等一批处于明末清初这一时代大动荡时期的知识分子作为主要表现对象，力图写出在时代巨变的困境中，人性的冲突与矛盾，并着力描画了以黄宗羲思想为代表的民主思想的轮廓。

关于《白门柳》的创作立意，刘斯奋在他的创作谈《〈白门柳〉的追述及其他》中有过这样的表述：“通过描写明末清初著名思想家黄宗羲以及其他具有变革色彩的士大夫知识分子，在‘天崩地解’式的社会巨变中所走过的坎坷曲折道路，来揭示我国十七世纪早期民主思想产生的社会历史根源。”[②]这段表述包含了两个核心词汇：“知识分子”和“社会巨变”。在《白门柳》处于酝酿期的20世纪80年代，“知识分子”和“社会巨变”是被重点关注的两个词汇，

① 郭克建：《史鉴照今人——访南阳籍著名作家二月河》，《中州统战》1996年第2期。

② 刘斯奋：《〈白门柳〉的追述及其他》，《文学评论》1994年第6期。

关于它们的讨论始终不绝于耳。因此，一部如《白门柳》这样的文学作品，着力于探讨和表现处于社会巨变中的知识分子的思想状态，可以说是抓住了当时的热点。

《白门柳》全方位叙写了明末清初知识分子交游、爱恋等方面的生活场景，着力塑造了多种类型的知识分子形象。钱谦益作为小说中的重要人物，小说既写了他和柳如是的故事，也把他参与社会事务时的内心活动记录下来，从而塑造了一个内心世界较为丰富的历史人物。除钱谦益外，《白门柳》中还有两个重要的知识分子形象：冒辟疆和黄宗羲。冒辟疆虽为佳公子，却被家庭所累，无法在政治上大展拳脚，只能在乱世中拖家带口，疲于奔命，小说还写了他对董小宛的猜测和指责，击破了才子佳人的幻象。黄宗羲在历史上虽为近世民主思想的重要代表人物，在小说中显现更多的是一腔热血，书生气十足。很明显可以看出来，对于这两个人物，作者更偏重于日常化的描写。

《白门柳》同样重视“史”与“诗”关系的处理。刘斯奋在《一孔之见》中曾说：“我在创作中，始终遵循严格的考证，大至主要的历史事件，小至人物性格言行，都力求书必有据。”[①]《白门柳》宣称自己尽可能地忠实于历史，但他的目标不止于此，在《〈白门柳〉的追述及其他》里，刘斯奋表示要“更自觉地从历史中看到人类前行的艰苦而壮丽的历程，更自觉地从历史中发现文化之美”[②]。在《〈白门柳〉的追述及其他》和《一孔之见》中，他一再强调：应该为读者提供比历史事件更为丰富的东西。这东西，可以从两个方面理解。一是小说对人物内心世界的剖析。如《白门柳》在记录钱谦益内心活动时就有如下的文字：“自己一生营营役役，机心用尽，总算弄到今天这样一个‘东林领袖’‘文坛祭酒’的显赫地位；而且，把父祖辈传下来的一份家业，又扩大了好几倍，满以为上可无愧钱氏列宗之灵，下可振兴子孙于后世了。”这些俯瞰式的文字，暗藏着作家对人物的揣摩与褒贬。另一是具体而丰富的社会生活，严谨一点说，应该是具有历史感的社会文化与生活。小说对历史生活的呈现可谓描写细腻、语言雅致，小说对于一些诗文的援引，也增添了文化的气息。总体而言，小说在艺术方面的表现比较突出。

（三）唐浩明及其作品

唐浩明，1946 年出生，湖南衡阳人。唐浩明的历史小说作品主要包括《曾国藩》《杨度》《张之洞》等。他曾任职于岳麓书社从事编辑工作，并担任《曾

---

① 刘斯奋：《一孔之见》，《文学评论》1995 年第 6 期。

② 刘斯奋：《〈白门柳〉的追述及其他》，《文学评论》1994 年第 6 期。

国藩全集》的编辑，在整理研读留存的曾国藩多达 1 500 万字的各类文稿的同时，还阅读了大量与曾国藩同时代人的著述等，对曾国藩的了解较为全面，这使得他在对史料的掌握方面具有不一般的功底，也为《曾国藩》成文打下了坚实的基础。

《曾国藩》共三部，分别为《血祭》《野焚》《黑雨》，重点叙写了曾国藩镇压太平天国和捻军起义、处理天津教案以及发起洋务运动等活动，从多个层面较为平实地评价了曾国藩的历史功过。唐浩明说：“深入到历史人物的内心世界，努力做到与之心灵相通，是历史小说中文学形象塑造的成功关键。”[①]《曾国藩》着力描画曾国藩这个特别的历史人物，试图更多呈现曾国藩的内心世界，这使得人物形象更为丰富。自唐浩明的长篇历史小说《曾国藩》问世以来，大众读者对其产生了极大的兴趣，此中原因主要在于：在大众看来，《曾国藩》是一部替曾国藩翻案的小说。

在小说中，曾国藩首先被认定为一个文人。这一点在唐浩明的创作思想中被确立：“我在正面地浓墨重彩地描写他们的政治、军事、国务活动的时候，十分注重写出他们身上的这种文人情结。”[②]在唐浩明看来，不仅是曾国藩，与他同时代的众多大官员身上同样也有文人情结。小说通过各种途径，突出强调了曾国藩的文人情结。小说不仅直接引用了一些曾国藩的诗词文章，还通过情节编排渲染他的文人气质。例如在《曾国藩·血祭》第一章中，小说就特意安排了以下情节：观落魄的岳阳楼、结交英雄杨载福、与欧阳兆雄论天下局势、与康福切磋棋艺、欣赏挽联的文字书法。这些情节都分别有各自的含义，观岳阳楼是文人特有的敏感气质的表现，与杨载福、欧阳兆雄交往则是文人兼济天下的胸怀，棋艺与书法则是文人之术。作为一部长篇历史小说的开头部分，这些具有文人特征的人物活动被一一罗列，足以说明作者的创作意图。

小说还直接呈现人物的内心活动。在《曾国藩·黑雨》的最后一章，在描写曾国藩和李鸿章同赏湘妃竹的时候，小说一方面代李鸿章表白内心：“他一向崇敬老师宏阔的气魄、坚毅的意志，今天他看出了老师的心灵中还深藏着才子般的绵绵情致。”另一方面又让曾国藩直接说明自己爱湘妃竹的理由是因为它身上有血性，那“是知其不可而为之的血性，是以死报答知遇之恩的血性，是对目标的追求至死不渝的血性”。而在《曾国藩·血祭》的第一章，当曾国藩拜倒在老母灵前时，小说这样写道：“老天爷呀！你怎么这样狠心，竟不能让老母再延长三四个月的寿命，由远归的游子陪伴她老人家在人世间的最后一段日子

① 唐浩明：《历史人物的文学形象塑造》，《文学评论》1995 年第 6 期。

② 唐浩明：《晚清大吏的文人情结——历史小说创作琐谈》，《理论与创作》2003 年第 6 期。

呢？一刹那间，曾国藩似乎觉得位列卿贰的尊贵、京城九市的繁华，都如尘土烟灰一般，一钱不值，人生天地间，惟有这骨肉之间的至亲至爱，才真正永远值得珍惜。”作者让人物做这样的现身说法，显现出一定的倾向性。

（四）高阳及其作品

台港地区这一时期的历史小说，以高阳为代表。高阳（1922—1992），原名许晏骈。高阳一生共创作历史小说六十余部，其中尤以清代题材为最多，高阳最为人熟知的《慈禧全传》及《胡雪岩》系列就是他清代题材小说中的佼佼者，此外，他的“曹雪芹系列”也具有相当影响。

高阳的《慈禧全传》共有六卷：《慈禧前传》《玉座珠帘》《清宫外史》《母子君臣》《胭脂井》《瀛台落日》，叙慈禧从发迹到控制朝政直至去世数十年间的故事。《胡雪岩》系列在大陆出版时分为五部：《平步青云》《红顶商人》《灯火楼台》《萧瑟洋场》《烟消云散》，总题目为《胡雪岩全传》，叙胡雪岩由富及贫的人生历程。

高阳历史小说有两个较为显著的特征。一个是小说所采用的史料极为丰富。在《慈禧全传》中，高阳不仅采纳了正史材料、民间传说，同时对于朝廷制度、后宫规矩以及官场潜规则等均有大量表现。在《胡雪岩全传》中，作者一方面对杭州等地的乡土风物如数家珍，另一方面又对官场、商场的运行机制了然于心。高阳曾以“野翰林”自称，在他的小说中，这些能够增加作品历史感的细节都被大量运用，小说情节发生的时代和社会情境被较丰满地建构。另一个是小说重视对人情世故的描摹。对于小说中人物的活动，高阳往往赋予很浓的人情味，从人情人性的角度来揣度人物内心，解释人物行为的合理性。在《胡雪岩全传》中，胡雪岩之所以能够发家，靠的就是他与王有龄的人情，胡雪岩能够得到他人的帮助，靠的也是人情。这两个特征使得高阳小说成功地营造了真实感，这个真实感是很容易被读者大众所认同的。

尽管胡雪岩是一个著名的商人，但高阳的《胡雪岩全传》并没有过多地渲染胡雪岩的商业技巧。《胡雪岩全传》问世后，许多读者都希望能够从中学到有关的经商技巧，高阳坦承：“实为始料所不及。”[①]在作品中，高阳是把胡雪岩放在一系列矛盾冲突中来表现的，其中最主要的冲突，就是精神和利益的冲突。

作为一个商人，小说中的胡雪岩屡次表白自己的内心，在他看来，发财是最大的目标。“说到我的志向，与众不同。我喜欢钱多，越多越好。”（《平步青云》）尽管他是当时的商人中官做得比较大的，但对于做官，他并没有太大的兴

---

① 高阳：《后记》，《胡雪岩全传——烟消云散》，中国友谊出版公司1992年版，第360页。

趣。他的最大理想是改变社会对于商人地位的看法。在《萧瑟洋场》中，他曾有这样的表述："人家外国人，特别是英国，做生意是第一等人。我们这里呢，士农工商，做生意的，叫啥'四民之末'，现在更加好了，叫做'无商不奸'。我如果不是懂做官的诀窍，不会有今天。"对于这样的商人地位，胡雪岩是不满意的，他要用自己的行为来改变人们对于商人的看法，这也就在情理之中了。

在作品中，高阳书写了胡雪岩的一系列优良品质，如诚信、知人善任、以天下苍生为己任等。这些优良品质的存在，其意义是为胡雪岩的形象加分，而更深层的意义是，作品中的胡雪岩是通过这些品质为商人的形象加分的。支撑以上这些品质的，说到底是儒家精神。显然，作者突出胡雪岩以上品质的种种行为，不仅仅是要把他塑造成第一等商人，而且是要让胡雪岩通过这些价值观的实践，逐步提升商人的社会地位。

《胡雪岩全传》同样也显现出作者对于现实的关注，高阳在《胡雪岩全传•后记》中说："在这十余年之间，台湾经济发展的情势，使得我在写作中途，不断产生新的感慨。"[①]他一共列举了三大感慨：一是胡雪岩的悲剧是时代悲剧，二是胡雪岩在失败后体现的人格魅力，三是从事投资，要看投资环境。从这几条，可以看出高阳在创作历史小说时，是始终关注现实的。

第三节　网络历史小说

一、网络历史小说概况、类型及主要特征

（一）网络历史小说概况

网络历史小说的兴起大致与网络在国内的兴起同步。20 世纪 90 年代末，随着网易、天涯、猫扑等网上论坛的建立与推广，国外已出版的架空类历史小说被翻译到这些网络论坛，如日本作家田中芳树的《银河英雄传说》，就是一部在亚洲青年群体中具有很大影响力和知名度的纯虚构历史小说。与此同时，中国本土的架空虚构历史小说创作也在萌芽，其中奠定重要基础的就是香港作家黄易的创作，他在 1997 年出版的《寻秦记》被各大文学社区上传到网上，以连载的方式被网友们观看与热评，这部描写特种兵项少龙穿越到战国时期后发生

① 高阳：《后记》，《胡雪岩全传——烟消云散》，中国友谊出版公司 1992 年版，第 360 页。

的一系列有关感情、打斗、征战等故事的小说，在写法上突破了以往还珠楼主等作者仙侠历史小说的想象局限，创造性地将现代科技与历史联系起来，给网络历史小说提供了很大启发。这部小说独特的穿越写法，启发了众多网络写手，让他们意识到“穿越”对网络写作可能蕴含的重要价值，由此，不仅产生了《寻龙记》《寻元记》《寻清记》等一系列以“寻”为标题的跟风小说，而且特种兵、诗词、现代科技等元素都在后续网络历史小说中留下了深刻烙印。此后，黄易又出版了武侠小说《大唐双龙传》，这部作品也被放到内地 BBS 论坛，一度成为各大小说网站受欢迎的作品。黄易虽然并非网络作家，其作品诞生之初也并不依托网络平台发表和推广，但其作品所采用的“穿越”手法及想象，及其被放到内地网络论坛后所带来的影响效应，足以称得上是网络历史小说发展过程中浓墨重彩的一笔。

在《寻秦记》的影响下，历史与穿越开始结合在一起。2002 年开始连载的中华杨的《中华再起》是内地第一部成功的历史穿越小说。相较《寻秦记》，《中华再起》在写作上有一个重要变化，即重构历史走向。在《寻秦记》中，主人公项少龙尽管拥有现代知识及预知历史等优势，却无意改变秦国一统天下的历史格局，而《中华再起》中的穿越者，却借助现代军事理论与技术，打败西方列强，重塑中华民族，改变了历史。穿越写作上的这种变化影响深远，它暗示了一种可能，即任何历史遗憾都可以凭借“穿越”这一手法在“异时空”中得以弥补，这让其时正纠结于晚清屈辱历史的网民们找到了情绪的宣泄口，《中华再起》一时风靡网络，并由此开创了穿越小说中的晚清“救亡流”。此类小说较有名的有一苇渡的《甲申风云》、妖熊的《光绪中华》、天使奥斯卡的《1911 新中华》《篡清》等。

随着网络小说的发展，一些网络历史小说开始尝试新的变化：一是不再停留于晚清，而是选择在更早的、还未面临亡国灭种危险的时段如明、宋、三国等重构历史走向；二是不再仅以现代军事手段促成历史格局的直接改变，而是强调采用现代科技培植经济基础，促成社会的渐进变革，由此形成所谓“技术流”。2003 年酒徒的《明》是技术流的典范，小说中的工科硕士武安国，穿越到明初，开矿炼钢，从军事、经济、教育、政治等领域革新明朝社会，创建强盛中国。赤虎的《商业三国》虽然在写作水准上备受批评，但因小说对技术的全面展示，堪称“技术流”的巅峰。阿越的《新宋》在技术流中又有新变，不再纯粹从技术切入，而是托古改制，借用对儒家文化的重新阐释而获得历史变革的合法性；不再把重点放在武斗，而是放在朝臣变法之争的文戏上，由此开创了这类小说的“文官路线”。《明》与《新宋》因其厚重性获得良好口碑，但文风较为严肃、沉闷。2007 年月关的《回到明朝当王爷》，则让历史重构与商业元素充分结合，此类情节模式在此后渐趋主流，这也客观表明，救亡与历史重构不再是网络历史小说的唯一主题，小说的内容与主题日趋多元化。

穿越手法不仅给男性向历史类小说带来全新叙事体验，也开始风靡女写手擅长的言情领域。2004 年金子的《梦回大清》是最早的经典历史穿越言情小说，该作品主要讲述了北京一名普通上班族小薇因在故宫中迷路而穿越回清朝，与康熙王朝的十三阿哥、四阿哥等人展开的一段爱恨纠葛的情感故事。该作品文笔清新含蓄，语言富有京味特色。这部小说与 2005 年桐华的《步步惊心》、晚清风景的《瑶华》号称晋江文学城“清穿文”的“三座大山”。2006—2007 年迎来了历史穿越言情小说的井喷，一些经典作品如桐华的《大漠谣》都产生于这个时期。这些小说的连载与出版，在 2007 年引发了内地言情市场的“穿越”热，作家出版社高调签下《木槿花西月锦绣》《鸾：我的前半生，我的后半生》《迷途》《末世朱颜》等“穿越四大奇书”。2011 年，经小说《步步惊心》改编的同名穿越言情剧火爆电视荧屏。女性向历史穿越小说由此引起了主流媒体及一些学者的注意。

除了穿越类历史小说，也有一些以讲史见长的小说。2006 年，一位深谙明代历史的作者化名当年明月，开始在天涯社区“煮酒论史”版块连载小说《明朝那些事儿》。通俗易懂的历史解读和鲜活生动的叙述语言让当年明月在天涯社区迅速走红。《明朝那些事儿》也很快出版单行本，成为当年最火爆最畅销的网络历史小说。这部作品将明朝十七任帝王与辅佐其左右的将相臣侯，以及其他相关历史人物的命运作了刻形尽相的描摹，用诙谐幽默的语气梳理明代重大历史事件的来龙去脉，赢得了广大网友、读者和媒体的追捧与赞誉。《明朝那些事儿》在当年掀起了一股强大的“明史热”。继《明朝那些事儿》之后，又有月关的《回到明朝当王爷》《锦衣夜行》，灰熊猫的《窃明》等以明史为依托的网文作品，使网络历史小说中关于明史的经典作品呈现井喷式增长。与此同时，模仿《明朝那些事儿》的网络历史小说也有许多，如《宋朝那些事儿》《唐朝那些事儿》等。虽然这些作品总体不如前述的明史佳作受欢迎，质量内容也良莠不齐，但它们的涌现也在一定程度上为网络历史小说的壮大起到了添砖加瓦的作用。正是在这一时期，网络历史小说这种题材在整体的网络小说创作中渐渐成长为洪流奔涌的一脉，佳作如雨后春笋般频频出现。网络历史小说在后来的影视改编市场中也占据重要地位，一直备受影视制作者的青睐。

以上这些网络历史小说，不管是男性向的救亡，还是女性向的言情，都偏重真实历史，但此类小说对写手的历史底蕴要求较高，在此情况下，有些小说开始尝试对历史的架空。架空历史，可大致分成两个亚类：一是类似于真实历史的世界，如有的小说把国家设定为“大华朝”“大夏朝”等，类似于中国古代社会，但具体朝代地点模糊不清；二是纯架空的异世大陆的历史。对男性向历史架空小说来说，由于故事背景不再是真实历史，小说主题常由历史救亡转向争霸天下。2003 年西北苍狼的《异域人生》是此类小说首部比较成功的作品，2005 年宁致远的《楚氏春秋》奠定了历史架空小说的地位。此后，猫腻的《庆余年》、禹岩的《极品家丁》等都是较重要的作品。相对来说，女性向历史架空小说的数量更多，但普遍质量不高，在这些作品中，随波逐流 2005 年连载的《随波逐流之一代军师》是其中的精品。这部作品架空我国南北朝时期的真实历史，虚构了雍国、楚国、汉国、蜀国、北方蛮族和凤仪门等割据政权，以主人公江哲参与各国权力斗争的故事为主线，展示了权谋斗争中的人性与文化。此外海宴的《琅琊榜》，因后来的影视剧改编而有了很大的名气。由于摆脱了真实历史的约束，女性向历史小说往往在历史架空世界中表达女权诉求，出现了“女强文”“女尊文”等种类。

以上作品基本代表了整个网络历史小说的发展成就，也代表网络历史小说发展的黄金期，此后网络历史小说仍继续发展，但总的来看，未出现超越性的作品。

（二）网络历史小说类型

按照网络历史小说的时空构造特点，我们可以将其分为以下三种类型：

1.“写实型”历史小说。这是指基本遵循真实历史进程，以具体真实的历史时代为依托的网络历史小说，代表作有当年明月的《明朝那些事儿》等。这类网络历史小说与传统历史小说之间具有较强的继承性，主要是以小说形式呈现一个朝代的兴衰或某一重要历史人物的成败起伏，在遵循正史的基础上加以想象，还原影响历史进程的权力斗争的过程，以达到借古鉴今的现实目的。这种以历史文化知识为基础，将遥远的历史事件、历史人物在小说中进行还原与加工，以满足人们对历史的好奇心和窥探欲的写作，在网络文学中得到了延续。

2.“架空型”历史小说。这是指架构虚拟的历史时空作为故事背景的网络历史小说，代表作有随波逐流的《随波逐流之一代军师》、海宴的《琅琊榜》等。这类作品以虚拟的时空为故事背景，既有纯粹想象性的古代时空，也有以某一历史朝代为基点而改编或虚构加工的时空。作者有意摆脱人们已熟知的历史时代，重新架构起一个假想的时空坐标轴，一定程度上可以不受历史事实的束缚，摆脱以往历史小说背负的沉重的史实外壳，尽情演绎作者的想象力与创造力。

3.“穿越型”历史小说。这是指介于前两类小说之间的似真实幻、以穿越为主要手法的网络历史小说。穿越历史小说是目前网络小说中最受欢迎的类型之一。穿越必定涉及时空转换的问题，有现代人穿越至古代时空、现代人穿越至未来时空、古代人穿越至现代时空等情况，不仅多种多样，而且经常变换交错。其中，现代人因某些特定的机遇或偶然的意外，肉体穿越回古代，或灵魂附至某一古代人物身上的情况较为常见。这类穿越小说实际上也是目前网络历史小说的主力军。《新宋》以及“清穿三座大山”《步步惊心》《梦回大清》和《独步天下》都是这类网络历史小说较好的作品。近几年，穿越历史小说不仅广受网络传播和图书出版的欢迎，而且其改编作品经常占据影视荧屏，已出现多部横扫网文界和影视界的现象级大 IP。

（三）网络历史小说主要特征

1. 网络历史小说具有“解构”历史的倾向。80 年代新历史小说的作家们提出解构历史，恢复生活场景，加入个人体验的写法，释放了历史小说的活力。网络历史小说一定程度上接续了新历史小说的写作传统。当然两者只存在表面的相似，在精神实质上可谓相差甚远。新历史小说试图呈现历史的背面，而对网络历史小说来说，在很大程度上它只是为了迎合读者的体验。网络历史小说对历史的“解构”倾向与作者的素养有关。一方面由于大多数网络作家仅将历史看作小说的环境背景，更多地依靠想象补充历史，根据小说情节发展的需要而随时修改历史的事情便时常发生；另一方面，网络作家鱼龙混杂，既有历史文化知识水平极高的“大神”作家，也有功力不足，缺少历史底蕴的写手，在进行创作时，未必能像传统历史小说作家那样进行大量的资料查阅和文献考证，每日更新的写作模式也让他们无暇去考证真正的历史，他们对历史的认知更多来自民间故事、野史传说、畅销历史小说、历史影视剧、网络论坛等。对网络作家来说，根据人物形象和情节需要自行虚构历史才是更重要的，历史更多是一种手段，只是为了给读者营造一种与现实世界不同的体验，借助古代时空完成现代理想，将严肃的历史问题转化成主人公自我实现、自我超越的成长过程。

2. 网络历史小说的主人公往往具有历史与现代的双重视野。传统历史小说的主人公往往是历史人物，故叙述常常以全知视角进行，向读者讲述历史故事。而网络历史小说的主人公视角往往呈现双重性。由于网络小说特别强调代入感，主人公往往就是现代读者的植入，与此同时，穿越历史小说的主人公又是一个穿越到异时空的人物，这就存在现代人与历史人物的双重视野。一方面，他拥有现代知识，从而在异时空的原住民面前是神一般的存在，拥有上帝视野，另一方面，他又拥有异时空中的角色视野，他时常在这两种视角之间转换。这种转换，显然与网络时代的人们在现实角色与虚拟角色之间的转换是一致的。

3. 网络历史小说潜藏着一种自我体验式思考。网络历史小说虽然写的是历史，但具有很强的代入感，对读写双方来说，都融入了较多的自我体验与思考。

从作者的层面来看，在设计情节结构时，他们往往以自我体验为基础，在为主人公的选择作决定时，潜藏着“如果是我，我在此时会怎么做”的考量。这在穿越历史小说中表现得尤为明显。常见的穿越历史小说的基本情节结构是主人公穿越到了某个历史时空后，利用现代知识，改变所在朝代的落后状况，并逐渐改革社会，最终重构历史走向。从读者层面来讲，以现代化的自我审视推测古代历史人物的选择，是网络历史小说带给他们的独特体验。读者阅读网络历史小说的过程，就如同一场随主人公一起体悟与选择的时空旅行，许多读者会在评论区讨论小说中涉及的现代科技知识，提出自己对小说历史发展走向的见解，想象如何完成对旧历史的改造，预测现代社会将会发生何种改变，而自己又将在历史上何去何从等。从阅读效果来看，这种自我体验提升了网络历史小说在读者中的魅力。

4. 网络历史小说最常用的手法是“穿越”。网络历史小说最常见的开头就是主角由现代社会穿到了古代社会。“穿越”不仅能保证主人公的优势地位，还让读者更有代入感。男性向与女性向网络历史小说虽然都常常采用穿越写法，但在主题上却呈现出较大区别。男性向历史小说最常见的写法是穿越者凭借知识技能优势，开矿炼铁、发展经济、改革朝政、更新文化，最终称霸天下，改变历史走向；女性向历史小说则主要是言情，穿越千年，只为追寻一份诗意而专宠的爱情。就前者来说，需要注意的是其中表达的民族国家想象，对后者来说，值得探讨的是其中折射的女权诉求。“穿越”运用于历史小说，从形态上又是网络游戏文化促成的。穿越历史小说的要素与模式，与网络游戏的深层结构相当契合。读者阅读穿越历史小说，其实就是在玩一款穿越游戏。他代入到穿越者身上，穿越到游戏空间中，借用各种金手指，不断利用现代科技知识升级过关，满足幻想，成就英雄，取得现实人生中没有的成功。

二、网络历史小说主要作家作品

（一）阿越《新宋》

阿越，原名罗煜，1982 年生于湖南。阿越的代表作是《新宋》。这部小说讲述历史系大学生石越回到北宋，利用自己所学的历史知识对北宋各方面进行改革，企图播下文化启蒙和产业革命的种子，以重构历史走向。公元 1069 年，北宋王朝正雄心勃勃地计划改革，王安石刚被启用，整个社会面临着巨大的发展挑战。凭借站在时代高度上所积累的知识优势，石越很快适应了宋朝生活，参与到这段对古代中国历史进程影响巨大的改革中去。石越深知王安石的改革与变法终将失败，他企图以积极进取的态度规避风险，改革制度，以扭转改革失败后北宋王朝将迎来的悲惨结局，于是他开始在政界崭露头角，他不仅兴办学校培养人才，传播现代启蒙思想，而且提倡改革官制，提高行政效率，还研究兵器，培养水师等。他的举措既给世人开创了全新的社会局面，也招致了许多朝中之人的妒忌与憎恨。于是，石越又卷入一场自己从未经历过也从未想象过的权谋之争中。《新宋》连载时间长达七年，收获了一批忠实的粉丝读者。2008年，《新宋》以系列图书《新宋・十字》《新宋・权柄》和《新宋・燕云》三部曲问世。在 2008 年举办的“网络文学十年盘点”活动中，《新宋》被评为十佳优秀作品之一。《新宋》相对于其他改变历史走向的小说而言，它的描写较为严肃，没有太多的幻想情节，在历史细节的推敲与设定上也较为严格。历史进程在理论上是否可以被改写，命运的偶然性是否可以轻而易举毁灭人的价值和努力——《新宋》的创作主题中内蕴着作者对现代性进程的思考。

（二）当年明月《明朝那些事儿》

当年明月，原名石悦，1979 年生于武汉。《明朝那些事儿》首发于天涯社区，历经 2006 至 2009 三年的连载，收获了一大批读者粉丝。该书在连载过程中即被出版发行，全集包括《洪武大帝》《万国来朝》《妖孽宫廷》《粉饰太平》《帝国飘摇》《日落西山》和《大结局》七部，从白手起家的朱元璋写起，一直叙述到后金入侵，整部作品近乎一部明史演义。这部小说对官场政治和帝王心术着墨最多，历史上较为关键的几任明朝皇帝在这部作品中被塑造得活灵活现。以历任皇帝的功过事迹发展为中心，作者还塑造了一系列与历史发展息息相关的朝臣群像。除了人物塑造外，《明朝那些事儿》对朝拜、科举、战争等大型场面的描写也颇有特色。这部小说的突出特点在于其轻松幽默的戏说语言，这正符合当时网络读者的阅读习惯，将正襟危坐的历史人物描摹得轻松畅快，形象可感。网友在天涯社区读这样的连载历史小说，就像茶余饭后的人群聚在一起听说书一般，见证历史的兴衰成败、灰飞烟灭与斗转成空，在扁平化的网络社会中获得少有的触动，这是《明朝那些事儿》的魅力所在。

（三）愤怒的香蕉《赘婿》

愤怒的香蕉，原名曾登科，1985 年出生。他的《赘婿》于 2011 年首发于起点中文网，是男性向架空历史小说中的经典。愤怒的香蕉是网络小说作家中鲜有的慢更、苦更作家，素有立志写名著的雄心。《赘婿》以架空历史武朝为背景，主要讲述了一位现代金融界的商业巨头宁毅，穿越回古代成为一个商贾之家的赘婿的故事。小说在人物塑造上将传统儒学思想和五四启蒙思想集于一身，同时在写法上模仿了《红楼梦》《水浒传》《三国演义》等古典文学风格，实现了古典文学与网络文学的结合，同时糅合了历史类、武侠类、官场类等类型，试图打破网络文学类型化的窠臼。整体来看，小说《赘婿》在结构安排上体系庞大，集各种类型文之所长，堪称历史类小说的集大成者，在语言锤炼上独具特色，文风细腻、诙谐。种种特点使得《赘婿》成为近年来网络文学创作质量提升的“现象级”作品。2017年，浙江省作家协会主办的第二届“网络文学双年奖”公布，《赘婿》获得银奖。同年，愤怒的香蕉获得“茅盾文学新人奖·网络文学新人奖”。《赘婿》在获得主流文学界认可，获得网络文学的“经典”“巅峰”地位的同时，也成为极具商业价值的原创文学IP，小说在商业性与精英性之间找到了平衡点。

（四）猫腻《庆余年》

猫腻，原名晓峰，1977年生于湖北宜昌。《庆余年》同样是男性向架空历史小说的代表作品，2011年开始连载于起点中文网。小说作者猫腻一向被称为网络文学最具有深度的“文青”作家之一，其创作中贯穿着对生命、价值、个体、理想、政治等命题的探讨。小说《庆余年》分别以范闲的成长、其母亲叶轻眉的一生为线索，两条故事线一明一暗互为补充，展现庆国三代风云人物的起伏。小说将政治、经济、军事、文化、历史、穿越、言情等诸多元素融合在一起，探讨生命、价值、社会、政治等重大命题。与一般的网络小说的幻想和“金手指”套路不同的是，主角虽有“金手指”傍身，但并没有走上一条简单粗暴的“打怪升级”之路，相反，主人公范闲更注重个体价值与主体性的追问。《庆余年》脱胎于“爽文”元素，但又不局限于此，做到了故事性、现实性、哲思性的结合，体现了深刻的人文关怀。

（五）桐华《步步惊心》

桐华，原名任海燕，1980年生于陕西汉中。《步步惊心》是她于2005年开始连载的一部历史小说，是一部经典的“清穿”作品。故事主人公为当代白领张晓，有一天因为车祸，穿越到了清朝皇宫里，成为满族少女若曦，由此展开了与诸位阿哥的感情纠葛。这部小说的主要特点就在于塑造了若曦这个形象。张晓在现代生活中就是一位思想独立、能力很强的女性，回到古代，她更加显现出一种与清代女子所不同的洒脱气质，这令她周围的男性十分着迷，许多阿哥对她青眼相看。十三阿哥和十四阿哥都对若曦照顾有加，因欣赏她的性情而与她成为挚友，八阿哥和四阿哥则与她开展了两段刻骨铭心的爱情，整部小说也以这两段感情为主要依托。这部小说的特点还在于写出了情节的“步步惊心”，在对康熙王朝“九子夺嫡”的展现中，若曦在宫中的每一个举动都可谓步步惊心，十分扣人心弦。小说还写出了穿越者的宿命感。在迷宫一般错乱复杂的皇室关系里，若曦既要想尽办法自保，又要处理心爱之人之间的争权夺利，一次次挫败与受伤使她越来越感到造化对人的捉弄。尽管作为现代人，这一场穿越对她来说仿佛只是一场惊奇的游戏体验，但令若曦自己没想到的是，她已经深陷命运的漩涡无法自拔，只能看着各个历史人物不可抗拒地走向他们的宿命。在艺术上，小说将言情故事与历史事实结合得相得益彰，文笔颇为流畅，是网络历史小说中的佳作。

（六）流潋紫《后宫·甄嬛传》

流潋紫，原名吴雪岚，1984 年生于浙江湖州。她的《后宫·甄嬛传》因 2011 年在全国热播的清装宫斗剧《甄嬛传》而走红。小说的特点在于塑造了甄嬛这位较为理想的古代女性形象，同时写出了甄嬛性格的发展。甄嬛原本是一个不谙世事的小姑娘，却被迫进入后宫权力斗争的中心。在刚开始的时候，她备受打击与折磨，逐渐明白了在深宫中唯有不断争宠保持地位才有生存的机会。于是，她逐渐从懵懂无知的少女成长为兰心蕙质、善用人脉的女强人。但在深宫之中，得到的宠爱越多，积累的怨愤就越多。在各种权谋斗争中，甄嬛看透了皇室的冷酷与虚伪。皇帝死后，甄嬛成为太后，再无纷争困扰。《后宫·甄嬛传》被称为“大女主戏”，即告别传统玛丽苏式的言情剧中的女主设定，让女性角色有鲜明的自我意识，让观众陪着女主人公一起成长。虽然宫斗戏常常是女性群像围绕一个男人的勾心斗角，但《甄嬛传》主要是以宫斗为背景，展示女性如何在男权社会的极端统治下步步为营，最终翻身掌握命运的过程，在一定程度上表现了宫斗小说中的女权倾向。

（七）海宴《琅琊榜》

海宴，四川成都人，80 后女作家。《琅琊榜》是一部架空历史小说。这部小说写出了一场以权谋斗争为主线的复仇大戏。《琅琊榜》的故事发生在虚拟的南梁时期，主人公梅长苏原名林殊，背负着血海深仇，他隐姓埋名，进入太子、誉王、靖王三股势力的权力斗争中。梅长苏表面上周旋于太子和誉王之间，实际上真正支持的是靖王。最终，梅长苏让真相大白于天下，沉冤得雪，靖王最终也顺利登上了皇位。这部作品与其他网络历史小说相比，少了几分游戏味道，多了一些正剧色彩。主人公梅长苏十几年如一日地守着一个坚定的目标，胸中压抑着血海深仇，却不是任性报复，而是始终以惩恶扬善、匡扶正义为行动动机，努力利用人心和权谋扭转朝廷风气，为天下黎民苍生谋福祉。在他身上，渗透了儒家知识分子的天下情怀，这让《琅琊榜》在立意上较之其他作品更为高远。在这部小说中，朝廷与江湖交织的时空设置，对权谋斗争中的人性异化的深入思考，情节张力与悬念结构的设置，对复仇与补偿的传统文化心理的表达，都让这部小说成为网络历史小说中的精品。

一、思考研习

1. 如何评价清末历史小说的“新民”意识？
2. 为什么说当代历史小说在人性表现上有新的突破？
3. 如何评价网络历史小说的“穿越”现象？

二、阅读延伸

1. 许指严《南巡秘记》
2. 二月河《雍正皇帝》
3. 刘斯奋《白门柳》
4. 唐浩明《曾国藩》
5. 高阳《胡雪岩全传》
6. 阿越《新宋》
7. 当年明月《明朝那些事儿》
8. 愤怒的香蕉《赘婿》
9. 猫腻《庆余年》
10. 桐华《步步惊心》
11. 流潋紫《后宫·甄嬛传》
12. 海宴《琅琊榜》

三、扫码听讲

第七章　中国现当代科幻小说与网络科幻小说

第一节　中国现代科幻小说

一、中国现代科幻小说发展概述

（一）清末民初：强国梦和国民改造

中国近现代科幻小说是从翻译西方（包括日本）的幻想小说拉开序幕的。晚清时期，救亡图存的危机感使西学东渐之风日盛，大量域外小说被译介涌入。科幻小说，因新鲜的“科学”内容和通俗的“小说”形式相结合既满足了当时精英启蒙者以“小说”输入“科学”的功用目的，又契合了普通民众的阅读趣味而广受欢迎。

在中国最先开始大力倡导科幻小说的两位作家，是梁启超和鲁迅。1902 年，梁启超在自己主办的《新小说》杂志上开设“哲理科学小说”专栏。次年，鲁迅翻译了凡尔纳的小说《从地球到月球》并撰写了《月界旅行·辨言》，宣传科幻小说。在他们的倡导之下，科幻小说在晚清蓬勃发展，形成了风格多样的局面。当时，此类小说被称为“科学小说”“军事小说”“理想小说”等，盛行一时，有十多位外国作家的近百部科幻小说被介绍给中国读者，尤其是法国的儒勒·凡尔纳、日本的押川春浪和英国的赫伯特·乔治·威尔斯的作品，拥有大量读者。

目前有史可查的中国发行的第一部科幻小说作品是 1900 年中国世文社出版的由逸儒翻译、秀玉笔记的《八十日环游记》（即儒勒·凡尔纳著《八十天环游地球》）。自 1900 年到民国前夕，凡尔纳小说中译本出现了近 20 种（不计重版），甚至一本多译，形成了“凡尔纳热”。1902 年，《新小说》杂志创刊，第一期就刊登了由卢藉东译意、红溪生（真实姓名不可考）润文、披发生批的《海底旅行》（即儒勒·凡尔纳著《海底两万里》）和饮冰子（梁启超）翻译的《世界末日记》两篇科幻译作。这一时期比较有影响的翻译作品有：梁启超译的《十五小豪杰》（1902）、包天笑译的《铁世界》（1903）、鲁迅译的《月界旅行》（1903）和《地底旅行》（1903—1904）、奚若译的《秘密海岛》（1905）、周桂笙译的《地心旅行》（1906）、谢炘译的《飞行记》（1907）、叔子译的《八十日》（1914）、悾悾译的《海中人》（1915）等。这些翻译小说半数以上都是由日文转译的。

译介的同时，也开始出现独立创作的科幻小说。中国最早的原创科幻小说是荒江钓叟1904—1905年发表在《绣像小说》上的《月球殖民地小说》（35回，未完）。该作品讲述被贪官陷害流亡国外的主人公龙孟华飘荡海外，与家人失去联系。他在东南亚巧遇日本设计师玉太郎，在他的帮助下，坐上最先进的气球，继续寻找家人。之后，徐念慈（东海觉我）的《新法螺先生谭》（1905）、萧然郁生的《乌托邦游记》（1906）、吴研人的《光绪万年》（1908）、高阳不才子（许指严）的《电世界》（1909）、肝若的《飞行之怪物》（1908）、陆士谔的《新野叟曝言》（1909）和《新中国》（1910）、无名氏的《机器妻》（1909）、杨与龄的《中国战争未来记》（1910）、洪炳文的《月球游》（1910）、鸾溪渔隐的《金星风土记》（1911）、剑秋的《环游二十万里铁道记》（1912）等纷纷出现，形成了当时的“科学狂想”小说潮。

这些小说呈现出鲜明的时代特征，一是充满了对科学似是而非的好奇和崇拜；二是通过科学来表达富国强民的强烈渴望，带有极浓的政治改良启蒙色彩；三是科幻风格差异很大，有政治宣言，有技术介绍，有对国民性改造的呼吁，有童话式的科学普及等。小说中科学因素的介入，主要是为了启发民智，普及科学技术知识，破除迷信和愚昧，同时也反映了当时国人对科学技术的肤浅认知程度，更重要的是表达了强烈的救国意图，明显具有利用科学讲故事、宣理想的功利性叙事目的。

这一时期的科幻小说想象狂放，离奇新颖，主要集中于国防、农业、交通、医学等关系到国计民生的方面，表达了小说家忧国忧民的救国意识。

首先，是对战争武器的幻想。对于科学技术在战争中的应用，先进武器的重要性，小说家有着深刻的认识。因此，1908年碧荷馆主人创作的《新纪元》以黄白种族大战的主要架构，写武器的较量，描写了花样繁多的武器发明。小说讲述西历公元1999年，国富民强的中国政府决定第二年改用黄帝纪年4709年。白种人各国召开万国会议抵制黄种人的势力扩张，于是发生了战争。战争以多国部队失败求和告终，中国威震四方，成为世界霸主。此时的小说作者已经具备了一定的科学知识，有了现代科学理念，想象的武器有相当程度的科学原理依据。当我军以新式战具连破敌军水雷部署与潜水雷艇后，敌军用绿气炮毒杀中国气球队，于是，各种新式武器如升取器、水上步行器、大小气球、避电衣、泅水衣、软玻璃面具、海战知觉器、流质电射灯、日光镜、化水为火药水、电器网、冰房等轮番上场，请来的救星是化学教习刘绳祖，烧敌舰是用化水为火的科学方法，烧敌人的气球是用日光镜通过聚焦日光产生热量来进行。虽然总体上看，作者的想象还是相当随意狂放的，但是对物理化学原理的依循令人信服，而且在战争双方彼此胜负消长的描写中，凸显了科学发明对于科技战争巨大的影响力。高阳不才子的《电世界》也描写了一场战争。西历 2009 年的强盛中国有一个“电王”黄震球，以陨石炼出一种金属原质，可在空中发电，背在身上即可飞行，瞬息万里。此时西威国派出飞行舰队要灭尽黄种人，于是，电王用这种物质发明了“电翅”与“电枪”，凭一人之力，就可抵御进犯的敌舰，不但射落千只飞行舰，还将西威都城烧成焦土，大显神威。由此可见，在小说家的想象中，科技的发展，改变了传统的战争形态，科学技术发明成为主宰战争胜负的关键。

其次，是对农业的幻想。中国是一个传统农业国家，以农立国，农业是民生经济的基础。1905 年，吴趼人创作的《新石头记》就想象出了现代农业科技：以合成公司、同种同收的新经营方式，配合机械耕作，并改良地质，使得稻麦生产一年四熟，又讲究养蚕方法，广增野蚕利权。《新野叟曝言》则想象广辟农地，遵循“相土得宜”的科学原则，“辨土之性以下种”以求农产品的丰收，而且采用自来水灌溉代替水车车水旧法。《电世界》的想象更为奇妙，电王飞至南极，招欧洲工人采金矿。他发明了“鈤灯”，发出太阳光，使南极变成永亮不冷的天府之地，人人向往，不能去的反而要罢工。北极也冰雪尽化，成为一年两熟的耕地。高效率的“电犁”、给植物电力的“电气肥料”，致植物随之进化，产量大增，不但供人食用有余，连带影响牲畜也因为食料丰盛而硕大繁滋，连“金华的白毛猪”也硕壮如“印度的驯象了”。这些想象营造了一个富饶的农耕社会，描绘出一个个现代“桃花源”，引领人们对科学化的现代农业充满神往。

再次，在交通方面，幻想出了各种各样的神奇飞行器。晚清小说家热衷于飞行器的想象，体现了赶追世界强国的焦虑心态和迫切心情。

在这些五花八门的飞行器中，一类是气球。如海天独啸子在《女娲石》(1904)中写爱国女杰金瑶瑟乘电马离开女子学校天香院，路上用枪击中洗脑院的一个大鸟状的大气球，这气球以氢气、瓦斯提供动力，带有折光表和量气表，不仅可以在空中自由飞行，还能利用光学原理测知远景，十分便利。《新纪元》中也有气球，刘教习的游艇小气球里有几个小杌子，带着许多干粮、水果、牛乳、饼干等，只用了四五日就走完了率兵与敌交战的元帅黄之盛来时走的七天路程，而且起落自由。更加大显神威的是在黄白大战中，双方各派出气球队，进行气球大战。多国部队用的是大气球，行动笨滞，而中国用的是小气球，带着日光镜，聚集太阳光点燃敌方气球，“气球”在这里作为交通工具和战争武器发挥着异乎寻常的威力，对战争的胜败起着重要作用。荒江钓叟的《月球殖民地小说》里主人公进行探险旅行所用的是玉太郎和濮玉环夫妻俩费了五六年的心力合造的气球，外表闪烁如月，内有豪华舒适的客厅、体操场、卧室、餐厅等，瞬息万里，穿梭在印度、美洲、欧洲等地之间，非常神奇。较之前两种，这种气球更为精致，设施更为完备，也更富有生活气息，不再具有武器的进攻特征。

还有一类是飞车、飞舰。对人们的日常生活来说，这些交通工具就像自行车一样，使用十分便利。陆士谔在《新中国》描绘各种发达的交通工具时，将传统的“腾云驾雾”之梦想以想象中的所谓的先进科技发明“飞车”来实现，表现出传统想象被现代想象代替的转型特征。比飞车更为神奇的是“飞舰”，飞舰，就是就在气球上添了两个翼翅，改良后便像鸟一般，翱翔飞舞，进退自如，后来逐渐研究，逐渐改良，便有长的、尖的、浑的、扁的，四五十种之多，而且还加了汽油机器作为动力。在《新野叟曝言》中，飞行器又是另一种厉害样子。它足有半里地长，高五丈开外，时速竟达每小时一千里。门是八卦自动门，有机关，一拔开关就自动打开，人进去后自动关上，而且从外面看不见。室内无窗户，但制造者文仍制造了收光药水，把太阳光收拢而来，分布在室内四壁上，所以室内四壁光明透亮，昼夜不息，光亮适度；室内还有空气箱，箱内有一换气的机器，如人体之胃，一头吸收炭气，经机器制造变为新鲜气体，从另一头再吐出，所以室内空气常鲜，清而不浊。这飞行器，飞到欧洲征服了72国，飞到月球进行殖民探险，又飞到木星进行星际移民，既是星际航行工具，也是攻取欧洲的武器，是国家进行殖民开发和武力征服的象征，充满了霸权意味。吴趼人的《新石头记》中所描绘的飞车也甚是方便，能随意控制高低，这种飞车不仅为“文明境界”的主要交通工具，也是水师学堂的武器军备。由此可以想见，这些飞车、飞舰在晚清小说中穿梭得多么频繁密集。

《电世界》还对航空运输设想了一套比较周全系统的交通规划，将铁路、航路尽废，改成两种交通系统：飞空电艇和自然电车，有“公共电车”和“地方电车”两种空运利器。凡出游千里之外者，可搭乘“公共电车”，随到随下，并且筑高台，用升降机载客，使得上下电车通顺流畅且无碍于陆地行人。至于千里之内，则可免费搭载低飞近地的“地方电车”，且可随叫随上，因为陆地上不行车，道路就改造成了供行人散步的专用道，变成了人们的休闲场所，宛如公园。这种飞行交通系统使人们的生活得到极大改变，方便快捷，美好得令人产生无限的向往和期待。

最后，就是对西方医学观念的接受和大量神奇的医学发明想象，反映了国人卫生观念受西方医学影响而发生的种种改变。

西医为我国医学界带来了新观念、新知识和新技术，解决了一些中医无法解决的医学难题，促进了医学进步。《新野叟曝言》详细描绘了活体培养法制取疫苗的过程，《电世界》也讲述了用气味来杀菌的方法。这些描写表明了现代性的医学理念已经在中国传播。

在小说中还有很多医学仪器的发明想象，尤其是各种“透视镜”。《月球殖民地小说》中就有透光镜，能够透视内脏，还有电气折光镜可以诊视头脑。《电世界》中的医生也有类似仪器电气分析镜，可透视人体。《新石头记》则有更多，“验骨镜”“验髓镜”“验血镜”“验筋镜”“验脏腑镜”，可以观察全身的器官，而且还有验全体的“总部镜”和分验各器官的“分部镜”，甚至连无形的“性质”与“通身呼吸之气”都有“测验性质镜”与“验气镜”来检验。

晚清以降，启蒙者常常把自身视为医生，把国家比喻成一个久病之体。比如闿异的《介绍良医》（1908）以第一人称叙述自己过着吃喝嫖赌、花天酒地、醉生梦死的糜烂生活，醉酒之后误入一位外国医学博士之家，被其诊出病入膏肓，说“我”得了一种奇怪的毒菌传染病，而且得病者遍布全国，是一种“国病”。治这种病，要替换器官。得了“国病”的人们的行为连禽兽都不如，极具讽刺意味。荒江钓叟的《月球殖民地小说》也写了一种十分荒谬的“八股文病”，得病之人昏聩不堪，把八股文之害形象地具体化为一种疾病，并且与人的劣根性联系，而救治这种病，需要西医做“洗心”手术。东海觉我（徐念慈）的《新法螺先生谭》中也有中毒的想象，小说用一个叫黄种的老翁来影射中国，他的四万万儿女中了一种叫吗啡的毒，他的儿女的“善根性”因中毒而被侵蚀。这也是一种“集体中毒”之病。为了医治国人，“余”不仅把自己的灵魂变成光源体普照世界，而且还要把灵魂之身“炼成一不可思议之发声器”“唤醒国民”。甚至想象出一种干脆利落的方法“水星球上之造人术”，即把新鲜脑汁注入一个老人的颅内，则老人生命回转，成为一个黑发青年。小说家们不仅要国人“换脑”，还要给他们“洗脑”。海天独啸子的《女娲石》在第 10 回“湘云大开洗脑铺　瑶瑟参观国医场”讲述白十字会开设了“洗脑院”，希望用药洗去民众脑中的恶劣思想。大陆的《新封神传》（1906）对疾病的描写更为直接地表达了这种救国意象。小说在第九回“商善赞巴结西装客　朱不呆急求外国医”写八戒的肚皮膨胀，中了蛊毒，请外国医生破腹取毒医治，姜子牙患痧气要放血刮痧，对普遍性“疾病”的救治给出了要“流血”牺牲的革命性药方。这种想象直接简单得可笑，但是反映了启蒙者对改造国势民风的焦急迫切之情。

完整体现“疾病意象”的小说，应该是 1909 年陈景韩在《小说时报》创刊号上发表的文言小说《催醒术》。刊物没有创刊词，把这篇小说作为首篇发表，应该是用小说的“催醒”主旨表述办刊的“启蒙”宗旨。小说中“予”忽一日被一个手持笔杆模样的东西一指，就眼明心亮，仿佛换了一个人。这时才发现自己和世人都是满身污垢。世界到处“秽气触鼻”，到处是拼命吸人血的蚊虫虱蛾。但是人们身处污秽深处备受蒙塞，却“安之若素”，麻木不觉这种境地的痛苦。奇特的是，有病者不觉，而病愈者却分外痛苦。“予”洗清自己却难以洗净别人，听到很多可怜人的求助哀号，就频频前去救助，而世人皆聋；他在腐臭空间生活痛苦不堪，食不能下咽，痒不可耐，他厌恶那个腐败罪恶的社会，希望自己能够参与社会改造而满怀激情，但同时却又被失败感和疏离感折磨得苦不堪言。这里病人和医者身份的颠倒，显示出20世纪初启蒙者和民众之间的深深隔膜，其痛苦和矛盾也始终伴随着中国20世纪的精英启蒙者，为“狂人世家”的早期形象。

小说中的各种科学知识的介入，说明国人渐受现代科学启蒙而萌发了现代科学观念，并且开始将此实践于日常生活中。尽管这些想象不尽正确、合理，带有极大的狂想性质，但引发了“科学幻想”小说在中国的发展，引领人们学习科学知识，将各种科学理念灌输到民众头脑中。虽然时代使然，科学因素对小说的介入具有极大的功利性，但是科学幻想对小说的艺术表现无疑具有补充和拓展的意义，而且以其驰骋的想象，昭示着小说的审美价值所在。

当时最富有科幻意味的狂想之作是1905年出版的徐念慈的《新法螺先生谭》。

这一时期是中国科幻小说发展的萌芽时期，蓬勃而具有活力。

（二）三四十年代：现实思考和科学文艺

民国时期，民族危机和战乱以及政治斗争使人们更为关注现实，社会更需要直接反映现实的作品，而缺少了幻想的空间和氛围，因此，科幻小说得不到社会的应和，导致发展缓慢，远不如晚清那么活跃。这一时期科幻小说具有以下几个特点：第一，创作是个人行为，没有官方支持倡导，零星不成规模，长篇较少，具有探索性；第二，科普性鲜明，作者带有强烈的精英立场，具有较高的科学文化素养；第三，因缺乏有利于科幻小说发展的社会氛围，科幻色彩不浓烈，民族命运依然是叙事焦点，色调灰暗，传奇、志怪、犯罪题材较多。

然而，此时外国科幻小说的翻译长盛不衰，译本更加成熟，除了凡尔纳的作品依然受欢迎之外，柯南·道尔的科幻作品《洪荒鸟兽记》《毒带》等也被介绍过来，读者甚多。此时美国作家埃德加·赖斯·巴勒斯的“泰山”系列、英国乔纳森·斯威夫特的《格列弗游记》、威尔斯的科幻小说、刘易斯·卡罗尔的“爱丽丝”系列等也被翻译过来，广受欢迎。一些作家如包天笑、徐卓呆等仍然创作了大量的科幻小说，同时一些科普作家面向学生创作了不少科学小品和科幻小说。

这一时期主要的科幻小说作家是终身致力于科普工作的顾均正。1939年，作为科普作家的顾均正出版了科幻小说集《在北极底下》，内含《在北极底下》《伦敦奇疫》《和平的梦》三个短篇。1940年，《科学趣味》第2卷第1、2、4、5、6期还连载了顾均正的《性变》。当时的中国，战火纷飞，顾均正的这几部科幻小说具有战争特征，如《和平的梦》讲的就是科学家发明了能够改变人的思维的无线电波，然后通过这种电波，用和平的意愿影响敌对国家的人民。

其他的科幻作品还有：劲风的《十年后的中国》(1923)、沈从文的《阿丽斯中国游记》(1928)、老舍的《猫城记》(1932)、许地山的《铁鱼的鳃》(1942)等。《猫城记》是一篇具有独特风格的火星小说。讲述一位中国机师失事坠机在火星国度猫国里，参观了拥有两万多年文明历史的古国猫国的首都，看到以猫人为主体的火星城市中，到处是类似中国现实的颓废、保守、冲突和不求进取。在小说的结尾，主人公忍无可忍再度出逃，回到了他曾经认为是腐败丛生的地球，猫星球也灭亡了。类似的科幻还有40年代周楞伽的长篇《月球旅行记》(1941)，通过梦境叙事，让小孩子冬儿到充满战乱的月球上历险，在太阳系星球看到物价飞涨、居无定所、难民蜂拥的困境，和《猫城记》一样，讽刺旧中国国民的劣根性，抨击了国民党政权的腐败无能。《铁鱼的鳃》是许地山少有的没有宗教氛围的作品，小说讲述了一位年已古稀的兵器科学家雷先生的人生悲剧。他研制了可以潜在水下数日的多功能特殊新型潜水艇，期望以此救国强国，却在黑暗的社会无法施展抱负。这些带有科幻色彩的小说，都带有强烈的批判性。由此可见，当时民众对科幻因素并不在意，而更为关注现实。

在科学救国的理念下，对少年儿童普及科学知识是精英们热心的一项事业。现代科幻小说在中国发展的最大特征就是科普化。

此期，外国科学文艺作品特别是苏联的科学文艺作品被大量翻译介绍进来，世纪初的“凡尔纳热”被“法布尔热”“伊林热”所代替。美国房龙的《人类的故事》，法国法布尔的《昆虫记》《科学的故事》，苏联伊林的《时钟的故事》《问题十万》等，都是风靡一时的译本。1933年，世界书局出版了101册的《儿童科学丛书》，商务印书馆出版了500种《小学生文库》，内容包括图书馆学、社会科学、自然科学、应用技术、艺术、语言学、文学、史地等各方面的知识，且突出科学文艺。1934年9月，由艾寒松、傅东华、郑振铎、朱自清、黎烈文、陈望道、徐调孚、徐懋庸、曹聚仁、叶绍钧、郁达夫任编辑委员，陈望道任主编的《太白》半月刊创刊，力主提倡科学小品，收获了大批读者，周建人（克士）的《白果树》、贾祖璋的《萤火虫》、顾均正的《“马浪荡炒栗子”》《昨天在哪里》，尤获小读者的喜爱。1935年之后，科学童话开始成熟，出现了一批优秀作品。

这一时期，写得最多的科学童话作家是董纯才。1935—1936年间，他创作出了生动、形象、有趣的科学童话集《动物漫话》。这部收有近40个短篇的科学童话集，寓科学知识于拟人化的描写中，以引人入胜的故事和风趣形象、活泼自然的文字，将各种动物的习性、功能以及进化演变的历史，用童话的形式介绍出来。1937年，董纯才发表了《凤蝶外传》和《狐狸夫妇历险记》，这是两篇文学性和知识性较为完美统一的科学童话，成为中国科学童话的奠基之作。

《凤蝶外传》用立传的故事描述了名叫"小乌烛"的凤蝶的一生，它夏天出生，秋天蜕皮，冬天化蛹长眠，春天破壳化蝶，夏天产卵老死。作者在这一生命历程中插入了凤蝶与花儿的友谊，凤蝶所经历的忧患，凤蝶的婚姻喜事等，生动有趣。对凤蝶的外形、习性、行为、本能都有准确的描绘，达到了文学性和科学性的完美结合。《狐狸夫妇历险记》则以历险情节取胜。作品描写狐狸妈妈白天出来为五个孩子捕食的种种遭遇和狐狸爸爸带着五个孩子逃脱猎人追捕的故事。

1931年，陶行知接连在《儿童生活》第一、二、三期发表了童话《一只鸽子》《百花生日前一夜的梅香》和童话诗剧《乌鸦歌》。1937年4月，《文学》8卷4号上发表了年轻的植物学家蔡希陶的科学童话《蒲公英》。这是一篇典范之作，达到了文学性、科学性、思想性三者的高度统一。高士其也是一位科学童话重要作者，他的《菌儿自传》在40年代广为人知，1949年后也有很多作品如《我们的土壤妈妈》等获得了很高的评价。这些作家的努力，一方面向少年儿童普及了科学知识，另一方面也丰富了童话的艺术宝库，开辟了新的童话题材，创造了新的童话形象。

民国时期还有很多科学启蒙杂志先后创刊，如《科学大众》《科学世界》《科学画报》《科学的中国》《化学世界》《电世界》等，刊登了大量科学知识图解和科学发明以及科幻想象的内容。这些虽不是科幻小说，但是刺激了人们的科幻阅读兴趣，尤其是科幻连环画和漫画，如陈光镒的《科学封神榜》，把《封神演义》里的兵器全面改版为现代高科技武器，非常有趣。此时也有几部科幻电影，如《六十年后上海滩》（1938，新华影业），讲述依靠高科技死而复生的两个人的跨时空经历；《夜半歌声·续集》《空谷猿声》则讲述科学狂人和实验室所制造的奇迹。可见，科幻概念当时已经被民众广泛接受了。

二、中国现代科幻小说主要作家作品

（一）徐念慈《新法螺先生谭》

徐念慈（1875—1908），字念慈，后又改字彦士，别号觉我、东海觉我，昭文（今江苏常熟）赵市人，是一位英年早逝的翻译家、文学家、教育家。他 20 岁左右便通英、日文，擅长数学和写作。1897 年与张鸿、丁祖荫在常熟创办中西学社，任教数年。1903 年开始文学生涯，创办小说林社，编辑《小说林》杂志。他在《小说林》上发表的《余之小说观》，提出小说离不开人生，小说反映人生的见解，在当时具有重要的进步意义。其创作的白话小说《情天债》，反映了民主革命思想。他专译军事小说、冒险小说、科学小说，译作有《海外天》《黑行星》《美人妆》《新舞台》等多种，其译文多用白话或浅近文言，力求保持域外小说原有体裁和笔法，开拓了翻译的新途径，对后来翻译界的影响很大。他致力于西方先进的科学文化知识的介绍，不仅翻译外国科幻小说，还创作了科幻小说《新法螺先生谭》。他被视为中国近代科幻小说创作的先行者。

《新法螺先生谭》是徐念慈在看过包天笑翻译的《法螺先生谭》和《法螺先生续谭》之后撰写的戏仿之作。包天笑的译作是根据日本岩谷小波翻译的小说《法螺吹き男爵》重译的，其原作是德国的民间故事“敏豪森男爵历险记”，讲述一个爱吹牛的男爵的冒险经历。1905 年，小说林社将《法螺先生谭》《续法螺先生谭》和《新法螺先生谭》三篇小说合成一集《新法螺》出版，徐念慈给自己的小说署为“昭文东海觉我戏撰”。《法螺先生谭》《续法螺先生谭》是民间故事，以荒诞、搞笑为主旨，并无科幻成分，而《新法螺先生谭》却是带有科学狂想风格的幻想小说。

《新法螺先生谭》以第一人称叙事，讲述新法螺先生在高山之巅，灵魂和躯体一分为二，躯体下坠至地心，见到了中华民族的始祖“黄种祖”，灵魂则向上飞升，先后游历了月球、水星、太阳，最后回到地球和躯体合二为一。经过此番游历，新法螺先生发明了万用能源——脑电，由此大兴教育，传授脑电之术，不料却导致世界上三分之一的人口失业，于是新法螺先生只得潜归故里。

这部戏拟之作沿用了原著的漫游情节结构和主人公的名字，在传统的叙事模式下，增添了众多“现代性元素”，尤其是科学名词和概念，使这部小说成为当时最富有科幻意味的狂想之作。小说涉及了大量技术名词，如“诸星球所出之各吸力”“离心力”“卫星”“洗脑”“循环系统”“动物磁气学”，此外徐念慈还知道“坠物渐加速之公例”等，最为明显的就是“数字叙事”。作者使用了大量数字，掺杂在文学性叙事中，使小说呈现出一种精确的科学化审美效果，新颖独特。另外，小说将光、声、医、热、电以及催眠术等这些近代科技元素在叙事中大肆渲染，表达了对科学力量的崇拜，同时也表达出借科学之力救国救民，进行国民改造的创作意图。

《新法螺先生谭》这部科幻小说一方面反映了中国知识界当时对西方近代科学的接受和传播，另一方面也在叙事中尝试脱离传统的巧合、正邪对立等情节模式，印下了现代小说文体变革的蹒跚步履。传统的叙事模式和各种新鲜的叙事因素交织在一起，使小说文体上呈现出一些现代性特征，显示出创作者对小说形式上所作的多方面的探索，体现了晚清小说家极强的创新精神。

（二）顾均正及其作品

顾均正（1902—1980），浙江嘉兴人，是我国著名的现代科普作家、文学翻译家、编辑家和出版工作者。1923 年进入商务印书馆编译所担任编辑，先后在《少年杂志》《学生杂志》等青少年刊物任编辑。1928 年到开明书店工作，历任编校部主任、编辑部主任。1952 年，转入中国青年出版社任副社长兼副总编辑。

顾均正于 1922 年开始发表译作，最初与赵景深、徐调孚等合作翻译丹麦作家安徒生的童话，发表在《小说月报》上。1926 年，顾均正出版了童话集译作《风先生和雨太太》《水莲花》和《玫瑰与指环》，1928 年又出版了译作《三公主》及《安徒生传》。1931 年顾均正担任《中学生》杂志编译，他的编译创作至此开始转向物理、化学方面。他最初翻译了法布尔的《化学奇谈》，后又翻译了《每日物理学》。《化学奇谈》连载于《中学生》杂志，并于 1932 年由开明书店出版单行本，叶圣陶为该书作序。

顾均正致力于推广科普文学，他的创作富有生活气息，密切联系实际，风格独特，构思严谨，既有思想性，又有科学性，生动有趣，形式多样，有科学小品、科学童话、科学小说、科学相声、科学连环画、少年化学实验库，还与他人合作创办了《科学趣味》杂志。主要作品有科普小品集《科学趣味》《电子姑娘》《科学之惊异》《不怕逆风》，科幻小说集《和平的梦》。他的创作能及时反映当代科学的新成就，例如 1945 年他就写了《原子浅释》，登在上海的《周报》上。

顾均正的科幻小说虽然是科学幻想，但在 20 世纪中叶的中国始终无法超越现实，具有强烈的现实功利性。他的每篇科幻小说都有明确的科教说明，并详细交代其中的科学理论根据，显示出鲜明的科普目的，也表现出较高的科学预见性。他的科幻小说构思缜密，情节复杂，人物众多，带有浓郁的惊险小说和悬疑小说的叙事成分，其想象也具有极为前沿的科技成分，如《在北极底下》中险些被科学狂人用来改变地球磁极的巨大磁铁矿，以及《和平的梦》中某国科学家发明能够改变他人思维的无线电波等。

全面抗战初期，顾均正开始关注一些外国科幻小说。他认为以这些科幻小说进行科普工作不够有力，因此他决定加以变通，以神秘惊险的科幻故事为线索，加入内容丰富的科学知识。在 1939 年他与索非合办的《科学趣味》第 1 卷，他发表了科幻小说《伦敦奇疫》，此后陆续写出了《和平的梦》《在北极底下》等作品。写作这些科幻小说的时期，正值中国抗日战火猛烈之时，这些作品都带有浓郁的时代色彩，如《和平的梦》以极东国与美国的战争为背景展开故事，塑造了一个爱国英雄形象，深刻反映了当时二战的现实，且小说充满了反侵略的思想，对于当时的抗战有着积极的社会意义。

《在北极底下》是顾均正的力作，故事开始便描绘了一场极度可怕离奇的混乱场面：北半球地磁异常，所有的罗盘针突然无法指明方向，船舶迷途，飞机不敢降落……此时，身为北极远征队员的凯恩也因迷路误入一座巨大的冰窟，结识了这里的神秘主人卡梅隆。卡梅隆曾经是一位科学家，因发明导磁性极强的超级磁铁获得过诺贝尔奖。但为了让自己的超级磁铁垄断市场，攫取巨额收益，卡梅隆竟然疯狂地打算摧毁地球磁极，重建一个能为己所用的人造磁极。凯恩虽洞悉了这个阴谋，却无力阻止灾难的到来，然而当最后的时刻来临，科学狂人的恣意妄为终于遭受天谴。世界最终恢复了常态，一切都像从未发生过一样。小说展示了科学技术因人的操纵而具有的可怕的负面性，发人深省。

《无空气国》是顾均正的科幻小说处女作，起初发表在 1926 年第 13 卷第 1 期的《学生杂志》上。此后，1946 年第 18 期的《益世主日报》也刊登了《无空气国》，署名“C 君”。这是一篇典型的乌托邦科幻小说，作者建构了一个没有空气的国家，在无空气国，大家平常不能开口，少了很多口舌之争，冤屈不能表达促使人不得不自振。作者借“无空气国”的想象对现实进行了批判，以无空气国来影射现实。

顾均正的科幻小说虽然创作不多，但是具有较高的艺术性，在那个想象力被巨大的生存现实压抑的时期具有非同寻常的意义和价值。

第二节　中国当代科幻小说

一、中国当代科幻小说发展概述

（一）新中国成立初期：科普型科幻盛行

新中国成立后，中央政府号召人民“向科学进军”，人们企盼着迅速建设强大的社会主义祖国，这使得沉寂已久的科幻小说又重新发动，掀起了第一个科幻高潮。随着时代的变化，科幻小说的主要内容也从追求民族独立，转向普及科学技术、建设富强国家。

此时中国科幻小说的发展深受苏联文学观念的影响，认为科幻是从属科普的，科普又从属于儿童文学范畴，于是，在五六十年代几乎所有的科幻小说都发表于儿童文学杂志上或由儿童出版社出版。这时的科幻小说带有科普性和儿童文学两种印记。在儿童科幻故事模式的局限下，科幻小说讲述的故事较为简单，大多面向低龄读者普及科学知识和预构社会主义国家的美好未来。

1950 年，张然在天津知识书店出版了《梦游太阳系》，这是可以考证到的新中国第一篇科幻小说。这一时期，出现了六十余部优秀的科幻作品，以北京、上海为中心，主要作品有王国忠的《黑龙号失踪》、童恩正的《古峡迷雾》、于止的《失踪的哥哥》、迟叔昌的《大鲸牧场》、肖建亨的《布克的奇遇》、刘兴诗的《地下水电站》等。

郑文光（1929—2003），被称为“中国科幻文学之父”，他 50 年代就致力于科幻创作。70 年代发表了多部重要科幻作品，代表作是《飞向人马座》。他的《从地球到火星》是一个短篇，讲的是三个中国少年渴望宇航探险，偷偷驾驶一艘飞船前往火星的故事。虽然篇幅不长，情节也不复杂，但是新中国较早的人物、情节俱全的科幻小说，当年激发起北京地区青少年天文观测热潮，成为社会新闻。此后，郑文光又发表了几个短篇，以 1957 年发表的《火星建设者》最成熟。该文曾获莫斯科世界青年联欢节大奖。《火星建设者》讲的是在共产主义大同世界里，人类开始在火星上建设基地，虽经多般艰苦奋斗，仍然由于细菌侵染而功亏一篑的悲剧故事。

此时的科幻作品文笔浅显易懂，结构简明扼要，能够以恰当的创作表现出对科学的热爱，与当时追求科学知识的读者产生互动，引发社会较大关注。同时，受特定环境影响，大部分科幻作品呈现一定的模式化，比如多有科学参观、科学介绍式内容，淡化人物性格和矛盾冲突，具有浓厚的时代性。

（二）80 年代：“科幻意识”觉醒

1978 年 3 月，中共中央、国务院在北京召开全国科学大会，宣告中国“科学的春天”的来临。此时，“科学技术是第一生产力”的时代思潮以及国家发展经济建设的战略让国人极度渴望科技知识，形成了“科学热”和“科普热”，这些极大地推动了中国大陆科幻文学的发展。

当时，大陆先后涌现了五个专门发表科幻文学的园地：北京的《科幻海洋》、天津的《智慧树》、成都的《科学文艺》、黑龙江的《科学时代》及《科幻小说报》，被业内人士称为“四刊一报”。发行量均在几十万册，这在世界上也是屈指可数的，可见当时科幻小说创作量之大。据统计，1981 年，在各类报刊杂志上发表的科幻作品有三百多篇，约为 1976 年到 1980 年这五年的总和，科幻作者的队伍也从 1978 年的三十多人，扩大到二百多人。

这段时期被称为中国科幻的第二次高潮，也有学者称之为“中国科幻的黄金时代”。黄金时代的主力作家体现出一些共同的特点：其一，他们大多是科学家，即使不是科学家也从事过多年科普工作，对于科学有着最为真切的体会和认识。其二，他们的人生阅历都十分丰富，对生活、社会、人生都有深刻的思考。这些科幻作家对于科幻的中国化，居功至伟。

1976 年春，叶永烈发表了科幻小说《石油蛋白》，这一作品的发表标志着中国科幻第二次高潮的起步。虽然这次高潮的主力作家仍是第一次高潮的那些老作家，甚至某些作品，如《珊瑚岛上的死光》（童正恩）、《小灵通漫游未来》（叶永烈）等，都是在 60 年代初就已经完稿的，但并不影响读者对作品的欢迎，吸引了一批科幻文学爱好者。叶永烈的儿童科幻作品《小灵通漫游未来》的出版标志着中国科幻文学的复兴。这一时期的科幻高潮呈现出以下一些特征：

首先，大量国外科幻作品被译介进来，除凡尔纳、威尔斯作品以及苏联科幻作品等老面孔外，西方 20 世纪科幻小说重新被大量引入，而且推及四五十年代的作品。阿西莫夫、克拉克等西方作家开始被国人熟悉。《魔鬼三角与 UFO》等外国科幻选集当时均发行几十万册之多。《未来世界》《铁臂阿童木》《大西洋底来的人》等国外科幻影视的引入更在全社会形成了一股科幻热。这一时期，中国科幻出现了以吴定柏、王逢振、郭建中为代表的一批科幻翻译者。

其次，这次高潮的科幻创作的题材领域更宽，几乎包括了当时科学前沿的所有重大课题。郑文光 1979 年出版了新中国第一部长篇科幻小说《飞向人马座》。该作品沿袭之前“事故+冒险”的故事框架，但想象太空旅行的空间更大，航行的距离更远，场面更为宏大，人物刻画也更出色。叶永烈在 1976 年后推出《世界最高峰上的奇迹》《小灵通漫游未来》《金明戈亮探案集》等作品。叶永烈的崛起，对中国科幻小说有极大的推动作用。他的科幻代表作《小灵通漫游未来》写于 1962 年，出版后风行一时，成为当时流行的儿童读物，是很多科幻迷的启蒙书。他开创了一条崭新的将案件侦破和科幻相结合的叙事模式。金涛也是此次浪潮中涌现出来的有代表性的作者，他推出了轰动一时的海洋科幻《月光岛》。童恩正的科幻小说《珊瑚岛上的死光》刊发在权威期刊上，并被改编成电影、广播剧等，引起巨大反响。小说讲述了一个阻止新式武器威胁人类的故事。刘兴诗的《美洲来的哥伦布》，与《珊瑚岛上的死光》并列为当时硬科幻与软科幻两个流派的代表作。该作品讲的是一位苏格兰青年为了证明四千年前印第安人曾凭独木舟从美洲来到欧洲，独自一人在无任何现代设备可以籍凭的条件下，架独木舟横渡大西洋。王晓达则以新奇的科幻构思和有趣的故事见长，在 1979 年发表处女作《波》之后就一发不可收拾，陆续发表五十多篇科幻小说及二百多篇科普作品，被视为中国硬派科幻代表人物。其科幻代表作有《波》

《太空幽灵岛》《冰下的梦》《复活节》《莫名其妙》《诱惑》《电人历险记》《黑色猛犸车》等。魏雅华以《温柔乡之梦》为代表的“情感科幻”，宋宜昌以《祸匣打开之后》为代表的“军事科幻”，都各有特色，开辟了一个个新领域。

这一时期出现了两部二十万字以上的长篇科幻小说。第一部是程嘉梓的《古星图之谜》，讲的是中国科学家探索外星人留下的文明遗物的故事。小说反映了中国科技人员的生活风貌，是较少的科幻与现实结合较好的作品。另一部是宋宜昌创作的《祸匣打开之后》，讲述地球各国人民团结一致抵抗外来星球的入侵。这部小说气势恢宏，场面浩大，以人类为主角，是最近似于西方科幻小说的一部作品。

这一时期，科幻作家们不仅继续在创作实践上摸索科幻艺术的规律，而且进行了专门的理论探索。1981 年由黄伊主编、科学普及出版社出版的《论科学幻想小说》一书集中反映了这方面的探索成果。

这次高潮虽在外界“清除精神污染”的运动中退潮了，但是科幻事业有了积极的进步。出版阵地从北京、上海扩大到了全国范围，形成了固定的发表园地和科幻迷群体，摆脱了少儿科普的枷锁。大量的中国科幻原创作品、国外科幻名著译本以及逐渐涌入的科幻电影，使得创作从“科幻意识”觉醒逐渐步入成熟的科幻艺术，形成了不可阻遏的新潮流。

（三）90 年代以来：创新

随着思想解放、改革开放的深入，人们对科幻小说的认识发生了根本变化，中国当代科幻文学迎来了第三次高潮。这一时期大致可以从 1991 年四川省科学技术协会主办、《科幻世界》杂志社承办的“世界科幻大会”在成都的召开算起，因为这一事件大大恢复了科幻文学在中国的影响力。而到了 1997 年 7 月，中国科学技术协会主办、《科幻世界》杂志社承办的“97 北京国际科幻大会”的召开，则真正将中国当代科幻小说第三个阶段的发展推向了高潮。

《科幻世界》杂志，原名《科学文艺》，由四川省科协主管并主办，创刊于 1979 年，初为丛刊，后为双月刊，1994 年改为月刊。早期的《科学文艺》聚集了包括童恩正、刘兴诗、王晓达、周孟璞等在内的一批四川科幻作者，使成都成为一个中国科幻的创作基地，其发行量也曾达到二十万份。80 年代中期，该刊与天津的《智慧树》联合发布“中国科幻银河奖”，1986 年第一届中国科幻银河奖就在成都颁发。吴显奎《勇士号冲向台风》、魏雅华《远方来客》、王晓达《陶博士和电子锁的悲剧》、刘兴诗《失踪的航线》、吴岩《白痴》、宋宜昌《禁锢》等获奖。后来这个奖项的影响逐渐扩大，现今已成为中国科幻唯一奖项，获奖作品基本代表了中国科幻的创作水平，《科幻世界》杂志也成为发行量较大的科幻刊物。《科幻世界》发现和培养了当代中国最出色的一批科幻作者。另外，杂志社通过与国际科幻界的交流，引进了一大批国外优秀科幻作品。

20 世纪 90 年代，《星云》的创办也是科幻发展史上一件值得关注的事情。1988 年由科幻爱好者姚海军创办的《星云》是中国大陆第一份科幻迷自办的刊物，主要刊登一些作家的科幻随笔，还有出版社提供的科幻信息，科幻迷的读后感、评论，以及对科幻书籍的需求和科幻书籍交换等。在众多科幻迷的支持下，这份刊物总共发行 27 期，其中刊载有几十万字的理论与评论文稿。《星云》在 2000 年停刊，如今有网上论坛“星云网”，网站仍然包括了科幻信息、作者互动、科幻活动等专区。

90 年代初，由于受版权公约的影响和科幻编辑的减少，科幻翻译工作一度处于停滞状态。科幻译本不仅数量少，而且还在翻译几十年前的凡尔纳、威尔斯、别利亚耶夫、阿西莫夫等人的作品，或干脆是翻印之前的译作。到了 90 年代末，一些出版社，如福建少年儿童出版社、科幻世界出版社和河北少年儿童出版社开始了科幻经典作品的翻译出版，这些翻译作品都是近期的科幻经典作品，大大开阔了读者的眼界。

90 年代以来科幻小说展示出了创新的特点，一是不再以科普为任务，摆脱了科普的桎梏，作家们开始探索作为科幻文学本身的价值所在，创作具有科幻本体特征的纯科幻作品。二是开创了多种叙事模式，将科幻与各种文学表现融合，创作出如情感科幻、校园科幻、网络科幻、古典科幻等叙事类型。三是寻求本土文化想象资源，不再生搬硬套西方科幻的结构和理念，力图构建本土科幻。这些努力，形成了创作上的多元格局，并取得了斐然成绩，不但在国内拥有了自己的创作空间，而且走向世界，具有了一定的世界影响力。

首先，特别引人瞩目的是此时科幻创作队伍的迅速壮大，创作人才梯队成型，新人辈出。老的科幻作者，如刘兴诗、金涛等仍然在推出他们的作品。同时，一大批中青年作家开始步入科幻文坛，新人宛如巨浪成批涌现。他们成为新生代科幻作家，他们教育背景迥异，年龄差距较大，本职工作各不相同，人生阅历也截然不同，这从根本上丰富了科幻小说的创作。而且，与之前的科幻作家相比，这批科幻作家的知识结构全面，一般都拥有高学历，较为了解前沿科学，文学写作功底也比较扎实。另外，纯文学作家也开始进入科幻创作领域，如毕淑敏基于其医学背景创作的《教授的戒指》，讲述医生通过特殊戒指感知各类病痛帮扶病人的故事，《花冠病毒》讲述一段关于嗜血病毒的故事；梁晓声写了《浮城》，讲述孤岛似漂浮的城的幻想故事；朱苏进写了《绝望中诞生》，讲述狂人天才等，这自然增强了科幻的创作力量。

现阶段，中国科幻创作的力量主要由两个群体构成：一是以 60 后、70 后为主体的中国科幻“新生代”作家群，创作风格稳健，叙事宏大，带有古典主义科幻的烙印；二是以80后为主体的中国科幻“更新代”作家群，创作风格活泼多元，善于从细微处发掘新意。

其次，创作数量与质量大大提升。2016年至2020年，中国科幻小说的出版数量每年都在350部以上，较2015年翻三倍之多。除传统出版物外，数字读物与有声读物同样增长迅猛，产值约占科幻阅读市场总产值的1/3。据《2019年度中国科幻产业报告》，2018年中国科幻阅读市场产值总和约17.8亿元，同期上涨83.5%，2019年仅上半年科幻阅读产值就接近13.8亿元。

产值增长的同时，作品的质量也有了很大提升。这一时期的科幻作品创作风格多样，艺术表现精致成熟，以刘慈欣的《三体》、郝景芳的《北京折叠》等作品获得世界科幻文学最高奖“雨果奖”为标志，显示中国科幻已经开始走向世界，获得了世界的认可。

最后，发表渠道不断拓宽，与精英文学互动加强。中国科幻不仅给世界科幻带来独特审美，也为中国当代文学增加了新质。权威文学杂志如《人民文学》等开始刊发科幻小说，精英文学作家在创作中融入科幻元素，中国科幻已从原来努力向精英文学靠拢，转变为精英文学主动寻求与科幻融合以实现创新。

此时的科幻作家中，刘慈欣、王晋康、韩松、何夕作品数量较多，作品质量也优秀，在读者中产生了广泛而持久的影响。他们四人被称为中国科幻新生代“四大天王”。除“四大天王”外，其他有影响的作家还有：吴岩、星河、郑军、绿杨、柳文扬、潘海天、赵海虹、凌晨、潘家铮等。

北京科幻作者群是中国科幻界极有特色的一个群体，这个群体的形成在很大程度上要归功于吴岩的努力。吴岩是北京一名高校教师，早在80年代初读高中时就开始发表科幻作品，后来一直是青年科幻作者的领头人，并且是国内最早涉及科幻理论研究的学者。90年代初，他凭借多年积累的研究成果，开设了中国大学第一门科幻课程，该课程既是一门作品鉴赏课，又是一门创作辅导课。一大批青年科幻迷通过这门课成长为科幻作者，他们中有星河、杨平、严蓬、凌晨、江渐离、潘海天、苏学军、裴晓庆、柳文杨等人，这些人为中国科幻读者奉献了多姿多彩的作品。

星河是其中最成功的一位，他是由一名业余作者成长为职业作家的，代表作有长篇《残缺的磁痕》，中篇《决斗在网络》，短篇集《握别在左拳还原之前》等，他的作品多发表在网络上，许多作品灵感来源于后工业社会的城市焦虑，主人公常常以少年或青年学生的身份出现，这些主人公饱受当代科技生活的困扰，在心理上具有变态倾向，是一种青春期心理科幻小说。青少年科幻迷读者群中有很多“星河迷”。《决斗在网络》被誉为中国第一篇“赛博朋克科幻作品”。

在中国科幻界，潘海天是一位“软科幻”代表作家。潘海天是毕业于清华建筑系的高材生，其作品富有诗意，洒脱而又带有些许悲伤的情怀，充满新意和天马行空的想象力。代表作有《克隆之城》《偃师传说》《黑暗中归来》《大角，快跑》《饿塔》。

女性科幻作家的创作也值得我们关注。2016 年 8 月，郝景芳的小说《北京折叠》获得第 74 届雨果奖。这是继刘慈欣的《三体》之后我国作家第二次获得该奖项。《北京折叠》设定了三个互相折叠的世界，隐喻上流、中产和底层三个阶层。整个城市的空间和时间双重折叠的意象恢宏，映射出当代社会中人们对于阶层割裂趋势的深切焦虑，关于后现代社会问题的探讨兼具强烈的现实主义和本土意识，是当代中国科幻的最佳范本之一。郝景芳曾在清华大学物理系和天体物理中心学习，小说带有校园青春气息和一定的硬科学背景。她的代表作还有《流浪玛厄斯》和《回到卡戎》，探讨了冲突的生活模式和家园存在的意义。

赵海虹凭借《伊俄卡斯达》获得了 1999 年银河奖特等奖，成为第一位获得中国科幻银河奖特等奖的女作家，是一位优秀的科幻作家，《蜕》《蒲公英》《永不岛》《“默”系列》《桦树的眼睛》等作品，都给人留下了深刻印象。

夏笳是“后新生代”科幻作家的代表人物。其代表作有《关妖精的瓶子》《卡门》《夜莺》《百鬼夜行街》等。夏笳作品风格多变，文字时而华丽时而清新。刘维佳是一位比较注重作品思想内涵的科幻作者，主要作品有《我要活下去》《黑月亮升起来》《高塔下的小镇》等。周宇坤，清华大学硕士研究生，硬科幻的倡导者之一，代表作有《脑界》《死亡飘移》《汇合第十行星》等。绿杨的职业是医生，自 1979 年在《科学文艺》上发表作品后，以细水长流的方式不断创作至今，其代表作《鲁文基系列》是科普类科幻的典型。

1968 年，《中国时报》发表了女作家张晓风的《潘渡娜》，这是台湾地区第一篇正式发表的科幻小说。台湾工程师、控制论专家张系国同年也发表了《超人列传》，轰动一时，张系国后来以《星云组曲》等系列著作成为台湾科幻创作的带头人。同时，儿童文学作家黄海也开始创作科幻小说，代表作有《一零一零一年的太空旅行》等。台湾其他的科幻作者还有吕应钟、郑文豪、叶言都等，但产量不高。

在香港，倪匡是一个代表人物，他成功推出了卫斯理系列小说。他的小说历经几十年风格不变，带有单纯的英雄主义和童话般的风格。黄易则是另一个代表人物，以《凌渡宇系列》开创了他个人的科幻天地。后来黄易开始尝试中国科幻作者从未尝试过的超长篇科幻，先后创作了六十万字的《星际浪子》、一百万字的《大剑师传奇》，风行一时。与倪匡的作品相比，黄易作品的思想性明显更强，其现代商业社会的功利主义哲学处处渗透在他的作品中。另外，香港还有杜渐、李伟才、谭剑等科幻作者。

二、中国当代科幻小说主要作家作品

（一）刘慈欣及其作品

刘慈欣，1963年生于北京，河南信阳人，高级工程师。刘慈欣创作颇丰，代表作有长篇小说《超新星纪元》《球状闪电》《三体》三部曲等，中短篇小说《流浪地球》《乡村教师》《朝闻道》《全频带阻塞干扰》等亦负盛名。其中，以《三体》三部曲最有代表性。他的小说叙事紧张，情节生动，场面恢宏，逻辑严谨，细节逼真，描写细腻，富有感染力。

刘慈欣的科幻小说特点鲜明，首先，具有一种悲壮的英雄主义理想色彩。他在看似平实拙朴的语言中，浓墨重彩地渲染了科学和自然的伟大力量，擅长将工业化过程和科学技术塑造成某种强大的力量，书写剧烈的矛盾冲突。例如《流浪地球》，综合了自然灾害、技术进步和人类生存的宇宙困境等宏大主题，讲述地球因为太阳的毁灭而必须进行逃离太阳系的悲壮远征。

其次，在厚重的悲情中，注重表现科学的内涵和空灵精致的美感。他的科幻小说注重技术哲理，擅长发现和表现科学技术独特的美。比如晶莹剔透的纳米世界、变幻不定的量子世界、超新星氦闪造成的被毁灭的世界、全频道阻塞干扰中的战争世界等。这些世界一个个姹紫嫣红，透射出通过科学放大镜所看到的另一种全新的天地。在那个天地中，人类的理性与人类的情感之间发生着永恒的较量。

刘慈欣的《三体》，又名“地球往事”三部曲，2015 年获得美国科幻奇幻协会“星云奖”等五个奖项提名，同年8月，获第73届世界科幻大会颁发的雨果奖最佳长篇小说奖。这是亚洲科幻小说首次获得雨果奖。10月，刘慈欣又因这部作品获得全球华语科幻文学最高成就奖。该系列小说由《三体》《黑暗森林》《死神永生》三部连续的小说组成，于2006年至2010年由《科幻世界》杂志连载，随后出版单行本。2014年，《三体》（即三部曲的第一部）英文版在美国由刘宇昆完成翻译，该英文版在美国上市后反响热烈，这让世界看到了中国科幻文学的存在与发展，让中国科幻走出了国门，获得了国际科幻文学界的瞩目、肯定和褒扬。

《三体》讲述的是人类从发现外星文明到地球毁灭的故事，整个故事是对地球毁灭前的回忆。“地球往事”三部曲就是一个有机的整体。历经坎坷对人类绝望的天文学家叶文洁向宇宙星外生命发射了人类文明信号，被正处于困境中的三体文明接收到，由此开始了对地球的侵略。地球上人类为了应对三体文明的到来形成了欢迎与拒绝的两派。三体人在利用魔法般的科技锁死了地球人的科学发展之后，组建了宇宙舰队直扑太阳系，人类组建起同样庞大的太空舰队，同时行星防御理事会（PDC）利用三体人思维透明的致命缺陷制订了“面壁计划”，选出四位神秘莫测的“面壁者”，秘密展开对三体人的反击。前三位面壁者先后都失败了。最后是社会学教授罗辑由一开始的逃避、凭藉权力享乐后来逐渐意识到自己对于所爱的人的责任心，试图找出对抗三体人入侵的方法，最终发现了宇宙文明间的“黑暗森林”法则，任何暴露自己位置的文明都将很快被消灭。通过这一法则，他以向全宇宙公布三体世界的位置坐标相威胁，暂时制止了三体对太阳系的入侵，使地球与三体建立起脆弱的战略平衡。与三体文明的战争使人类第一次看到了宇宙黑暗的真相，地球文明因为黑暗森林法则如临大敌，不敢在太空中暴露自己。罗辑的威慑使三体文明被迫解除了对地球的智子封锁，两个文明开始互相交流。后来，三体母星在恒星爆发中被完全摧毁。然而宇宙中还有更强大的文明，战争的方式和武器已经远远超出人类的想象，歌者文明使用一种能使三维变成二维的技术，毁灭了整个太阳系，由于逃逸速度为光速，人类耽误了光速飞船的研究，整个太阳系变成了薄薄的一幅画，只有航天发动机工程师程心和物理博士生乘坐唯一的光速飞船离开。其间历经艰辛，直到将物质归还给大宇宙，才重新进入宇宙中生活。

这个故事以整个宇宙为背景，想象了人类未来的命运，是从宇宙立场上来审视人类发展的。作品涉及人类历史、物理学、数学、天文学、社会学及哲学等，对未来进行了可能性描绘，从科幻的角度对人性进行了深入探讨。全书格局宏大，立意高远，被誉为迄今为止中国当代最杰出的科幻小说，是中国科幻文学的里程碑之作，将中国科幻推上了世界的高度。

阅读《三体》是一种非凡的感受，因为小说展现了一个无限宽广的宇宙世界，从当下到未来 1 800 万年之后，从无限遥远的太空观照地球，作者想象出一个星球的前尘往事，一个文明的历史，探讨不同星球文明相处的原则，探讨时间宇宙的本质。作者想象出面壁者、持剑人、水滴、黑暗森林、降维打击等，既符合逻辑，又具有历史的合理性，波澜壮阔，瑰丽神奇。《三体》三部曲讲述了地球人类文明在宇宙中的兴衰历程，从中国视角探讨了人类与宇宙的命运问题。

值得注意的是小说中对于技术细节的描写，非常新颖，值得称赞。最令人印象深刻的是人列计算机。整个三体游戏十分出色。首先，小说中宇宙的设置是全新的。三个恒星的设置、乱纪元恒纪元的交替、脱水的人等这些概念具有科学上的认同感，也十分新颖。钟摆纪念碑、半月撕裂等意象和场景，也给这个世界增添了许多艺术特色。计算机运行的场面更具有无限的艺术感，这些技术都拟人化了。小说还体现了作者对信号处理、微机技术非常扎实的掌握，以及在多维空间概念上自己的理解。作者的科技想象得到淋漓尽致的发挥，如使飞船达到光速的曲率驱动技术、神秘的二向箔武器、三维空间向二维空间跌落的理论都有力地扩张了读者的视域，激发起他们对未来世界的探索欲望，满足了技术控们的学习新鲜感，这是其阅读快感的来源之一。

其次，这种想象超越了单纯的科学技术性关注，表达的是对于人类命运的深刻思考，也是中国人对未来世界的寓言。想象是在中国国力开始强盛的基础上展开的。中国人开始介入人类未来命运历程中，具有东方智慧的逻辑，小说中的人物章北海、叶文洁、程心、云天明等都具有英雄情结。某种程度上，这样的想象显示出了一种国家实力与民族自信，延续了中国百年来的强国梦，具有强烈的民族自豪感。

最后，这种想象充满了哲学意味，从而显得厚重深刻。《三体》中的“黑暗森林”法则是推动故事情节的重要因素。这一法则设定的前提是生存与发展，人类文明的存在意义何在？文明的发展扩张在宇宙中处于什么样的位置？宇宙犹如一片没有光线的黑暗森林，各个星球文明是那么渺小，都无法知道彼此的存在。如果暴露了自己，就会被消灭，这是一个弱肉强食的宇宙。在这样的想象中，人们不得不思考生命的存在，未来的归宿。因此，它带给我们对于人类命运的探讨，反省了人类中心主义，对人类的思维方式、语言都进行了反思，关注的是人之所以为人的伦理，突破了类型小说的肤浅与娱乐性，显得有深度、力度和科学理性。

（二）王晋康及其作品

王晋康，1948 年生，河南南阳人，高级工程师。一个偶然的机会，他发现自己的儿子喜欢科幻类作品，遂在与儿子的交流中写了《亚当回归》，在《科幻世界》发表后即获得当年的银河奖，并由此走上科幻创作之路。王晋康具有扎实的科学知识功底、丰富的人生阅历和良好的文学修养，这是科幻作家必备的基本素质，创作力至今不衰，是大陆科幻创作水平的最高代表之一。其主要作品有：长篇小说《生死平衡》《癌人》，中、短篇小说《生命之歌》《失去它的日子》《豹》《太空雕像》《斯芬克斯之谜》等，并多次获得中国科幻银河奖特等奖、一等奖。他擅长科技道德方面的探讨，常常把当前最前沿的技术问题纳入中国传统道德范畴中进行分析，吸引了大量青少年读者。

早期王晋康主要写短篇，涉及的题材非常广泛，值得关注的作品有《科学狂人之死》，讲科学狂人与物质传输；《天火》，讲“文革”中一个科学天才的悲剧；《追杀》，讲追捕外星间谍；《生命之歌》，讲机器人与人类的关系；《义犬》，讲智力提升者与普通人之间的矛盾和冲突；《西奈噩梦》，讲一个人试图改变历史，却把自己变成了敌对的民族；《生死平衡》，对当前医学提出质疑，提出了广受争议的“平衡医学理论”；《七重外壳》，讲当机器可以虚拟一切的时候，如何区分虚拟与现实；《三色世界》，想象假如实验证明，黄种人比其他人种更容易成为超能者，世界将会怎样；《解读生命》，探讨如何面对外星的生命；《养蜂人》，篇幅极短，内涵极深，是关于群体智慧的佳作。

《十字》（2009）是王晋康的集大成之作。作者写了貌似善良的病毒学家梅茵是天花病毒在中国大规模流行的始作俑者，然而，梅茵却宣称这是为了全人类的将来……到底梅茵是主动献身科学的殉道者，还是阴毒狠辣的生物恐怖分子呢？作者通过一个极有张力的故事，把人道主义和科学思想融会贯通，最终为保障人类及多样生物的合理存在找到了一条理想的出路。《十字》2010 年获得由世界华人科幻协会举办的首届全球华语星云奖最佳长篇科幻小说奖。

王晋康的作品风格苍凉沉郁，冷峻峭拔，富有浓厚的哲理意蕴。语言典雅流畅，结构精致，构思奇巧，善于设置悬念，作品具有较强的可读性，是精英文学和通俗文学结合的范本。迄今为止，他已经创作和发表了 200 万字的作品。

（三）韩松及其作品

韩松，1965 年生，重庆人，韩松对西方文学有相当的研究，且拥有多年外事工作经验，这使得他的作品带有明显的西方现代派文学风格。1991 年，韩松的《宇宙墓碑》获得了台湾《幻象》杂志主办的“全球华人科幻小说征文”大奖和中国科幻银河奖。这篇小说独辟蹊径，描写散布在各个星球的宇航员的墓碑，通过这一独特视点，写出了人类在宇宙面前的卑微与渺小，同时又蕴藉着伟大。

他最为人称道的作品，是 2004 年的长篇科幻小说《红色海洋》。这部 40 万字的巨著从遥远的过去一直写到十万年后的将来，一个叫海星的水栖人出生在被严重污染的红色海洋，人类文明已经严重倒退，海星要在这个时代重建文明。但这个文明极具颠覆性，与我们习惯的文明相去甚远。它揭露的是文明面纱下真实而残酷的现实。2010 年 12 月，韩松出版了又一部长篇巨著《地铁》，对地铁这一城市文明的标志物予以了科幻化描写，使其成为人类文明演化的承载体与观察对象。他的其他主要代表作品还有：长篇《火星照耀美国》及短篇《春到梁山》《电话之旅》等。长篇作品《医院》三部曲是反乌托邦的叙事经典，《逃出忧山》获首届华语科幻电影“原石奖”。

他的创作气氛神秘诡异，文风荒诞阴暗，但探讨的问题却密切关系时代。其作品反乌托邦叙事深刻沉重，极度黑暗，将科幻小说的“末日情节”渲染得淋漓尽致，在赤裸裸的人性描绘中，夹杂着卡夫卡式的隐喻和预言。韩松的作品极富文学情趣，结构精巧，内蕴深远，不注重技术表现，属于“软科幻”。

（四）何夕及其作品

何夕，原名何宏伟，1971年生。何夕是获得中国科幻银河奖最多的小说家之一，被视为中国“软科幻”的代表作家。1991年，他发表了自己的处女作《一夜疯狂》。早期的《小雨》（1994）运用散文化的笔调，写一个漂亮而善良的女子为了不伤害两个同样优秀的男人把自己变成了以分时状态存在的人；《本原》（1995）实际上是一篇故事性科普，量子论里的反决定论思想贯穿了这篇作品；《盘古》（1996）以现代科技重新演绎神话故事，讲述培育一个巨人拯救180亿年后的宇宙的故事。

1999年，何夕创作了三篇风格迥异、思想深刻的小说：《异域》《田园》和《祸害万年在》。《异域》堪称何夕的代表作，讲述科学家蓝江水发现了“时间尺度守恒原理”。应用这个原理可获利也有风险。他的学生西麦为解决人类的饥荒问题，应用该原理建造了西麦农场，也带来了巨大的危害。2002年的《六道众生》是《异域》的姊妹篇，都是为了解决人类面对的危机而提出科学的解决方案，只不过一个是时间的，一个是空间的，但这些解决方案最终都导致了新的危机。此外，何夕还发表了《缺陷》《审判日》《天生我材》《我是谁》《假设》《十亿年后的来客》《人生不相见》等作品。他专注于对宏观科学未来及人性善恶的探讨。

何夕善于将未来科技与中国文化相结合。如《六道众生》以“厨房闹鬼”的悬疑开头，用佛教“六道”来揭示“平行世界”的秘密；《人生不相见》把“人生不相见，动如参与商；今夕复何夕，共此灯烛光”作为人物命运的关键暗示，表现出其创作中对于本土文化资源的探索尝试。

纵观何夕的作品，题材十分广泛，几乎没有重复的，构想大都新颖而独特，并且大量借鉴流行小说的技法，使他的小说读起来悬念丛生，很有吸引力。他对于科学有着深刻而透彻的认识。他也是将科幻中国化做得比较好的作者，在他的小说中，处处透出悲天悯人的情怀。何夕的不足之处在于叙事框架的程式化，比如两个优秀的男人同时爱上一个女人的情节结构就用了好多次。

第三节　网络科幻小说

一、网络科幻小说概况及主要特征

中国当代科幻小说的创作发表有两个渠道，一个是传统的纸媒出版渠道，科幻小说通过纸质传媒大约每年产出 10 部长篇，200 部短篇；另一个就是网络平台，每年有上亿字的科幻小说或与科幻相关的小说在网络上传播。还有很多科幻小说先是在网络上传播，后来再出版纸质书籍，例如刘慈欣的《三体》。

除了具有一般网络小说的特点之外，网络科幻小说有其独特的特征。

1. 多种叙事元素混杂，追求新奇性。一般的网络科幻小说，不仅仅是科幻小说，通常集合了玄幻、悬疑、魔幻、言情、成长等各种元素。多种美学元素和科幻的融合能够产生新鲜的想象空间，带来新奇的阅读体验，从而获得高点击量。新奇，正是网络科幻小说最为突出的特征。比如方想的《师士传说》，这是一部机甲类网络科幻小说，是将科幻与玄幻相结合的代表作。故事发生在大航天时代，核能、离子、电磁、超导……所有代表当前人类空间军事技术尖端以及未来发展趋势的多种元素被应用其中。主人公是一个偶然拥有了超级智能光甲的少年。在成长的过程中，主人公的战斗经历，带有浓厚的玄幻色彩。我爱吃西红柿的《吞噬星空》也是其中的代表作，它不同于传统的科幻小说，而实质是网络玄幻小说的升级，只是披上了科幻的外衣。小说里的星际世界，其实还是一个修真玄幻世界。有的网络科幻小说被赋予了神魔色彩，像远瞳的《异常生物见闻录》是将科幻与魔幻相结合的例子。小说的人物设定就体现了魔幻的色彩，南宫八月是混血猎魔人、薇薇安是血族人、刘莉莉是狼人，故事讲述了猎魔人、海妖、异类等不同族类间的斗争。

2. 在处理幻想与科技的关系上，网络科幻小说一般不属于科普类，而属于建构类和推测类。建构类是从现有的科学知识出发用想象建构起一个与现实世界具有差异性的世界。这种类型的作品有我吃西红柿的《吞噬星空》、猫腻的《间客》等。推测类就是一种未来叙事，是依据科技现实进行合理推测，想象出未来存在的世界。如天下飘火的《黑暗血时代》中关于宇宙准则的设定。为了突破光速不可超越这样的物理定律，作者运用了类似哲学式的思考，创造了零维、节点和彩虹桥这样的概念。根据这些概念的设定，人们通过零维、彩虹桥和节点，便能无视距离限制进行意识交流，可以入侵他人意识世界实现自我意识的降临。人们将意识寄托于零维空间，因此就得到了超光速的能力。这种设定就是基于现有科学认知推测的具有哲学合理性和科学逻辑的想象。

3. 网络科幻文学具有惊人的想象力。网络使得想象力得到空前释放，穿越、神幻、魔法轮番上阵，古今中外、上天入地，无所拘束，写作回到创作力高扬的想象原点，汪洋恣肆的想象可尽情倾泻。以猫腻的《间客》为例，作者想象出民主制联邦星系和帝王专制帝国星系的结构，承袭了一贯的和平与战争、专制与民主、黑暗与光明等一系列主题，还加上了社会监控体系，多了体制监控和个体自由、工具理性和人类异化的维度，不仅有政治权谋因素，还有机甲格斗、霸道真气武功元素，将科幻、武侠、军旅、谍战等各种元素糅合。虚构出的“星空”世界成为一个复杂精密的想象集合体，释放了诸如对个人超能力的想象、英雄主义的情结、暴力血腥的渲染、对女性的征服、对技术的迷恋等各种本能欲望，催发了快感，刺激读者获得爽文审美体验。当然，在表达想象的时候，也出现了大量胡编乱造的庸俗之作。

总体上说，虽然目前网络科幻小说蓬蓬勃勃地发展起来了，但大多芜杂浅陋，模式化严重，精品佳作并不多。其局限性还是很明显的，在体量庞大的网络文学生态链中的影响较小。一方面是因为网络科幻文学脱胎于传统科普类科幻，受制于西方科幻叙事模式，本土想象资源开发不足，创新乏力，佳作难出；另一方面是因为科幻文学对作者的科学素质要求较高，同时读者科幻意识不够，加大了科幻接受的难度，致使作者、读者数量较少。另外，在娱乐商业化的文学接受语境中，网络科幻小说在内容、题材、叙事和情节上的独特性使其无法像其他类型的网络小说那样，符合“碎片化”“爽文式”和“治愈系”的消费接受需求，这加大了网络科幻作家、作品和读者群体形成规模的难度。

二、网络科幻小说主要作家作品

（一）我吃西红柿及其作品

我吃西红柿，又名番茄，本名朱洪志，1987 年生于江苏宝应，起点中文网白金作家，最具号召力的网络小说作家之一，多部作品长期雄踞网络小说搜索排行榜第一。部分作品被改编为漫画、网络游戏。

我吃西红柿的科幻代表作为《吞噬星空》，故事的设定在未来，地球上的生物都因为种种变故在体质上发生了巨大变化，怪兽占据统治地位，因为它们存在的范围远远超过人类。人口因各种灾祸大幅度减少。经过灾祸的洗礼，能存活下来的普通人的体质提高不少，即使如此，普通人依然远远不敌怪兽，哪怕只是低级怪兽，只有武士才能抵挡。消灭怪兽，在怪兽身上提取宝贵的生物材料，武士才有可能迅速获取大量财富。武士和怪兽都分等级，级别越高的怪兽越厉害，也越值钱；而级别越高的武士战斗力越强，获取财富的速度、数量也就越快、越多。故事的主人公罗峰在这样的设定中，开始了自己的奋斗史。《吞噬星空》围绕着“求存”“求强”和“守护”展开，精神内核较为单一，主线也很老套，但惊险处人物的抉择有真实的感人力量，具有浓郁的家国情怀，很容易激发当代年轻人的崇高感，精密的升级奖惩设定也很符合年轻读者对权力世界的理解与想象。小说连载时即横扫各大网络阅读榜，成为影响较为广泛的科幻小说。

（二）彩虹之门及其作品

彩虹之门，本名徐俊珀，代表作有《重生之超级战舰》《地球纪元》等，其他作品有《星河主宰》《星河》《天灾》等。2017 年 11 月，《重生之超级战舰》获第 28 届中国科幻银河奖最佳网络文学奖。小说最初在起点中文网连载，讲述主人公萧宇与星际飞船主控电脑融合后在宇宙大背景下的星际探索和自我进化。小说在类似打怪升级的故事发展路线上，有着在套路之外清晰严谨的故事主线。作者在小说中构建了九级文明的宏大世界，并在故事中融入诸如“暗物质”“反物质”“超新星”等多种物理学前沿概念，夹杂很多科学名称和术语以及烧脑的复杂逻辑，形成了浓郁的科幻美学特征。

同样是具有宏大宇宙背景的《地球纪元》，情节构思巧妙，故事的设置类似升级推理，一步步解密，作者不断用伏笔引出情节，没有突兀的感觉。故事涉猎了大量多方面的科学内容，远超出天文物理范畴，还加入了很多关于人性和心理学及社会学乃至哲学等方面的思考，以宇宙视野，描述出了未来人类在人造生命、宇宙灾难、费米悖论、机械危机等种种危机面前挣扎求生的人类未来史。人物刻画也较为成功，具有个性化，因此，也成为备受推崇的一部科幻小说。

（三）远瞳及其作品

远瞳，本名高俊夫，1988 年生于河北唐山，起点中文网大神级作家，其科幻代表作《异常生物见闻录》承接前作《希灵帝国》，以第三人称描写发生在独特的“希灵世界”的故事。小说中有很多关于平行宇宙、多重宇宙、异空间等基于现代量子物理学的理论知识。这部作品试图直接从刘慈欣等传统科幻作家处汲取资源，不但有硬科幻的创意，还有宏大叙事的情怀，很好地将宏大叙事安放在令网络读者舒适的安全距离上。《异常生物见闻录》的人物设定有“二次元”风格且充满了有意为之的“反差萌”，主人公郝仁作为身份尊贵的帝国审查官，却始终以普通人的形象和心态过日子；用轻小说的幽默语言来描摹文明的盛衰，让读者的代入感更加强烈。

当下还有众多的网络科幻作家作品，比如骷髅精灵，其作品有《海王祭》《机动风暴》《武装风暴》《雄霸天下》《圣堂》《星战风暴》等。骷髅精灵的科幻代表作《星战风暴》承接《机动风暴》《武装风暴》，作为风暴三部曲的第三部以其最科幻、最热血、最凶猛的态势成为该系列最受好评的作品。科幻的基调、第一人称的叙事视角使小说充满科幻激情，大大增强了读者对未来、对力量的渴望和满足感。2010 年迟卉的长篇科幻小说《卡勒米安墓场》，属于国内少见的“太空歌剧”，也很受读者的欢迎。2004 年钱莉芳的长篇科幻小说《天意》在当时取得了全国性的轰动，风靡一时，总销量达到 15 万册，创造了自 1983 年以来长篇科幻小说的销售记录。众多的科幻作家作品显示出科幻小说蓬勃的创作生命力，昭示着科幻文学光明的发展前景。

一、思考研习

1. 清末民初的科幻小说对中国国民启蒙有何价值和作用？
2. 请论述中国当代科幻小说主要作家作品及其特点。
3. 请谈谈网络科幻小说的主要特征。

二、阅读延伸

1. 徐念慈《新法螺先生谭》
2. 顾均正《在北极底下》
3. 刘慈欣《三体》
4. 王晋康《十字》
5. 韩松《地铁》
6. 何夕《异域》
7. 郝景芳《北京折叠》

三、扫码听讲

后 记

中国现当代通俗小说与网络小说是当下中国文学阅读的热点。这些小说的阅读、传播与当下中国的社会心态、文化心理、影视剧改编、青少年教育等社会热点问题直接相关。本教材将中国现当代通俗小说与网络小说知识化、逻辑化，面对社会热点问题展开讨论，与社会发展相结合、与学生实际相切合，使大学教育跟上时代的步伐。

关注新的知识内容，并能高质量地展开课程教学，是打造高校“金课”的重要内容。中国现当代通俗小说与网络小说是中国现当代文学的新发展，体现了中国现当代文学的新形态和新知识。很多高校在线上或线下均已开设相关课程。这些课程基本上都是授课教师自编讲义，并以一些赏析性、理论性学术著作作为参考教材。编写一部高质量的中国现当代通俗小说与网络小说教材，是众多高校开设相关课程的急需。

本教材集全国有关专家之力共同完成，参编教师来自全国各地多所高校，均是处于教学与科研一线的优秀教师。教材的编写队伍具有很深的专业造诣和丰富的教学经验，有力保证了这部教材编写的权威性、实践性及教学适用性。

本教材编写依据以下五个原则：历史的发展线索清晰可见、作家作品的评价准确简洁、知识点的概括清晰明确、现象的描述合乎逻辑、篇章的安排清晰合理。教材内容分三个单元：中国现代通俗小说、中国当代通俗小说、网络小说，并将其贯穿打通，以体现完整性。教材设置了两大部分、十大知识模块：一、理论与历史：1. 中国现当代通俗小说与网络小说的文化观念。2. 中国现当代通俗小说与网络小说的美学观念。3. 中国现代通俗小说与网络小说的创作观念。4. 中国现当代通俗小说与网络小说的发展脉络。二、文类与文本：5. 通俗社会小说与网络社会小说。6. 通俗言情小说与网络言情小说。7. 武侠小说与网络玄幻小说。8. 侦探、公安小说与网络悬疑、盗墓小说。9. 历史小说与网络历史小说。10. 科幻小说与网络科幻小说。根据设定，十大知识模块中涵盖了 154 个核心知识点。

本教材对中国现当代通俗小说与网络小说的介绍侧重于文化的分析、作家作品的评估，尽量避免传统文学史教材中经常出现的对具体作家作品进行琐碎、繁冗描述的缺陷。同时，教材充分融合现代数字技术，与国家精品在线开放课程相配套，实现课程与教材线上线下联动。教材充分利用二维码关联资源。每章设立二维码，链接的主要内容有：1. 教材编写者录制的作家作品分析音频。2. 有关学者的讲座录像。教材设置了“思考研习”和“阅读延伸”栏目，从作家作品分析入手，提出问题，可供分析、拓展延伸。

本教材共有 15 所大学 18 位专家参与了撰写。各位专家所撰写部分如下：

汤哲声（苏州大学）：导论、第一章第一节、第一章第二节、第五章第一节

张学谦（苏州大学）：第一章第三节

黄诚（扬州大学）：第二章第一节、第二章第二节

苏晓芳（厦门理工学院）：第二章第三节

胡萱（苏州大学）：第三章第一节之一、第三章第一节之二 1—4

刘玉霞（云南民族大学）：第三章第一节之二 5—9

王婉如（四川大学）：第三章第二节之一部分、第三章第二节 1

黄婕（福建莆田学院）：第三章第二节 2—5

童娣（南京晓庄学院）：第三章第三节

陈夫龙（山东师范大学）：第四章第一节、第四章第二节

王小英（西北师范大学）：第四章第三节

张友文（湖北警官学院）：第五章第二节

杨晓林（河南商丘师范学院）：第五章第三节

段文英（山西大同大学）：第五章第四节

蔡爱国（江南大学）：第六章第一节、第六章第二节

黎杨全（四川大学）：第六章第三节

冯鸽（西北大学）：第七章第一节、第七章第二节

刘媛（南京信息学院）：第七章第三节

汤哲声

2020 年 12 月 20 日